La forteresse des Highlands

KATHLEEN
GIVENS

La forteresse des Highlands

ROMAN

Traduit de l'américain
par Daniel Garcia

J'AI LU

Titre original
ON A HIGHLAND SHORE

Éditeur original
Pocket Star Books published by Pocket Books, a division of
Simon & Schuster, Inc., New York

À Maggie Crawford, Aaron Priest et Lucy Childs,
pour leur soutien indéfectible.
À mes amis Gavin, John, Kate, Karry, Michael,
Mikayla, Patty et Baby C.
Et à Russ, mon amour.

Prologue

Août 1254, aux confins du monde

Le ciel gardait un peu de bleu en ce début de soirée du mois d'août. Et les sommets des montagnes du nord de l'Écosse demeuraient éclairés par le soleil. Cependant, la journée touchait à sa fin. À l'est, déjà, la lumière se noyait dans le vert sombre des forêts où cascadaient des torrents. À l'ouest, le bleu profond de la mer prenait des reflets argentés, tandis que le rivage des îles, au large, se teintait de gris.

La fillette qui se hâtait à travers la lande ne voyait rien de tout cela. Elle n'avait d'yeux que pour la vieille femme marchant devant elle, et elle accélérait l'allure pour la rattraper. Les mouettes et autres oiseaux marins volant dans le ciel baissaient la tête pour observer les deux marcheuses, mais cela non plus, la fillette ne le voyait pas.

Elle ne voulait regarder que l'avenir.

C'était une belle enfant, gracile, avec des cheveux noirs et soyeux qui encadraient l'ovale parfait de son visage dans lequel brillaient deux yeux d'un bleu intense. Pourtant c'était d'abord sa détermination qui frappait : la volonté implacable qui se lisait dans ces ravissantes prunelles. D'ordinaire, elle adoucissait ses traits sous un masque de courtoisie et de politesse, mais là, à l'écart de toute société, si ce n'était celle des oiseaux et des créatures de l'océan, elle arborait un visage farouche et résolu.

Si elle se considérait comme Écossaise, en réalité son sang était mêlé. De son père, elle avait hérité des fières et redoutables qualités scandinaves ; sa mère lui avait légué le courage des Normands et des Celtes. Elle connaissait l'histoire de ces différents peuples, comment ils s'étaient autrefois combattus pour obtenir la suprématie, mais tout cela appartenait au passé. Encore une fois, elle n'était préoccupée que de l'avenir.

Et cette vieille femme, devant elle, pourrait l'aider à le percer.

La soirée avait été bien remplie. La fillette avait assisté aux fêtes de la Nuit de Lammas, célébrant les débuts de la moisson, marquée par de grands feux de joie qu'on allumait dans les campagnes pour illuminer le ciel. Tous les membres du clan dirigé par son père s'étaient assemblés pour un festin où avait été servie la « Miche Mère », confectionnée avec la première farine obtenue grâce aux gerbes de blé récoltées. Après le banquet, tandis que la plupart des invités écoutaient les musiciens en continuant à boire du vin, elle avait vu son père s'éclipser en tenant par la main sa dernière maîtresse en date. Le regard de sa mère, qui n'avait rien perdu de la scène, s'était dangereusement assombri.

Elle avait vu également son petit frère, Rignor, laisser un domestique innocent recevoir le blâme pour la tasse qu'il avait renversée, alors que ses parents, qui avaient remarqué l'incident, savaient pourtant que c'était lui le coupable. Mais après tout, pourquoi en aurait-il été autrement, puisque Rignor échappait toujours aux châtiments ?

Le prêtre avait béni la moisson et prié pour la bonne conservation des grains qui seraient entreposés durant le long hiver des Highlands. C'est alors que tous avaient remarqué la vieille femme, qui lisait dans les mains et prédisait l'avenir avec une voix solennelle à l'accent étranger. Le prêtre avait d'abord froncé les sourcils, avant d'écouter aussi attentivement que les autres. La vieille femme avait annoncé une moisson fructueuse, et un nouvel enfant pour le chef de clan – ce qui n'était pas difficile à deviner, quand on voyait le ventre arrondi de sa mère. En revanche, elle n'avait rien dit à la fillette.

Celle-ci, toutefois, connaissait déjà une grande partie de son avenir, car il était tout tracé. En tant qu'aînée des enfants du laird de Somerstrath, elle était fiancée, depuis sa prime enfance, à Lachlan Ross, et elle n'ignorait pas qu'un jour elle devrait quitter Somerstrath pour vivre sa nouvelle condition d'épouse. Mais elle voulait en savoir davantage : voilà pourquoi elle avait suivi la femme à travers la lande.

La vieille femme s'immobilisa soudain, face à la mer, et resserra ses doigts décharnés sur l'étoile d'or qu'elle portait au cou. Puis, se retournant vers la fillette qui l'avait rejointe, elle demanda :

— Tu es venue pour que je te prédise l'avenir ?

— Oui, s'il vous plaît, madame.

La vieille femme avait voulu s'éclipser discrètement du village. Mais, au fond, elle n'était pas surprise que la fillette l'ait suivie. Maintenant, elle n'avait plus d'autre choix que de la mettre en garde. Car l'existence de Margaret MacDonald ne serait pas de tout repos. À l'image de son pays, elle devrait affronter de rudes épreuves dans les années à venir. L'Écosse, la vieille femme en était persuadée, survivrait aux défis qui lui seraient imposés, ainsi qu'à son jeune roi, Alexandre III. Mais Margaret MacDonald parviendrait à l'âge adulte au milieu de tout ce tumulte. La vieille femme soupira. Comment expliquer à une enfant innocente le sort qui l'attendait ?

Elle prit la main de la fillette dans la sienne, et l'examina pendant si longtemps que l'enfant, impatiente, se mit à danser d'un pied sur l'autre.

— Tu es bien nommée, dit-elle enfin en relevant les yeux.

Margaret sourit, ne sachant trop comment interpréter ces propos.

— Regarde, reprit la vieille femme, amusée. Voici ta ligne de vie. Et là, ta ligne de cœur.

Levant à nouveau les yeux pour croiser ceux de la fillette, elle déclara :

— Tu auras à affronter des dragons. Et tu dois t'y préparer.

Le sourire de Margaret se figea. Des dragons ? Le prêtre avait raison : cette femme racontait des sornettes.

— Tu ne me crois pas, n'est-ce pas ? enchaîna la vieille femme. Mais sais-tu qui était sainte Margaret ?

— Oh, oui ! s'exclama la fillette. C'était la reine d'Écosse, l'épouse du roi Malcolm[1]. J'ai été baptisée en sa mémoire. Ce n'était pas une sainte, mais…

Elle s'interrompit, voyant la vieille femme secouer la tête.

— Non, mon enfant. Il ne s'agit pas d'elle. Mais de la première sainte Margaret. Tu ne connais pas son histoire ?

— Non.

— Eh bien, tu devrais. Sainte Margaret était une belle jeune fille, un peu comme toi. Elle vivait à Antioche, un pays très loin de l'Écosse.

— C'est de là que vous venez ?

Le regard de la vieille femme parut se perdre un court instant.

— Non, mon enfant, répondit-elle finalement. Mais je viens d'un pays plus proche d'Antioche que de l'Écosse. Un jour, peut-être, tu entendras mon histoire, mais pas aujourd'hui. Je te raconterai ma vie la

---

1. Malcolm, couronné roi d'Écosse en 1058, épousa une princesse anglaise, Margaret, qui sera connue sous le nom de « sainte Margaret d'Écosse ». *(N.d.T.)*

prochaine fois que nous nous rencontrerons. Car je crois, Margaret, que nous serons appelées à nous revoir.

Et, avec un sourire, elle ajouta :

— Pour ce qui est de sainte Margaret, plus elle grandissait, plus on admirait sa beauté. Elle attira le regard d'un noble Romain, qui voulut l'épouser. Comme elle refusa, il l'enferma dans un donjon pour qu'elle y meure. Mais elle ne mourut pas.

— Que lui arriva-t-il ?

— Le diable vint lui offrir la liberté, en échange de son âme.

— Mais elle refusa, devina Margaret.

— Précisément. Le diable était si furieux qu'il se changea en dragon, et la dévora vivante.

— Mais alors, elle est quand même morte ?

Le sourire de la vieille femme s'élargit.

— Elle fit ce que tout saint qui se respecte aurait fait à sa place, Margaret : elle brandit la croix du Christ. Le dragon la recracha aussitôt, et c'est lui qui mourut.

Margaret fut déçue. Elle était convaincue qu'aucun noble romain ne la demanderait jamais en mariage. Et qu'aucun dragon ne la menacerait jamais.

— Regarde, reprit la vieille femme qui pointait un doigt sur la ligne de vie de la fillette. Tu vois cette coupure ? Tu seras séparée de ta famille et de ta maison, et tu te retrouveras face à des dragons. Mais, en choisissant le bon partenaire pour t'épauler, vous triompherez ensemble et vous entrerez dans la légende.

— Mais si je ne choisis pas le bon partenaire ?

— Dans ce cas, tu périras.

Margaret frissonna.

— Je ne vous crois pas, dit-elle, regardant la vieille femme dans les yeux.

Celle-ci éclata de rire. Margaret frissonna de plus belle.

— Nous ne choisissons pas ce que Dieu nous réserve, mon enfant. Pas plus que nous ne choisissons notre nom. Margaret tu es, Margaret tu resteras, et le cours de ta vie en sera influencé. Crois-moi : tu devras faire face à des dragons. Alors, autant t'y préparer.

Là-dessus, elle s'éloigna, marchant étonnamment vite pour une femme de son âge.

Margaret la suivit un moment des yeux, partagée entre la déception et la curiosité, avant de courir pour la rattraper.

— Mais comment saurai-je qu'il s'agit du bon partenaire ?

La vieille femme s'immobilisa.

— Tu le devineras très vite. Il ne ressemblera à aucun des hommes que tu auras pu rencontrer auparavant. Il brillera comme l'or. Et il ressuscitera les morts.

— Mais à quoi le reconnaîtrai-je ?

— Nous avons, tous, une petite voix tapie au fond de nous, qui nous dit la vérité. Il te suffira de l'écouter.

— Et que m'arrivera-t-il, ensuite ?

— Avant que ne se termine ton séjour sur cette terre, Margaret MacDonald, tu verras l'émergence d'un nouveau peuple, fait de la réunion de multiples tribus. Un peuple solide. Un peuple capable de voyager à travers le monde, pour en changer la face.

— Mais comment... ?

— Je ne peux pas t'en dire plus, mon enfant. Rentre chez toi, à présent. La nuit tombe.

1

Juin 1263, une île au large de l'Écosse

La brise matinale faisait friser les vagues, tandis que le fier Viking aidait ses compagnons à allonger le corps de son père au pied du mât. Les premiers rayons du soleil éclairaient l'île, mais pas un seul instant il ne tourna la tête pour apercevoir le paysage rocailleux, et encore moins la foule qui bordait le rivage. Il ne voulait pas voir leurs visages ravagés de douleur, car lui-même ne ressentait aucun chagrin.

Son père était un vieil homme : le moment était venu, pour lui, de rendre l'âme. Le Viking avait attendu des années ce moment où il pourrait enfin prendre les commandes de l'île, pour conduire son peuple vers un avenir glorieux.

Bientôt, tout serait réglé. Dans les jours ayant suivi la mort du vieil homme, le Viking avait ignoré les murmures de la population s'étonnant que Thorfinn, le fils aîné du défunt, ne soit pas là pour présider aux cérémonies mortuaires. Le Viking n'avait rien répondu, pas même quand son jeune frère, Ander, avait laissé transparaître ses soupçons. Il avait gardé le silence, et Ander n'avait pas insisté, bien sûr. Puis le peuple avait dû se résoudre à l'évidence : puisque Thorfinn ne se montrait pas, il fallait procéder aux funérailles.

La cérémonie serait telle que le vieux guerrier l'avait souhaitée. C'est-à-dire très simple. Mais rien n'avait été laissé au hasard : le Viking avait veillé lui-même à tous les détails, y compris au grand banquet qui se tiendrait ce soir dans la maison de son père, et qu'il présiderait. Après quoi, il dormirait dans le lit paternel, ce qui était une manière symbolique de marquer le transfert de l'autorité suprême.

Il était grand temps. Les dernières années s'étaient révélées difficiles, en raison d'hivers trop rudes et de mauvaises récoltes. Mais tout cela allait changer. Ce soir, quand son peuple serait attablé et dès que les dernières paroles en hommage à son père auraient été prononcées, il dévoilerait ses projets d'avenir. Et personne ne s'aventurerait à le contredire.

Ils travaillaient tous en silence, lui, Ander et Drason, le fils d'Ander. Une fois le corps allongé au pied du mât, ils le recouvrirent de fagots et placèrent ensuite les rames à proximité, pour aider le feu à prendre plus rapidement. Puis ils quittèrent le bateau.

Sur la rive, le prêtre prit la parole. Le Viking écouta ses prières d'une oreille distraite, ses pensées concentrées sur le destin qui l'attendait. Il gardait ses yeux bleus soigneusement baissés, pour ne rien montrer de ce qui l'agitait. La foule ne voyait de lui qu'une haute silhouette, dont le courage et la vaillance étaient connus de tous. Mais personne ne pouvait deviner ce qu'il avait en tête.

Le service terminé, le prêtre bénit le bateau comme s'il s'agissait d'un vaisseau divin, comme si le corps qu'il transportait était celui d'un authentique héros. La foule, essuyant ses larmes, commença de se congratuler, heureuse de ces belles funérailles pour le vieux chef viking.

Mais lui pensait autrement. Son père avait misérablement échoué : au lieu de conduire son peuple vers la prospérité et la gloire, il s'était contenté de laisser les choses en l'état. Et au lieu de mourir au combat, il avait rendu l'âme dans son sommeil. Il ne méritait pas qu'on brûlât un navire pour ses funérailles !

Mais au moins, ce sacrifice aurait une utilité, car les entrailles du bateau cachaient le corps de son frère aîné, Thorfinn.

Il n'avait d'autre choix que de se débarrasser de lui. En tant qu'aîné, Thorfinn aurait légitimement succédé à leur père. Et il aurait pareillement laissé les choses en l'état, ce qui n'était plus tenable. Non, à bien y réfléchir, il n'avait vraiment pas le choix, voulut-il se persuader, tandis qu'il aidait Ander et d'autres hommes à pousser le bateau vers le large, jusqu'à ce que la mer s'en empare.

— Votre père va maintenant rejoindre Dieu, leur dit le prêtre.

Ander le remercia chaleureusement. Lui se contenta de hocher la tête.

Le prêtre, se méprenant, posa une main sur son épaule.

— Je sais que c'est un moment difficile pour toi, lui dit-il.

Pour toute réponse, le Viking sortit un petit poignard de sa poche et se fit une entaille dans la paume. Le sang jaillit aussitôt.

— Mon fils ! s'exclama le prêtre. Tu as du sang sur la main !

Le Viking pressa ses deux mains l'une contre l'autre, puis les montra au prêtre. Le sang les recouvrait à présent toutes deux. Il s'obligea à ne pas sourire en voyant le prêtre écarquiller les yeux.

— Merci, mon père, murmura-t-il, avant de s'éloigner pour rejoindre les autres.

Le prêtre le suivit du regard, horrifié.

Le bateau s'étant éloigné, des hommes sur une barque lancèrent à son bord quelques torches enflammées, qui atterrirent sur les fagots. Le feu prit rapidement, jetant de grandes flammes orangées qui donnaient à la mer, alentour, une teinte ambrée.

Ander s'approcha de lui et chuchota :

— Je sais que tu as tué Thorfinn.

Le Viking croisa le regard de son jeune frère, avant de poser une main sur son bras.

— L'heure du changement a sonné. Range-toi dans mon camp et tu seras riche. Oppose-toi à moi, et…

Il tourna son regard vers la femme d'Ander, Eldrid, puis vers leur fils, Drason, reportant finalement son attention sur Ander pour conclure :

— Qui sait lequel d'entre nous sera le prochain à mourir ?

Il darda ensuite ses yeux sur la mer. Ander fit de même. Mais Drason continua d'observer son oncle – et celui-ci en était parfaitement conscient.

La foule poussa un cri en voyant le bateau s'immobiliser, comme si leur défunt chef voulait leur adresser un ultime adieu. Le feu, cependant, faisait toujours rage, et la voile s'enflamma soudain comme une torche. Puis le navire reprit lentement sa progression, montrant son profil et la silhouette de dragon qui ornait sa proue.

Bientôt, l'incendie se communiqua à tout le bateau, et l'on aurait cru qu'une boule de feu se promenait sur l'eau. La lumière était si intense qu'elle obligeait les spectateurs à cligner les yeux.

Le Viking finit par détourner la tête. Quand il reporta son regard devant lui, la mer était redevenue parfaitement lisse. Et vide. Le bateau avait coulé.

Il était convaincu d'avoir eu raison d'agir comme il l'avait fait. Son plan réussirait.

Juin 1263, Somerstrath, côte occidentale de l'Écosse

Margaret MacDonald offrit son visage au soleil, s'adossa plus confortablement aux rochers qui bordaient la plage et soupira de contentement. Le retour des beaux jours la comblait. L'hiver avait été terriblement long, et le printemps humide. Enfin, l'été était là, et ce n'étaient pas les quelques nuages qui défilaient haut dans le ciel qui empêchaient le soleil de darder ses rayons bienfaisants.

Fiona, la meilleure amie de la jeune femme, assise à son côté, les mains croisées sur ses genoux repliés sous son menton, contemplait l'océan.

Ce moment de paix, hélas, ne durerait pas. Nell, la sœur de Margaret, reviendrait bientôt, suivie de leurs quatre petits frères – et, avec eux, le chaos !

Il n'y avait malheureusement pas moyen d'y échapper. Leur mère avait déjà donné naissance à dix enfants et elle attendait le onzième. Elle comptait sur Margaret, l'aînée des sept survivants, pour la décharger un peu de son fardeau maternel. La jeune femme passait donc le plus clair de ses journées à s'occuper de ses frères et sœurs. Nell, aujourd'hui âgée de douze ans, l'aidait un peu, mais les quatre derniers garçons, qui avaient entre quatre et dix ans, mijotaient toujours une bêtise, et les deux sœurs n'étaient pas de trop pour les surveiller. C'était une chance que Margaret ait pu voler ces quelques minutes avec Fiona, pendant que les quatre garnements, restés en arrière avec Nell, cherchaient les rochers les plus intéressants à escalader. Et desquels, bien sûr, ils risqueraient de tomber.

Margaret n'aurait sans doute pas d'autre moment tranquille avant son mariage, et c'était probablement la dernière fois qu'elle pourrait avoir une conversation intime avec Fiona. Le mois prochain, elle épouserait Lachlan Ross, et son existence changerait du tout au tout. Elle quitterait Somerstrath pour devenir la femme d'un homme riche et puissant, cousin du roi.

Elle n'était encore qu'un bébé et Lachlan était à peine plus âgé qu'elle, quand leurs pères avaient contracté cette union entre les Ross et les MacDonald. Ce mariage était donc en quelque sorte inscrit dans ses veines, et personne ne pourrait l'empêcher, sauf le roi en personne. Margaret, du reste, en était heureuse, car elle était impatiente de quitter ce petit bout de terre, tout à l'ouest de l'Écosse. Lachlan s'était toujours montré gentil envers elle, mais depuis quelque temps son expression avait changé, et Margaret avait décelé une lueur particulière dans son regard. Elle savait qu'elle lui plaisait – ce qui, en retour, lui plaisait également.

Elle se tourna vers Fiona.

— Je n'arrive pas à croire que bientôt, je ne serai plus là. Il ne reste que trois semaines avant mon départ.

Fiona repoussa ses cheveux châtains derrière son épaule.

— Tu as de la chance de pouvoir t'en aller. Tu auras une belle maison, quantité de domestiques, et tu n'auras plus besoin de bouger le petit doigt. En plus, tu te feras vite de nouvelles amies à la cour. Je parie qu'en moins de quinze jours, tu m'auras oubliée ! As-tu seulement conscience de ton bonheur ?

La voix de Fiona trahissait une pointe d'envie. Margaret se sentit vaguement coupable. Le destin de Fiona, en comparaison du sien, paraissait injuste. Le père de son amie était un tisserand respecté, mais sans argent. Alors que celui de Margaret était le chef – le laird – de leur clan, possédait de vastes terres et était à la tête d'une jolie fortune. Et sa mère était la sœur de William, le comte de Ross, l'un des seigneurs les plus puissants d'Écosse. Fiona épouserait un villageois de Somerstrath, et passerait le restant de sa vie là où elle était née. Margaret, en revanche, s'était déjà rendue deux fois à la cour du roi Alexandre III, et elle y vivrait bientôt – c'est-à-dire au centre de tout. Margaret avait eu des précepteurs, elle savait lire et écrire en latin, français et gaélique. Fiona était capable de compter sur ses doigts, mais elle n'apprendrait jamais à lire ni à écrire. Jusqu'à présent, ces différences n'avaient pas empêché leur amitié. Mais cette fois, leurs chemins s'apprêtaient à diverger d'une manière si radicale qu'ils ne pourraient plus se rejoindre.

— J'ai conscience de mon bonheur, répondit Margaret. Mais tu me manqueras. Et personne ne te remplacera dans mon cœur.

Fiona eut un triste sourire.

— Merci.

— J'aimerais que tu puisses m'accompagner, lança tout à coup Margaret, qui s'étonnait de ne pas y avoir songé plus tôt. C'est peut-être possible !

— Pour faire quoi ? répliqua Fiona, sarcastique. Pour être ta servante ? T'aider à t'habiller ?

— Non, tu serais ma dame de compagnie ! se récria Margaret. Ce serait tellement agréable de t'avoir près de moi ! Je ne vois pas pourquoi Lachlan s'y opposerait. Nous pourrions peut-être même te trouver un mari parmi ses gens, et comme cela nous resterions pour toujours ensemble !

— Je ne suis pas pressée de me marier.

Margaret hocha la tête, pensive. Son amie n'avait guère le choix : à moins que Margaret ne l'emmène avec elle, Fiona finirait par épouser un garçon de Somerstrath, et elle connaîtrait la même existence laborieuse que n'importe quelle villageoise. Sans parler des grossesses à répétition et de la crainte de chaque accouchement, où tant de femmes perdaient la vie – ce qui d'ailleurs avait été le cas de la mère de Fiona.

— J'en parlerai à maman, décréta Margaret, résolue à infléchir le destin de son amie.

Celle-ci secoua la tête d'un air morose.

— Elle ne voudra jamais. Elle m'a demandé de l'aider à s'occuper de tes frères et sœurs après ton départ.

— D'autres pourront aussi bien le faire que toi. Je t'assure que je vais lui parler. Ah, Fiona ! J'aimerais tellement nous voir toutes les deux, au milieu de ces ladies anglaises.

Fiona écarquilla les yeux.

— Des ladies anglaises ? Parce que tu iras aussi en Angleterre ?

Margaret se souvint que Fiona n'était jamais sortie de Somerstrath, et qu'elle connaissait très peu l'histoire de son pays.

— Notre reine, Margaret, expliqua-t-elle, est la fille du roi Henry d'Angleterre. Quand elle est venue en Écosse épouser notre roi Alexandre, elle a entraîné toutes les dames de sa suite et leurs maris[1]. Si bien que la moitié de la cour est désormais anglaise. Et qu'ils parlent tous le français, évidemment.

— Évidemment, répéta Fiona, comme si elle savait cela depuis toujours.

— Donc, il faudra que tu apprennes le français, reprit Margaret. Et qu'on te procure de nouvelles robes.

— Comme les tiennes ?

Le ton était à nouveau envieux. Margaret jeta un œil à ses fines sandales de cuir, qu'elle avait laissées dans le sable, puis considéra les pieds nus de Fiona. Leurs toilettes aussi étaient très dissemblables. La robe de Margaret, en lin, contrastait avec celle de drap grossier de son amie. La fille du tisserand portait les rebuts de son père, tandis que la fille du laird avait droit à son plus beau travail.

— En tant que dame de compagnie, tu serais obligée d'avoir de belles robes. Et nos cheveux ! Tu n'imagines pas comment les femmes de la cour sont coiffées ! Je vais parler à maman dès ce soir.

— Non, pas tout de suite. Attends que tes parents ne soient plus fâchés après Rignor.

Margaret soupira.

— C'est vrai. J'avais oublié.

Son frère Rignor, plus jeune qu'elle de seulement deux ans, avait pourtant davantage besoin d'être sur-

1. Alexandre III, couronné roi d'Écosse en 1249, épousa Margaret d'Angleterre, fille du roi Henry III. *(N.d.T.)*

veillé que les quatre derniers garçons. Son tempérament volcanique et imprévisible n'était pas du goût de leurs parents. Leur père commençait même à désespérer de lui, mais leur mère, plus indulgente, estimait qu'il lui manquait simplement quelques années de maturité.

— Prétend-il toujours épouser Dagmar ? s'enquit Fiona.

— Hélas, oui. L'inconscient ! Comme s'il avait une chance d'obtenir la permission…

— On ne peut pas en vouloir à ton père de désapprouver ce projet de mariage. Elle est connue pour soulever ses jupes à tous les vents.

Margaret acquiesça. Elle n'aurait su compter toutes les fois où elle avait aperçu Dagmar attirer un homme dans un recoin discret, puis réapparaître quelques minutes plus tard, un sourire satisfait aux lèvres.

— Dagmar n'est certainement pas l'épouse qui convient à l'héritier de Somerstrath, reprit Fiona.

— On ne saurait même pas qui serait le père de ses enfants.

— Quelqu'un devrait lui dire d'aller jeter son dévolu ailleurs.

— Je crois que ma mère s'en est déjà chargée.

Margaret soupira au souvenir de la mauvaise humeur maternelle de ces derniers temps. Peut-être était-ce simplement la conséquence de sa grossesse, mais elle devenait de plus en plus ombrageuse.

Décidément, Margaret était impatiente de se marier. Elle échapperait enfin aux humeurs massacrantes de sa mère et s'étourdirait, à la cour, dans un monde tout de brillant et de légèreté.

Les deux amies poursuivirent quelques minutes leur conversation, puis Margaret ferma les yeux pour mieux profiter du soleil, et finit par s'assoupir.

— Margaret ! Réveille-toi !

La jeune femme ouvrit les yeux juste au moment où Fergus, quatre ans, sautait sur elle à califourchon. Elle serra le garçonnet sur sa poitrine et lui sourit. Nell suivait juste derrière, tandis que les autres garçons couraient au contraire vers le rivage en battant des bras pour effrayer les oiseaux marins.

— Tu dormais, Margaret, lui fit remarquer Fergus. En plein jour !

Margaret s'esclaffa.

— Oui, je m'étais assoupie.

Nell se laissa choir à côté de sa sœur, une grimace dépitée sur les lèvres.

— Maman est encore d'une humeur de chien. C'est à croire que rien ne lui plaît.

— Elle est fatiguée. Elle est toujours comme ça dans les dernières semaines de grossesse.

— Eh bien, moi, je n'aurai jamais d'enfant, décréta Nell.

Fiona leva les yeux au ciel. Margaret, pour sa part, se retint de sourire. Sa petite sœur était d'un caractère impétueux. Elle s'enthousiasmait vite, se fâchait encore plus rapidement et pardonnait dans la foulée. C'était une forte tête, mais la meilleure alliée, et la plus loyale, sur laquelle Margaret pouvait compter. Les deux sœurs étaient très proches : Margaret racontait à Nell des choses qu'elle ne confiait pas même à Fiona. Cette proximité lui manquerait. Comme lui manquerait le petit garçon lové dans ses bras.

— Tu es sûre ? répondit-elle à Nell. Même pas d'enfant ressemblant à Fergus ?

Nell secoua gravement la tête.

— Non.

Avant d'ajouter, une lueur triste dans ses beaux yeux verts :

— Papa aussi est de mauvaise humeur. Pourtant, il n'est pas enceinte.

Margaret savait à quoi s'en tenir là-dessus. Leur père était surtout inquiet. Le printemps humide avait gâché une partie des cultures, et la moisson serait chiche. En outre, sa femme approchait du terme, et bien sûr c'était un autre souci pour lui. Mais Nell était trop jeune pour comprendre tout cela.

La jeune femme se releva.

— Au moins, nous, nous ne sommes pas de mauvaise humeur, n'est-ce pas, Fergus ? Le soleil brille, et aucun travail ne nous attend dans l'immédiat. C'est le bonheur, hein, mon chéri ?

Fergus s'esclaffa.

— Oui ! C'est le bonheur !

Le visage de Nell s'adoucit. Elle se releva également, et prit Fergus par la main.

— Viens, dit-elle. Allons rejoindre les autres.

Margaret se tourna vers Fiona :

— Regarde-les ! s'exclama-t-elle, alors que ses jeunes frères et sœur couraient à la lisière des vagues. Tu te souviens, quand nous avions leur âge ? Nous pensions que l'été durerait toujours et que la vie serait éternellement insouciante.

Fiona demeura songeuse un moment.

— Oui, répondit-elle finalement. Nous étions convaincues que rien ne changerait jamais. Mais nous nous trompions.

Et, se levant à son tour, elle enchaîna, un peu amère :

— J'aimerais rester, mais il vaut mieux que je rentre avant que papa ne me cherche. On se revoit après diner ?

— D'accord, acquiesça Margaret.

Elle regarda son amie rebrousser chemin vers le village, et se jura de convaincre ses parents de laisser Fiona l'accompagner.

Puis elle rejoignit Nell et les garçons, qui jouaient à s'asperger d'eau avec de grands rires. Au-dessus de leurs têtes, les mouettes semblaient également prendre plaisir à cette récréation. Au bout d'un moment, Margaret s'écarta du rivage avec Fergus. Le vent fraîchissait, et des nuages menaçaient. Un objet bizarre flottait sur l'eau, tantôt surgissant, tantôt caché par les vagues. Le courant finit par le déposer sur la plage. Les enfants, interrompant leur jeu, se précipitèrent pour voir ce dont il s'agissait. Davey arriva le premier, et poussa un grand cri.

Nell, qui le suivait de peu, cria également, avant de pivoter vers sa sœur aînée :

— Margaret !

— Qu'y a-t-il ? demanda celle-ci.

— C'est une tête ! s'écria Davey alors que ses deux frères, Ewan et Cawley, le rejoignaient.

Fergus interrogea Margaret du regard.

— C'est probablement une boule d'algues, le rassura-t-elle.

Mais en se rapprochant, elle cessa de sourire.

Davey avait raison. C'était une tête d'homme, avec des longs cheveux blonds encore attachés à son crâne. La victime semblait avoir dans les trente ans, ou un peu plus, et une grimace déformait ses lèvres. Son état de conservation laissait supposer qu'il était mort récemment. Et sans doute pas très loin d'ici.

Margaret sentit son estomac se contracter douloureusement, mais cinq visages anxieux se tournaient à présent vers elle et la jeune femme s'obligea à se reprendre.

— Pauvre âme, dit-elle d'une voix qu'elle voulait calme et posée.

— Comment est-il arrivé ici ? questionna Davey.

Margaret jeta un coup d'œil vers les flots, s'attendant presque à voir d'autres têtes surgir, mais la mer était déserte.

— Il était peut-être sur un navire qui aura été pris dans la tempête. Souvenez-vous comment le vent a soufflé fort, cette nuit. Le malheureux sera passé pardessus bord.

— Et le vent lui aura coupé la tête ? demanda Nell, incrédule.

— Non ! C'est un monstre qui l'a dévoré ! s'exclama Davey.

— Ou alors, il y a une guerre, supputa Ewan.

— Vous avez trop d'imagination, répliqua Margaret. Les monstres n'existent que dans les fables. Et s'il y avait une guerre, papa serait au courant.

— Nous devrions la lui montrer, suggéra Davey, et ses frères approuvèrent bruyamment.

— En tout cas, ne comptez pas sur moi pour la porter ! se récria Nell, horrifiée.

— Personne ne la portera, assura Margaret. Nous allons simplement l'éloigner du rivage, et nous dirons à papa où elle se trouve.

Ewan donna un coup de pied dans la tête, qui roula à l'écart des vagues. Margaret ne put se retenir de frissonner, mais elle se persuada qu'elle avait tort de redouter un danger. Un homme était mort, certes, mais enfin ce n'était pas plus grave que cela.

— Rentrons à la maison, dit-elle.

Margaret éprouva un réel soulagement en apercevant les murs de pierre qui entouraient le village.

Des paysans rentraient des champs, tandis que du côté du port les pêcheurs tiraient leurs bateaux sur la grève. Un petit panache de fumée échappé d'une cheminée dansait mollement dans le ciel. La jeune femme se sentit tout à coup idiote de s'être affolée. Cette tête apportée par les vagues n'était pas un signe inquiétant du destin. Ce n'était qu'un pauvre malheureux ayant péri en mer.

Elle laissa les autres prendre de l'avance, pendant que Fergus examinait le lombric qu'il venait de débusquer.

— Allez, viens, chéri, lui dit-elle.

Le garçonnet prit le lombric dans ses doigts, pour le montrer à sa grande sœur :

— Regarde !

Margaret sourit. Un jour, elle aurait un garçon à elle, aussi merveilleux et plein de vie que celui-là.

— Si tu laissais ce ver tranquillement rejoindre ses congénères ? suggéra-t-elle. Moi, je meurs de faim. Pas toi ?

Fergus contempla une dernière fois le lombric, avant de le relâcher avec un hochement de tête. Margaret lui reprit la main et se dirigea vers la porte fortifiée du village, où les autres les attendaient. Puis ils gagnèrent ensemble la forteresse du laird et pénétrèrent dans la grande salle commune.

C'était la pièce favorite de Margaret. Pourtant, la salle n'était pas aussi vaste que celles qu'elle avait pu visiter à Édimbourg, ou dans les châteaux de style normand qui s'élevaient dans le centre de l'Écosse. Mais elle était quand même assez grande pour accueillir plusieurs rangées de tables et de bancs en bois poli. Et la cheminée, qui se dressait sur l'un des murs, avait fière allure.

La mère de Margaret avait réchauffé le décor en suspendant des tapisseries un peu partout, et son mari y avait ajouté des trophées de chasse.

Quelques-uns des hommes du laird étaient assemblés dans un coin, à discuter. Lui-même était attablé un peu plus loin, avec Rignor. Margaret perdit d'un coup sa bonne humeur retrouvée en voyant son père tout rouge, preuve qu'il se querellait à nouveau avec son fils. Tout à coup, il abattit son poing sur la table, sans même s'apercevoir que ses autres garçons s'approchaient. Il n'avait d'yeux que pour Rignor, qu'il fusillait du regard.

— J'en ai assez de tes excuses et de tes jérémiades ! s'exclama-t-il. Tu aurais dû en avoir terminé à midi, et ne pas demander à quelqu'un de t'aider. Il n'y a pas de tâche ingrate pour un chef de clan ! Il est grand temps que tu cesses de te tourner les pouces pendant que les autres travaillent. Sinon, je finirai par te déshériter, et je transmettrai le clan à un autre des garçons.

— Vous ne pourrez plus faire la loi quand vous serez mort ! rétorqua Rignor, qui criait lui aussi.

Le visage de leur père se figea.

— Répète cela encore une fois, mon garçon, et ton sort est scellé.

Rignor quitta la salle en trombe, sans même accorder un regard à ses petits frères. Leur père secoua la tête, désabusé, et sembla contempler le vide. Margaret et Nell échangèrent un regard entendu. Papa et Rignor ne se décideraient-ils jamais à faire la paix ?

Ils se ressemblaient à maints égards. Tous deux étaient grands, le cheveu très noir, et solidement bâtis. Et tous deux avaient un caractère bien trempé. Mais papa, d'ordinaire, savait se contenir, alors que Rignor était très impulsif. Papa plaçait toujours – ou presque toujours – les intérêts du clan avant les siens. Rignor, en revanche, pensait surtout à lui. Papa savait écouter les conseils. Rignor, à l'inverse, détestait qu'on lui fasse des commentaires.

Le visage de leur père s'illumina quand il aperçut les garçons et les deux sœurs. Il attira Fergus dans ses bras.

— Papa ! s'exclama Ewan. Nous avons trouvé une tête sur la plage !

— Trouvé une tête ? Que veux-tu dire ?

Les garçons parlèrent tous en même temps. Leur père les écouta, sourcils froncés, puis croisa le regard de Margaret.

— Montez dans votre chambre, leur dit-il. Toi aussi, Nell.

— Vous croyez que c'est la guerre, papa ? demanda Ewan.

Leur père secoua la tête.

— Je n'ai pas entendu parler de guerre.

Nell regroupa les garçons, mais sa mine chagrinée attestait qu'elle était déçue de devoir les accompagner à l'étage. Après leur départ, un silence s'abattit dans la salle, puis le laird, la mine sombre, pivota vers ses hommes :

— Retrouvez cette tête et apportez-la-moi.

Il attendit qu'ils se soient éclipsés, avant d'interroger Margaret :

— Raconte-moi ce qui s'est exactement passé.

Il écouta, les bras croisés sur la poitrine, mais ne fit aucun commentaire.

Lorsque ses hommes revinrent, avec la tête, il la contempla en silence de longues minutes.

— C'est un Viking, n'est-ce pas ? s'enquit Margaret.

Son père acquiesça.

— Enterrez-la, dit-il à ses hommes, et il sortit les accompagner.

Margaret attendit son retour. Rignor réapparut entre-temps. Il s'assit pour boire le whisky de son père.

— Pourquoi vous disputiez-vous, cette fois ? questionna la jeune femme.

— Il prétend que je suis trop paresseux pour apprendre à être un chef.

— Fais des efforts, lui conseilla Margaret. Et tu seras un bon laird le moment venu. Dis-lui que tu es prêt à essayer.

Rignor se releva, mécontent.

— Je suis fatigué de l'entendre me répéter que je ne suis qu'un bon à rien. Et fatigué de te voir toujours te ranger de son côté. Tu es ma sœur, mais tu ne prends jamais ma défense. Comme quand il veut m'empêcher d'épouser Dagmar. Tu n'as pas levé le petit doigt ! Mais il aura beau dire, et maman aussi, je ne changerai pas d'avis. Et toi, n'essaie pas de me convaincre que je ferais mieux de regarder ailleurs, ou de chercher une alliance avec les Ross ou un autre clan. C'est à moi de décider qui j'ai envie d'épouser.

— Je n'avais pas l'intention de rajouter quoi que ce soit là-dessus, objecta Margaret.

C'était la vérité. Leurs parents avaient épuisé le sujet, en répétant cent fois à Rignor qu'il devait songer à ses responsabilités de futur chef de clan avant de se marier, et qu'ils ne permettraient jamais que Dagmar devienne sa femme.

Mais les différentes tentatives pour l'unir à un parti convenable s'étaient toutes soldées, jusqu'ici, par des échecs – et de la seule faute de Rignor. Il avait par exemple gravement insulté le père d'une de ses « promises », et ce désastre, du reste, n'était pas encore totalement réparé. Une autre fois, il avait été surpris dans le lit de la caméristе de sa promise. Rignor avait été, comme Margaret, fiancé dès le berceau, mais sa fiancée était morte durant l'enfance. Il avait alors été fiancé à une seconde fillette, qui avait connu le même sort funeste. Si bien que la rumeur avait commencé de se répandre, parmi les clans, que Rignor était maudit et qu'il n'aurait jamais d'épouse. Parfois, Margaret en venait à se demander si ce n'était pas fondé.

— Rignor... commença-t-elle, mais il l'arrêta d'un geste de la main.

— Les parents aiment Lachlan Ross, évidemment. Tout le monde aime Lachlan. Tu as bien de la chance de l'épouser.

— Je sais, dit-elle.

Elle voulut ajouter quelque chose, mais il ne lui en laissa pas le loisir.

— Lachlan n'est pas aussi bien qu'on le prétend. Je sais que ses gens se plaignent qu'il les néglige. Ils lui reprochent de passer tout son temps à la cour et de dépenser des fortunes pour se vêtir. Il aura du mal à trouver de la place dans sa vie pour une épouse, Margaret.

— Ce n'est pas vrai ! se récria la jeune femme. Lachlan s'est toujours montré gentil avec moi. Et avec toi aussi. La dernière fois qu'il est venu, il t'a emmené à la chasse.

— Et qu'est-ce qu'il a attrapé, dis-moi ?

Margaret fronça les sourcils.

— Que veux-tu dire ?

— Je ne l'aime pas, Margaret. Voilà ce que je voulais te dire.

Il sortit là-dessus, sans un regard en arrière.

Le laird ordonna qu'on multiplie les patrouilles aux frontières de ses terres, informa les clans voisins de la découverte de la tête de Viking, et conversa longuement avec le capitaine de sa garde. Mais aucune autre tête ne fut découverte et les messagers des clans confirmèrent que tout était calme chez eux, si bien qu'au bout d'un moment, plus personne ne s'inquiéta à Somerstrath. Sauf Margaret, qui ressentait une vague prémonition, mais qu'elle n'aurait pas su définir plus précisément.

Elle voulut se persuader que sa nervosité était tout simplement liée à l'approche de son mariage. Lequel entraînerait son départ définitif de Somerstrath. Hormis quelques voyages dans l'intérieur de l'Écosse, notamment pour rendre visite à la famille de sa tante Jeanne, les Comyn, Margaret avait passé l'essentiel de son existence ici, sur les terres de son père. Il était donc normal qu'elle ressente quelque appréhension à quitter le pays qui l'avait vu naître. Bien qu'elle fût heureuse et impatiente de se marier, une partie d'elle-même demeurerait toujours à Somerstrath.

Elle ne serait plus là pour assister aux redoutables tempêtes d'équinoxe qui soulevaient la mer par-dessus les rochers de la côte. Elle n'entendrait plus les récits qu'on faisait durant les longues veillées d'hiver, qui racontaient les exploits des guerriers de l'ancien temps. Elle ne verrait pas naître son nouveau petit frère ou sa nouvelle petite sœur. Et elle ne verrait pas grandir Fergus et les autres. Elle habiterait dans l'intérieur des terres, au milieu de tout un monde de luxe, mais loin, très loin de son village et de sa famille. Il y avait de quoi être déstabilisée.

Mais c'était idiot, d'un autre côté. Elle n'épousait pas un étranger, mais Lachlan, qu'elle connaissait depuis toujours. Leur vie de couple serait merveilleuse. Et puis, elle pourrait revenir en visite à Somerstrath. Ou bien, Nell et ses frères viendraient la voir. Et Fiona serait à ses côtés – car elle avait réussi à convaincre ses parents de la prendre avec elle.

Enfin, il lui restait encore deux semaines à passer ici, avant que son existence ne bascule.

Elle ne se doutait pas à quel point.

2

Juin 1263, Fermanagh, Ulster, Irlande

— Milord…

Gannon MacMagnus leva les yeux de la lettre qu'il destinait à Patrick Maguire, son beau-père, et s'adossa à la chaise fournie par le fermier chez qui il avait passé la nuit, ainsi que ses compagnons. Il s'apprêtait à expliquer à Patrick que tout se passait bien dans ses terres de l'Ouest, et que dans le périmètre visité par Gannon et son jeune frère Tiernan, rien de fâcheux n'était à déplorer. Mais, à en juger par la mine des deux hommes qui s'encadraient sur le seuil de la pièce, Gannon devina qu'il ne pourrait plus écrire ces mots rassurants.

Il s'agissait d'Alban Maguire et de son frère. Tous deux étaient au service du beau-père de Gannon, et ce dernier les connaissait depuis des années. Alban semblait ravagé par le chagrin, et ses mains tremblaient. Son frère était pâle. C'était donc grave. Gannon échangea un regard avec Tiernan, assis à l'autre bout de la pièce.

— Que se passe-t-il, Alban ? demanda-t-il.

— Vous vous souvenez, milord, que je vous ai raconté, pas plus tard qu'hier, comment ma fille avait été approchée par un homme de Sligo, et comment elle l'avait repoussé ?

Comme Gannon hochait la tête, Alban continua :

— Eh bien, cette nuit, il est venu chez nous. Mais il n'était pas seul.

Et, après avoir repris sa respiration, il ajouta :

— Ils ont tué ma femme, milord. Et pris mes deux filles. J'ai… j'ai essayé de les en empêcher, milord, mais c'était impossible. Vous vous souvenez, je vous avais raconté qu'il avait promis de prendre sa revanche. Mais je n'aurais jamais pensé qu'il…

Il plongea son visage dans ses mains, incapable de poursuivre.

— Oui, je me souviens, dit Gannon.

Il n'avait pas été surpris d'apprendre que l'homme de Sligo ait voulu la main de la fille d'Alban, car elle était ravissante. Et il n'avait pas non plus été surpris qu'elle ait refusé sèchement, car elle était connue pour avoir une haute opinion d'elle-même. Peu d'hommes supportaient de bon cœur une telle rebuffade. Mais ils n'en devenaient pas violents pour autant.

— Il est venu me trouver à l'aube, expliqua le frère d'Alban, et je lui ai dit de faire appel à vous. Je n'arrive pas à croire que ces brutes aient pu tuer sa femme et enlever mes deux nièces. Dieu seul sait ce qui a pu leur arriver, à l'heure qu'il est.

Gannon se leva et rassembla les papiers étalés devant lui.

— Vous désirez que nous vous les ramenions, n'est-ce pas ?

Le frère d'Alban dévisagea Tiernan et les quatre autres hommes de la pièce.

— Non. Vous n'êtes pas assez nombreux. Mais nous pensions, puisque vous êtes cousin du grand Rory O'Neill, laird de toute l'Ulster, que vous pourriez lui écrire de nous envoyer quelques soldats.

— Mais cela prendra au moins trois jours. Combien étaient les ravisseurs ?

— Une quinzaine, milord. Tous de solides gaillards.

— De mon côté, nous sommes six, répliqua Gannon. Et vous êtes deux. Ce qui fait huit. Savez-vous où ils sont allés ?

— Nous avons suivi leur piste jusqu'à une clairière non loin d'ici. Mais franchement, milord, nous ne pouvons pas espérer les surprendre sans renfort.

Tiernan s'approcha de Gannon. Les deux frères échangèrent un regard, et Gannon acquiesça avant de se tourner vers ses hommes :

— Préparez-vous, les gars. Nous allons donner une leçon à ces gredins.

Gannon se pencha sur l'encolure de son cheval et lui murmura quelques mots. Les oreilles de l'étalon battirent rapidement, en guise de réponse. Parfaitement entraîné au combat, l'animal savait se tenir silencieux quand la situation l'exigeait.

Gannon et son frère s'étaient abrités derrière un bosquet. Dans la clairière, devant eux, les deux jeunes filles enlevées se serraient l'une contre l'autre. La plus jeune sanglotait, l'aînée regardait en direction des hommes de Sligo, assis en cercle un peu plus loin, et qui se passaient une outre de vin.

Gannon fit signe à Alban, resté en arrière, de les rejoindre.

— C'est bien elles ? demanda-t-il.

Alban hocha la tête.

— Oui. Mais, milord, vous n'allez pas…

Gannon posa un doigt sur ses lèvres, pour l'intimer au silence.

— Nous allons les sauver, chuchota-t-il.

Il pivota vers ses hommes et indiqua à deux d'entre eux de se poster à une autre lisière de la clairière. Il attendit que la manœuvre soit terminée, puis il échangea un regard avec Tiernan et, éperonnant son cheval, fonça droit dans la clairière.

Les ravisseurs bondirent sur leurs pieds. Quelques-uns voulurent se précipiter sur leurs armes, mais ils s'immobilisèrent en voyant Gannon stopper son cheval devant eux. C'étaient de rudes gaillards, comme les avait décrits Alban, et ils observaient Gannon avec un mélange de mépris et d'étonnement.

— Vous êtes accusés d'avoir enlevé les deux jeunes filles ici présentes, et d'avoir tué leur mère, leur dit Gannon. Je vais donc vous déférer devant Patrick Maguire, afin que justice soit rendue.

— Et tu comptes t'y prendre tout seul ? railla l'un des ravisseurs.

— Vous refusez de me suivre ? demanda Gannon.

— Du diable si on va te suivre ! répondit l'homme qui s'avança vers Gannon, menaçant.

Gannon le laissa s'approcher, et le faucha avec son épée. Au même moment, Tiernan lança l'attaque, et les compagnons de Gannon surgirent dans la clairière. La plupart des ravisseurs furent tués avant d'avoir pu s'emparer de leurs armes, mais une poignée résista vaillamment. L'un d'eux se servit même de la fille aînée d'Alban comme d'un bouclier. La jeune femme se mit à pleurer, et d'après les bleus sur son corps, on pouvait deviner qu'elle avait été violée. Elle ferma les yeux et cria de terreur en voyant Gannon lever son épée, mais il transperça son agresseur sans toucher un seul de ses cheveux.

Entre-temps, Tiernan et les autres avaient eu raison du reste de la bande. C'était fini. Alban serrait dans ses bras sa fille cadette. Il croisa le regard de Gannon et hocha la tête avec reconnaissance.

Ils passèrent la nuit dans le village où habitait le frère d'Alban. La soirée fut une longue veillée commune, pendant laquelle les hommes de Gannon et le frère d'Alban répétèrent à satiété l'histoire du sauvetage des deux jeunes filles, l'embellissant à chaque nouveau récit. Gannon écoutait, amusé, en savourant le whisky offert par les habitants, mais il évitait de regarder en direction d'Alban et de ses deux filles, dont la souffrance était palpable.

Le lit qu'on lui procura était confortable, la femme qui s'offrit à le partager était désirable, et Gannon profita largement des deux.

Mais il fit ensuite un cauchemar atroce, rêvant qu'il se noyait dans des flots sombres qui se refermaient inexorablement sur lui. Il se réveilla en sursaut, le cœur battant à tout rompre et le corps couvert de sueur. Ce n'était qu'un rêve, voulut-il se rassurer. Sans doute provoqué par les événements de la journée. Il glissa hors du lit, prenant soin de ne pas réveiller sa compagne, et sortit de la maison pour observer le ciel. Il tenta de s'apaiser en nommant, une à une, les constellations qui brillaient sur la voûte étoilée : le Lion, le Scorpion…

Ce n'était pas la première fois qu'il rêvait qu'il mourait. Ces cauchemars étaient même de plus en plus fréquents. Et ils paraissaient si réels qu'il se réveillait à chaque fois avec l'impression d'avoir assisté à sa propre mort.

Il n'avait pas peur de mourir. En revanche, il redoutait d'échouer, et dans ses rêves, il échouait toujours à se débattre contre les éléments ou des ennemis imaginaires. En se réveillant, il devait se rappeler qui il était, ce qu'il avait appris, et quel sang coulait dans ses veines.

Tout homme devait mourir un jour. C'était le lot commun. Son tour viendrait donc tôt ou tard, et il savait qu'il ne pourrait rien y changer, pas plus qu'il ne pouvait changer le flux de l'océan. Mais il avait l'intuition que ces cauchemars étaient un signe. Le moment approchait où il serait bientôt confronté à d'immenses changements. Il s'y préparait depuis longtemps, ayant pressenti, très jeune, que son destin ne serait pas ordinaire.

Ce qu'il ignorait, en revanche, c'est que ces changements surgiraient plus vite qu'il ne l'imaginait.

Nell MacDonald agita ses jupes, pour contempler leur ombre sur le mur de la chambre qu'elle partageait avec Margaret. Elle avait grandi trop vite, s'était lamentée leur mère lorsqu'elles avaient cherché, dans les coffres à vêtements de la forteresse, ce que Nell pourrait porter pour le mariage de sa sœur. Elles n'avaient rien trouvé d'assez long. Comme si Nell pouvait contrôler sa taille !

Sa nouvelle robe, fabriquée sur mesure, avait été livrée hier. Les jupes étaient en soie couleur lavande, et le bustier un ton plus coloré. L'ensemble était exquis, très élégant. Nell l'avait essayée à plusieurs reprises, fière d'avoir grandi, de voir changer son corps et de dire enfin adieu à ses habits de fillette. Margaret allait épouser un homme important, qui l'emmènerait à la cour, et peut-être Nell lui rendrait visite. Aussi ne pouvait-elle plus s'habiller aussi simplement qu'auparavant. En outre, bien que personne ne lui en ait ouvertement parlé, elle était au courant des rumeurs circulant sur ses propres fiançailles. Il était donc grand temps qu'elle ressemble à une vraie femme.

Toutes les couturières de Somerstrath avaient travaillé pour Margaret, lui coupant quantité de robes en soie agrémentées de rubans, et même un manteau ourlé de fourrure. Sa garde-robe achevée, c'était le tour d'habiller les autres membres de la famille. Nell en avait profité la première.

Le mariage approchait vite, à présent, et leur mère s'étourdissait dans les préparatifs. Nell avait eu beau lui répéter que personne ne lui ferait de reproche si tout n'était pas absolument parfait, elle avait répondu avec irritation qu'elle n'y comprenait rien. Ce qui n'était pas faux. Un mariage était censé être une fête joyeuse, mais il aurait été difficile de le croire, à en juger par la tête que faisait Mme MacDonald. Nell espérait que leur mère serait de meilleure composition quand viendrait son tour de se marier.

— Tu admires encore ta robe ?

Nell sursauta. Elle n'avait pas entendu sa sœur entrer.

— Moque-toi de moi si tu veux, mais j'entends en jouir pleinement jusqu'à ce que j'aie encore grandi pour ne plus pouvoir la mettre.

Margaret éclata de rire.

— Je suis venue t'annoncer que maman m'a chargée d'inspecter les cabanes à sa place.

Nell hocha la tête. Chaque été, leur mère visitait ces cabanes – des huttes de bergers, dans les collines – pour s'assurer de leur bon état avant que des villageois ne s'y rendent en transhumance avec leur bétail, jusqu'aux fêtes de Lammas. Mais cette année, maman étant enceinte, il était logique qu'elle ait confié ce travail à Margaret.

— Rignor va m'accompagner, ajouta celle-ci. Tu veux venir aussi ?

— Oh oui ! s'exclama Nell, aux anges.

Une journée entière avec Margaret, loin du village – même avec ce gredin de Rignor – serait une bénédiction.

— Parfait. Il ne nous reste plus qu'à convaincre maman. Je propose que tu t'en charges. Tu auras plus de succès que moi.

Nell acquiesça. Leur mère était plus sévère et sèche avec Margaret qu'avec n'importe qui d'autre. Nell voulait croire que c'était parce que maman désirait que tout soit parfait pour sa fille aînée.

— Tu sais, Margaret, dit-elle, maman redeviendra elle-même quand elle aura accouché, et que le mariage se sera passé sans encombre.

— Mais je ne serai plus là pour le voir.

Nell haussa les sourcils.

— On dirait que ça te rend triste ?

— Non, pas du tout, assura Margaret. Mais tu me manqueras, Nell. Plus que tous ici. J'espère que tu viendras souvent nous voir ?

Nell sourit à l'idée de toutes les belles robes qu'elle porterait pour rendre visite à sa sœur. Mais son sourire s'évanouit en voyant leur mère faire irruption dans la chambre, le regard noir.

— Seriez-vous sourdes, toutes les deux ? Vous ne m'avez pas entendue vous appeler ? Enlève cette robe, Nell. Tu vas finir par l'abîmer avant le mariage. Et suivez-moi, toutes les deux. Je ne peux pas tout faire, dans cette maison. Votre père m'a laissé les garçons sur les bras, au lieu de les prendre avec lui. C'est une catastrophe. J'essaie de donner à cette maison des airs de palais, mais ces garnements salissent tout dans mon dos. Et regardez votre chambre ! C'est un vrai capharnaüm. Vous allez commencer par remettre tout de suite de l'ordre.

— Ce n'est que quelques bricoles, répondit Margaret.

— Quelques bricoles ! explosa leur mère. Tu appelles les belles robes qu'on a confectionnées pour ton trousseau, des bricoles ?

— Je voulais simplement dire que c'était facile à ranger, précisa Margaret. Ce n'était pas un jugement de valeur.

— Bon, admettons. En tout cas, je veux que tu en prennes grand soin, ma fille. Il n'est pas question que tu nous fasses déshonneur à la cour. Pense à toutes ces belles dames qui…

Nell préféra interrompre leur mère avant qu'elle ne s'échauffe un peu plus :

— Maman, est-ce que je pourrais accompagner Margaret et Rignor aux cabanes ? S'il vous plaît ?

Leur mère secoua la tête.

— Pas question que tu ailles te payer du bon temps dans les collines alors qu'il y a tant à faire ici. Tu resteras à surveiller Fergus.

— Inghinn pourrait très bien s'en charger.

Leur mère fronça les sourcils.

— Tu resteras ici, j'ai dit. Et Margaret, brosse-toi les cheveux. Lachlan vient d'arriver.

La joie de Margaret était visible. Mais son étonnement tout autant.

— Encore ?

— Tu devrais être contente que ton fiancé se montre aussi assidu, rétorqua sa mère.

— Je suis contente ! Mais simplement un peu surprise qu'il soit déjà de retour.

— Maman, s'il vous plaît, laissez-moi aller… commença Nell.

Mme MacDonald secoua fermement la tête.

— Si tu me demandes encore une fois d'aller aux cabanes, je t'envoie garder les poules, Nell. Suis-moi en bas.

Elle tourna les talons et laissa la porte grande ouverte derrière elle.

Nell soupira.

— Tu vois, ce n'est pas seulement avec toi qu'elle est comme ça. J'ai hâte que son bébé voie le jour.

— Tu as eu tort de lui parler d'Inghinn.

— C'est ça ! s'exclama Nell. Je devrais ignorer son existence, peut-être ?

Et, devant l'expression surprise de sa sœur, elle poursuivit :

— Je ne suis plus une enfant, tu sais, même si tout le monde me traite encore comme telle. Je les ai entendues se disputer, toutes les deux. Et je sais ce qu'Inghinn est pour papa.

Margaret se laissa tomber sur son lit.

— J'espérais que tu n'apprendrais jamais cela.

— Je sais tout ce qui se passe dans cette maison. Comme tout le monde m'ignore, ils ne se gênent pas pour parler devant moi, expliqua Nell en s'asseyant à côté de sa sœur. Et je suis assez grande pour comprendre, figure-toi.

— Je me souviens qu'à ton âge, je raisonnais pareillement. Je pensais simplement que tu…

— Inghinn dit que son bébé est de papa.

Margaret soupira.

— Oui, je sais.

— Peut-être que papa se cherche d'autres femmes parce que maman est toujours à lui crier après.

— Peut-être que maman lui crie après parce que papa se cherche d'autres femmes.

— Tu ne crois pas que ça finira par s'arranger, entre eux ?

— Hélas, j'ai peur que non.

Les deux sœurs gardèrent un moment le silence, puis Margaret se leva.

— Dépêche-toi d'y aller, avant qu'elle ne remonte te chercher.

Nell s'éclipsa d'un air morose, laissant Margaret méditer sur le mariage de leurs parents, puis sur le sien, et se demander si elle serait heureuse avec Lachlan. Comment papa et maman en étaient-ils arrivés là ? Elle voulait croire qu'avec Lachlan, ce serait différent.

Finalement, elle prit son petit miroir, se brossa les cheveux et se pinça les joues avant de descendre à son tour.

Son fiancé était assis dans la grande salle, avec Rignor, une chope de bière à la main. Lachlan était très beau garçon – tout le monde le disait. Margaret était fière de sa sophistication naturelle et de ses traits altiers. Il était, comme à son habitude, splendidement habillé, arborant une magnifique tunique brodée. Ses cheveux noirs, tirés en arrière, étaient attachés par un ruban tissé de laine et d'or.

Il se leva en la voyant approcher, et lui décocha un grand sourire.

— Margaret ! Vous êtes ravissante, comme toujours.

Elle fit la révérence.

— Merci, milord. Quel bon vent vous ramène si vite chez nous ?

— Votre compagnie me manquait déjà. Mais j'apporte aussi des nouvelles : le roi Alexandre enverra deux de ses musiciens à notre mariage, en guise de cadeau. N'est-ce pas merveilleux ?

— Tu nous l'as déjà dit la dernière fois, fit valoir Rignor.

Le sourire de Lachlan se figea.

— C'est une excellente nouvelle, milord, s'empressa de répondre Margaret.

Rignor avait raison : Lachlan leur avait déjà parlé des deux musiciens offerts par le roi lors de sa dernière visite. Mais il se servait de ce prétexte pour avoir une occasion de la revoir, voilà tout. Elle sourit.

— Je suis sûre qu'ils seront prodigieux, ajouta-t-elle.

— Le roi Alexandre n'a que le meilleur, commenta Lachlan.

— Mais il se contente d'envoyer ses musiciens, observa Rignor.

Margaret devina qu'il cherchait querelle. Elle se dépêcha d'entraîner Lachlan à l'écart, mais Rignor les suivit et haussa la voix.

— Oui, ça, le roi nous envoie ses musiciens ! Mais il ne daigne pas se déplacer en personne. Pourtant, il aurait de bonnes raisons de le faire, non ? Margaret n'est-elle pas la nièce de William, le puissant comte de Ross ? Et Lachlan n'est-il pas lui-même l'un des cousins du roi ? Et ce mariage ne servira-t-il pas les intérêts de William et d'Alexandre en resserrant encore un peu plus leurs lignages ? William assistera au mariage, mais pas Alexandre. C'est une insulte !

— Le roi ne peut pas être partout, objecta Margaret. Et personnellement, je suis contente qu'il ne vienne pas. Maman est déjà assez surmenée comme cela. Une visite royale l'achèverait.

— Je suis sûr qu'elle serait ravie, au contraire, s'entêta Rignor.

— Et moi, je suis persuadée du contraire.

— Ce serait un honneur, bien sûr, commença Lachlan. Mais le roi…

— … a plus important à faire, termina Rignor à sa place.

— Oui, il a plus important à faire ! se récria Margaret, fusillant son frère du regard. Et nous aurons assez d'occasions de le voir quand nous serons à la cour. Il n'a pas besoin de venir jusqu'ici !

Rignor haussa les épaules, et Margaret s'empressa d'éloigner Lachlan. Elle parlerait à son frère plus tard.

Son compagnon lui sourit :

— Si nous allions trouver votre père ?

Elle acquiesça, heureuse de voir qu'il n'était pas fâché. En outre, leur promenade dans le village lui donnerait sans doute l'occasion de croiser Fiona.

Ils traversèrent la cour de la forteresse, où les hommes du père de Margaret conversaient avec ceux de Lachlan, pour échanger des nouvelles. La jeune femme entendit des bribes : il s'était passé quelque chose, dans le Nord. Et des troubles secouaient l'Irlande. Elle repensa à la tête trouvée sur la plage.

— C'est grave ? demanda-t-elle à Lachlan.

— Non, rien de tout cela ne nous concerne directement.

— Rignor vous a-t-il parlé de la tête de Viking que nous avons découverte sur la plage ?

— Oui. Mais ne vous inquiétez pas, Margaret. Les Vikings croisent régulièrement dans les parages. C'est l'une de leurs routes maritimes. Un soldat sera tombé à la mer, voilà tout.

— Vous avez raison, répondit Margaret, heureuse d'abandonner ce sujet de conversation.

Lachlan était ici, avec elle, et c'était le plus important.

Ils se dirigèrent vers le port.

— C'est tellement agréable de vous revoir, Lachlan, dit-elle.

— J'étais trop impatient pour attendre jusqu'au mariage, répliqua-t-il avec un chaud sourire.

— Il ne reste plus que deux semaines, et après, nous ne nous quitterons plus.

— Oui, nous y sommes presque.

— Aurons-nous un peu de temps, avant de nous rendre à la cour, pour... (Elle rougit.)... pour faire entièrement connaissance ?

Il rit.

— Soyez assurée, Margaret, que nous ferons *entièrement* connaissance.

— J'ai hâte d'apprendre tout ce qui permet de devenir une véritable épouse.

— C'est vrai ? dit-il, amusé. Sachez que je serai enchanté d'être votre professeur. Mais soyez d'ores et déjà consciente que nous ne pourrons pas toujours vivre ensemble. Parfois, le service du roi m'appellera au loin. Et vous ne pourrez pas forcément m'accompagner.

— Oui, je sais. Il faudra que je trouve à m'occuper pendant vos absences.

— Comme toutes les épouses, observa-t-il en l'embrassant sur la joue. Mais n'oubliez pas que vous serez mienne, et que vous devrez ignorer les hommes qui essaieront de vous tourner autour. Vous êtes très belle, Margaret, et à la cour ce ne sont pas les hommes qui manqueront pour vous faire des compliments.

— Je ne me laisserai pas tourner la tête par leurs flatteries.

— Je l'espère bien.

Margaret lui rendit son sourire. Quand elle avait visité la cour, elle avait pu entendre les chansons galantes interprétées par des bardes, qui parlaient d'amants énamourés ou de preux chevaliers qui accomplissaient des exploits extraordinaires pour mériter leur belle. Elle pensa à sa tante Éléonore, dont le mariage avait été arrangé. Elle s'était montrée une fiancée rebelle, mais une épouse comblée, dont le visage s'illuminait dès que son mari entrait dans la pièce où elle se trouvait – et la réciproque était vraie. Margaret avait été bouleversée par ce lien invisible et en même temps si puissant qui semblait les unir. Elle rêvait de vivre la même chose. Et elle était convaincue que Lachlan était le bon candidat pour cela.

Ils passèrent devant la maison du tisserand. Fiona se tenait sur le seuil, comme si elle attendait leur arrivée. Lachlan la salua chaleureusement, ainsi que son père, qui leur exhiba sa nouvelle création : une pièce de laine vert lichen, qui constituerait son cadeau pour les mariés.

Pendant que Lachlan admirait la finesse du tissage, Fiona s'approcha de Margaret :

— Tu es vraiment la plus heureuse des femmes. Ton fiancé est un très bel homme.

Margaret lui sourit.

— Tu me dirais la même chose s'il n'avait pas de dents et un œil en moins.

Fiona sourit à son tour.

— Tu as raison, acquiesça-t-elle.

Et son sourire s'élargit quand Lachlan les rejoignit :

— J'imagine que votre présence chez nous, milord, signifie qu'il y aura de la musique et des danses au château, ce soir ?

Le regard de Lachlan brillait.

— Somerstrath me reçoit toujours avec faste. Je suis sûr que la fête sera belle !

— J'ai hâte d'y assister, dit Fiona.

— Nous sommes tous impatients, renchérit Margaret, en guise d'au revoir à son amie.

Et ils poursuivirent leur chemin vers le port.

Ce soir-là, en effet, la grande salle de la forteresse résonna de musique et de rires. Le père de Margaret était connu pour être un hôte prodigue. Et, comme d'habitude, la plupart des villageois étaient de la fête.

Le banquet fut animé. Les invités, pressés autour des tables ornées de fleurs du jardin, se régalèrent de gibier et du poisson pêché le jour même, ainsi que de corbeilles de fruits de saison. Le tout arrosé de bière locale et de vin que le laird importait du continent.

Des chandeliers de bronze éclairaient la salle, leur lumière avivant les couleurs des tapisseries sur les murs. Dans un coin, une harpiste jouait de son instrument feutré, comme un prélude aux sonorités plus bruyantes qui suivraient.

Margaret était ravie de voir les compagnons de Lachlan goûter l'hospitalité qui leur était faite, et elle se promit de recevoir elle-même beaucoup, dans sa future vie d'épouse. Elle ornerait leur demeure des plus belles tapisseries, de la plus belle argenterie. Et un jour, bien sûr, elle donnerait des enfants à son mari. Elle avait dit vrai, tout à l'heure : elle se sentait prête à devenir son épouse dans tous les sens du terme. Il était si bel homme…

— Tu as la mine bien réjouie, ma fille, lança soudain sa mère.

— Je pensais à l'avenir, expliqua Margaret. Et je savoure pleinement la fête de ce soir.

Sa mère hocha la tête distraitement, son attention déjà requise ailleurs. Margaret ne songea pas à s'en offusquer. Elle regarda le conteur rassembler les enfants dans un coin – y compris les petits frères de la jeune femme – pour leur narrer des histoires de l'ancien temps. Ce soir, c'était la saga de Somerled, duquel ils descendaient tous. Le valeureux guerrier, célèbre pour son amour de la paix, avait posé les fondations du royaume d'Écosse. Margaret s'approcha pour écouter, bien qu'elle connût l'histoire par cœur.

Puis la musique changea, la harpiste se retirant pour laisser place aux fifres et tambours écossais et au luth venu du continent. C'était le signal que les danses commenceraient bientôt. Margaret danserait tout à l'heure, mais elle préférait rester un moment assise avec ses parents, Nell et Rignor, pour écouter Lachlan leur donner des nouvelles du monde.

— Il y a des troubles en Irlande, expliqua-t-il. Sur la côte d'Antrim, plus précisément. Je n'y ai pas prêté grande attention pour l'instant, mais j'essaierai d'en savoir plus à mon retour.

— Cela fait un moment que la région est en ébullition, commenta le père de Margaret. Les gens de là-bas n'arrivent pas à trancher entre les vieilles familles celtiques et les nouveaux seigneurs normands.

— Mais la nouvelle la plus importante, reprit Lachlan, c'est ce qui se passe en Angleterre.

— Le conflit entre le roi Henry et Simon de Montfort ? demanda Margaret.

— Conflit, le mot est faible, corrigea Lachlan. Cela va finir en guerre.

— De Montfort et Henry sont pourtant beaux-frères, fit valoir Margaret. Quel dommage d'en arriver à se déchirer ainsi.

— Oui, acquiesça Lachlan. Mais le pire, c'est qu'on redoute que la France ne s'en mêle pour ravir son trône à Henry.

La mère de Margaret secoua la tête.

— Les Français nous causent toujours des ennuis.

— Merci pour toutes ces nouvelles, intervint son époux. Mais cela ne nous touche pas vraiment, n'est-ce pas ? Ici, dans l'ouest de l'Écosse, nous avons la chance de jouir de la paix, et nous sommes bien résolus à ce qu'il en soit longtemps ainsi.

— Que Dieu vous écoute, conclut Lachlan.

Puis, se tournant vers Margaret :

— Si nous dansions ?

Margaret attrapa son bras et, souriante, se laissa entraîner au milieu des tables.

Lachlan la serra contre lui.

— Dites que vous êtes à moi, Margaret.

— Je suis à vous, Lachlan.

Il l'embrassa longuement. Puis, la danse terminée, il la relâcha.

— Je vais jouer aux dés avec Rignor, annonça-t-il. Faites donc danser vos petits frères.

Elle le regarda rejoindre Rignor, puis fit comme il l'avait demandé, dansant avec Fergus et Davey, jusqu'à ce qu'elle se sente fatiguée. Elle retourna alors s'asseoir auprès de sa mère et de Nell, et sourit en entendant les exclamations enjouées de Rignor qui couvraient les voix des autres joueurs.

— On dirait que Rignor gagne, dit-elle, jetant un regard vers la table où se déroulait la partie. Mais où est passé Lachlan ?

— Il avait besoin de prendre l'air, répondit sa mère.

Nell la regarda avec surprise.

— Prendre l'air ? s'étonna Margaret. Mais il pleut, dehors.

— Il ne va pas tarder à revenir, précisa sa mère. Oh, regarde tes frères ! Ils ne sauront donc jamais bien se tenir ?

Margaret s'étonna derechef. Ewan et Cawley ne faisaient rien de répréhensible, sinon s'amuser à se battre en rythme avec la musique. Elle regarda Nell, qui avait écarquillé les yeux, et reporta son attention sur leur mère.

— Savez-vous où il est parti ?

— Il reviendra tout à l'heure. Il s'est offert une récréation.

— Une récréation ?

— Il est parti avec Fiona, lâcha Nell tout à trac.

Leur mère secoua celle-ci par l'épaule.

— Nell !

— Ils sont sortis ensemble, ajouta-t-elle. En riant et se tenant la main.

3

Margaret regarda sa sœur, puis les hommes occupés à jouer aux dés. Lachlan, s'éclipser avec Fiona ? Mais pourquoi ? Cela n'avait aucun sens. Elle se toucha la lèvre, qui portait encore le souvenir du baiser qu'ils avaient échangé en dansant, puis elle parcourut la salle du regard. Le père de Fiona se tenait à côté de celui de Margaret, et ils observaient tous deux la partie de dés. Lachlan n'était pas avec eux. Margaret chercha Fiona, mais elle ne la vit pas davantage.

— Non ! s'exclama-t-elle. Non, c'est impossible !

Sa mère lui prit le bras.

— Calme-toi. C'est toi qu'il épousera. Et c'est toi qui porteras ses enfants. Les invités te regardent. Souris. Ne leur montre pas ton désarroi. Tu n'es pas la première femme à découvrir que ton homme va s'amuser ailleurs. Fais bonne figure.

Margaret voulut s'écarter, mais sa mère lui serra un peu plus fort le bras. Non qu'elle s'inquiétât pour sa fille : elle redoutait surtout un esclandre.

— Où sont-ils partis ?

— Tu ne me feras pas honte en allant les suivre, Margaret MacDonald. Ravale ta fierté. Fiona est une jeune fille ravissante. Il est normal qu'elle ait attiré le regard de Lachlan.

— Peut-être que cela dure depuis longtemps ? Et vous ne m'avez rien dit, mère ?

— Je me doutais que tu finirais par le découvrir tôt ou tard. Mais qu'est-ce que ça change ?

— Ce que ça change ? Mais tout !

— Ça ne change rien du tout. Contente-toi de fermer les yeux.

— Je ne… je ne pourrai jamais !

— Mais si, tu pourras, pesta sa mère. Songe à tout ce qui est en jeu dans ce mariage, et pas seulement à ta petite personne. Et puis, pourquoi connaîtrais-tu un sort différent des autres femmes de la création ? Lachlan ne te sera jamais fidèle. Ni maintenant ni après votre mariage. Le mieux est donc de l'accepter tout de suite. Ferme les yeux, je te le répète.

— Je n'ai pas l'intention de souffrir en silence pendant que mon mari se moquera de moi ouvertement ! rétorqua Margaret.

Sa mère se raidit.

— Comme moi ? C'est cela que tu veux dire, Margaret ? Tu ne feras pas comme moi ? Mais si tu penses pouvoir mieux te débrouiller, alors tu es bien naïve, ma fille. Il te faudra partager ton homme, que tu le veuilles ou non.

— Je ne l'accepterai jamais ! Comment peut-il me faire ça ? Et Fiona ! Elle est ma meilleure amie !

— Inghinn était mon amie, autrefois. Avant qu'elle ne devienne la maîtresse de ton père. Mais elle n'a pas été la première avec qui il m'a trompée. Et elle ne sera pas la dernière. Les hommes sont ainsi. Il serait grand temps que tu l'apprennes. Et maintenant, souris, Margaret. Ne me fais pas honte. Les gens nous regardent.

— Eh bien, qu'ils regardent ! explosa Margaret, avant de sortir en trombe de la salle.

Elle avait déjà traversé la moitié de la cour quand Nell la rattrapa.

— Maman veut que tu reviennes immédiatement.

Comme Margaret ne répondait pas, Nell continua à la suivre et franchit la grille sur ses talons.

— Margaret ! Reviens ! lui cria-t-elle, et cette fois l'inquiétude perçait dans sa voix.

— Je veux en avoir le cœur net !

— Mais c'est la vérité, Margaret. Tout le monde est au courant depuis des semaines…

Margaret se retourna comme l'éclair :

— Et personne ne m'a rien dit ! Toi aussi, tu savais ?

— Non, non ! Sinon, je te l'aurais dit.

Margaret reprit sa marche vers le village. Ignorant la pluie, ignorant les gardes de la forteresse qui la suivaient des yeux, ignorant Nell qui courait après elle. Elle glissa sur un pavé détrempé, se rattrapa à temps, et poursuivit jusqu'à la maison du tisserand. Il y avait de la lumière à l'intérieur.

— N'entre pas, l'implora Nell. Reviens !

Margaret poussa la porte. L'unique pièce du modeste logis était éclairée par le feu dans l'âtre, et par une chandelle. Des vêtements étaient éparpillés sur le sol. Et, sur le lit qui trônait dans un coin, Lachlan, entièrement nu, lutinait Fiona allongée sous lui, qui avait enroulé ses jambes aux hanches de son amant. Margaret resta un moment interdite, la respiration oppressée. Lachlan poussa une dernière fois des reins, puis s'écroula sur Fiona, pantelant. Le bruit de la pluie et du vent, s'engouffrant par la porte ouverte, attira enfin leur attention. Ils sursautèrent en voyant la jeune femme.

Lachlan bondit hors du lit et remonta les couvertures pour couvrir la nudité de Fiona.

— Pourquoi m'avez-vous suivi ?

Fiona se redressa dans le lit, les yeux écarquillés par la peur.

— Je voulais croire que ce n'était pas vrai, commença Margaret d'une voix tremblante. Quand j'ai appris que vous étiez sortis ensemble, j'ai voulu croire à une méprise. Que les autres se trompaient. Que vous n'iriez pas, tous les deux, me trahir aussi bassement. Mais non, c'était la vérité.

Elle étrangla un sanglot, puis un autre, avant d'ajouter :

— Comment avez-vous osé me faire ça ?

— Vous n'avez pas à vous formaliser, répliqua Lachlan. Elle n'est rien pour moi.

Margaret l'ignora. Elle se tourna vers Fiona :

— Et dire que je te faisais confiance ! Je te pensais mon amie, et je t'ouvrais mon cœur. Mais toi, pendant ce temps, tu me trompais dans mon dos ! Ah, tu as dû bien t'amuser ! Je n'arrive pas y croire, Fiona ! Comment as-tu pu me trahir ainsi ?

— Je ne voulais pas...

— Tu ne voulais pas quoi ? Tu m'as menti, Fiona !

— Je n'avais pas le choix !

Margaret regarda Lachlan avec horreur.

— Vous l'avez forcée ?

— Non ! Pas du tout ! se défendit Lachlan. Dis-lui, Fiona ! Dis-lui que c'est toi qui as commencé à flirter avec moi. Tu prétendais qu'elle n'en saurait rien. Dis-lui !

Margaret se tourna de nouveau vers Fiona :

— T'a-t-il forcée ?

— Non, répondit Fiona, dont la voix n'était plus qu'un murmure. Mais tu ne peux pas comprendre...

— Non, en effet. Je ne comprends pas, la coupa Margaret.

— Margaret ! s'exclama soudain le père de la jeune femme, depuis la porte. Rentre à la maison avec ta sœur. Je vais régler cette situation.

Il fit sortir Margaret sans ménagement et claqua la porte du logis de Fiona.

Margaret n'aurait pas su dire comment elle trouva l'énergie de retourner à la forteresse et de monter jusqu'à sa chambre, avant de s'écrouler finalement sur son lit. Là, elle donna libre cours à ses larmes, indifférente aux gestes apaisants de Nell qui, assise à son côté, lui caressait les cheveux.

Puis Nell la laissa seule.

Encore plus tard, après avoir pleuré pendant ce qui lui parut être des heures, elle entendit qu'on frappait à sa porte pour lui demander de descendre dans la grande salle, où son père l'attendait.

En chemin, elle croisa Rignor, qui semblait bouleversé.

— Je le tuerai si tu veux, Margaret, lui offrit-il.

Elle eut un pauvre sourire.

— Il n'est pas impossible que je te le demande.

— Dis-le-moi quand tu veux.

— Merci.

— Je suis navré d'avoir eu raison à son sujet, mais je n'ai jamais aimé Lachlan. Malheureusement, je n'ai rien vu venir. Sinon, je t'aurais mise en garde.

Margaret lui embrassa la joue.

— Merci, petit frère. C'est bon de savoir que tu es de mon côté.

— Je le serai toujours, Margaret.

Elle le remercia encore, puis elle gagna la grande salle, Rignor sur ses talons.

Le père de Margaret était assis à sa place habituelle, en bout de table, sa femme à côté de lui, les bras croisés sur son ventre. Nell se tenait en retrait, près de la cheminée. Lachlan, qui faisait les cent pas, s'immobilisa en voyant la jeune femme entrer, suivie de son frère. Les garçons, en revanche, n'étaient pas là. Et tous les autres invités s'étaient éclipsés.

Rignor alla se poster à côté de Nell. Margaret se retrouva seule face à ses parents. Son père avait la mine sévère. Sa mère semblait triompher. Lachlan s'approcha d'elle, mais Margaret l'ignora.

— Il a quelque chose à te dire, Margaret, annonça son père.

Lachlan voulut prendre les mains de la jeune femme dans les siennes, mais elle eut un mouvement de recul.

— Je suis vraiment désolé, Margaret. C'était un moment d'égarement. Cela ne se reproduira plus jamais, je le jure. Je serai un mari fidèle.

Le père de Margaret plaqua lourdement sa paume sur la table.

— Tu auras intérêt à le rester, dit-il, comme si cela concluait la discussion.

Margaret secoua la tête.

— Je ne peux plus l'épouser, à présent.

— Si, j'y tiens, répliqua son père.

— Non.

Nell, médusée, porta une main à sa bouche.

— Margaret ! protesta Lachlan. Je vous jure que cela n'arrivera plus. C'est Fiona qui m'a séduite. Elle était si…

— Ne jetez pas le blâme sur elle ! Vous avez librement choisi de…

— Ça suffit ! explosa le père de Margaret. Ce mariage est prévu depuis longtemps. Ton fiancé s'est excusé, n'en parlons plus. La cérémonie aura lieu comme prévu.

Margaret le dévisagea, incrédule.

— Vous ne parlez pas sérieusement ?

— Tout à fait sérieusement, au contraire. Je veux vous voir tous les deux mariés au plus vite.

— Mariée à un homme qui rompt sa parole pour n'obéir qu'à son bon plaisir ?

— Tant que nous ne sommes pas officiellement mariés, je ne vous ai pas juré fidélité, Margaret, fit valoir Lachlan.

Elle pivota vers lui.

— Non, en effet, lui retourna-t-elle avec tout le mépris dont elle était capable.

Puis, s'adressant de nouveau à son père :

— Mais je ne l'épouserai quand même pas.

— Margaret, rétorqua son père d'une voix ferme, je suppose que je n'ai pas à te rappeler ce que tu sais déjà. Nous ne nous marions pas simplement par plaisir, mais pour renforcer notre clan. Tu es fiancée à Lachlan depuis que tu es toute petite. J'ai donné ma parole à oncle William et au roi que tu l'épouserais, alors tu l'épouseras. C'est mon dernier mot.

Lachlan prit la main de la jeune femme, et cette fois ne la laissa pas échapper.

— Je jure sur ma vie que cela ne se reproduira plus, Margaret. Je le jure.

— Je ne vous épouserai jamais. Vous avez trahi ma confiance.

— Ne rêve pas de choses qui n'existent pas, intervint sa mère en jetant un regard à son mari. Tu épouseras Lachlan, et tu t'en contenteras.

— Non.

Il y eut un épais silence dans la pièce.

— Dis-lui ! explosa soudain la mère de Margaret, s'adressant à son mari. Dis-lui qu'elle doit épouser Lachlan !

— Je l'ai déjà fait, lui fit-il observer.

— Je ne l'épouserai pas, s'entêta Margaret.

— J'ai bien entendu, Margaret, répondit son père. Remonte dans ta chambre. Quand j'aurai pris une décision, je viendrai te voir.

Ce n'est qu'en début de soirée, le lendemain, que son père monta la voir. Il frappa doucement à la porte. Nell, qui avait tenu compagnie à sa sœur toute la journée, vint ouvrir. Leur père resta un moment sur le seuil, à regarder ses filles. Ewan et Fergus, dans son dos, essayaient de jeter des coups d'œil, mais il les renvoya.

— J'ai pris ma décision, lâcha-t-il finalement, d'une voix si sombre que Margaret en fut effrayée, car elle comprit que sa décision, quelle qu'elle soit, serait irrévocable.

Il referma la porte derrière lui. Nell fit retraite vers la fenêtre. Margaret s'assit au bord de son lit. Au bout d'un moment, son père vint s'installer à son côté.

— Margaret, tu vas partir inspecter les cabanes, comme c'était prévu. Nell t'accompagnera. Ensuite, tu te rendras à l'abbaye de Brenmargon, où tu passeras une nuit ou deux, jusqu'à ce que ton oncle William vienne te chercher pour te conduire à la cour.

— À la cour ? Mais pourquoi, père ?

Margaret croisa son regard. Elle y lut du regret, certes, mais avant tout la détermination d'un chef de clan, qu'il n'était pas question de contredire. La jeune femme sentit son cœur se serrer.

— Là-bas, tu feras ton choix, ma fille. Ou tu épouseras Lachlan, ou tu entreras au couvent. Il n'y a pas de troisième solution.

— Mais il existe d'autres partis, père ! D'autres familles…

Il leva la main pour l'arrêter.

— C'est décidé, Margaret. Tu épouseras Lachlan et tu vivras dans le luxe auprès de lui. Ou tu connaîtras la solitude du cloître. Je te laisse le choix.

— Il m'a menti, père.

Le laird soupira.

— Oui, il t'a menti. Mais j'ai donné ma parole. Et tu as donné la tienne. Un contrat est un contrat.

— Père !

Il se releva.

— Il ne servira à rien de pleurer ou de crier. Tu devrais le savoir, depuis le temps que tu vis avec ta mère.

Il partait déjà vers la porte.

— Expliquez-moi, père, pourquoi Rignor reste libre, alors que je dois épouser quelqu'un que je ne désire pas ?

Son père se retourna. Ses yeux étaient enflammés par la colère, à présent.

— Ton frère reste « libre », comme tu dis, parce que personne ne veut de lui. Quatre familles l'ont déjà refusé. Quatre ! À chaque fois, il détruit ce que j'ai patiemment construit. Je ne sais pas si je risquerai une cinquième tentative. Et le fiancé de Nell est mort à dix ans. Pour l'instant, je ne lui ai pas trouvé de remplaçant. Voilà pourquoi ton mariage est très important, Margaret. Sans de fortes alliances, nous ne sommes qu'un clan isolé sur la côte, qui doit affronter seul ses ennemis. Avec ce mariage, nous ferons un peu plus partie de l'Écosse. Nous aurons des alliés que nous pourrons appeler en cas de besoin. Je ne te laisserai pas, ni personne d'autre, m'empêcher de faire ce qui est bon pour le clan. Et je n'ai plus de patience pour une fille qui ne pense qu'à elle. Alors, fais ton choix, Margaret. Épouse Lachlan, ou entre dans un couvent.

— Et si je choisis le couvent ?

— Dans ce cas, Nell épousera Lachlan à ta place, et nous ne te reverrons plus.

Il sortit là-dessus, refermant la porte derrière lui. Margaret et Nell échangèrent un regard médusé.

Cela faisait deux jours, maintenant, qu'elle avait surpris Lachlan avec Fiona. Son père restait intraitable. Sa mère lui parlait à peine. Et Lachlan la suivait partout, tentant de se justifier et implorant son pardon. Margaret refusait toujours de l'épouser. Mais chaque fois qu'elle regardait Nell, elle soupirait. Pourquoi Lachlan se conduirait-il différemment avec sa sœur ? Or, elle était convaincue que son père mettrait sa menace à exécution : si elle refusait ce mariage, c'est Nell qui épouserait Lachlan à sa place.

Margaret était donc confrontée à un atroce dilemme. Épouser Lachlan était impossible. Ne pas l'épouser semblait tout aussi impossible.

Lachlan finit par repartir, non sans afficher une mine contrite et déçue. C'était bien joué de sa part, mais cela ne suffit pas à convaincre Margaret de sa bonne foi. Depuis la fenêtre de sa chambre, elle le vit redresser la tête dès qu'il eut franchi les grilles de la cour, s'imaginant sans doute que plus personne ne l'observait. Et au lieu de tourner à gauche et de prendre la route de Stirling, il tourna à droite. Vers le bas du village et le port. Vers la maison du tisserand. Vers Fiona.

Fiona lui avait fait adresser, pendant ces deux jours, plusieurs messages où elle l'implorait de pouvoir lui parler. Margaret les avait renvoyés à chaque fois en répliquant que tout avait été dit entre elles.

Elle-même partirait aujourd'hui. Avec Nell, Rignor et une escorte de gardes pour gagner les cabanes, ensuite l'abbaye de Brenmargon, puis la cour.

Pendant des années, Margaret avait passé des heures, devant sa fenêtre, à rêver qu'elle pourrait librement choisir son avenir. Et maintenant qu'elle le pouvait, les choix qui lui étaient offerts ne faisaient que la déchirer.

Elle parcourut du regard la petite chambre qu'elle partageait avec Nell. Leur mère l'avait meublée avec tout le confort qui pouvait se trouver à Somerstrath. Des tapis sur le sol, un épais dessus-de-lit recouvert de soie, un coffre en chêne qui renfermait leurs vêtements et différents objets. Comme un chandelier en argent, pour qu'elles ne risquent pas de trébucher dans l'obscurité. Et cette fenêtre vitrée, un luxe à elle seule, qui surplombait la cour, le village au-delà et les montagnes à l'horizon. De cette fenêtre, les deux sœurs pouvaient voir le soleil se lever, savoir à leur réveil quand il pleuvait ou quand il faisait du vent. Margaret supporterait-elle de vivre dans une cellule de couvent, totalement coupée du monde extérieur ? Supporterait-elle d'être obligée de s'agenouiller et de prier pour le restant de ses jours ? De ne plus courir sur la plage ? De ne plus sentir la caresse du soleil sur sa peau ?

Dans l'immédiat, elle préférait ne penser qu'à la journée bien remplie qui l'attendait. Le ciel était dégagé et la température clémente. Le trajet serait fatigant, mais la compagnie de son frère et de sa sœur le rendrait agréable. Et puis, aux cabanes, elle retrouverait des gens qu'elle aimait. Au fond, elle était impatiente de partir.

Les adieux furent sans effusion. Sa mère la prit par les épaules et approcha son visage, mais ses lèvres n'effleurèrent même pas les joues de Margaret. Celle-ci se tourna ensuite vers son père, et fut surprise de discerner des larmes dans ses yeux. Elle crut deviner aussi une lueur de regret, mais très fugitive. Mais lui, au moins, la serra fort dans ses bras et l'embrassa sur les deux joues.

— Promets-moi de bien réfléchir avant de te décider, ma fille chérie.

Elle hocha la tête, incapable de parler.

— C'est tout ce que je te demande, ajouta-t-il, avant de la relâcher. Et maintenant, fais un bon voyage.

Elle le remercia, puis se dirigea vers son cheval, s'arrêtant en chemin pour étreindre ses petits frères. Fergus lui offrit une fleur. Ewan et Cawley lui dirent qu'ils aimeraient éloigner Lachlan pour qu'elle puisse se trouver quelqu'un d'autre. Elle les remercia de cette pensée. Davey se contenta de la serrer dans ses petits bras, le regard empli d'ombres.

— Qu'est-ce qui ne va pas ? lui murmura-t-elle.

— Je ne veux pas que tu partes.

— Je n'ai pas le choix, Davey. Mais je reviendrai, je te le promets.

— Oui, mais ça sera dans longtemps !

Elle sourit, émue par son affection, et l'embrassa.

— Sois prudente, dit-il.

— Je le serai. Et toi également, en mon absence.

— Tu vas me manquer…

— Toi aussi, assura-t-elle, réalisant tout à coup qu'il était le premier à lui dire cela. Que Dieu te garde, jusqu'à nos retrouvailles.

Elle était presque sortie du village lorsque Fiona la rattrapa, courant après son cheval et tirant Margaret par la cheville, pour la forcer à s'arrêter.

— Je ne voulais pas te faire de mal, Margaret ! J'espère que tu l'as compris !

Margaret ne lui jeta même pas un regard.

Fiona ne lâcha pas sa prise.

— Je ne voulais pas te faire de mal !

— Mais que croyais-tu qu'il arriverait, quand je découvrirais la vérité ?

— Je me disais que tu n'en saurais jamais rien.

— Et quand nous aurions habité chez Lachlan ? Comment pouvais-tu imaginer que je n'aurais pas fini par m'en apercevoir ?

— Lachlan disait… que nous serions discrets.

— Comment as-tu pu en arriver là, Fiona ?

— Sincèrement, Margaret, je ne pensais pas que tu l'apprendrais.

— Et cela te rassurait, n'est-ce pas ? Tu me trahissais de manière éhontée, mais tu estimais que ce que j'ignorais ne pouvait pas me faire de mal. C'est bien cela ?

Fiona s'anima tout à coup.

— Tu ne te rends pas compte de ce qu'est la vie, ici. Toi, tu es gâtée et pomponnée depuis toujours. Et tu as su, très tôt, que tu épouserais un homme riche. Moi, qu'est-ce que je peux espérer, Margaret ? Épouser un villageois de Somerstrath et élever les enfants qu'il me fera. Rien de plus. Tu n'imagines pas ce que ça peut être de rêver à une existence comme la tienne, de rêver à un homme comme Lachlan, qui est gentil et qui vous fait des cadeaux.

Margaret essayait de trouver des points communs entre cette nouvelle Fiona et la jeune fille qu'elle connaissait depuis des années.

— Tu l'aimes ?

— L'aimer ? Non. L'amour, c'est pour les gens comme toi. Mais il était ma chance de m'ouvrir au monde.

Margaret libéra vivement sa cheville.

— Eh bien, c'est terminé. Tu mourras ici, Fiona. À Somerstrath.

Le regard de Fiona se durcit.

— C'est ce que nous verrons.

— Fais-moi confiance, Fiona. Tu ne sortiras jamais de ce village.

Sur ces mots, Margaret éperonna sa monture pour rejoindre le reste de la troupe, qui avait pris de l'avance.

Ils franchirent les murs du village et s'engagèrent sur le chemin qui offrait une vue de Somerstrath. Ils s'arrêtèrent quelques instants pour jouir du panorama. Margaret n'accorda pas un coup d'œil aux maisons – elle ne voulait pas risquer d'apercevoir Fiona. Elle concentra son regard sur la forteresse, dont la silhouette dominait le paysage, et elle se demanda si elle la reverrait un jour. Mais pour l'instant, elle préférait ne pas penser à l'avenir, afin de profiter pleinement de cette belle journée. Elle fit avancer son cheval.

L'animal avait fait quelques pas lorsque ses naseaux frémirent. Margaret eut juste le temps de se pencher pour éviter un corbeau qui volait très bas, croassant au-dessus de leurs têtes avant de disparaître dans les arbres. La jeune femme eut plus de facilité à calmer sa monture qu'elle-même. Croiser un corbeau au début d'un voyage était un signe néfaste. Margaret, cependant, décida de l'ignorer. Il était ridicule de croire aux vieilles superstitions.

Rignor chevauchait silencieusement, sans doute affecté par la nouvelle querelle qu'il avait eue avec leur père le soir précédent, et dont Margaret avait pu entendre les éclats depuis sa chambre. Nell, insouciante, abreuvait leur frère de son babillage, comme si de rien n'était. Rignor était assez gentil pour la laisser parler et ne pas éloigner son cheval du sien, mais il échangea plusieurs regards lourds de sous-entendus avec Margaret.

Le vent leur tint compagnie toute la journée. Heureusement, le soleil brillait généreusement, ce qui rendait le trajet agréable.

À l'heure du déjeuner, ils furent accueillis chaleureusement par des membres du clan qui vivaient à l'année près des cabanes, et ils mangèrent en plein air, dans les collines. Pendant que Rignor racontait les derniers événements de Somerstrath, Margaret admira le jeu du soleil et des nuages, qui modifiait à l'infini les couleurs des forêts environnantes.

Nell s'étira à côté d'elle.

— Je pourrais rester ici toute ma vie, dit-elle.

— Si seulement nous le pouvions !

Nell coula un regard vers sa sœur.

— Tu es toujours fâchée contre Lachlan ?

Margaret retint un sourire sarcastique. Fâchée ? Le mot était faible pour décrire ce qu'elle éprouvait.

— Oui, Nell. Je suis toujours fâchée. Et même, de plus en plus fâchée.

— Que vas-tu faire ?

— Ce que j'aimerais faire ? Le pendre par les tripes, figure-toi.

— Il s'est excusé.

— Oh, oui. Mais ce ne sont que des paroles.

— Et le couvent ?

— Je ne pense pas être faite pour une existence de recluse. Il faut donc que je trouve un moyen d'obliger papa et maman à changer d'avis. Ou, si j'échoue sur ce point, faire en sorte que le contrat puisse être annulé. Une fois à la cour, j'essaierai de trouver un homme à épouser, qui sera encore un meilleur parti que Lachlan. Et ensuite, j'en dénicherai un pour toi.

— Comment comptes-tu t'y prendre ?

Margaret s'esclaffa.

— Je ne sais pas encore. Je verrai sur place.

Le visage de Nell s'illumina.

— Je suis sûre que tu peux réussir !

— J'ai bien l'intention de réussir, en tout cas.

Assise devant la cabane où ils avaient passé la nuit, Margaret regardait le soleil se lever et lancer ses premiers rayons dans le ciel laiteux du petit matin. Ce spectacle grandiose la fit soupirer. Hier soir, ils avaient essuyé une pluie qui n'aurait pas laissé présager une si belle aurore. Margaret avait mal dormi, se tournant et se retournant sur la modeste couche qu'elle partageait avec Nell. Finalement, elle avait décidé de s'installer dehors, alors qu'il faisait encore nuit, son manteau sur ses épaules, pour réfléchir.

Elle ne voyait pas d'autre solution que celle, extrême et un peu ridicule, qu'elle avait énoncée à sa sœur : trouver deux prétendants de bon lignage et de caractère facile qu'elles pourraient épouser. Et elle n'aurait pas beaucoup de temps pour dénicher ces oiseaux rares, car leur séjour à la cour ne durerait qu'une petite quinzaine. Ses chances de succès étaient donc minces. D'un autre côté, si elle épousait Lachlan, elle honorerait ses devoirs envers le clan et ses parents, mais elle ne serait jamais heureuse. Et elle craignait tout autant d'être malheureuse si elle se laissait enfermer au couvent. Enfin, si Nell devait épouser Lachlan à sa place, elle s'en voudrait toute sa vie.

Margaret soupira de nouveau. Elle connaissait bien Judith, la mère abbesse de Brenmargon, et elle avait d'ailleurs plusieurs fois dormi à l'abbaye, à l'occasion de déplacements dans le pays. Judith était la cousine de Rufus, le vassal du père de Margaret, qui gouvernait le village voisin d'Inverstrath. C'était une femme douce, et très dévote.

Cette considération amena Margaret à s'interroger sur sa propre foi. N'avait-elle pas mal interprété son destin ? Ses rêves, depuis des années, étaient hantés par les paroles de la vieille femme proférées sur la lande, qui lui promettaient qu'elle rencontrerait un jour l'homme providentiel :

— *Il ressuscitera les morts.*

S'était-elle trompée en imaginant qu'il s'agirait d'un homme de chair et de sang ? Ne se retrouvait-elle pas dans la situation présente parce qu'il lui incombait de choisir une existence faite de contemplation ? En d'autres termes, l'homme providentiel n'était-il pas tout simplement Jésus, et n'était-elle pas destinée à devenir l'une des épouses du Christ ? Lachlan l'avait-il trahie pour l'empêcher de se marier, et lui faire comprendre que sa place était auprès de Judith, à l'abbaye de Brenmargon ? Et n'avait-elle pas pour mission de combattre les dragons qui peuplaient ce bas monde par la seule force de la prière ?

La jeune femme était au comble de la confusion.

4

Ce fut Rory O'Neill en personne qui vint chercher Gannon et Tiernan. Par une belle journée d'été, le chef suprême de l'Ulster, la province septentrionale de l'Irlande, arriva devant la forteresse du beau-père des deux jeunes gens avec une grosse escorte. Et en tenue de guerre.

Rory O'Neill était un homme bien bâti, large d'épaules et fort comme un roc. Il apparut à Gannon tel qu'en son souvenir, bien qu'il n'eût pas vu le cousin de sa mère depuis des années. À présent, ses cheveux châtains se teintaient de gris, mais ses yeux noirs avaient gardé tout leur éclat. Il pénétra dans la cour du château avec ses hommes, ôta son casque, embrassa Patrick, puis se tourna vers Gannon, ne perdant pas de temps en politesses interminables.

— Bonjour, Gannon. Tu ressembles décidément à ton père comme deux gouttes d'eau. J'ai l'impression que le vieux Magnus est ressuscité devant moi.

Gannon hocha la tête. Il était accoutumé à ce qu'on lui dise cela.

Rory continua dans la foulée :

— Je suis venu vous chercher, toi et Tiernan, pour que nous nous rendions ensemble à Haraldsholm. Votre oncle Erik a réclamé mon aide. S'il a besoin de moi, il a aussi besoin de vous.

Gannon vit Tiernan marquer sa surprise. Lui-même n'en éprouvait aucune. C'était sans doute le début de ce grand chambardement dont il avait eu la prescience.

— Que se passe-t-il ?

Rory secoua la tête.

— Je ne pourrais le dire avec précision. Nous le découvrirons sur place. Mais il y a des troubles dans le secteur. Préparez vos sacs, mes garçons. Nous prendrons la route aussitôt après avoir mangé. Et vous ne reviendrez jamais ici. Désormais, vous vivrez au milieu de votre peuple. Soit avec Erik, soit avec moi.

Devant leurs expressions médusées, il s'esclaffa :

— Les liens du sang et de la famille ne sont-ils pas merveilleux ?

Gannon prit une profonde inspiration au moment où ils quittèrent la forêt. Le parfum des pins s'évanouissait déjà dans l'air, remplacé par celui de la mer. Et les sabots de leurs chevaux résonnaient à présent sur les pavés de la route, qui n'était plus recouverte d'un tapis d'aiguilles tombées des arbres. Rory O'Neill ouvrait le chemin avec une partie de ses hommes. Les autres suivaient, avec Gannon et Tiernan.

Le terrain descendait en pente douce vers le rivage. Une petite brise soulevait les vêtements de Gannon, annonciatrice d'une averse. Mais pour l'instant, le soleil brillait encore généreusement et Gannon offrit son visage à ses rayons. Il était heureux de revenir sur la côte, quel que soit le motif de leur voyage. La mer exerçait sur lui une attirance particulière – comme si elle faisait partie de son sang.

Son sang.

Il était le fils de Magnus Haraldsson, qui était né et avait grandi sur la côte nord-ouest de l'Irlande, mais qui pouvait faire remonter ses ancêtres au roi Harald Hardrada de Norvège, lequel avait régné deux siècles plus tôt. Magnus avait été fier de ce lignage, racontant à son fils qu'ils descendaient des conquérants vikings qui avaient envahi l'Irlande pour la piller, avant de choisir d'y rester.

C'était une longue et vieille histoire, qui durait depuis des siècles. Les Danois d'abord, puis les Scandinaves avaient disputé leurs terres aux Anglais, aux Gallois, aux Irlandais et aux Écossais, puis s'étaient fondus avec eux, mélangeant leur sang aux autochtones et se convertissant au christianisme. Sur la côte d'Antrim, au nord-ouest de l'Irlande, comme en de nombreux autres territoires, les anciens Vikings, alliés aux Celtes de souche, avaient fini par former un peuple uni, capable de se défendre contre toute nouvelle agression. Il ne restait qu'une seule terre où les Vikings étaient demeurés des Vikings, obéissant toujours au roi de Norvège Haakon : c'étaient les Orcades, un chapelet de petites îles au large des côtes les plus septentrionales de l'Écosse.

Magnus avait enseigné à ses fils que leur héritage était d'abord fait de courage et de bravoure. Gannon, l'aîné, avait adoré entendre ces récits qui ancraient leur famille dans une grande saga historique. Puis leur père était mort, et leur mère s'était remariée à Patrick Maguire. De ce jour, Gannon avait tourné le dos à son sang viking. Il avait également cessé de se faire appeler Gannon Magnusson, pour adopter la forme irlandaise de son nom, Gannon MacMagnus. Enfin, il avait essayé d'oublier pourquoi ils avaient dû quitter Haraldsholm pour venir vivre à Maguire Bridge, et oublier aussi tout ce qu'avait été sa vie auparavant.

Mais aujourd'hui, il allait de nouveau s'y retrouver confronté.

Tiernan rapprocha son cheval du sien.

— Comptes-tu rester silencieux tout du long ?

Gannon sourit. Tiernan était un garçon expansif, qui ne cachait jamais rien de ses sentiments ni de ses humeurs. S'il était joyeux ou soucieux, tout le monde était au courant. S'il était fâché, pareillement.

— Peut-être pas tout le trajet, répondit Gannon. Mais la plus grosse partie, oui.

Tiernan rit de bon cœur, puis désigna la route devant eux :

— D'après toi, qu'est-ce qui a bien pu arriver, pour décider Rory à se déplacer en personne jusqu'à Haraldsholm ?

— Quelque chose d'important, forcément, avança Gannon, qui savait que Rory O'Neill n'était pas homme à se mettre sur le pied de guerre sans raison.

— Depuis quand n'étions-nous pas revenus à Haraldsholm ?

— Quatorze ans.

Autant dire une éternité, lorsqu'on avait l'âge de Tiernan. Mais une éternité aussi pour lui, car tant de choses avaient changé, entre-temps…

— Je me demande bien ce que nous allons trouver là-bas…

Gannon haussa les épaules. C'était l'une des principales différences qui les opposaient. Tiernan était toujours impatient de découvrir l'avenir, alors que Gannon, plus prudent, laissait patiemment les choses venir.

— Si ce que nous y trouverons ne nous plaît pas, nous repartirons, répliqua-t-il finalement. Et si cela nous plaît, nous resterons.

Margaret sentit son humeur s'assombrir dès que sa monture s'engagea sur le chemin qui menait à l'abbaye de Brenmargon.

Une fois encore, la jeune femme n'avait pratiquement pas dormi de la nuit, réfléchissant sans fin à la décision qu'elle aurait bientôt à prendre. Nell ne désirait pas davantage épouser Lachlan qu'elle-même. Dans quel cruel dilemme les avait plongées leur père !

Et combien avait-elle pu être naïve d'imaginer qu'il l'aimait pour elle-même. En réalité, elle n'était pour lui qu'une fille à marier, et de préférence au meilleur parti. Comme un fermier qui chercherait à tirer le plus grand profit de sa meilleure vache. Cependant… elle se souvenait aussi d'avoir vu des larmes dans ses yeux, lorsqu'ils s'étaient dit adieu.

Ils arrivèrent à l'abbaye sous une pluie battante, trempés jusqu'aux os. Ils mirent pied à terre dans la cour d'entrée, cernée de hauts murs, et confièrent leurs rênes à deux jeunes valets d'écurie. Judith, sur le seuil du bâtiment, les accueillit chaleureusement et les pressa d'entrer se mettre au sec, les aidant à se débarrasser de leurs manteaux mouillés, qui furent confiés à des nonnes. Après avoir secoué ses jupes et ramené ses cheveux trempés en arrière, Margaret offrit à Judith un sourire lumineux. Derrière la mère abbesse, elle pouvait apercevoir la chapelle de l'abbaye, ornée d'un grand crucifix accroché au mur. Plusieurs nonnes s'y étaient assemblées, attendant que Judith fasse les présentations.

— Je me demandais si vous réussiriez à nous trouver, sous cette maudite pluie, expliqua celle-ci qui embrassa d'abord Nell, avant de presser ses lèvres parcheminées sur les joues de Margaret.

— Une heure de plus et nous aurions dû renoncer, à cause du soir qui tombait, répondit Rignor. Nous aurions été obligés de dormir dans la boue.

— Je suis heureuse que vous ayez pu y échapper. Vos lits sont prêts. Et nous vous avons également préparé à manger. Les hommes de votre escorte dormiront dans l'étable. Quant à vous, Rignor, vous occuperez l'appartement qui se trouve juste au-dessus. Vous verrez, il est confortable.

Rignor hocha la tête, morose. Margaret devina qu'il avait oublié que les hommes – ils étaient une poignée à travailler dans l'abbaye – vivaient séparés des femmes. Ces dernières occupaient le bâtiment principal. Elles étaient une quarantaine en tout : les nonnes, bien sûr, qui s'étaient dévouées au Christ, mais aussi quelques veuves qui n'avaient plus d'autre endroit où aller.

Cela faisait des années que Margaret n'avait pas revu Judith, et elle fut surprise de la trouver vieillie. Son visage était émacié, sa peau davantage ridée. Mais elle demeurait une grande femme au port altier, capable de sourire si soudainement que son visage s'illuminait comme celui d'une petite fille. Pour l'heure, elle ne souriait pas, et son visage était grave quand elle prit Margaret par les épaules :

— J'ai été très étonnée de recevoir un mot de votre père m'annonçant votre venue. Et pour quelle raison. Comment vous sentez-vous, mon enfant ?

Margaret faillit fondre en larmes. Comment elle se sentait ? Très mal ! Depuis deux jours qu'elle avait quitté Somerstrath, elle ne comprenait toujours pas ce qui lui arrivait, sinon que la trahison de Lachlan et de Fiona lui déchirait le cœur. Qu'avait-elle fait pour mériter cela ? Elle regarda par-dessus l'épaule de Judith, en direction du crucifix.

— Je vais bien, mentit-elle.

— Vraiment ? insista Judith, qui accrocha longuement son regard. Nous parlerons plus tard.

Et, se tournant vers Nell :

— Nell, comme vous avez grandi ! Vous êtes presque une femme, à présent. Êtes-vous contente d'aller à la cour ?

Nell hocha la tête. Ses yeux brillaient.

— Oh oui, ma mère. J'en ai tellement entendu parler que j'ai hâte de tout voir par moi-même.

Judith sourit.

— J'espère que cela répondra à votre attente. Et maintenant venez tous les trois. Vous me raconterez les dernières nouvelles de Somerstrath pendant le repas.

Ce n'est qu'après que Rignor eut bravé la pluie pour rejoindre son lit au-dessus de l'étable, que Nell fut montée dans la chambre qu'elle partagerait avec sa sœur et que les dernières nonnes se furent retirées pour la nuit, que Judith entraîna Margaret dans sa propre chambre. Celle-ci était plus grande que les cellules occupées par les nonnes, et décorée de meubles et de souvenirs qui dataient du temps où Judith n'était pas mère abbesse, mais l'épouse d'un riche propriétaire foncier. Le lit était en chêne sculpté, tendu de soie. Devant la cheminée particulière – un luxe, dans une abbaye – trônaient deux fauteuils. Judith en prit un et invita Margaret à s'asseoir dans l'autre.

— Maintenant, racontez-moi tout, mon enfant.

Margaret s'exécuta, narrant dans le détail les événements récemment survenus à Somerstrath, depuis la tête de Viking trouvée sur la plage jusqu'à la trahison de Lachlan, sans oublier sa dernière entrevue avec Fiona. Elle fit même le récit de sa conversation, des années plus tôt, avec la vieille voyante, et ce que celle-ci lui avait prédit – notamment sa rencontre avec un homme qui brillerait comme l'or. Judith écoutait en silence. Mais ce dernier épisode la fit réagir.

— Pourquoi avoir cru pareilles sornettes, Margaret ? Je connais ce genre de femmes qui se rendent de village en village, prétendent connaître l'avenir et se contentent de raconter aux gens ce qu'ils ont envie d'entendre. Vous auriez mieux fait de prier le Seigneur.

— Mais elle… commença Margaret.

— Ne parlons plus de cette histoire. De toute façon, c'est du passé. Vous sentez-vous appelée pour entrer au service de Dieu ?

— Je… ne sais pas trop, avoua Margaret.

— J'étais dans votre cas. Je suis d'abord venue ici pour me retirer du monde, mais j'ai très vite réalisé que c'était ma voie. Dites-moi ce que vos parents pensent de tout cela.

Margaret raconta la colère de sa mère, et le choix devant lequel l'avait placée son père. Judith resta un moment songeuse, avant d'esquisser un sourire :

— À présent, parlez-moi de votre foi, mon enfant. Et expliquez-moi ce qui vous ferait consentir à vivre ici.

— La vieille femme de la lande… commença Margaret.

Judith secoua aussitôt la tête.

— Ce qui m'intéresse, c'est ce que vous pensez réellement. Y a-t-il eu un moment dans votre vie, avant que tout ceci n'arrive, où vous avez envisagé de devenir nonne ?

Margaret songea au sentiment de paix intérieure qu'elle avait toujours éprouvé lors de ses visites à l'abbaye ; aux mélodies qu'interprétaient les sœurs lorsqu'elles travaillaient ; à la sérénité avec laquelle elles effectuaient les tâches les plus quotidiennes.

— Ce serait sans doute une existence merveilleuse.

— Mais qui n'est pas faite pour vous, répliqua Judith sans prendre de gants. Comme vous le savez, j'ai vécu dans le monde avant d'entrer à Brenmargon. Cette abbaye m'a offert la tranquillité que je recherchais. Mais vous, non. Vous n'êtes pas dans cette quête. J'ai vu vos yeux briller quand j'ai parlé à Nell de la cour. J'ai aussi vu comment certains garçons qui travaillent ici vous regardaient, et comment vous leur retourniez leurs regards. Sans qu'il y ait rien de répréhensible, du reste. Ce sont des amusements de votre âge.

Judith contempla le crucifix accroché à l'un des murs, avant de reprendre :

— Vous ne seriez pas plus à votre place ici que Rignor. Allez chercher ailleurs vos dragons et votre homme qui brille comme l'or, mon enfant. Ou mieux encore, oubliez à jamais les élucubrations de cette vieille femme. L'erreur serait de les prendre pour une prophétie. Dieu seul a le pouvoir de décider de l'avenir.

Comme Margaret voulait protester, elle leva les mains :

— Ne vous méprenez pas. J'aurais été ravie de vous accueillir parmi nous. Nous commençons à nous faire vieilles, et votre jeunesse aurait été un rayon de soleil pour la communauté. Mais ce serait mal de ma part que de vous encourager dans cette voie. Au début, cette abbaye vous apparaîtrait sans doute comme un refuge, mais vous finiriez vite par regretter d'y être enfermée. Et vous me reprocheriez de vous avoir soustraite à la vraie vie. Il y a bien pire, en ce bas monde, que de découvrir que son mari est volage.

Margaret sursauta à ces mots.

— Il ne s'agit pas de minimiser ce qui vous est arrivé, mon enfant, enchaîna Judith. J'essaie simplement de vous faire comprendre que vous auriez tort d'entrer dans notre communauté. Vous êtes une jeune femme ravissante. Avec de l'esprit. Pourquoi iriez-vous passer le restant de votre vie entre ces murs ?

Après une pause, elle reprit :

— Et puis, vous devez songer à votre devoir envers votre famille. J'imagine que vous êtes au courant des tensions qui opposent, depuis une bonne dizaine d'années, les Comyn aux Durward. La famille de votre tante Jeanne est pour l'instant très puissante, mais elle a besoin de toutes les armes à sa disposition pour le rester. Votre beauté et votre vivacité ne seraient donc pas inutiles. Je suis sûr que les Comyn misent sur votre charme pour séduire le roi et la reine et en récolter des faveurs supplémentaires. Enfin, ajouta Judith avec un soupir, il y a votre mère. Je suppose que je n'ai pas besoin de vous apprendre qu'elle compte sur vous pour retrouver le chemin de la cour.

Margaret faillit tomber de son siège.

— Maman ? À la cour ?

Judith hocha la tête.

— Je connais votre mère depuis longtemps. Elle était encore une gamine lorsque je l'ai rencontrée. Déjà ravissante, mais toujours malheureuse. Je n'ai jamais compris pourquoi. Ses parents la choyaient, pourtant cela ne suffisait pas. Comme si personne n'était capable de lui donner toute l'attention qu'elle réclamait. Elle a connu la cour dans sa jeunesse, et elle a cru que votre père lui permettrait à nouveau d'y vivre. Mais son devoir était de garder la côte occidentale, et il s'est installé à Somerstrath pour mieux le remplir. Évidemment, elle en fut très fâchée.

Elle marqua une nouvelle pause, avant de poursuivre :

— Puisque vous incarnez sa seule chance de revenir un jour à l'existence qu'elle juge faite pour elle, vous bouleversez ses plans en voulant renier votre fiancé, sous prétexte qu'il vous a trahie alors que vous n'êtes pas encore mariés. En outre, cela fait des années qu'elle-même endure l'infidélité de son mari. Et vous, au premier accroc, vous déclarez que vous ne le tolérerez pas. Comprenez, dans ces conditions, qu'elle ne soit pas très contente.

— J'ai même parfois l'impression qu'elle me déteste, avoua Margaret.

— Hélas, ce ne serait pas impossible. Ce genre de personnes éternellement insatisfaites ont toujours besoin d'accuser quelqu'un de leurs malheurs. En plus, je pense qu'elle est jalouse de vous, Margaret.

— Mais c'est ma mère, et...

Judith s'esclaffa.

— Pour certaines femmes comme votre mère, cela ne change rien. Et ne croyez pas qu'il s'agit seulement de vous. Nell recevrait exactement le même traitement si elle s'avisait de la défier. J'aimerais vous dire que je suis étonnée du comportement de votre mère, hélas je ne le suis pas.

Elle regarda un instant au loin, avant de reporter son attention sur Margaret :

— Dire qu'elle a tant reçu ! Mais ce n'était jamais assez. Elle a réussi à éloigner votre père d'elle, et elle s'est ensuite permis de se plaindre quand il a finalement trouvé quelqu'un pour se consoler. Elle a deux filles adorables, dont elle pourrait tirer fierté de leur beauté et de leur intelligence, mais au lieu de cela, elle les jalouse. Sans parler de ses cinq fils. Ni de la superbe forteresse qu'elle habite, et qui fait envie à toute la côte occidentale de l'Écosse. La plupart des femmes se sentiraient comblées de posséder tout cela. Mais pas votre mère. Croyez mon conseil, Margaret : vous feriez mieux de pardonner à Lachlan, de vous installer avec lui à la cour et de tourner définitivement le dos à Somerstrath.

Elle soupira :

— Maintenant, je dois vous dire quelque chose qui ne vous fera pas plaisir, mais il me faut penser aux conséquences qu'entraînerait votre venue parmi nous. Lachlan a l'oreille du roi. Je ne voudrais pas m'en faire un ennemi. Une abbaye comme celle-ci est dépendante des bonnes grâces de ceux qui lui donnent les moyens de subsister et la protègent. Je ne peux pas risquer de nuire à la sécurité de la quarantaine de femmes que j'ai sous ma responsabilité, même si j'ai beaucoup d'affection pour vous. J'ai trop peur qu'en vous donnant refuge, je ne m'attire l'inimitié d'hommes puissants. Ce ne serait pas raisonnable de ma part, vous en conviendrez.

Elle se releva.

— À présent, montez vous coucher, mon enfant. Quand le moment sera venu de vous décider, servez-vous de votre raison et de votre cœur, plutôt que de laisser parler votre colère. La vie nous réserve souvent bien des surprises. Je n'aurais jamais imaginé finir mes jours ici. Qui sait ce qui vous attend ? Mais je peux au moins faire une chose pour vous aider à prendre votre décision.

— Laquelle ? demanda Margaret, qui reprenait soudain espoir.

— Je vais écrire à votre père que si vous choisissez de vivre parmi nous, j'attendrai logiquement, en échange, qu'il me confie votre dot. S'il s'aperçoit qu'il lui faudra payer pour vous punir, peut-être reconsidérera-t-il sa menace.

Margaret s'obligea à cacher sa déception, et remercia la mère abbesse.

— Le Seigneur vous guidera, mon enfant, assura Judith. À présent, au lit !

Elle la poussa vers la sortie et lui souhaita bonne nuit en refermant la porte.

Margaret contempla le battant quelques instants, avant de se décider à s'éloigner. Après cette longue conversation où elle avait exposé son cœur, elle se voyait finalement opposer une fin de non-recevoir.

Tu te retrouveras face à des dragons.

Les mots étaient si distincts que Margaret se retourna pour voir qui avait parlé. Le corridor était désert. Pourtant l'écho était parfaitement audible, comme si l'esprit de la vieille femme était venu combattre les conseils de Judith, pour engager Margaret sur une autre voie. La jeune femme, frissonnante, se dépêcha de gagner sa chambre. Des dragons ? Pas entre ces murs, en tout cas !

Le lendemain, elle se rendit à la messe dans l'espoir que la prière lui porterait conseil. Puis, au sortir de la chapelle, elle regarda les nonnes vaquer à leurs tâches journalières en chantant. Sous bien des aspects, la vie ici n'était pas différente d'à la maison : il fallait préparer à manger, s'occuper du potager, nettoyer l'intérieur. Le soir, aux vêpres, Margaret se recueillit pieusement, voulant savoir si elle ressentirait un appel vers cette existence. Mais rien ne vint. Au lieu de cela, elle continua de ressasser sa colère contre Lachlan, contre

Fiona, contre ses parents... Son esprit ne s'apaisait pas, au contraire. Et elle commençait à s'inquiéter de ressembler à sa mère, qui cultivait son ressentiment comme une compagnie. Si elle n'était pas capable de trouver la paix dans un tel endroit, où la trouverait-elle ?

Les nonnes, en revanche, semblaient vivre en parfaite harmonie intérieure. Leurs mouvements, ralentis par les amples robes de laine qu'elles portaient, étaient calmes et leurs visages étaient sereins, comme si elles entendaient une voix qui n'était pas audible pour Margaret. Peut-être d'ailleurs l'entendaient-elles, car leurs traits s'illuminaient dès qu'elles s'agenouillaient face au crucifix de la chapelle. Alors que Margaret avait beau contempler le Christ sur sa croix, elle ne ressentait aucune élévation de son âme...

Ils séjournaient à Brenmargon depuis un jour et demi quand oncle William les rejoignit, sa troupe bruyante débarquant peu avant midi. Toutes ces voix d'hommes parurent presque étranges à Nell et à Margaret, qui s'étaient déjà habituées à la compagnie des femmes.

Leur oncle n'avait pas changé. Il était grand, mince, le cheveu et les yeux très noirs comme leur mère, ce qui n'était pas surprenant puisqu'ils étaient frère et sœur. En revanche, son caractère était tout différent. William était un homme direct, qui parlait peu et s'épanchait encore moins. Pour l'heure, il semblait préoccupé. Il réserva cependant un sourire chaleureux à ses neveu et nièces, et sourit encore lorsque Judith lui demanda des nouvelles de sa femme Jeanne et de leurs garçons.

— Ils grandissent de jour en jour, répondit-il avec une fierté manifeste. Et ils nous épuisent avec leurs gambades !

— Resterez-vous déjeuner ? s'enquit Judith.

— Oui, volontiers. Merci de l'invitation.

Il retira ses gants, qu'il confia à l'un de ses hommes, avant de se tourner vers Margaret :

— Maintenant, raconte-moi ce qui se passe avec Lachlan.

Comme la jeune femme ne répondait pas, William lui fit signe de s'asseoir face à lui. Elle s'exécuta à contrecœur, car il y avait trop de témoins à son goût : les hommes de son oncle, mais aussi les sœurs.

— Alors ? fit William, qui remercia d'un signe de tête la nonne venue lui apporter une chope de bière. J'ai reçu un message énigmatique de ton père, me demandant de t'escorter jusqu'à la cour. Ce que je veux bien faire, mais j'ai besoin d'en savoir plus. Ton père m'explique que tu hésites entre épouser Lachlan ou prendre le voile. Aurais-tu subitement rencontré Dieu, ou s'agit-il d'autre chose ?

Margaret se sentit rougir.

— Il m'a menti, oncle William. Lachlan m'a... trompée avec une fille de Somerstrath.

— Fiona, précisa Nell. Vous vous souvenez d'elle, oncle William ? C'est la fille du tisserand.

William secoua la tête.

— Non, ma petite. Je ne vois pas qui c'est.

— Margaret les a surpris ensemble, intervint Rignor. J'ai voulu le tuer.

— Vraiment ? répliqua William, reportant son regard sur Margaret. Toi aussi ?

— Pas tout de suite, avoua celle-ci. Mais après, oui, j'y ai songé.

Une lueur amusée brilla dans les yeux de William.

— Tu connais le contrat qui a été signé ?

Margaret acquiesça.

— Et l'importance de cette alliance ? poursuivit William.

— Oui.

— Donc, ton père te laisse choisir entre l'épouser ou prendre le voile ?

— Oui. Et si je refuse d'épouser Lachlan, c'est Nell qui le fera à ma place.

William haussa un sourcil.

— C'est une solution, en effet. Nell est encore un peu jeune, mais elle grandira vite.

Il se releva.

— Je ne veux pas l'épouser, oncle William, intervint Nell avec véhémence.

— Ce n'est pas moi qui te le demande, fit valoir William, avec un regard appuyé vers Margaret.

William resta à déjeuner, comme prévu, mais aussitôt le repas terminé il reprit la route avec ses hommes, son neveu et ses nièces. Margaret embrassa Judith, comprenant le sous-entendu de celle-ci quand la mère abbesse lui conseilla de bien profiter de son séjour à la cour. Elle partit le cœur lourd, consciente que sa liberté de choix s'était encore réduite.

Sur la route, William imprima d'abord une allure qui n'autorisa pas la conversation, mais dès qu'ils se furent enfoncés dans les terres, il ralentit pour revenir à la hauteur de Rignor, Nell et Margaret.

— C'est ton premier voyage à la cour, n'est-ce pas ? demanda-t-il à Nell.

Nell acquiesça avec un sourire radieux.

— Oui, oncle William.

— Que sais-tu de notre roi, Nell ?

Elle prit une profonde inspiration, avant de réciter :

— Le roi Alexandre est Alexandre III, fils d'Alexandre II. Il est roi depuis l'âge de huit ans, mais il n'a commencé à véritablement gouverner qu'il y a environ deux ans.

William parut satisfait.

— Bien. Quoi d'autre ?

— Voilà des années et des années que l'Écosse connaît la paix.

— Ce n'est pas tout à fait exact. Certes, il n'y a plus de guerre. Mais la compétition est serrée entre les Comyn et les Durward pour obtenir les faveurs du roi. Les Comyn sont les grands gagnants, pour l'instant. Et donc nous aussi, puisque nous sommes leurs alliés. Que sais-tu d'autre ?

— Que la reine Margaret est la fille du roi Henry d'Angleterre. Et que Henry et Simon de Montfort sont en désaccord à propos de...

Nell s'interrompit. Elle ne se souvenait plus.

— Peu importe de savoir comment cela a commencé, estima William. Mais ce n'est plus un simple désaccord, à présent. Et de Montfort a fait appel aux Français, ce qui complique encore un peu plus la situation, puisque nous avons nous-mêmes des alliances avec les Français. Il va donc falloir jouer serré.

— Et, intervint Rignor, le roi Alexandre a tenté d'acheter les îles Hébrides au roi Haakon de Norvège, mais celui-ci a refusé.

William hocha la tête.

— C'est d'ailleurs l'un des sujets dont je souhaite m'entretenir avec le roi.

— Pourquoi ? s'enquit Margaret.

— Des troubles ont été signalés dans le Nord, expliqua William. Comme tu le vois, tes fiançailles ne sont pas le seul souci d'Alexandre, en ce moment. Pourquoi ton père voulait-il t'envoyer à la cour ?

Margaret haussa les épaules pour signifier qu'elle l'ignorait, mais Rignor répondit avec autorité :

— Papa pense qu'en voyant tout le confort que Lachlan pourrait lui prodiguer, et combien il est puissant à la cour, elle changera d'avis à son sujet.

— Lachlan est cousin du roi, Margaret, lui rappela William. C'est un homme riche.

— Je sais tout cela. Mais ça ne suffit pas, rétorqua la jeune femme.

— Pourtant, il le faudra, conclut William, avant d'éperonner son cheval pour reprendre la tête du convoi.

Ils voyagèrent sans encombre. William redevint bavard lorsqu'ils approchèrent de Stirling, où la cour résidait aux beaux jours : il fit valoir la sagesse d'avoir construit une forteresse à cet endroit, au sommet d'un éperon rocheux surplombant la rivière Forth, et offrant une vue dégagée sur des lieues à la ronde. Par sa situation au centre de l'Écosse, Stirling était le point de passage obligé entre les Basses Terres et les Highlands. Voilà pourquoi, de mémoire d'homme, il y avait toujours eu un château fort ici. Au siècle dernier, Alexandre Ier avait fait rebâtir la forteresse, l'avait embellie et y avait ajouté une chapelle. William le Lion avait poursuivi les travaux. Et maintenant, Alexandre III avait fait de Stirling la résidence estivale de la cour.

Margaret était déjà venue à Stirling, et bien qu'elle eût fait le récit de sa visite à Nell, celle-ci se posait beaucoup de questions. Où dormirait-elle ? Serait-elle autorisée à voir le roi, la reine et fréquenter la cour, ou serait-elle reléguée avec les autres enfants ? Pourrait-elle faire la connaissance de la petite princesse Margaret, tout juste âgée de deux ans ?

Ses questions allaient bientôt recevoir des réponses, car William et son escorte furent cordialement accueillis au poste de garde et conduits vers le château.

Nell contemplait, ébahie, le spectacle qui s'offrait à leurs yeux. Après avoir franchi une première enceinte, ils passèrent les immenses portes de chêne qui marquaient l'entrée du château proprement dit. Ils attendirent dans une cour, sur leurs montures, pendant qu'on informait le roi de leur arrivée. Après ce qui parut une éternité, William fut appelé auprès du souverain, tandis que Rignor, Margaret et Nell continuèrent d'attendre.

Ce n'est pas William qui revint pour les inviter à entrer, mais Lachlan, richement vêtu de laine finement tissée et de soie, une broche d'or sur la poitrine, un collier d'or au cou et plusieurs bagues en or aux doigts. Il salua Rignor et Nell puis, tout sourire, s'approcha de Margaret pour l'aider à descendre de cheval.

— Bienvenue à la cour, lady Margaret, dit-il.

Quand la jeune femme eut mis pied à terre, il se tourna pareillement vers Nell. Mais celle-ci sauta toute seule à bas de sa monture, sans un regard pour Lachlan qui rejoignit Margaret :

— Ne me faites pas honte ici, murmura-t-il. Et n'essayez pas de parler au roi.

Margaret, furieuse, accrocha son regard.

— Je demanderai au roi d'annuler nos fiançailles, Lachlan. Je ne vous épouserai jamais.

Lachlan la dévisagea quelques instants, avant de sourire avec dérision.

— Croyez-vous que vous aurez l'oreille du roi, Margaret de Somerstrath ? Qui écoutera-t-il, à votre avis ? Une fille de province, ou son cousin ?

— Je le ferai quand même, persista Margaret.

— Eh bien, vous en paierez le prix, répliqua Lachlan d'une voix glaciale.

Nell espéra une intervention de Rignor, mais voyant que son frère ne pipait mot, elle s'avança, hors d'elle :

— Ne la menacez pas ! s'écria-t-elle.

— Ce n'est pas une menace, c'est la vérité, rétorqua Lachlan. Et ne vous mêlez pas de ce qui ne vous regarde pas.

Nell tremblait de rage.

— Savez-vous que si elle ne vous épouse pas, c'est sur moi que le contrat retombera ?

Lachlan éclata de rire.

— Non, Nell. Cela n'a aucune chance d'arriver. J'épouserai votre sœur.

Margaret et Nell s'apprêtaient à répliquer vertement, lorsque la voix de William retentit depuis le seuil :

— En voilà assez ! s'exclama-t-il. Rentrez, à présent. Tous.

William les introduisit dans un vaste hall, dont une partie était en travaux : on entendait des ouvriers s'activer derrière une palissade en bois qui cachait le chantier.

— Je ne veux plus de querelles de ce genre ! tonna William. Lachlan, elle a le droit de faire sa demande au roi. Et Margaret, il a le droit de se sentir insulté par une telle demande. Essayez de vous entendre un peu mieux, tous les deux. Et maintenant, écoutez-moi tous. Rignor, tu dormiras dans les appartements de Lachlan. Margaret et Nell, vous logerez dans le quartier réservé aux femmes Comyn. Je compte sur vous pour bien vous tenir. Pas un mot de travers sur Lachlan. Ayez un peu de fierté, que diable !

Et, se tournant vers Lachlan :

— Quant à toi, mon garçon, ne prends pas cet air suffisant, ou je demanderai moi-même au roi d'annuler les fiançailles. Et en public, encore !

Puis, désignant deux domestiques qui attendaient pour les conduire à leurs chambres :

— Allez vous changer et vous préparer pour le dîner.

Nell vécut cette première soirée à la cour comme un rêve. Elle était assise à côté de Margaret, qui ne parlait pour ainsi dire pas, mais cela convenait parfaitement à Nell : il y avait tellement à voir.

Elle était fascinée par les robes des femmes, richement brodées et constituées d'étoffes de différentes natures et dans une variété extraordinaire de coloris. Les femmes mariées arboraient des coiffes, les unes très simples, en soie, les autres ornées de pierreries. Les jeunes filles avaient les cheveux dénoués, ou tirés en arrière et décorés de rubans. Mais le plus étonnant, c'étaient les chaussures ! Longues, à bout pointu, agrémentées de perles ou peintes de motifs étranges. Nell aurait passé des heures à simplement les contempler.

Les hommes aussi étaient vêtus avec beaucoup de couleurs, leurs tuniques coupées dans les plus beaux velours ou les plus belles soieries. Certains arboraient même des souliers peints comme ceux des femmes. Et d'autres avaient sur eux autant de joyaux que leurs épouses : bagues, broches, boucles de ceintures serties de pierres précieuses, boutons d'argent…

Les Highlanders étaient faciles à reconnaître, avec leurs tartans. Quelques-uns portaient également des bijoux, mais avec moins d'ostentation.

Au milieu de ce mélange de couleurs, de textures et de styles, Nell et Margaret passaient pour des visiteuses originaires d'un pays arriéré. Même les nouvelles robes de Margaret semblaient démodées. Et les deux sœurs avaient beau arborer leurs plus beaux bijoux, ils faisaient pâle figure face à ceux des dames de la cour. Rignor, avec sa tunique toute simple, était également déplacé dans le tableau. Mais il ne paraissait pas s'en rendre compte. Nell ne s'était jamais sentie aussi insignifiante. Comment Margaret, dans ces conditions, pouvait-elle espérer influencer le roi ? Du reste, de sa place, Nell pouvait à peine apercevoir les souverains, pourtant assis dans la même salle qu'eux.

La table se révéla d'une prodigalité inconnue à Somerstrath. Nell renonça à compter tous les plats qui défilèrent devant elle. Il y eut des oiseaux si petits qu'on pouvait les avaler d'une seule bouchée. Une infinité de poissons de toute taille. Des moutons rôtis à la broche et servis sur des plateaux d'argent portés par quatre hommes. Des fruits juteux et sucrés que Nell n'avait jamais vus. Des pâtisseries au miel. Et pourtant, ainsi qu'on le leur expliqua, il ne s'agissait pas d'un festin mais d'un repas ordinaire. La cour vivait décidément dans un autre monde. En outre, pour faire patienter les convives entre les plats, musiciens et jongleurs se produisaient à l'admiration de tous.

Nell finit par s'apercevoir qu'on l'observait. Un homme, aux cheveux cuivrés, assis à côté de Rignor et de Lachlan, suivait ses gestes. Leurs regards s'accrochèrent. L'homme sourit, avec un petit hochement de tête comme s'ils se connaissaient déjà. Nell chercha dans sa mémoire, mais elle ne se souvenait pas de lui avoir été présentée. Il détourna finalement la tête pour répondre à une question que lui posait Lachlan. Nell tendit l'oreille, dans l'espoir d'entendre sa voix, mais le brouhaha était tel qu'elle n'y parvint pas.

Margaret essaya de retenir ses bâillements, mais n'y pouvant plus, elle finit par se lever de table. Nell, qui commençait aussi à s'assoupir, l'imita aussitôt. Elles firent signe à oncle William, qui les salua de la tête avant de reprendre sa discussion avec son voisin de table. Puis elles souhaitèrent bonne nuit à Rignor et à Lachlan, assis parmi un groupe de compagnons de beuverie. Rignor leur répondit d'un geste vague de la main. Mais Lachlan insista pour les accompagner jusqu'à leurs appartements, prétextant qu'elles risquaient de se perdre.

— Le château n'est quand même pas si immense, répliqua Margaret. Et nous trouverons bien quelqu'un pour nous diriger.

— Vous diriger est ma mission, objecta Lachlan, avec un sourire à l'intention de ses compagnons. Une mission ma foi bien vaste. Je crois que je n'aurai pas trop de toute ma vie pour m'en acquitter.

Les autres éclatèrent de rire.

Margaret, ravalant sa rage, garda le silence tandis qu'ils enfilaient un dédale de corridors éclairés par des torches accrochées aux murs.

— Le dîner vous a plu ? demanda Lachlan.

— Oui, répondit sèchement Margaret.

— Et vous, Nell ?

Elle hocha la tête.

Margaret s'immobilisa au milieu d'un couloir.

— Rien n'a changé, Lachlan. Je refuse toujours de vous épouser. Quoi que vous fassiez, votre trahison restera, à mes yeux, indélébile.

Le visage de Lachlan était éclairé par une torche. Il s'obligeait visiblement à se contenir. Et il y réussit.

— De mon côté, je souhaite toujours vous épouser, rétorqua-t-il d'une voix calme.

— Pourquoi ? Pourquoi moi, Lachlan ? Vous êtes riche. Vous pourriez trouver une autre candidate, plus accommodante.

Elle crut un moment qu'il allait lui répondre sincèrement, car plusieurs émotions passèrent dans son regard. De l'ambition, ce qui n'était guère surprenant. De l'entêtement, ce qui était tout autant prévisible. Du désir, aussi, ce qui surprit Margaret – certainement pas pour elle. Et quelque chose d'autre, qu'elle ne put discerner – un instinct de possession ?

— Nous sommes fiancés, Margaret.

— Cela ne suffit pas pour nous engager pour la vie. Je n'oublierai jamais ce que vous avez fait.

Lachlan eut un sourire froid.

— Vous voilà arrivées, dit-il, désignant une porte.

Et il les laissa, sans même un regard en arrière.

— Il aurait au moins pu répondre à ta question, commenta Nell.

— Peut-être ne le sait-il pas lui-même, suggéra Margaret.

La chambre tenait plutôt du dortoir. Les représentantes féminines de la famille Comyn se montrèrent accueillantes, mais aussi très curieuses, et Margaret se sentit mal à l'aise. Elle avait l'impression qu'on la regardait comme s'il venait de lui pousser une deuxième tête, et elle comprit qu'on discutait beaucoup à son sujet.

Elle s'allongea sur son lit – une simple banquette, disposée à côté des autres – et, incapable de trouver le sommeil, elle mesura combien son idée de se chercher un autre fiancé était illusoire. Le dîner de ce soir lui avait fait prendre la mesure de la situation : comment pourrait-elle choisir, parmi tous ces inconnus qui l'intimidaient ? Et surtout, comment savoir lequel d'entre eux serait plus loyal que Lachlan ? Il était impossible de sonder le cœur de quelqu'un en aussi peu de temps. Il ne restait donc que le marché énoncé par son père : Lachlan, ou le voile. À moins qu'elle ne réussisse à convaincre le roi d'annuler ses fiançailles. Mais le souverain daignerait-il seulement lui accorder une audience ? La grande affaire du moment était la crise en Angleterre, toute la question étant de savoir si l'Écosse devait ou non s'y impliquer. Face à de tels enjeux, Margaret avait conscience que son problème paraîtrait insignifiant au roi.

— Dormez-vous, Margaret MacDonald ?

Le murmure venait de la gauche. Elle reconnut la voix d'une jeune fille, qui tout à l'heure s'était montrée amicale avec elle.

— Non, je ne dors pas, chuchota-t-elle en retour.

— C'est vrai, ce qu'on raconte ? Que vous êtes ici pour tenter de faire annuler vos fiançailles ?

Margaret soupira. Pourquoi chercher à le nier ? Toute la cour semblait déjà être au courant.

— C'est mon père qui m'a envoyée ici. Mais oui, c'est vrai.

— Ce soir, j'ai fait la connaissance de l'homme que je dois épouser.

— Et ?
— Il m'a paru gentil. Plus vieux que je ne l'escomptais, et…
Margaret entendit bouger, comme si la jeune fille se redressait sur un coude. Elle reprit :
— Nous sommes fiancés depuis que je suis toute petite. Je me disais… Si vous réussissez, peut-être que moi aussi, je pourrais obtenir l'annulation. Je connais un garçon, chez moi. Mes parents désapprouvent notre relation, mais…
— Cessez d'argumenter, et songez à votre devoir, mesdemoiselles, intervint une voix plus âgée, mais qui n'était pas dépourvue de gentillesse. Vous avez été toutes deux fiancées pour le bien de votre famille, et de votre pays. Arrêtez de croire que vous êtes libres de vos choix. Nous non plus, nous n'avons pas pu nous marier librement. Alors essayez plutôt de trouver des bons côtés à ces hommes. Ensuite, vos enfants vous apporteront quelque consolation. Et n'oubliez jamais que vous épouserez des hommes riches. Que peut rêver de mieux une femme, pour sa sécurité et celle de ses enfants ? L'amour est pour les troubadours, mes petites. Maintenant taisez-vous, et dormez.
Le silence retomba. Margaret réussit finalement à trouver le sommeil. Au réveil, aucune allusion ne fut faite à cette conversation nocturne, et la jeune femme ne sut jamais qui avait parlé.
La journée suivante se révéla un défilé de têtes nouvelles. Margaret fut présentée à presque tous les occupants du château. Ducs, cousins, barons… ils étaient si nombreux que leurs noms se mélangeaient dans sa tête. Elle salua poliment, essayant d'avoir un mot gentil pour chacun, mais parvenue au milieu de l'après-midi, elle n'aspira plus qu'à la tranquillité et au silence. Finalement, profitant de ce que Nell captivait l'attention d'oncle William, elle s'esquiva à la recherche d'un peu de solitude. Elle la trouva dans le potager, où personne ne travaillait pour l'instant.

Convaincue que Lachlan ne songerait pas à la chercher dans cet endroit, la jeune femme se promena entre les parterres, savourant le soleil et la quiétude.

Une vieille femme était assise sur un banc, les mains croisées dans son giron. Voyant approcher Margaret, elle la regarda attentivement, comme si elle attendait quelqu'un. Margaret lui offrit un sourire au passage, et poursuivit son chemin. Mais au bout de quelques mètres, elle sentit le regard de la vieille femme peser sur ses pas.

— Je t'avais promis de te raconter mon histoire, lui lança-t-elle tout à coup.

Cette voix ! Margaret, saisie, se retourna lentement.

— Ce... ce n'est pas possible, murmura-t-elle, stupéfaite.

La vieille femme lui souriait.

5

— Non, fit une voix d'homme, arrêtant Nell par le bras.

Depuis la porte du potager, la jeune fille pouvait apercevoir Margaret en grande conversation avec une vieille femme. Elle aurait voulu entrer pour savoir ce qu'elles se disaient, mais l'homme aux cheveux cuivrés – celui-là même qu'elle avait remarqué hier soir, au dîner – lui barrait la route. Nell voulut libérer son bras, mais il serra un peu plus fort.

— Laissez-les parler, insista-t-il.

Nell le toisa froidement, dans l'espoir de l'intimider. Il se contenta de sourire, amusé. Elle reporta alors son attention sur ce qui se passait dans le potager.

— Qui est-ce ?

— Votre sœur.

— Vraiment ? répliqua Nell, mordante. Elle a beaucoup vieilli, d'un seul coup.

Il rit de bon cœur, et elle en profita pour le détailler. Il était plus jeune qu'elle ne l'avait cru hier soir, son visage rasé de près étant vierge de toute ride. Il avait les yeux verts et ses cheveux, à la lumière du soleil, paraissaient plus blonds que roux. C'était en tout cas un très bel homme.

— Qui êtes-vous ?

— Je m'appelle Liam Crawford.

— Vous avez l'accent des Highlands.

Il hocha la tête.

— En effet. Ma mère est une Stewart. Et j'ai du sang Ross et du sang MacDonald dans les veines.

Nell voulut à nouveau libérer son bras. Il fronça les sourcils.

— Tenez-vous tranquille, s'il vous plaît. Votre sœur a besoin de lui parler au calme.

— Qui est cette femme ? redemanda Nell.

Cette fois, il répondit.

— La voyante personnelle du roi. Elle est capable de prédire l'avenir.

— Et pourquoi Margaret a-t-elle besoin de lui parler ?

— Elles se sont rencontrées il y a longtemps, et la voyante a prédit quelque chose à votre sœur. Je parie que Margaret a été surprise de la retrouver ici.

— Comment savez-vous tout cela ?

— Parce que la voyante me l'a raconté.

— Et pourquoi à vous, en particulier ? Alors que vous ne connaissez pas ma sœur ? Je trouve cela bien étrange, monsieur.

— Sans doute… murmura Liam.

Il détailla la silhouette de la jeune fille, avant d'ajouter :

— Vous êtes encore une enfant. Mais la voyante m'a affirmé que, tous les deux, nous nous reverrons dans l'avenir. Et qu'alors, nous apprendrons à nous connaître très, très bien.

Nell, médusée, ne savait pas si elle devait le croire ou manifester sa colère. Ou les deux.

— Je ne suis plus une enfant, monsieur.

— Je m'appelle Liam, lui rappela-t-il. Et si, vous êtes une enfant. Mais ce n'est pas grave. Je ne suis pas pressé. Vous êtes déjà fort prometteuse. Je saurai attendre.

Nell se sentit rougir.

— Lâchez-moi, s'il vous plaît, monsieur !

— Liam.

— S'il vous plaît, Liam.

— Voulez-vous bien rester en place, et les laisser tranquilles ?

Nell accrocha son regard. Il n'avait pas l'air d'un fou. Ce qui frappait, au contraire, c'était son assurance. Comme s'il était certain de détenir la vérité.

— D'accord, céda-t-elle. Je les laisserai tranquilles.

Il relâcha son bras, mais demeura près d'elle pour la retenir si jamais elle tentait le moindre mouvement. Nell se tourna vers le potager. Margaret et la vieille femme déambulaient à présent dans une allée. Sa sœur paraissait très à son aise.

— Que vous a-t-elle dit à mon sujet ? s'enquit-elle. La voyante, qu'a-t-elle dit sur moi ?

Il resta silencieux un moment, avant d'esquisser un sourire.

— Elle m'a dit, et c'était il y a déjà longtemps, que nous étions destinés… à nous connaître. Elle ne m'a donné que votre prénom, Nell, et pas votre nom de famille. J'ai rencontré plusieurs Nell, et à chaque fois je me posais la question. Mais quand je vous ai vue hier soir, j'ai su que c'était vous.

— Comment cela ?

— Je l'ai lu dans vos yeux.

Elle pensa qu'il allait s'esclaffer, lui avouer que c'était une plaisanterie, qu'il s'était moqué d'elle. Mais non, rien de tout cela. Leurs regards se nouèrent. Nell, se sentant à nouveau rougir, détourna la tête.

— Et si ce n'était pas moi ?

— Alors, j'en serais vraiment désolé…

Nell accrocha de nouveau son regard, avant de baisser les yeux, troublée. Il y eut un autre silence et, côte à côte, ils regardèrent Margaret et la vieille femme. Puis il s'écarta brusquement.

— Je vous attendrai, Nell, murmura-t-il.

Elle ne sut quoi répondre, mais de toute façon il s'éloignait déjà, à grandes enjambées. Il comptait plusieurs années de plus que Nell, et bien qu'encore jeune, il était un homme accompli. Elle se rappela alors avoir vu son père, quelques jours plus tôt, s'entretenir avec des représentants du clan Stewart. C'était donc cela, conclut-elle. Ce garçon était l'un des candidats que son père lui destinait. Tout le reste – la prophétie de la voyante, la promesse qu'il saurait attendre… – n'était que plaisanterie. Il s'était amusé à ses dépens.

Il se retourna avant de disparaître au coin d'un mur, et agita une main pour la saluer. Nell éprouva une étrange sensation. Comme une prémonition. Mais elle se ressaisit bien vite. Ce Liam n'était que l'un des prétendants pressentis par son père. Ou alors…

Margaret avait déjà entendu de telles histoires, mais jamais de la bouche de quelqu'un qui prétendait les avoir vécues. Et quand on voyait la vieille femme aujourd'hui courbée par l'âge, le corps décharné, il était difficile de se la représenter jeune fille. Pourtant, elle avait dû être très belle.

Elle avait grandi, raconta-t-elle à Margaret, au milieu de sa famille, dans un petit village bordant une rivière. Un endroit calme, où personne d'importance n'avait jamais vécu. Et puis, par une belle journée de printemps, des cavaliers étrangers avaient surgi. Ils avaient tué tous les hommes du village, et même la plupart des garçons. Quant aux femmes, après avoir été violées, les plus jeunes avaient été attachées et emportées par les agresseurs.

La vieille femme était du lot. Elle avait été conduite en Grèce et vendue à un marchand d'esclaves, qui l'avait revendue à un Romain. Lequel l'avait bien traitée, essayant de la convertir à sa religion, et lui ayant même déclaré son amour peu avant de mourir. Mais après son décès, sa femme s'était empressée de jeter dehors cette maîtresse devenue indésirable, et les années d'errance avaient commencé. Elle avait vécu à Madrid. À Lisbonne. À Londres. À Édimbourg. Et à présent, partout où le roi Alexandre et la reine Margaret se déplaçaient.

Elle s'était rendu compte très jeune de son don, ayant « vu » la destruction de son village plusieurs mois avant la tragédie. Et aussi qu'un jour elle se retrouverait ici, au bout du monde.

— Et je savais que je te reverrais. Je te l'avais d'ailleurs dit, rappelle-toi.

Margaret hocha la tête, encore sous le choc d'avoir retrouvé la vieille femme de son enfance.

— Je me souviens de chaque mot que vous m'avez dit ce jour-là.

La vieille femme sourit avec sérénité.

— Moi aussi. Tu as bien grandi, Margaret de Somerstrath. Mais tu vas bientôt avoir besoin de toutes tes forces.

— Ah oui, les dragons, fit Margaret.

La vieille femme sourit encore, mais ne dit rien.

— Que pouvez-vous me dévoiler, aujourd'hui, de mon avenir ?

— Qu'il s'approche rapidement.

Margaret se retint d'ironiser.

— Mais encore ?

— Que ton existence va être bouleversée à un point que tu n'imagines pas. Que nous nous reverrons encore une fois, toutes les deux, avant ma mort. Et que Judith de Brenmargon a tort de se moquer de moi. Car moi, je ne me moque pas de sa foi.

Margaret en resta un moment interdite, avant de songer à sa sœur. C'est Nell qui avait dû tout raconter à la vieille femme.

— Ce n'est pas Nell, dit celle-ci comme si elle avait lu dans ses pensées. Ni ton frère.

— Mais alors, comment…

— Autant me demander comment je respire, mon enfant. Je ne peux pas te répondre. Sinon, que je sais ce que je sais. Judith, elle, a peur de ce qu'elle ne peut comprendre et qui la dépasse. C'est un grand réconfort, dans la vie, de ne pas avoir à se poser de questions. Elle sait quoi croire, et elle aide les autres à croire la même chose. Ce qui n'empêche pas que sa foi soit sincère. Voilà pourquoi je ne veux pas me moquer d'elle.

Margaret se demandait comment cette femme connaissait Judith. Était-ce oncle William qui lui en avait parlé ?

— Je vois que tu es toujours sceptique, reprit la vieille femme avec un sourire. Mais écoute-moi bien : tu possèdes un destin étonnant. Puisses-tu être assez sage pour faire les bons choix qui s'imposeront le moment venu. Et puisse Dieu te protéger.

— Parce que vous croyez en Dieu ?

— Comment pourrais-je ne pas croire en Lui, alors que l'évidence de Son existence s'impose à nous tous les jours ?

Sur ces mots, la vieille femme s'éloigna. Margaret courut pour la rattraper.

— S'il vous plaît ! Dites-moi si je vais épouser Lachlan.

La vieille femme regarda un point invisible, dans le lointain, avant de reporter son attention sur Margaret.

— Oui. Et non.

— Votre réponse n'a pas de sens.

— Pourtant, il n'y en a pas d'autre.

— Mais comment cela peut-il être oui et non en même temps ? Le roi va-t-il m'aider ?

— Il t'écoutera.

— Mais est-ce qu'il va m'aider ?

— La décision n'appartient qu'à toi. Mais tout choix a un prix.

Margaret secoua la tête, de frustration. Chaque réponse était une énigme.

— Et l'homme brillant comme l'or ?

— Il attend.

— S'agit-il de Jésus ? Est-il ici ?

— Réfléchis bien, ma petite. Et vois ce que tu as devant toi, non ce que tu souhaiterais voir.

— Et les dragons ?

— Tu auras bientôt à les affronter.

— Où cela ?

— Tu le sauras en temps voulu. Et n'oublie pas : nous nous reverrons encore une fois. Ce sera à la cour, sans être vraiment la cour.

La voyante esquissa un salut de la main et s'éloigna. *Il attend.* Margaret resta plantée au milieu de l'allée un long moment, l'esprit en ébullition, pendant que l'étrange femme disparaissait par la porte du potager. Puis Nell vint à sa rencontre. Elle aussi paraissait songeuse.

— Margaret ? Ça va ?

— Non, ça ne va pas du tout, avoua Margaret, ébranlée.

En l'espace de quelques jours, elle avait perdu son fiancé et sa meilleure amie. Et maintenant, les événements semblaient se précipiter. Avait-elle vraiment le pouvoir de décider de son sort, où tout était-il déjà écrit, comme le prétendait la voyante ?

— Moi non plus, répondit Nell. Il faut que je te raconte ce qui vient de m'arriver.

Cinq jours passèrent – comme l'éclair. Margaret s'entretint avec son oncle William de son dilemme, mais il ne lui fut d'aucun secours.

— Lachlan est riche et il a l'oreille du roi, martela son oncle. Comprends donc que c'est important. Oublie les détails et songe que vos enfants seront cousins du roi, et des enfants du roi.

Quand Margaret rapporta cette conversation à Rignor, son frère hocha la tête.

— Il n'a pas tort. Et puis, ne soyons pas naïfs. Personne, ici, ne se marie autrement que par intérêt. Regarde autour de toi.

Margaret observa les hommes fréquentant la cour, pour voir si l'un « brillait comme l'or ». Mais la plupart étaient si richement vêtus, beaucoup comme Lachlan portant sur eux de l'or sous forme de broches, de bagues ou même de bracelets, qu'il était impossible d'en distinguer un en particulier. Et surtout, après s'être entretenue courtoisement avec nombre d'entre eux, elle n'en trouva aucun qu'elle désirât épouser.

Le soir, lorsque la cour s'assemblait dans la grande salle du château pour le dîner, Margaret se joignait aux danseurs. Elle devint vite une partenaire populaire, non seulement pour danser mais aussi pour discuter, car elle y mettait du piquant. Mais aucun des hommes qu'elle fréquenta ainsi ne la toucha au cœur, et chaque soir elle regagnait son lit avec le sentiment d'avoir perdu son temps.

— *Il attend,* avait assuré la vieille femme.

Mais certainement pas ici.

Elle concentra ses derniers espoirs sur l'audience avec le roi que William avait promis de lui obtenir. Le sixième jour, enfin, elle fut appelée.

Quand le page vint la chercher, elle l'accueillit avec un mélange d'incrédulité et d'appréhension. Tout à coup, elle avait la tête vide et ne savait plus comment présenter son affaire. Elle suivit le page le long des couloirs dans un état second.

Le pire, c'est que Lachlan s'était montré, ces derniers jours, très repentant et plus charmant que jamais. Comment, dans ces conditions, les autres pourraient-ils le voir comme elle-même le percevait ? Et comment plaiderait-elle sa cause devant le roi Alexandre et la reine Margaret, dont le propre mariage avait été arrangé mais qui se révélait avec les années un mariage heureux ?

Elle fut introduite dans une vaste pièce, très bien éclairée, le soleil de la fin d'après-midi entrant à flots par les nombreuses fenêtres vitrées. Margaret avait espéré une audience privée, mais la pièce était noire de monde, et tous les yeux se braquèrent sur elle.

Le roi Alexandre était assis dans un grand fauteuil, qui n'était pas tout à fait un trône, mais qui était peint aux armoiries royales d'Écosse. Il était vêtu sans faste particulier, sa tunique coupée à la perfection dans une étoffe luxueuse ne portant aucun ornement superflu. La reine Margaret paraissait d'ailleurs plus majestueuse que son époux. Son fauteuil était plus petit que celui du roi, mais plus décoré. Et si sa tenue était également simple, sa robe était brodée d'or, et sa coiffe sertie de pierres précieuses. Les dames de sa suite, appartenant pour la plupart à la famille Comyn, étaient réunies près d'elle, semblant former une phalange prête à la défendre.

Lachlan, qui s'était mis sur son trente et un, salua Margaret en s'inclinant devant elle, le visage indéchiffrable. Oncle William lui sourit chaleureusement. En revanche, Rignor était mal à l'aise.

La jeune femme esquissa une révérence maladroite, mais ni le roi ni la reine ne parurent s'en offusquer. La reine la dévisagea avec attention. Le roi lui sourit.

— Majestés, je vous présente ma nièce, annonça oncle William, lui faisant signe de s'approcher. Margaret de Somerstrath, la fille de ma sœur.

Le sourire du roi se fit plus radieux.

— Bienvenue, Margaret. Votre père est un loyal sujet, qui défend courageusement la côte occidentale de notre royaume. Nous lui sommes reconnaissants de ses efforts.

— Oui, Votre Majesté, acquiesça Margaret. Il fait de son mieux.

Il y eut des rires. Margaret se sentit rougir. En quelques mots, elle venait de trahir son manque de manières.

Le roi coula un regard vers Lachlan, avant de reporter son attention sur la jeune femme.

— Mais vous n'êtes pas venue me parler de votre père, n'est-ce pas ? Mon cousin Lachlan m'a expliqué la situation. Il s'est déjà excusé auprès de vous, je crois. Est-ce exact, Margaret ?

Elle hocha la tête.

— Oui, Votre Majesté.

Lachlan s'avança et posa une main sur l'épaule de la jeune femme.

— Je l'ai offensée par mon comportement. Mais j'ai promis de ne plus recommencer, et de me conduire à l'avenir en bon mari. Du reste, comme cela s'est produit avant nos épousailles, je n'ai rompu aucun vœu.

— Je demande... commença Margaret, aussitôt interrompue par un geste de William.

— Votre Majesté, Margaret souhaiterait parler.

Le roi acquiesça, et aussitôt tous les regards se tournèrent vers Margaret. La jeune femme déglutit péniblement. Puis libéra son épaule de l'emprise de Lachlan.

— Je demande à Votre Majesté de me délivrer de fiançailles conclues voici plusieurs années. Nous... ne sommes pas faits l'un pour l'autre, et je ne souhaite pas être forcée à ce mariage.

Elle ignora les murmures amusés de l'assistance. Elle savait que ses paroles résonnaient trop naïvement, mais ne voyait pas comment y remédier.

— J'imagine que vous êtes consciente, répondit le roi, que vos fiançailles ont été arrêtées par ceux qui n'avaient que vos intérêts à l'esprit ? Cette alliance renforcera la famille de votre père.

— J'en suis bien consciente, Votre Majesté, mais...

La reine l'interrompit avec douceur.

— Vous n'ignorez pas, je suppose, que mon mariage avec le roi fut arrangé ? Pourtant, il est possible de trouver le bonheur par de tels arrangements, dit-elle avec un regard énamouré pour le souverain.

Le roi sourit à son épouse, et Margaret comprit qu'elle était perdue.

— Vous êtes jeune, Margaret, reprit Alexandre. Et ravissante. Je ne doute pas que Lachlan saura bien vous traiter.

Le sourire de Lachlan était triomphal.

— Vous pouvez en être sûr, Majesté.

Margaret jeta à son frère un regard de détresse. Celui-ci détourna la tête.

— Mais… voulut-elle argumenter avant de s'interrompre, William lui ayant murmuré de faire la révérence, ce qu'elle fit.

La suite se passa très vite. Elle fut poussée vers la sortie par Lachlan et William. Rignor avait disparu.

— Eh bien, vous l'avez fait, commenta Lachlan. Vous nous avez humiliés tous deux. Et pour quel résultat ?

— Ça suffit, Lachlan, siffla William, glacial.

— C'est fini ? s'enquit Margaret, les larmes aux yeux. L'audience est terminée ? Je n'ai même pas vraiment eu le temps de parler. D'expliquer…

— Vous en avez dit suffisamment pour nous faire honte, la coupa Lachlan.

— J'ai dit, assez ! tonna William.

Ils arrivaient à la porte. Lachlan renifla avec mépris.

— Dès que nous serons mariés, je ferai appeler Fiona. Vous aurez besoin de compagnie.

Et il les quitta sur ces paroles.

Il y eut un silence, puis William soupira lourdement.

— J'ai reçu un message m'informant de la présence de visiteurs irlandais chez moi. Je partirai demain matin. Dans une semaine, je t'enverrai quelques hommes pour te conduire à Somerstrath. À moins que tu ne veuilles passer le restant de l'été ici. Les Comyn m'ont fait savoir qu'ils seraient heureux que tu prolonges ton séjour.

Pour se moquer d'elle, sans doute, devina Margaret. Mais elle ne l'énonça pas à haute voix. William aimait beaucoup la famille de son épouse et, en vérité, les femmes Comyn étaient toutes très gentilles. Ce n'était pas leur faute si Margaret avait échoué à convaincre le roi.

Ils partirent une semaine plus tard, à l'aube. Nell n'était pas contente d'être obligée de quitter Stirling. La semaine écoulée s'était révélée frustrante. Elle avait essayé en vain de retrouver Liam Crawford, ou au moins quelqu'un qui aurait pu le connaître, mais c'était comme si elle avait inventé l'existence de cet homme. Elle tenta également de rencontrer la vieille femme qui avait parlé avec Margaret dans le potager, mais on lui expliqua que la voyante quittait rarement les appartements royaux, et qu'elle ne donnait aucune consultation.

Depuis son audience avec les souverains, Margaret était rentrée dans sa coquille. Elle avait expliqué à Nell qu'elle avait misérablement échoué, qu'au lieu de plaider sa cause en termes choisis, elle était restée comme une idiote, pendant que Lachlan assurait au roi qu'il se conduirait en parfait époux. Nell jugeait l'autoflagellation de sa sœur imméritée. Elle était convaincue que, quoi qu'eût pu dire Margaret, le résultat aurait été identique.

Nell n'avait pas envie de rentrer à la maison, car il ne s'y annonçait rien de bon. Margaret continuerait de défier leurs parents, qui seraient évidemment furieux. Nell avait plusieurs fois demandé à sa sœur ce qu'elle comptait faire, désormais, mais Margaret était restée évasive. Rignor ne s'était pas montré davantage communicatif. Il semblait même éviter Margaret, qui en retour le traitait froidement.

Le voyage, cependant, fut agréable, le soleil étant de la partie, comme si Dieu voulait les rapprocher plus vite de chez eux. Les hommes d'oncle William, chargés de les escorter, reçurent à deux reprises des messages de leur chef, et ils en discutèrent avec Rignor d'un ton grave. Pas besoin d'être devin pour comprendre qu'il s'était passé quelque chose sur les terres d'oncle William. Nell se félicitait d'être assez clairvoyante par elle-même, car personne ne jugea bon de lui dire quoi que ce soit. On la traitait toujours comme une enfant.

Sauf Liam Crawford. Nell ignora donc ses compagnons de voyage, pour se perdre en rêveries. Elle tentait d'imaginer comment Liam et elle pourraient se retrouver et « faire entièrement connaissance ». *Nell Crawford*. Elle était impatiente de grandir.

Margaret ne trouvait aucun réconfort à leur rapide progression vers la côte. Mais elle essayait de ne pas trop penser, et de profiter du paysage. Ils approchaient maintenant de Brenmargon, où ils passeraient la nuit. Les hommes d'oncle William les laisseraient terminer seuls le trajet jusqu'à la maison.

Rignor n'avait pas voulu lui dire ce qui se passait chez leur oncle, et Margaret était trop fière pour exiger des informations. De toute façon, si elle devait se marier bientôt, il faudrait qu'elle s'habitue à ce que les hommes la tiennent à l'écart des choses importantes. Elle s'en voulait toujours d'avoir misérablement échoué devant le roi. Elle aurait dû se fier au corbeau aperçu le jour de leur départ : ce voyage s'était révélé un désastre de bout en bout.

Judith les accueillit chaleureusement. Mais, après le dîner, elle fit un sermon à Margaret sur ses devoirs, et quand celle-ci rejoignit son lit, elle était plus démoralisée que jamais. Tout le monde avait un avis sur la conduite qu'elle devait tenir. Demain, de retour à Somerstrath, ses parents ne feraient qu'enfoncer le clou.

L'escorte d'oncle William les quitta au matin. Comme à l'aller, Nell, Rignor, Margaret et leurs gardes firent étape pour le déjeuner aux cabanes, racontant à leurs hôtes ce qu'ils avaient vu à la cour. Margaret garda sa déception pour elle-même.

Son cheval la sentit avant elle. Les autres montures levèrent aussi la tête, reniflant nerveusement. Bientôt, Margaret la sentit également. Une odeur écœurante envahissait l'air. Une odeur de fumée, mais pas seulement. Qu'est-ce que cela pouvait bien être ?

Elle croisa le regard de Rignor. Il haussa les épaules, pour lui signifier son ignorance. L'odeur devenait plus forte à mesure qu'ils se rapprochaient du village. Et la nervosité des chevaux augmentait.

Rignor, soucieux, prit la tête du convoi. Parvenu au sommet de la colline qui dominait Somerstrath, il leva soudain le bras pour faire signe aux autres d'arrêter, et se tourna vers Margaret, les yeux écarquillés. Il voulut dire quelque chose, mais aucun son ne sortit de sa bouche.

Margaret éperonna son cheval pour rejoindre son frère.

— Il n'y a plus rien, murmura Rignor. Plus rien.

6

La forteresse tenait encore debout, mais son toit n'était plus qu'un trou béant. Les murs cernant le village montraient des brèches près du port, et les portes battaient, grandes ouvertes. Les maisons avaient toutes été incendiées. Le port était vide. Partout, on apercevait des cadavres, jonchant la chaussée ou dans les ruines encore fumantes des maisons. Plus rien ne bougeait.

Margaret porta une main à son cœur.

— Mon Dieu…

Nell poussa un cri.

Margaret s'obligea au calme, et regarda de nouveau. Quelques villageois avaient peut-être réussi à s'enfuir. Et les corps que l'on voyait étendus n'étaient peut-être pas tous des cadavres. Certains étaient peut-être seulement blessés. Ses parents et ses frères étaient peut-être encore en vie quelque part, attendant du secours.

— Nous devons y aller, dit-elle à Rignor. Il faut retrouver papa et maman.

— Oui, acquiesça-t-il, très pâle.

Et, se tournant vers les gardes :

— Restez ici, avec Nell.

— Mon père est sans doute là-bas, fit valoir l'un d'eux. Je veux y aller aussi.

— Et moi, je ne veux pas attendre toute seule ici, intervint Nell.

Margaret et Rignor échangèrent un regard.

— Alors, reste derrière moi, répondit Margaret à sa sœur. Et tiens-toi prête à t'enfuir si je te l'ordonne.

Nell hocha la tête. Rignor tira son épée de son fourreau. Margaret l'imita. C'était une défense bien dérisoire face à l'horreur qui s'offrait à leurs yeux, mais elle avait appris à se servir de son épée, et si l'un des monstres qui avaient commis cet odieux forfait hantait encore le village, elle était prête à en découdre. Les gardes firent de même.

Ils descendirent lentement la colline et franchirent la porte grande ouverte qui donnait sur l'intérieur des terres. Les maisons, de ce côté-ci, n'avaient pas brûlé, mais même à cette distance du port, aucune n'était intacte. Ils s'arrêtèrent pour tendre l'oreille.

Le vent s'était levé, apportant des nuages chargés de pluie. Quelque part, une porte claqua. Mais ce fut le seul bruit. Aucune voix. Pas d'aboiements de chiens. Rien.

Margaret comprit qu'elle avait eu tort de ne pas attacher trop d'importance à la tête retrouvée sur la plage. C'était en réalité le signe de l'arrivée du diable.

Elle prit une profonde inspiration, et le regretta aussitôt car ses poumons s'emplirent de cette odeur qui empestait l'air, et qu'elle identifiait à présent : l'odeur de la chair carbonisée. L'odeur de l'immolation de son village, et de tout ce qu'elle avait aimé.

Rignor mit pied à terre, son épée brandie devant lui. Les gardes l'imitèrent. Margaret leur emboîta le pas, s'approchant de la première maison avec un mélange d'appréhension et d'espoir. Peut-être allaient-ils trouver des survivants ? Rignor poussa prudemment la porte entrouverte, prêt à battre en retraite si nécessaire. Mais aucun assaillant ne se cachait derrière. Il demeura un instant sur le seuil, à contempler l'intérieur de la demeure, puis fit un pas de côté pour vomir dans les herbes.

L'un des gardes regarda à son tour et pivota vers Margaret, le visage blême.

— Mon père… je veux le retrouver.

Il partit en courant. Les autres le suivirent. Margaret n'eut pas le cœur de les rappeler.

— Reste en arrière, dit-elle à sa sœur.

Pendant que Rignor s'essuyait la bouche, elle approcha à son tour de la porte de la maison. Il y avait à l'intérieur deux femmes et trois enfants. Tous assassinés. Les femmes avaient été sauvagement violées, leurs corps portant les traces des supplices qui leur avaient été infligés. Un enfant avait été tué dans son berceau. Les deux autres étaient recroquevillés dans un coin, agrippés l'un à l'autre dans la mort.

Margaret poussa un cri d'horreur et se détourna. Rignor, entre-temps, avait poussé la porte de la maison voisine. Son visage était ravagé par l'effroi.

— Qu'y a-t-il ? demanda Nell. Margaret… ?

— Ne regarde pas ! lui intima Margaret, arrêtant par le bras sa sœur qui voulait s'approcher. Ne regarde pas à l'intérieur !

— Ils sont morts ?

— Oui. Que Dieu les accueille dans Sa miséricorde.

Maison après maison, ce fut le même spectacle déchirant. Des hommes étaient morts dans la rue, leurs armes à la main. Personne n'avait été épargné. Ni femmes ni enfants. Certains avaient même été surpris dans leur lit, et égorgés sur place.

Ils gagnèrent ensuite la forteresse, ou ce qu'il en restait. Rignor enjamba les cadavres jonchant la cour, et attendit au pied de l'escalier menant aux appartements privés que Margaret le rejoigne.

Nell, tremblante, s'agrippait convulsivement au bras de sa sœur. Celle-ci, devinant ce qu'ils trouveraient là-haut, ne voulait pas que Nell voie cela. Elle ouvrit la porte de l'armurerie, où étaient entreposées les munitions des gardes, et poussa sa sœur à l'intérieur.

— Reste ici, ordonna-t-elle.

— Non ! protesta Nell, s'accrochant à elle. Ne me laisse pas toute seule !

— Je reviendrai te chercher tout à l'heure, je te le promets. En attendant, tiens-toi tranquille. Si jamais quelqu'un vient, ne fais surtout aucun bruit. C'est bien compris ?

Nell renonça à discuter.

Satisfaite, Margaret rejoignit Rignor. Dans l'escalier, elle dut se cramponner aux murs pour ne pas tomber : il y avait un corps pratiquement sur chaque marche. Ils trouvèrent le cadavre de leur père devant la porte des appartements familiaux. Il avait été tué au milieu de ses hommes.

Margaret s'agenouilla auprès de lui, et prit sa main inerte dans la sienne. Tout cela lui semblait irréel. C'était comme un rêve, dont elle n'allait pas tarder à se réveiller.

— Il est… balbutia Rignor, livide. Est-il… ?

Margaret hocha la tête, et Rignor mit quelques instants à encaisser le choc. Puis ils pénétrèrent dans les appartements de leurs parents, avec un dernier espoir au cœur, même si aujourd'hui n'était pas un jour pour espérer. Ils étaient tous là. Leur mère gisait sur le sol, ses jupes relevées jusqu'à la taille. Elle aussi avait été violée. Rignor, choqué, recula dans un coin de la pièce, tel un animal apeuré, mais Margaret se pencha pour donner aux vêtements de sa mère une allure plus décente.

Inghinn, la maîtresse de leur père, n'avait pas davantage échappé aux brutalités. Elle reposait à côté, le corps de son bébé près d'elle. Les deux rivales avaient succombé en même temps, et leur destin n'était pas plus inséparable dans la mort qu'il ne l'avait été dans la vie.

Margaret se redressa. Ewan était tombé bravement, sa petite épée à la main. Cawley avait été surpris dans son lit. Fergus était recroquevillé dans un coin, les paupières closes, la bouche ouverte sur un cri silencieux.

La jeune femme se laissa choir à terre et ferma les yeux.

Nell était terrifiée. Comment Margaret avait-elle pu la laisser toute seule ? Elle frissonnait. Tout était trop calme. Voilà une éternité qu'elle était enfermée dans l'armurerie, en pleine obscurité, mais elle n'osait pas ouvrir la porte, de peur d'être encore plus effrayée à la vue des cadavres qui jonchaient la cour.

Où était papa ? se demanda-t-elle pour la centième fois. Elle ne voyait pas pourquoi son père n'aurait pas été avec ses hommes. Or, ceux-ci étaient tous morts. Et si son père était mort aussi, qu'était-il advenu de sa mère et de ses petits frères ? Et où étaient passés Margaret et Rignor ? L'avaient-ils oubliée ? Elle frissonna de plus belle, apeurée à l'idée de rester dans sa cachette, et apeurée à l'idée d'en sortir.

Finalement, elle se risqua à entrouvrir la porte. Mais un mouvement, à l'autre bout de la cour, la fit prestement se reculer dans l'ombre. L'un des cadavres était-il en train de se relever ? Mais non : l'homme qu'elle apercevait maintenant, une épée à la main, était tout ce qu'il y avait de vivant. Nell respira en reconnaissant l'un des gardes qui les avaient escortés. Elle cria son nom.

— Jésus ! s'exclama le garde en la reconnaissant. Où est votre frère ?

— Là-haut. Avec Margaret.

— Ils reviennent, mademoiselle. Nous devons partir d'ici.

Nell le regarda, incapable de parler.

— Allez chercher votre frère, lui dit le garde. Je surveillerai en attendant.

Elle acquiesça et se dirigea vers l'escalier, mais elle s'arrêta sur la première marche.

— Et votre père ?

— Il est mort, mademoiselle. Maintenant, dépêchez-vous d'aller chercher votre frère et votre sœur. Nous n'avons pas beaucoup de temps.

Les premières marches étaient dégagées. Mais bientôt, Nell dut enjamber les cadavres des soldats de la garde personnelle de son père. Lui-même gisait au milieu de ses hommes. Nell le contempla un long moment, l'esprit glacé, avant de poursuivre son chemin. Elle pleurait quand elle atteignit la chambre de sa mère.

Margaret était effondrée sur le plancher. L'espace d'un instant, Nell crut qu'elle était morte, également. Mais, en s'approchant, elle constata que sa sœur sanglotait. Rignor se tenait près de la fenêtre. Il se tourna vers elle. Lui aussi pleurait. Puis Nell vit sa mère et ses frères. Elle cria. Plusieurs fois.

Les cris de Nell sortirent Margaret de son hébétude. Elle se releva et serra sa sœur dans ses bras. En même temps, son regard parcourait la pièce. Tout à coup, elle retint son souffle.

— Davey ! s'exclama-t-elle.

Rignor fronça les sourcils, intrigué.

— Davey n'est pas là, précisa Margaret.

Rignor blêmit.

— Tu as raison !

— Regarde sous le lit, lui ordonna Margaret pendant qu'elle-même inspectait la pièce, à la recherche d'un endroit où un enfant de huit ans aurait pu se cacher.

Mais les rideaux avaient été arrachés des fenêtres. Les tentures du lit avaient subi le même sort. Les coffres à vêtements béaient, vides. Rignor secoua la tête.

— Rignor, dit soudain une voix d'homme. Monsieur…

Margaret pivota vers le garde qui s'était encadré sur le seuil. Il contempla la chambre et devint très pâle.

— Nous devons y aller, dit-il. Ils reviennent. Je les ai aperçus du côté du port.

Ils dévalèrent les marches, dans l'intention de s'enfuir vers l'intérieur des terres, mais lorsque le garde regarda par l'une des meurtrières de l'escalier, il vit que l'ennemi se rapprochait rapidement.

— Nous n'aurons pas le temps de sortir d'ici, déclara Rignor. Cachons-nous.

— Dans l'armurerie, proposa Margaret.

Ils se précipitèrent à l'intérieur de l'armurerie, se pressant dans le petit espace. Margaret pria le Ciel pour que l'obscurité de leur cachette les préserve. Ils laissèrent cependant la porte légèrement entrouverte, de peur de faire du bruit en la fermant. Et ils attendirent.

Ce ne fut pas long. Au bout de quelques instants, un homme se présenta à l'entrée de la cour. Il était grand, les épaules larges, la taille mince. Une épée brillait dans sa main. Un bouclier de cuir battait sur son épaule, sa lanière passant en travers de son torse. À son cou, un torque en or brillait sur sa peau tannée par le soleil. Son habillement était sommaire : une tunique de lin couvrant le haut de son pantalon, un manteau cape retenu par une broche en or et des bottes de cuir. La tunique était serrée par une ceinture de cuir qui moulait le vêtement sur son torse. Ses cheveux, longs et blonds, étaient tirés en arrière et cascadaient sur ses épaules.

Il tourna la tête, comme s'il tendait l'oreille, et Margaret vit la lumière du soleil découper les angles vifs de son visage. Il était à la fois fascinant et effrayant. Un Viking. Un assassin sans foi ni loi.

Du reste, seuls des barbares scandinaves avaient pu commettre un tel crime. Et sans doute celui-là avait-il été attiré jusqu'à la forteresse par les cris de Nell.

Dans l'armurerie, tout le monde retenait son souffle.

Le Viking brandit son épée et s'avança dans la cour, balayant l'espace du regard, avant de fixer son attention sur l'armurerie. Il regarda la porte pendant ce qui parut une éternité, puis finalement s'intéressa à l'escalier. S'il montait là-haut, peut-être auraient-ils le temps de s'échapper, songea Margaret. Mais ses espoirs s'écroulèrent quand un autre Viking apparut au seuil de la cour. Et d'autres étaient visibles derrière lui. Le premier dit quelque chose au second, que Margaret ne put entendre, et ce dernier hocha la tête, avant de passer le message au reste de la bande. Quatre hommes pénétrèrent dans la cour, tandis que les autres demeuraient dehors.

Allons-nous donc mourir ici ? se demanda Margaret, pétrifiée.

Les deux premiers Vikings échangèrent encore quelques mots, puis ils se déplacèrent dans la cour, et Margaret les perdit de vue. Que manigançaient-ils ? Mon Dieu, protégez-nous…

Il y eut un long silence. Comme si plus personne ne bougeait. Margaret était convaincue que les Vikings pouvaient entendre battre son cœur affolé.

Tout à coup, une main se glissa par l'entrebâillement de la porte de l'armurerie. Une main que prolongeait un poignet ceint d'un bracelet d'or et gravé d'inscriptions. La main agrippa la manche de Nell et la tira hors de l'armurerie. Nell poussa un cri déchirant. Puis la porte s'ouvrit en grand, et le deuxième Viking s'encadra sur le seuil.

Margaret ne prit pas le temps de réfléchir à un plan, ni de se concerter avec son frère. Elle bondit hors de l'armurerie pour aider Nell qui tentait vainement de se débattre contre son agresseur. Rignor et le garde s'attaquèrent au second Viking, mais Margaret ne voyait que le premier, tellement imposant, qui s'était emparé de sa sœur.

Serrant Nell sous son bras, il fit tournoyer son épée devant Margaret, sans la toucher, mais pour l'obliger à rester à distance.

La jeune femme brandit elle-même sa petite épée, et il parut stupéfait de sa résistance. Elle voulut profiter de l'effet de surprise pour lui porter un coup, mais il l'esquiva facilement. Nell, emprisonnée par son bras, criait à perdre haleine. Margaret tenta une nouvelle attaque. Cette fois, leurs deux lames se croisèrent avec une telle force qu'elle en eut mal dans tout le bras. Lui, en revanche, semblait ne rien avoir senti.

Il n'y avait plus aucun bruit de bagarre dans son dos, mais la jeune femme n'osait pas se retourner pour voir si Rignor était toujours vivant. Quelqu'un en tout cas respirait lourdement, et elle espéra que c'était son frère. Deux autres Vikings rejoignaient maintenant celui qu'elle affrontait, et il confia Nell à l'un d'eux, sans quitter Margaret des yeux.

Puis, sans prévenir, il bondit en avant et pointa sa lame sur la gorge de la jeune femme. Son bras était plus long, son épée plus longue : Margaret ne pouvait pas contre-attaquer sans risquer d'être empalée.

— Relâchez-la ! cria-t-elle. Relâchez ma sœur, assassins !

Le Viking s'avança un peu plus. Nell poussa un autre cri.

7

— S'il vous plaît, ne faites pas de mal à Margaret ! protesta Nell, qui sanglotait à présent.

Le Viking accrocha le regard de Margaret.

— Donnez-moi votre épée, lui dit-il en gaélique.

Depuis quand les Vikings parlaient-ils, comme elle, le gaélique ?

— Nous ne vous ferons aucun mal. Donnez-moi votre arme, répéta-t-il.

— Ne l'écoute pas, Margaret ! cria Rignor dans son dos. Aucun mal, dis-tu, le Nordique ? Tu pointes ta lame sur la gorge de ma sœur, et tu prétends ne pas vouloir lui faire de mal ?

— Vous n'avez pas le choix, fit valoir le Viking.

Rignor gronda de colère, mais il n'eut pas le loisir de protester davantage : les autres Vikings le maîtrisèrent.

— Donnez-moi votre épée, répéta pour la troisième fois celui qui faisait face à Margaret.

La jeune femme était incapable du moindre geste. Elle inspira un peu d'air, se demandant si ce n'était pas la dernière fois. Ce géant blond aurait déjà pu facilement la tuer, s'il l'avait voulu. Était-il donc possible que la mort vienne ainsi, sous une figure à la fois aussi effrayante que fascinante ?

— Prouve que tes intentions sont bonnes, Viking ! cracha Rignor. Ôte ton épée de la gorge de ma sœur.

— Je ne suis pas un Viking, répliqua l'homme blond, sans quitter le regard de Margaret. Je viens d'Irlande.

Et, d'une voix radoucie, il ajouta pour la jeune femme :

— Allons, donnez-moi votre épée. S'il vous plaît. Je vous promets de ne vous faire aucun mal.

Son accent était effectivement irlandais, Margaret pouvait à présent l'identifier. Et la broche de son manteau était sculptée comme les bijoux celtiques. Ses cheveux blonds, éclairés par le soleil, formaient comme un halo autour de son visage. Ses yeux d'un bleu profond n'exprimaient aucune méchanceté. Mais son torque évoquait à s'y méprendre les parures des guerriers scandinaves.

— Vous ressemblez à un Viking, murmura-t-elle.

— Oui, je sais. Mais je n'en suis pas un. Et je ne vous ferai pas de mal. Je vous ai donné ma parole, Margaret de Somerstrath.

Il connaissait donc son nom !

— Qui êtes-vous ? Et pourquoi êtes-vous ici ?

— Je m'appelle Gannon MacMagnus, répondit-il, ceignant de son bras la jeune femme à la taille, et repoussant en douceur son épée. Vous n'avez rien à craindre. Je vous ai donné ma parole.

— Me donnerez-vous votre parole que vous ne ferez aucun mal non plus à ma sœur et à mon frère ?

Il sourit d'un air moqueur.

— Vous n'êtes pas vraiment en position de négocier. Et...

Il s'interrompit à l'arrivée d'un nouveau guerrier. Celui-ci arborait une barbe grise qui dépassait de sous son casque. Il était grand et massif.

— Avez-vous trouvé Somerstrath ? s'enquit-il, retirant son casque.

Margaret relâcha son souffle. Rory O'Neill. Dieu soit loué ! O'Neill était l'allié de son père depuis des années et, même avant cela, l'allié du père de son père. Elle se souvenait de l'avoir vu plusieurs fois en visite à Somerstrath quand elle était toute petite. Puis il était devenu quelqu'un de très important en Irlande – le chef de l'Ulster, la partie nord de l'île. Pourquoi était-il ici ? Était-il possible, si inimaginable que cela puisse paraître, que ses hommes aient commis ce carnage ? Mais pourquoi ? Cela n'avait aucun sens.

— Est-elle dangereuse ? demanda-t-il à Gannon, désignant Margaret.

Gannon recula d'un pas et rengaina son épée.

— Elle pourrait l'être.

O'Neill dévisagea Margaret de près.

— Ah, je vous reconnais… Dieu merci, vous êtes vivante. Où est votre père ?

— Notre père est mort, répondit Rignor. Toute la famille a péri, excepté moi et mes deux sœurs. Je suis Rignor MacDonald. Et voici Margaret et Nell.

— Je sais qui vous êtes, répliqua O'Neill. Vous avez grandi, tous les trois, mais nous nous sommes déjà rencontrés. Je suis Rory O'Neill.

— Nous savons nous aussi qui vous êtes. Et nous vous pensions notre allié. Pourquoi nous avez-vous attaqués ?

O'Neill haussa les sourcils.

— Nous n'avons rien fait de tel, mon garçon. Nous venons juste d'arriver.

— Notre village a été détruit, et vous êtes sur place, fit valoir Rignor. Si ce n'est pas vous qui avez fait cela, pourquoi y a-t-il des Vikings avec vous ?

O'Neill suivit le regard de Rignor, qui désignait Gannon.

— Gannon MacMagnus est irlandais, dit-il, avant de montrer du doigt son compagnon. Et voici Tiernan, son frère. Ils sont mes cousins.

Margaret pouvait voir, à présent, la ressemblance entre les deux frères. Ils avaient à peu près la même carrure et les mêmes yeux bleus.

— Pourquoi devrions-nous vous croire ? s'obstina Rignor. Je le répète : notre village a été détruit, et vous êtes là. Donnez-moi une bonne raison de ne pas vous accuser.

O'Neill s'obligeait manifestement à contenir sa colère.

— Je vous conseille de ne plus me parler sur ce ton, mon garçon.

— Vous n'avez qu'à nous regarder de plus près, intervint Gannon. Nous avons deux cents hommes avec nous. Aucun d'entre eux ne porte de marque de bataille. Aucun n'est blessé. Nous n'aurions pu commettre ce carnage sans que notre sang n'ait lui aussi coulé.

Rignor releva le menton d'un air de défi.

— Les seuls morts que nous avons trouvés sont les nôtres. Comment expliquez-vous cela ?

— Je pense que vos agresseurs ont emporté leurs morts.

— Pourquoi auraient-ils fait cela ?

— Peut-être pour vous empêcher de connaître leur identité.

O'Neill eut un geste d'impatience.

— Pour l'amour de Dieu, Rignor, ce n'est pas nous qui vous avons attaqués !

— Alors, pourquoi êtes-vous ici ?

— Il y a eu un raid semblable sur la côte d'Antrim, en Irlande. Je suis venu en Écosse dans l'intention d'obtenir l'aide de votre oncle William pour découvrir les auteurs de ce forfait, et j'ai appris en chemin qu'il venait lui-même d'essuyer une agression sur ses terres. Il m'a demandé, au retour, de faire un crochet par Somerstrath pour prévenir votre père. En arrivant dans le port, nous avons vu que le village n'était plus que ruines fumantes. Voilà, c'est aussi simple que cela.

Il y eut un silence, pendant lequel Rignor et O'Neill se jaugèrent mutuellement du regard. Finalement, Rignor baissa les yeux, et O'Neill hocha la tête d'un air satisfait.

— Qui a crié, tout à l'heure ? questionna-t-il.

— Nell, expliqua Rignor, qui avait renoncé à toute humeur belliqueuse. Elle a vu… notre mère. Là-haut.

O'Neill jeta un œil à l'escalier.

— Ah.

Gannon observait Margaret, mais son visage était indéchiffrable. La jeune femme détourna la tête.

— Combien de gens avez-vous perdus ? s'enquit O'Neill.

— Nous n'avons retrouvé personne de vivant, répondit Rignor. Nous arrivons de l'intérieur du pays. Et nous n'avons même pas eu le temps de descendre jusqu'au port et de visiter la partie basse du village.

— Il n'y a personne de vivant là-bas non plus, dit Gannon.

Margaret porta une main à sa poitrine. Il était impossible que personne n'ait survécu.

— Avez-vous fouillé toutes les maisons ?

O'Neill acquiesça tristement.

— Oui. Il n'y avait plus une seule âme qui vive. Ils sont venus par la mer. Comme à Antrim. Et comme sur les terres de votre oncle.

— Des Vikings, assura Rignor en regardant Gannon.

Celui-ci croisa les bras sur sa poitrine. Une poitrine incroyablement large, nota Margaret. Et des bras étonnamment forts. Rignor serait bien avisé de ne pas le provoquer. Elle lança à son frère un regard d'avertissement, et il hocha discrètement la tête. Puis elle s'aperçut que Gannon n'avait rien perdu de la scène et elle sentit ses joues s'empourprer.

— Attendez-nous dehors, ordonna O'Neill, sur un ton qui ne souffrait pas la discussion.

Puis il fit signe à Gannon et Tiernan de le suivre dans l'escalier.

Rignor s'avança jusqu'au milieu de la cour. Margaret et Nell lui emboîtèrent le pas. Ils étaient environnés d'Irlandais assemblés par petits groupes.

— Crois-tu que nous puissions leur faire confiance ? murmura Nell à sa sœur.

— Papa leur faisait confiance, répliqua la jeune femme, levant les yeux vers les murailles de la forteresse qui était devenue un tombeau pour sa famille.

Au même instant, un géant blond apparut à l'une des fenêtres et la regarda avec ses yeux bleus. Elle détourna prestement la tête.

— Je ne sais pas quoi penser, Nell, ajouta-t-elle. Mais de toute façon, avons-nous le choix ?

Le ciel s'assombrissait rapidement. La nuit n'allait pas tarder à tomber. Margaret entendit les Irlandais qui redescendaient l'escalier. Ils s'arrêtèrent au bas des marches pour échanger quelques mots à voix basse. Gannon semblait en colère. Pour quelle raison ? Ce n'était pas sa famille qui avait été assassinée. Ni sa maison détruite. Ni ses gens anéantis. Alors, pourquoi aurait-il été furieux ? Pourtant son expression ne laissait aucun doute sur son humeur.

— Je suis navré de ce qui vous est arrivé, dit O'Neill en s'approchant de la jeune femme. Avant que la nuit soit complètement tombée, nous allons vous accompagner chez votre oncle. Il doit être averti de ce qui s'est passé ici.

— Pas question ! se récria Margaret. Nous n'avons pas encore trouvé Davey, notre frère de huit ans. Peut-être se cache-t-il quelque part et attend-il que vous soyez partis pour se montrer. Et nous devons enterrer nos parents, et tous les autres. Comment osez-vous nous suggérer cela ? (Elle inspira à pleins poumons, pour se calmer.) Merci de nous offrir votre aide, lord O'Neill. Mais nous devons rester.

— C'est impossible… commença O'Neill.

— Si, il le faut, le coupa Margaret. En revanche, nous vous serions reconnaissants de demander à oncle William de nous envoyer de l'aide.

O'Neill se passa une main dans les cheveux et coula un regard vers Gannon, qui hocha la tête.

— Bon, d'accord. Nous allons rester, nous aussi. Et vous aider à retrouver votre petit frère.

Margaret combattit les larmes qui montaient dans sa gorge.

— Nous n'avons pas encore cherché dans le bas du village, expliqua-t-elle. Allons-y maintenant.

Le visage d'O'Neill s'adoucit.

— Vous n'avez pas vu assez de morts pour aujourd'hui ? Restez donc ici. Nous chercherons pour vous.

— Mais il faut bien qu'au moins l'un d'entre nous vous accompagne, pour être capable de reconnaître Davey.

O'Neill et Gannon échangèrent un autre regard. Puis O'Neill acquiesça.

Gannon se tourna vers Margaret :

— Je viens avec vous.

Gannon suivit Margaret, Rignor et Nell MacDonald sur le chemin qui menait à la partie basse du village. Mais il n'avait d'yeux que pour Margaret. C'était une grande femme, très belle, avec de superbes cheveux noirs. En d'autres occasions, il aurait pris plaisir à la contempler. Et il gardait un souvenir amusé de la façon dont elle avait essayé de se battre contre lui. Comme une véritable Amazone.

Rignor pénétra dans la première maison, mais Gannon empêcha Margaret d'entrer dans la seconde.

— J'y vais, dit-il.

Elle lui jeta un regard noir.

— Vous ne saurez pas si c'est lui.

— Restez ici, insista-t-il, avec plus de sécheresse qu'il ne l'aurait souhaité.

— Je n'ai pas à vous obéir. Laissez-moi passer.

— Si je trouve un garçon de son âge, je vous ferai entrer, Margaret. En attendant, restez ici.

— Est-ce votre village, ou le mien ? Ces gens sont-ils les membres de votre clan, ou du mien ? Laissez-moi passer, je vous prie.

— J'essaie simplement de vous épargner une épreuve difficile, mademoiselle. Vous n'êtes pas habituée à ce spectacle.

— Parce que vous l'êtes ? Vous avez déjà vu des carnages comme celui-ci ?

Le souvenir douloureux de quatre corps gisant sur une plage irlandaise l'assaillit soudain.

— Oui, murmura-t-il. J'ai déjà vu cela.

Il détourna le regard, dans l'espoir de chasser ces images. Il avait l'âge de Nell, à l'époque.

— Margaret, reprit-il, personne ne s'habitue jamais à la barbarie, mais croyez-moi, vous n'avez pas besoin d'en voir davantage pour aujourd'hui.

Elle finit par hocher la tête.

— Vous avez sans doute raison, dit-elle, avant d'aller rejoindre Nell et Tiernan.

Gannon pénétra dans la maison. Ses occupants étaient tous morts, mais il ne trouva aucun garçon de huit ans. Avec Rignor, ils poursuivirent leur inspection méthodiquement, s'approchant peu à peu du port. Au sortir de chaque maison, Rignor secouait la tête. Nell pleurait à chaudes larmes, à présent. Margaret semblait anéantie. Son visage était devenu si pâle que le contraste avec ses cheveux noirs n'en était que plus fascinant. Elle paraissait avoir été sculptée dans le marbre – sauf ses yeux, d'un noir brillant, qui suivaient chaque mouvement de Gannon, mais se détournaient dès qu'il tentait d'accrocher son regard.

Il n'avait pas vraiment prêté attention, en venant ici, à ce que Rory lui avait raconté au sujet des enfants Somerstrath. Il se rappelait simplement que Margaret était l'aînée, et qu'elle était fiancée depuis l'enfance à un cousin du roi Alexandre. Rignor était l'aîné des fils. C'est lui qui hériterait de Somerstrath. Enfin, qui en avait déjà hérité, d'une certaine façon, après ce qui s'était passé. En revanche, il ne se souvenait plus d'avoir entendu parler de Nell. Ni des autres garçons – d'ailleurs, combien étaient-ils au juste ? Quoi qu'il en soit, tous étaient morts, à présent.

Quand il trouva finalement un garçon d'environ huit ans, il fit appeler Rignor, puis ressortit attendre dehors, avec les autres. Margaret serrait Nell contre elle.

Tiernan entraîna son frère à l'écart.

— Ne crois-tu pas qu'ils auraient pu enlever le garçon ? demanda-t-il. Un neveu du comte de Ross vaudrait une belle rançon. En même temps, s'ils voulaient de l'argent, ils auraient eu tout intérêt à prendre aussi les autres.

Gannon haussa les épaules.

— Le plus petit aurait constitué un fardeau. Et les plus grands auraient sans doute cherché à s'enfuir. Tandis qu'un enfant de huit ans est encore malléable et facile à tenir.

Il songea aux histoires qu'ils avaient entendues, de femmes et d'enfants capturés pour devenir esclaves. Après être amenés sur les îles Orcades, certains repartaient pour la Norvège, pour Kiev, pour Constantinople, ou même plus loin en Orient. Partout où la beauté, mâle ou femelle, pouvait s'acheter. Si Davey ressemblait à ses sœurs, il vaudrait un bon prix.

Rignor ressortit, secouant une fois de plus la tête, et pénétra dans la maison suivante.

— Ou peut-être a-t-il réussi à s'échapper, continua Tiernan.

— Ils ont tué tout le monde, à Antrim. Et pareil sur les terres de Ross. Je doute que quelqu'un ait pu s'échapper, encore moins un enfant. Par contre, s'ils l'ont enlevé pour le monnayer contre une rançon, ils l'auront fait parler. Ils savent maintenant qu'il a deux sœurs et un autre frère qui ont échappé à l'attaque. Ils peuvent vouloir revenir pour les enlever à leur tour.

— Il va donc falloir les éloigner d'ici.
— Oui.

Somerstrath n'avait jamais paru aussi immense. Les recherches n'en finissaient pas. Chaque fois que Margaret devait attendre le verdict de Rignor, elle vivait une éternité d'angoisse. Et chaque fois qu'il ressortait d'une maison en secouant la tête, son soulagement était aussitôt balayé par l'idée que Davey gisait peut-être dans la suivante.

Ils arrivèrent devant la maison de Fiona. Margaret posa sa main sur la porte.

— N'entre pas ! la supplia Nell, qui tentait de la retenir par le bras. Il ne peut pas être ici.

Margaret libéra son bras. Elle voulait savoir.

Tu mourras ici, à Somerstrath, Fiona.

Elle poussa le battant et pénétra à l'intérieur, ignorant les protestations de Nell.

Fiona était couchée sur son lit. Ses poings crispés et ses yeux grands ouverts témoignaient de l'agonie de ses derniers instants. Elle s'était débattue, à l'évidence : le mobilier et la vaisselle étaient en pièces.

Est-ce ma faute ? se demanda Margaret. En souhaitant sa mort, n'ai-je pas provoqué cette tuerie monstrueuse ?

Elle s'approcha du lit.

Pourquoi ? Pourquoi ? se répétait-elle, au désespoir. Le décor de la pièce commençait à se brouiller devant ses yeux. Mais juste au moment où elle se sentit défaillir, deux bras puissants la rattrapèrent.

— Margaret ! Laissez-moi vous aider. Venez, ressortons.

C'était la voix de Gannon. Il l'attira contre lui, et elle se mit à sangloter contre son torse. Cependant, malgré les larmes qui embuaient ses yeux, son regard s'attacha au torque qu'il portait au cou. D'aussi près, les motifs sculptés qui décoraient le bijou étaient parfaitement visibles.

Des dragons. Des dragons sculptés avec art, représentés dans les moindres détails. Margaret eut envie d'éclater de rire. *Tu devras faire face à des dragons.* Eh bien, ils étaient là !

Tout cela n'était qu'un mauvais rêve, un cauchemar dont elle finirait par se réveiller. Mais elle aperçut Fiona, sur sa couche, et les larmes jaillirent à nouveau. Gannon l'entraîna doucement à l'écart.

— Calmez-vous, lui murmura-t-il. Vous n'avez plus rien à craindre. Vous êtes en sécurité, désormais.

Il lui caressait les cheveux, pour l'apaiser. Sa tunique était douce sous la joue de la jeune femme. Et les battements réguliers de son cœur l'apaisaient. Elle cessa de pleurer et voulut s'écarter de lui. Il relâcha son étreinte, mais la garda entre ses bras.

— Qui était-ce ? s'enquit-il, désignant Fiona.

Elle se dégagea un peu plus, et cette fois il la relâcha.

— Qui était-ce, Margaret ?

— Mon amie. Et mon ennemie.

Elle regardait Gannon avec ses longs cheveux blonds, ses yeux d'un bleu vibrant, son torque orné de dragons, son épée qu'il portait à la ceinture. Ceux qui avaient commis cette tuerie devaient lui ressembler.

— Quel genre d'homme est assez cruel pour tuer une femme sans défense ? lui lança-t-elle. Ou des enfants innocents ? C'est votre peuple qui a fait cela.

— Je suis irlandais, Margaret. Mon père était né en Irlande.

— Et son père ?

Il marqua un temps, avant de répondre :

— En Norvège.

— La Norvège, bien sûr, acquiesça Margaret. J'aurais dû m'en douter.

Elle se détourna, refusant d'affronter la colère qui s'était allumée dans les yeux de Gannon.

Ils ne trouvèrent pas Davey, ni dans le bas du village, ni au port. Somerstrath était réputé pour sa baie profonde et parfaitement abritée, les rochers tombant à pic dans la mer formant deux avancées, au nord et au sud, semblables à deux bras enlaçant un corps pour le protéger. Le village avait prospéré grâce à cette défense naturelle, qui permettait le mouillage de nombreux bateaux. Mais l'animation perpétuelle du port avait disparu. Il n'y avait plus rien, seulement des cadavres à perte de vue. Et tous les bateaux avaient été incendiés. La destruction était totale.

Les Irlandais qui accompagnaient O'Neill se tenaient sur le rivage, où ils avaient tiré leurs bateaux. L'un d'eux rit de quelque chose. Margaret faillit se jeter sur lui afin de réclamer un peu de décence. Elle se retint, cependant, consciente qu'il ne voulait sans doute offenser personne. Elle tourna la tête et croisa le regard de Gannon.

Elle sursauta, ne l'ayant pas entendu s'approcher. Son épée était rangée dans son fourreau, son bouclier calé dans son dos, mais il restait très intimidant. C'était sans doute lié à la façon dont il se tenait, parfaitement droit et toujours aux aguets. Et à ses yeux, qui ne manquaient rien de ce qui se passait autour de lui. C'était un guerrier, descendant d'une longue lignée de guerriers.

Il reporta son attention sur le rivage, où Tiernan s'entretenait avec un groupe d'Irlandais. La jeune femme suivit son regard, s'obligeant à contenir son émotion. Elle voulait se persuader que c'étaient les terribles événements de cette journée qui la troublaient, et non cet homme. Il était beau, avec son visage comme taillé à la serpe. En fait, il était la virilité incarnée et, dans des circonstances ordinaires, nombre de femmes auraient été attirées par lui. Mais Margaret ne réagissait pas comme la plupart des femmes. Et les circonstances présentes n'avaient rien d'ordinaire. En outre, ses ascendances nordiques le rapprochaient des hommes qui avaient détruit son village et sa famille. Cependant, il s'était montré attentionné avec elle. Alors qu'en retour, elle ne lui avait témoigné que défiance et hostilité.

Il fouilla dans la bourse attachée à sa ceinture et en tira un canif qu'il plaça dans sa paume.

— Connaissez-vous cela ?

Elle prit le canif pour mieux l'examiner. Une inscription scandinave était gravée sur le manche. Margaret ne put identifier qu'un seul mot : *Skye*. C'était l'une des plus grandes îles à l'ouest de l'Écosse, à quelques heures de navigation de Somerstrath. Skye était commandée par Leod, le fils d'Olaf, roi de l'île de Man, et de Christina, la fille d'un précédent comte de Ross. Leod détenait Skye depuis des années, et il avait encore agrandi ses territoires en épousant une Norvégienne. Mais si forts soient ses liens avec les Scandinaves, il était resté en bons termes avec le roi Alexandre d'Écosse, dont il se voulait l'allié.

Margaret rendit le canif.

— Où l'avez-vous trouvé ?

— Dans la pièce où gisaient votre mère et vos frères. Aurait-il pu appartenir à l'un d'eux ?

— Je ne l'avais encore jamais vu.

— Quelles étaient les relations de votre père avec Leod ?

— Cordiales. Les échanges étaient assez rares, mais Leod et mon père se respectaient mutuellement. Il s'est toujours comporté en homme loyal.

— Lui êtes-vous apparentés d'une quelconque façon ?

— Oui, par ma mère, qui est une Ross. Je vois mal Leod nous attaquer sans raison. Et pareil pour Antrim. O'Neill et Leod ne sont-ils pas alliés ?

— Oui, en effet. De même que Leod est l'allié de mon oncle Erik, sur la côte d'Antrim. Les bateaux qui ont attaqué ses terres arboraient les bannières des Orcades. Mais l'un des assaillants portait les couleurs de Skye.

— Mais pourquoi s'en prendre à mon oncle ? Ou au vôtre ? Cela n'a aucun sens. Quel intérêt Leod aurait-il à déclencher une guerre ?

— Pour l'instant, nous n'en savons rien. Nous avons juste trouvé un canif sur lequel était gravé le nom de Skye.

Il y eut un silence. Margaret contempla les bateaux.

— Appartiennent-ils tous à O'Neill ? s'enquit-elle.

— L'un d'eux est à moi.

— Lequel ?

— Celui-ci, dit-il d'un ton fier.

Il désignait un navire effilé, dont les flancs étaient décorés de motifs sculptés et peints. La proue se relevait avec majesté et se terminait par une tête de dragon. Sa voile, repliée pour l'instant, était accrochée au mât unique.

— Un drakkar, évidemment.

— Ce n'est pas un drakkar, corrigea-t-il.

— Pourtant, il affiche un dragon à sa proue. Et il est construit comme un drakkar.

— Mon navire est conçu pour aller vite et se manœuvrer facilement. Vous trouverez des bateaux de la même forme dans toute l'Écosse.

— Mais pas avec des dragons à leur proue.

— Je ne vais pas m'excuser de mon sang nordique, Margaret MacDonald, répliqua-t-il sèchement. Pas plus que vous n'avez à vous justifier de votre sang danois.

— Je n'ai pas de sang danois. Je suis écossaise.

Il prit une mèche des cheveux de la jeune femme entre ses doigts.

— Vos cheveux sont noirs et vos yeux bleus, comme beaucoup de Danois. Rignor, votre frère, porte un prénom danois. Vous avez du sang écossais, c'est vrai. Mais vous et moi partageons aussi le sang des guerriers nordiques qui ont envahi autrefois ces terres. Aucun de nous n'est parfaitement pur, Margaret MacDonald. Ce qui vous appartient, c'est ce que vous faites de votre héritage. Pour ma part, j'ai choisi de m'en accommoder.

Margaret renversa la tête légèrement en arrière, et il lâcha sa mèche de cheveux.

— Je suis navré de ce qui est arrivé à vos gens, reprit-il. Et je comprends que vous ayez besoin de trouver quelqu'un à détester, pour soulager votre douleur. Vous avez décidé que je serais celui-là. Non pas en raison de mon comportement, mais simplement à cause de la couleur de mes cheveux et de mes yeux. Vous ne savez rien de moi, Margaret. Je ne suis pas responsable de ce qui s'est passé ici, et je ne supporterai pas éternellement votre hostilité. Tenez-vous-le pour dit.

Elle se mordit les lèvres, dans un effort pour contenir les sanglots qu'elle sentait monter dans sa gorge. Mais ce fut peine perdue : les larmes roulèrent sur ses joues. Elle détourna la tête afin qu'il ne puisse pas les voir. Il avait raison, bien sûr. Sa colère ne devait pas être dirigée contre lui, mais contre ceux qui avaient causé toute cette horreur.

— Je suis désolée, déclara-t-elle finalement, s'essuyant les yeux. Vous avez raison.

— Sachez que je suis désolé, moi aussi.

Elle hocha la tête. Son père s'était enorgueilli d'être capable de protéger cette partie de l'Écosse contre n'importe quel agresseur. Il s'était trompé, et il avait payé son erreur de sa vie. De même que ses guerriers et tous les villageois de Somerstrath. Cependant, elle ne voulait plus y penser.

— Que s'est-il passé sur les terres de mon oncle ?

— Chez Ross ? Ce fut sanglant, mais pas autant qu'ici. Ils s'en sont pris à deux petits hameaux. Ils ont tué tout le monde, mais il y avait peu de gens. C'est comme si ce raid et celui d'Antrim avaient servi de répétition à l'attaque de Somerstrath.

— Comment ont-ils pu nous anéantir aussi facilement ?

— Ils étaient très nombreux. Quand nous sommes arrivés, on pouvait encore voir les empreintes laissées par leurs bateaux sur le sable. Il y en avait au moins cinq, et chacun peut embarquer une centaine d'hommes. Ils n'ont pas eu de mal à prendre le dessus, d'autant que l'effet de surprise a joué en leur faveur. Personne ne s'attendait à cela. Des attaques semblables n'ont pas eu lieu dans la région depuis des années.

— L'ancien temps serait-il revenu, lorsque les Vikings semaient l'effroi partout où ils passaient ?

— À supposer qu'il s'agisse vraiment de l'œuvre de Vikings, dit-il en tournant le canif entre ses doigts. Le roi Haakon de Norvège a signé des traités avec nous. Et avec vous. Or, je n'ai pas connaissance qu'ils aient été rompus.

Le vent s'était renforcé, et les vagues plus mordantes évoquèrent pour Margaret les histoires de monstres surgissant de la mer et venant tourmenter les humains. Si l'on croyait à Dieu, de tels monstres ne pouvaient pas exister. Mais Dieu, aujourd'hui, s'était signalé par son absence. Margaret tenta de prier, mais aucun mot ne lui vint à l'esprit, et tout à coup elle n'était plus sûre qu'il y ait quelqu'un pour entendre sa prière. Quel genre d'hommes avaient pu commettre pareille atrocité ? Et quel Dieu avait pu fermer les yeux et ne pas l'empêcher ?

Il lui restait au moins une consolation, si mince soit-elle : puisque Davey n'était pas parmi les morts, c'était qu'il se trouvait toujours du nombre des vivants.

— Milord Magnusson !

Un Irlandais courait dans leur direction. Gannon rangea le canif dans sa poche.

— Milord Magnusson ! Nous avons trouvé un Viking !

Gannon haussa les sourcils.

— Vivant ?

— Oui. En mauvais état, mais vivant. Ils vous l'amènent.

Il désigna un groupe, à quelques mètres derrière lui, qui portait un corps.

— Il y en a d'autres ? questionna Gannon.

— Non, c'est le seul. Il rampait le long de la plage et apparemment, il n'en a plus pour longtemps.

— Nous n'aurons pas longtemps besoin de lui, rétorqua froidement Gannon.

8

Le Viking fut déposé sur le sol. Le devant de sa tunique était maculé de sang, et il avait le teint gris. Les hommes de Gannon se reculèrent pour laisser approcher celui-ci et Tiernan. Margaret, Nell et Rignor s'avancèrent également, mais restèrent un peu en retrait. L'une des jambes du Viking était brisée par une vilaine fracture ouverte. Ses cheveux étaient blond foncé, et sa barbe assez longue. Il n'avait pas d'arme, sinon un coutelas accroché à sa ceinture. Il portait, autour du cou, un torque semblable à celui de Gannon, sinon que le sien était décoré d'oiseaux au lieu de dragons.

— Il ressemble à la tête de la plage ! s'exclama Nell.

— Regardez son torque, milord, dit l'un des Irlandais.

Gannon se pencha pour examiner le bijou.

— Où as-tu eu cela ? demanda-t-il, la voix vibrante de colère.

Ne recevant pas de réponse, il répéta sa question en scandinave, sans plus de succès. Il se tourna alors vers Tiernan :

— Ça vient d'Haraldsholm.

Rignor se précipita, hors de lui.

— Assassin ! cria-t-il, donnant un coup de pied sur la jambe brisée du Viking.

Le blessé gémit de douleur, mais il trouva assez de force pour cracher sur Rignor en proférant quelques mots – sans doute des insultes. Rignor tira son épée de son fourreau. Tiernan voulut l'arrêter, mais il esquiva son geste et, avec un rugissement de bête, enfonça sa lame dans la gorge du Viking. Horrifiée, Margaret recula vivement. Gannon se jeta sur Rignor et le plaqua à terre, mais c'était trop tard.

— Il est mort, annonça Tiernan.

Gannon tira Rignor par le bras, pour le relever.

— Imbécile !

— Il l'a bien mérité !

— Mais il aurait pu nous dire quelque chose !

— Quoi ? Que c'est un Viking ? Qu'il a participé au massacre ? Nous le savions déjà.

Gannon fulminait, et Margaret crut qu'il allait frapper son frère. Mais il s'écarta finalement, les poings serrés.

— Il aurait pu nous révéler d'où il venait, où ses compagnons se sont rendus en partant d'ici, qui est leur chef, et pourquoi ils nous attaquent. S'il s'agit de l'initiative d'un seul homme, ou si c'est toute la Norvège qui s'apprête à nous envahir… Pauvre idiot ! Vous avez tué le seul homme qui aurait pu nous aider à y voir clair. Êtes-vous donc incapable de vous raisonner un peu ?

Gannon jura plusieurs fois, puis se tourna vers ses hommes :

— Enlevez-lui son torque. Il n'est pas question qu'il pourrisse avec l'or d'Haraldsholm sur lui.

— Oui, milord. Devons-nous l'enterrer ici ?

Gannon désigna les cadavres des villageois, tout autour d'eux.

— Leurs assaillants n'ont pas pris la peine de les enterrer. Laissez-le en pâture aux oiseaux. Ramenez plutôt ces deux jeunes femmes à la forteresse. Et conduisez leur frère avec.

Sur ces mots, il partit vers son bateau.

Margaret, Nell et Rignor revinrent donc à la forteresse. O'Neill et ses hommes n'étaient pas restés inactifs en leur absence. La cour et l'escalier avaient été nettoyés de tous les cadavres, ainsi que la grande salle, dont le plancher de bois avait même été lessivé.

O'Neill fut tout aussi furieux d'apprendre que Rignor avait tué le Viking avant que celui-ci ait pu parler. Puis il s'adressa à Margaret :

— Je suppose que vous n'avez pas trouvé votre petit frère ?

— Non.

— Nous passerons la nuit ici. Demain, nous enterrerons votre famille, et ensuite nous partirons. Il nous faut prévenir le roi.

— Oui, acquiesça Margaret.

— Nous avons rassemblé les corps de vos parents et de vos frères dans une pièce. L'enterrement pourra se faire dès l'aube.

Elle hocha la tête.

— Nous avons trouvé à manger dans les cuisines, ajouta O'Neill. Mes hommes s'occupent de préparer le repas. Reposez-vous, en attendant. Vous avez l'air épuisée.

Margaret, pour toute réponse, se laissa tomber sur un banc et appuya sa nuque contre le mur.

Le dîner s'avéra frugal, mais suffisant. Les Irlandais avaient apporté avec eux de la bière et du whisky. Et, par chance, les agresseurs n'avaient pas entièrement vidé le garde-manger. Il restait du poisson séché, des quartiers de gibier, des pommes et du pain. Il y aurait encore de quoi prendre le petit déjeuner demain, après quoi les réserves seraient épuisées. En revanche, toute l'argenterie avait disparu, et même une partie de la vaisselle ordinaire. Margaret avait failli pleurer en découvrant cela, ce qui aurait été absurde quand on savait tout ce que les Vikings lui avaient pris.

La jeune femme était assise entre Rignor et Nell. Gannon et Tiernan leur faisaient face, et O'Neill occupait le bout de la table. Ils mangeaient en silence, sauf Rignor, qui se manifestait bruyamment, signe qu'il avait abusé de l'alcool – sans doute pour tenter d'oublier les épreuves de la journée. Mais O'Neill le regardait avec dédain.

Gannon n'avait pas cessé d'observer Margaret durant le repas. De son côté, elle avait essayé de l'ignorer, bien qu'il fût difficile d'échapper à sa formidable présence physique. Mais il demeurait un étranger, même s'il collaborait avec Rory O'Neill. L'un de ses hommes lui avait apporté le torque du Viking mort, et il le faisait à présent tourner entre ses doigts.

— Cela vient d'Antrim ? demanda Nell.

Gannon hocha la tête.

— Oui. Très précisément d'Haraldsholm, la forteresse de mon oncle Erik.

— Connaissiez-vous l'homme qui possédait ce torque ?

Le regard de Gannon se fit glacial.

— Oui.

— Tout à l'heure, au port, intervint Margaret, l'homme qui vous a interpellé pour vous annoncer la découverte du Viking vous a appelé Magnusson.

— Oui, et alors ?

— Vous nous avez dit vous appeler MacMagnus.

— Cela veut dire la même chose : le fils de Magnus. Quand je suis avec des Irlandais, ils m'appellent MacMagnus.

— Mais quand vous êtes avec des Scandinaves, c'est Magnusson ?

— En effet.

— Ce qui veut dire que certains de vos hommes sont nordiques.

— Certains, oui.

— Comment voulez-vous, dans ces conditions, que nous leur faisions confiance ?

— Parce que je vous le demande.

Il y eut un long silence, pendant lequel Margaret et Gannon se défièrent du regard.

— La loyauté de mes hommes n'est pas à mettre en doute, insista-t-il.

Margaret détourna les yeux. Elle n'oubliait pas qu'il s'était montré chaleureux depuis son arrivée. Qu'il les avait aidés à chercher Davey. Elle savait aussi que tuer tous les hommes blonds de la terre ne lui ramènerait pas sa famille. Sa colère retomba aussi vite qu'elle était montée, et lorsqu'elle reporta son attention sur Gannon, il n'incarnait plus le symbole du mal : il n'était qu'un homme, qui n'avait rien fait pour mériter le mépris dont elle l'accablait.

— Je ne la mets pas en doute, répondit-elle.

Gannon haussa un sourcil, mais ne fit aucun commentaire.

— Demain, lança O'Neill d'un ton de commandement, nous partirons aussitôt après les funérailles. Et nous vous accompagnerons chez votre oncle William.

Rignor reposa sa chope de bière sur la table avec un bruit sec.

— C'est à moi de dire quand nous partirons, et si nous devons partir ! Je suis le chef de Somerstrath, à présent. Dis-leur, Margaret !

La jeune femme sursauta de surprise.

— Oui, bien sûr. Je n'avais pas pensé à cela.

— Eh bien moi, j'y ai pensé. Dès que j'ai vu le cadavre de papa.

— Et vous n'avez pensé qu'à cela ? Que vous deveniez son héritier ? s'enquit sèchement Gannon.

Rignor rougit.

— J'ai *notamment* pensé à cela. Et, en tant que nouveau laird de Somerstrath, c'est à moi de dire si nous devons partir ou non. Or, la réponse est non. Nous n'avons plus besoin de votre aide. Nous rebâtirons nous-mêmes Somerstrath. Il n'y a plus rien pour vous, ici. Les Vikings ont tout pris.

Gannon et Tiernan échangèrent un regard.

O'Neill opina du chef, d'un air las.

— Exactement : il n'y a plus rien. Plus d'hommes pour cultiver les champs. Plus de pêcheurs pour ramener du poisson à la maison. Et plus de maisons. Vous serez vulnérables face aux rapaces en tout genre qui profiteront de la situation pour s'emparer de vos terres. Reconstruire, c'est bien. Mais pour cela, il vous faudrait du monde.

Rignor désigna la porte.

— Je n'ai pas besoin de vous. Mon oncle William nous aidera. Lachlan nous aidera. Vous pouvez vous en aller.

Lui-même se leva de table et quitta la salle.

Margaret soupira.

— Veuillez excuser Rignor. Il ne voulait pas vous insulter. Mais la journée a été éprouvante. Il n'est visiblement plus lui-même. J'espère qu'il aura oublié cette conversation demain. Et je vous saurais gré d'en faire autant.

— Demain, répondit O'Neill, nous procéderons aux funérailles. Ensuite, nous partirons.

— Merci de nous avoir aidés. Et nous comptons sur vous pour informer mon oncle de ce qui s'est passé.

— Vous le ferez vous-même, puisque vous venez avec nous.

— Milord, nous ne pouvons pas partir tant que nous n'avons pas retrouvé Davey.

— Margaret, écoutez-moi, je vous en prie. Votre frère n'est plus là.

— Il se cache peut-être. Et il n'est pas le seul à manquer à l'appel. Il y a d'autres enfants. Et des femmes. Ils ont dû réussir à s'enfuir.

— C'est possible, admit O'Neill. Mais je crois plutôt qu'ils ont été capturés.

Margaret sursauta. Nell poussa un cri.

— Capturés ? Pour obtenir une rançon ?

— C'est une possibilité, en effet.

— Parce qu'il y en a d'autres ?

— Leurs ravisseurs peuvent faire d'eux des esclaves, expliqua O'Neill à contrecœur.

— Mais qui achèterait des esclaves, en Écosse ?

— Ils ne seraient pas destinés à l'Écosse.

Margaret s'adossa au mur.

— Mais pourquoi ? Pourquoi ?

— Pour de l'argent. Ou par désir de vengeance, répliqua O'Neill. Quelqu'un a voulu rayer Somerstrath de la carte, Margaret. Ce ne fut ni un siège ni une invasion : les agresseurs sont venus ici dans l'intention de tout détruire. Votre père s'était-il fait des ennemis ?

Elle secoua la tête.

— Pas que je sache. Ce n'est pas impossible, bien sûr, mais je pense qu'il en aurait parlé, sinon devant moi, du moins à ses hommes. Rignor aurait été au courant, et il me l'aurait dit. Et puis, mon père ne nous aurait pas laissés partir pour la cour, s'il avait redouté une attaque.

— Il y a eu la tête, sur la plage, intervint Nell. Nous avons trouvé une tête.

— Quelle tête ? s'étonna O'Neill.

Margaret fit le récit de la trouvaille.

— Si nous avions pu interroger le Viking d'aujourd'hui, nous en saurions davantage, fit remarquer Gannon.

Margaret se sentait soudain très lasse. Elle se leva de table. Nell l'imita aussitôt.

— Pardonnez-moi, messieurs, mais je n'ai plus d'énergie pour réfléchir. Je vous remercie encore de votre aide. Et je suis sûre que Rignor fera pareillement demain matin.

— Reposez-vous, lui conseilla O'Neill. Nous reparlerons de tout cela demain.

Margaret hocha la tête et sortit, Nell sur ses talons. Elle avait à peine refermé la porte qu'elle entendit O'Neill dire à ses compagnons :

— Nous devons prévenir Ross aussi vite que possible que la côte occidentale est désormais vulnérable.

— Ross doit savoir que Rignor est un faible, déclara Gannon. Il est incapable de tenir cette place. Même s'il avait des hommes pour l'épauler, il ne saurait pas comment s'y prendre.

— Oui, acquiesça O'Neill. Ross devra le remplacer par quelqu'un de plus solide.

— Rignor est son neveu, fit valoir Tiernan. Il pourrait se laisser aveugler par les liens familiaux.

— Dans ce cas, je lui expliquerai la situation, assura O'Neill. Somerstrath a besoin d'un chef puissant, pour être rebâti.

— Et les filles ? demanda Gannon. Que vont-elles devenir ?

— Margaret est fiancée à un cousin du roi, Lachlan Ross. Le mariage était prévu pour dans une quinzaine de jours. Lachlan pourra peut-être gouverner Somerstrath à la place de Rignor.

Margaret réprima son envie de rouvrir la porte et de contrecarrer leurs arguments. Elle fit signe à Nell de la suivre dans l'escalier, mais sa colère montait d'un cran à chaque marche. Pour qui se prenaient ces messieurs ? De quel droit discutaient-ils de l'avenir de Somerstrath et de ses fiançailles ? Et surtout, de quel droit osaient-ils parler ainsi de Rignor ? Son frère n'était pas aussi faible qu'ils le prétendaient. Il avait dans ses veines le sang des meilleures familles écossaises. Demain, il s'excuserait pour son comportement déplacé de ce soir – Margaret y veillerait. Et oncle William les aiderait à rebâtir le village, en respectant la nouvelle autorité de Rignor. Son frère avait juste besoin d'un peu de temps. Il deviendrait le chef qu'il fallait à Somerstrath.

Du moins, Margaret l'espérait.

Avant de rejoindre leurs lits, Gannon et Tiernan passèrent en revue les gardes postés autour du village et près des bateaux. Les hommes expliquèrent avoir entendu des bruits, comme si des gens marchaient dans le village. Ils évoquèrent le Viking retrouvé dans l'après-midi, et avancèrent que peut-être d'autres se trouvaient au milieu des cadavres. Gannon leur rappela qu'ils avaient fouillé systématiquement toutes les maisons, et qu'ils n'avaient déniché qu'un seul survivant. Son assurance parut les réconforter, cependant leur récit l'avait ébranlé. Et Tiernan aussi, apparemment, car il ne cessa de regarder derrière lui tandis qu'ils remontaient vers le château.

De retour dans la grande salle, ils trouvèrent nombre de soldats endormis à même le sol. Rignor était du nombre, et ronflait bruyamment. Gannon et Tiernan revinrent s'asseoir à côté de Rory O'Neill, resté à table. Celui-ci leur servit une chope de bière.

— Rien à signaler ?

— Non, rien, répondit Gannon. Sauf qu'ils prétendent avoir entendu des bruits.

— Leur imagination les abuse, commenta tranquillement Rory. C'est normal, après ce qu'ils ont vu aujourd'hui. Jésus, Marie, Joseph ! Tant de morts ! Ici, chez Ross, à Antrim… Le monde serait-il devenu fou ?

— J'ai une meilleure explication, suggéra Gannon.

— Laquelle ?

Gannon but une gorgée de bière.

— C'est la même tactique qui a servi à chaque fois. Je penche pour un seul groupe d'attaquants. Commandés par un même chef.

— Il y a ce canif que nous avons trouvé, intervint Tiernan.

— Oui, fit Gannon. Mais pourquoi Leod aurait-il fait cela ?

— Crois-tu qu'il s'agit de Norvégiens ? s'enquit Tiernan. Haakon en veut peut-être encore au roi Alexandre d'avoir tenté d'acheter les îles Hébrides ?

Rory hocha la tête.
— C'est bien possible, oui.
Gannon ne paraissait pas convaincu.
— Et il aurait lancé ces trois attaques pour provoquer une guerre ?
— Peut-être pas une guerre, répondit Rory. C'est peut-être simplement une manière de tester Alexandre. Quoi qu'il en soit, cette hypothèse n'explique pas l'attaque d'Antrim. Qu'aurait à voir l'Irlande dans les négociations entre Haakon et Alexandre ?
— Ne crois-tu pas que nous devrions rentrer rapidement chez nous ? demanda Tiernan à Gannon. Ils pourraient revenir.
— J'ai expédié cinq cents hommes à Haraldsholm pour épauler votre oncle Erik, déclara Rory. Il ne devrait plus craindre grand-chose. Et si c'est une guerre, nous aurons besoin d'alliés. Nous avons donc bien fait de venir sur les terres d'Alexandre.
Tiernan grimaça.
— D'après ce que j'ai vu ici, c'est plutôt les Écossais qui auraient besoin de nous.
— Ne les sous-estime pas, prévint Gannon avec un sourire entendu. À l'origine, ils sont irlandais. Leur bon sang n'a pas pu entièrement se diluer.
Les deux autres s'esclaffèrent.
— L'hypothèse Leod n'est pas non plus à exclure, reprit Rory, redevenu sérieux. Quand l'avez-vous vu pour la dernière fois ?
— Aux funérailles de notre père, répliqua Gannon.
— C'était donc il y a quatorze ans, calcula Rory. À supposer qu'il y ait eu une brouille entre Leod et Somerstrath, je vois mal cependant pourquoi Leod aurait pris le risque de défier ouvertement le roi Alexandre. Il a beaucoup de défauts, mais ce n'est pas un imbécile. En outre, il aurait fallu qu'il soit également brouillé avec votre oncle Erik, pour s'en prendre à ses possessions. Or, votre oncle ne m'a jamais parlé de la moindre anicroche avec Leod.

— Ce qui nous ramène à l'hypothèse de départ : une attaque des Norvégiens, conclut Gannon. Et si c'est bien eux, il est probable qu'ils ne s'arrêteront pas là.

Rory acquiesça.

— Nous les chasserons d'Irlande, assura Gannon. Souvenez-vous de ce qu'a fait Erik la dernière fois.

— Votre oncle s'est conduit en héros, approuva Rory. Mais à l'époque, il n'a eu à combattre que quelques centaines d'hommes. Si les Norvégiens décident de nous envahir, cette fois ils seront des milliers. Sans compter les Danois et les Suédois, qui pourraient se joindre à eux.

— Ce qui veut dire que nous devons riposter au plus vite, pour les empêcher d'aller plus loin, estima Gannon. Mais il nous faut d'abord savoir qui attaquer. Quelqu'un cherche à diriger nos soupçons sur Leod. Deux indices ont été sciemment semés à cet effet : à Antrim, et ici. En même temps, il n'est pas impossible que Leod ait un lien avec les agresseurs.

Rory acquiesça encore.

— Leod joue un jeu dangereux. En voulant être l'ami de tout le monde, il court le risque de n'être l'ami de personne.

Il s'empara du canif, pour l'examiner en détail.

— N'aurait-il pas pu appartenir à quelqu'un de Somerstrath ?

— Margaret assure ne l'avoir jamais vu, répondit Gannon.

Il se rappela comment la jeune femme lui avait fièrement fait face, sur la plage. Et comment il l'avait souvent surprise en train de l'observer à la dérobée.

— Et avez-vous demandé à Rignor ?

Gannon eut une moue dédaigneuse.

— Non. Et je n'en ai pas l'intention.

Rory repoussa le canif vers lui.

— Il n'est pas impossible non plus que les agresseurs soient d'abord passés par Skye avant de venir ici. J'avoue que je n'y vois plus très clair. Nous livrerons tous les éléments du puzzle à Ross, et il saura sans doute mieux que nous les mettre en place.

Gannon approuva. Ross lui faisait l'effet d'un homme modéré, peu enclin aux décisions précipitées ou irréfléchies.

— Ross a toujours été loyal, précisa Rory. C'est bien pourquoi nous sommes alliés.

— Et comment était Somerstrath ? questionna Gannon.

Rory reprit un peu de bière.

— Je l'ai rencontré plusieurs fois, et il m'avait paru quelqu'un de raisonnable. Mais il ressemblait peut-être plus à son fils que je ne le pensais. Il se sera sans doute fait des ennemis.

— Cela n'expliquerait pas les attaques chez Ross, ni sur la côte d'Antrim.

— Non, en effet, convint Rory. Nous tournons en rond.

— Et que savez-vous des autres seigneurs locaux ?

— Il n'y en a pas à proximité. La baie voisine est placée sous l'autorité de Rufus, qui est lui-même le vassal de Somerstrath. C'est un homme compétent, cependant il n'a pas les capacités pour remplacer Somerstrath. Méfiez-vous en revanche de sa fille, Dagmar. Elle est déjà deux fois veuve, et le bruit court qu'elle se cherche un troisième mari.

Gannon s'esclaffa.

— Elle ne posera jamais les yeux sur moi ! Je ne suis pas riche.

— Mais tu possèdes un bateau.

— C'est un cadeau.

— Ce n'est pas un cadeau : tu l'as payé grâce à l'héritage familial. Et tu es au courant, j'imagine, qu'Erik voudrait que tu vives désormais à ses côtés ? Ainsi que Tiernan ?

— Oui.

— Je devine facilement ce qu'Erik a en tête. S'il devait lui arriver quelque chose, il aura besoin d'un homme de confiance pour aider son fils à prendre les rênes du pouvoir. C'est pourquoi il a fait appel à vous deux. Il veut savoir à quoi vous ressemblez, après toutes ces années. De toute façon, vous ne pouviez pas rester éternellement à Fermanagh. Votre beau-père, Patrick, a ses propres fils. Il n'y aura pas de place pour vous, après sa disparition. Vous le savez bien.

— Oui, admit Gannon. La demande d'Erik est arrivée pile au bon moment.

— Le hasard n'y est pour rien. Erik et moi avons planifié soigneusement les choses.

Gannon haussa les sourcils.

— Vous étiez au courant depuis le début ?

Rory acquiesça.

— Quand on gouverne des hommes, il ne faut pas seulement penser à soi-même. La mort ne rôde jamais loin, et peut frapper par surprise. Ce qui est arrivé à Somerstrath le prouve assez. Nous devons préparer le plus tôt possible ce qu'il adviendra de nos peuples après notre disparition. Avec Erik, nous avons longuement discuté de cela. Il veut vous avoir auprès de lui, au cas où il ne vivrait pas assez vieux pour voir son fils en âge de lui succéder. Et pour mieux te convaincre de rester, je sais qu'il t'a même déniché une femme.

Gannon secoua la tête.

— Je choisirai moi-même mon épouse. C'est le seul luxe que peut s'offrir un pauvre comme moi.

— Tu n'es pas pauvre.

— Je ne possède pas de terres.

— Cela peut s'arranger, répliqua Rory. J'ai respecté votre deuil, et je vous ai laissés pleurer votre mère au cours de l'année écoulée. Mais à présent, j'ai moi aussi besoin de vous. Il me faut quelqu'un de loyal pour tenir Antrim.

— Alors pourquoi nous avoir fait venir en Écosse, si vous avez besoin de nous à Antrim ?

— Il me semblait important de vous faire rencontrer William. Mais après ce qui s'est passé chez lui, et ici à Somerstrath, tout est changé. Je pense qu'il faudra que vous restiez un peu plus longtemps que prévu en Écosse.

— Pourquoi donc ?

— Somerstrath mort, Ross a besoin de quelqu'un pour sécuriser cette partie de la côte. Rufus n'a pas l'étoffe de l'emploi. Et nous avons vu que Rignor encore moins. Ce qui veut dire que William prendra quelqu'un d'extérieur. Et de mon côté, je veux que ce quelqu'un soit amical envers nous. Voilà pourquoi je pense que vous resterez ici tous les deux.

— Et si nous refusons ? demanda Gannon.

Rory eut un sourire carnassier.

— Je suis ton suzerain, ne l'oublie pas. Tu resteras ici tant que j'aurai besoin de toi dans cette place. Si tu refuses, je crois que tu me connais depuis assez longtemps pour deviner ma réaction.

Gannon s'esclaffa.

— Vous nous rendrez la vie impossible.

— Ça, tu peux en être sûr.

9

— Margaret, réveille-toi !

Elle ouvrit les yeux en sursaut.

— Tu dormais, Margaret, lui fit remarquer Fergus. En plein jour !

Margaret sourit.

— Oui, je m'étais assoupie.

Elle se redressa, pour attirer le petit garçon dans ses bras.

— Je suis fatigué, moi aussi, dit-il, abandonnant sa tête sur l'épaule de la jeune femme.

— Bien sûr. Nous le sommes tous.

— Maman devrait faire une sieste. Comme toi.

— Oui, elle le devrait.

— Va lui dire, Margaret ! Vite !

Margaret, réveillée par la pluie, sortit de son lit et resserra son manteau sur elle. Elle devait aller dire quelque chose à sa mère… Mais pourquoi avait-elle dormi avec son manteau ? Et pourquoi le matelas était-il posé à même le sol, au lieu de son lit habituel ? Elle était encore trop embrumée par le sommeil pour trouver une explication à ces mystères. Elle se dirigea vers la porte et dut pour cela enjamber des objets épars.

Maman sera furieuse de ce désordre, songea-t-elle. Dès que Nell sera réveillée, je lui dirai de tout nettoyer.

Elle voulut ouvrir la porte. Mais la porte était déjà ouverte. Ou plus exactement, elle était brisée et seul un morceau tenait encore sur les gonds. La jeune femme s'appuya au montant. Son esprit commençait à s'éclaircir.

Dieu du ciel ! Elle avait rêvé. Mais son rêve lui avait paru si réel, comme si Fergus... Elle frissonna.

Ils sont tous morts. Le matelas est par terre parce que le lit a été réduit en miettes. Et j'ai dormi dans mon manteau parce que j'étais trop épuisée, et trop anéantie, hier soir, pour songer à me changer. Aussi parce que la maison est remplie d'étrangers, et que nous n'avons plus de porte à notre chambre. La pluie tombe à l'intérieur parce que les vitres sont cassées, comme si les agresseurs avaient pris plaisir à tout détruire sur leur passage.

Nell dormait sur l'autre matelas, une main calée sous sa joue. On aurait dit une enfant. Du reste, elle *était* une enfant. Mais après ce qu'elles avaient vu hier, elles avaient toutes les deux vieilli d'un coup. Margaret avait envie de crier, de s'arracher les cheveux et de se rouler par terre en demandant des explications à Dieu. Au lieu de cela, elle serra les mâchoires pour se contrôler.

Le couloir était désert. Elle marcha quelques pas et poussa la porte de la chambre de ses parents.

Elle n'aurait su dire combien de temps elle y resta à sangloter, agenouillée sur le sol. Quand ses larmes se furent taries, elle se releva et quitta la chambre en refermant la porte avec un claquement décidé qui lui sembla résonner dans tout le château. Puis elle dépassa la chambre de ses frères, s'angoissant sur le sort de Davey, avant de gagner l'escalier.

Le toit étant parti en fumée, l'escalier était maintenant à ciel ouvert – une pâle lumière grise indiquait que le jour n'allait plus tarder à se lever. Et sur le palier, tout en haut, une silhouette masculine se profilait à travers la pluie.

Gannon pivota en entendant la jeune femme crier de terreur. Margaret, les yeux écarquillés, porta une main à ses seins – qu'elle avait parfaits – tandis que de l'autre elle s'appuyait au mur, comme si elle allait perdre l'équilibre.

— Margaret, n'ayez pas peur. Ce n'est que moi, Gannon.

Constatant qu'elle ne répondait pas, il descendit la volée de marches qui les séparait.

— Ce n'est que moi, répéta-t-il.

— Que faisiez-vous là-haut ? murmura-t-elle.

— Je regardais tomber la pluie. Je n'arrivais pas à dormir.

— Moi non plus... Je... me demandais où a bien pu passer Davey.

— Il faut vous y faire, Margaret. Vous ne le reverrez plus.

— Vous êtes si sûr de vous ! Et les autres aussi. Vous êtes persuadés qu'il est mort, ou qu'il a été capturé. Mais si vous vous trompiez tous ? Pourquoi ne serait-il pas quelque part dehors, sous la pluie, à attendre le départ de vos hommes ? N'avez-vous jamais...

Elle s'interrompit : sa voix tremblait trop.

— D'accord. Admettons qu'il soit quelque part dans les parages. Si vous aviez eu à vous enfuir, où auriez-vous été vous cacher ?

— À Inverstrath. Le village voisin. Rufus nous aurait...

— Dans ce cas, nous irons voir à Inverstrath.

Margaret s'étonnait décidément de le voir tour à tour en adversaire et en allié. Elle aurait aimé vaincre son hostilité à son égard.

— Vous feriez cela pour nous ?

— Je ferai cela pour *vous,* Margaret.

Ces paroles ébranlèrent la jeune femme, mais elle s'obligea à n'en rien montrer.

— Merci. Rignor sera redevenu lui-même au réveil. Il vous remerciera à son tour.

— Je n'y tiens pas spécialement.

La colère de Margaret ressuscita d'un coup.

— Il n'est pas le mauvais garçon que vous croyez. Il avait simplement trop bu, hier soir. Mettez-vous à sa place.

— Il n'avait pas bu quand il a tué le Viking.

— Il s'est laissé dominer par son chagrin.

Gannon haussa un sourcil.

— Et pas vous ?

— Chacun réagit différemment à la douleur.

— Tout à l'heure, en montant l'escalier, je vous ai entendue pleurer dans la chambre de vos parents. Ça, c'était du chagrin. J'ai aussi vu pleurer Nell, et comment elle semblait perdue. En revanche, je n'ai rien vu de tout cela chez votre frère.

— Pourtant, je vous assure qu'il souffre !

— La première chose à laquelle il a pensé en découvrant le cadavre de son père, c'est qu'il était désormais le laird de Somerstrath. Vous appelez cela du chagrin ?

— Il était ivre lorsqu'il a dit cela. Et puis, vous-même, que savez-vous du chagrin ?

— Je… commença-t-il, avant de s'écarter de la jeune femme, de peur de trop dévoiler ses émotions.

Et il attendit, avant de reprendre, d'être sûr de pouvoir parler sur un ton apaisé :

— À Antrim, ils s'en sont pris à deux villages implantés sur les terres de mon oncle. Je connaissais tous ceux qui sont morts là-bas. J'avais cinq ans quand mes deux grands-pères sont morts le même jour ; dix ans quand ma grand-mère a disparu à son tour. Quelques années plus tard, j'ai enterré mon père, deux de mes frères et l'hiver dernier, j'ai enterré ma mère. Je crois savoir ce qu'est le chagrin. Je sais aussi ce qui vous attend : vous allez culpabiliser d'être encore en vie alors qu'ils sont tous morts. Et vous ne vous remettrez jamais complètement de leur absence. Il y aura toujours un son, une couleur, une atmosphère, un objet, qui tout à coup vous rappelleront ce qui s'est passé.

Il s'arrêta dans sa tirade, furieux de s'être tout de même laissé emporter par l'émotion. Il avait pourtant souvent évoqué la disparition de sa famille devant toute sorte de gens, mais c'était la première fois qu'il réagissait ainsi. D'ailleurs, Margaret le regardait la bouche à moitié ouverte, comme si elle était stupéfaite. Pourquoi devant elle ? Et pourquoi maintenant ?

— Excusez-moi, dit-il, se sentant idiot.

— Non ! Vous n'avez pas à vous excuser.

Elle tendit le bras, pour lui caresser furtivement la joue. Depuis combien de temps une femme ne lui avait-elle pas témoigné une tendresse aussi spontanée ? Soudain, Gannon mourait d'envie de l'attirer dans ses bras et de la serrer fort contre lui. Mais il se contenta de la contempler.

— C'est moi qui m'excuse, reprit-elle. J'ignorais que vous aviez perdu autant de vos proches. Je ne pensais qu'aux miens. Et j'aurais dû me douter que vous aviez également perdu des amis à Antrim.

Il hocha la tête, ne sachant quoi répondre. La pluie avait cessé. Il distinguait mieux les traits de la jeune femme à présent, et il pouvait voir combien les larmes avaient creusé son visage. Gannon était, d'une certaine manière, habitué à la mort. Mais il devinait que pour elle, c'était la première fois.

— L'attaque d'Antrim ressemblait-elle à celle-ci ? questionna-t-elle.

— C'était heureusement plus modeste. Et donc, moins sanglant.

— Vous y étiez ?

— Non, je me trouvais dans l'intérieur des terres. Si Tiernan et moi avions été sur place…

— Croyez-vous que vous auriez pu changer quelque chose, à vous deux ?

— On peut toujours l'espérer.

— Mais vous ne le saurez jamais.

— Non, en effet. Je ne le saurai jamais.

Margaret n'essaya même pas de dormir lorsqu'elle regagna sa chambre. Sa conversation avec Gannon lui hantait l'esprit. Qui était donc cet homme, capable d'être glacial à un moment donné, et pétri d'émotions le moment suivant ? Qui parlait facilement de la mort et qui cependant, elle avait pu le constater quand ils avaient fouillé le village, détournait son regard du cadavre d'une femme ou d'un enfant ? Qui semblait épier chacun de ses mouvements avec des yeux ardents ? Qui se montrait gentil envers Nell, mais ne faisait aucun effort pour cacher le mépris que lui inspirait Rignor ?

Pourtant son frère souffrait, elle en était convaincue, même si ses paroles et ses gestes s'étaient révélés maladroits. Mais dans l'immédiat, elle voulait se concentrer sur l'idée qui lui était venue pendant qu'elle parlait avec Gannon. Il y avait un endroit, à Somerstrath, où Davey se trouvait peut-être : s'il avait pu échapper aux agresseurs, c'était là qu'il avait couru se réfugier.

Le mieux serait qu'elle s'y rende maintenant, pendant que tout le monde dormait. Elle secoua Nell par l'épaule pour la réveiller :

— Je pars à la recherche de Davey. Je n'en aurai pas pour longtemps.

Nell battit des paupières.

— Ne m'abandonne pas, Margaret !

— Je serai de retour le plus vite possible, je te le promets. Et, si Dieu le veut, avec Davey.

— Je viens avec toi.

— Non. Je préfère que tu restes ici, pour leur faire croire que je m'attarde au lit ou à ma toilette... ce que tu voudras leur raconter. Mais empêche-les de me suivre.

Nell acquiesça, et Margaret se faufila discrètement hors de la chambre, refermant du mieux qu'elle put ce qui restait de la porte, comme si cela pouvait protéger sa sœur. Puis elle tendit l'oreille afin de s'assurer que tout était calme. Elle descendit l'escalier sans croiser personne. Dans la grande salle, les Irlandais et Rignor dormaient paisiblement. Les hommes postés pour monter la garde la saluèrent d'un mouvement de tête, mais aucun ne chercha à lui bloquer le passage.

Tournant le dos au port, elle traversa la partie haute du village, appelant Davey à voix feutrée puis écoutant attentivement, avec l'impression d'être épiée. Elle songea au Viking qu'ils avaient retrouvé vivant et frissonna. Tout à coup, elle mesurait combien elle avait été naïve de penser qu'elle pourrait rester ici avec son frère et sa sœur.

Au sortir du village, elle obliqua vers le sud-est, hâtant le pas, car elle savait que son absence ne tarderait pas à être découverte, maintenant que le jour commençait à se lever. Au bout d'un moment, elle quitta le chemin principal pour s'engager dans un sentier qui serpentait entre les arbres. Et bientôt, elle arriva à destination.

La clairière était exactement telle qu'en son souvenir, bien qu'elle n'y fût pas venue depuis des années. Au milieu se trouvait un étang, et à côté l'entrée de la grotte. La jeune femme s'immobilisa, assaillie par les souvenirs. Elle se revoyait petite fille, jouant avec Fiona au bord de l'étang à confectionner des poupées à l'aide de bouts de bois qu'elles habillaient de feuillages ; à se construire des cabanes de branchages ou à tresser des couronnes de fleurs qu'elles posaient dans leurs cheveux. Elle se rappelait aussi l'excitation de Davey lorsqu'il lui avait raconté avoir découvert, avec Ewan, la grotte. Bien sûr, elle ne lui avait pas dit qu'elle connaissait déjà cet endroit, et que probablement des générations d'enfants de Somerstrath pensaient à chaque fois être les premiers à l'explorer.

Elle appela plusieurs fois Davey, puis elle attendit, mais ne reçut pas d'autre réponse que le murmure du vent dans les branches des arbres qui bordaient l'étang. Elle s'approcha de l'entrée de la grotte.

— Davey ?

Toujours pas de réponse. La grotte était déserte, et aucune empreinte de pas récente n'était venue écraser la mousse recouvrant le sol. Une bouffée de chagrin submergea la jeune femme, et elle revint vers le bord de l'étang pour se laisser tomber dans l'herbe. Elle avait vraiment cru qu'elle trouverait son petit frère ici, sain et sauf…

Soudain elle se figea, saisie d'horreur par le bruit caractéristique d'une épée qu'on tirait de son fourreau.

— Pas un geste, sale Viking ! s'écria une voix.

Nell s'éloigna de la fenêtre. Margaret était partie depuis un bon moment, à présent. Au début, elle s'était vaguement rendormie. Puis elle avait été complètement réveillée par les hommes s'agitant dans la cour. Peut-être Margaret était-elle rentrée ? Mais en regardant par la fenêtre, elle n'avait vu ni sa sœur ni Rignor – seulement des Irlandais. Cependant, la fenêtre n'offrait qu'une vue limitée. Le mieux était de descendre pour aller aux nouvelles.

À peine eut-elle ouvert la porte – ou ce qu'il en restait – qu'elle tomba sur Tiernan. Il lui sourit, comme si attendre derrière sa porte était pour lui une occupation banale.

— Bonjour, dit-il d'une voix chaleureuse.

Nell, un peu surprise, sortit dans le couloir.

— Bonjour. Avez-vous vu Margaret ?

— Pas encore.

Elle partit vers l'escalier. Il lui emboîta le pas. Elle s'arrêta. Il s'arrêta.

— Me suivez-vous ?

— Je monte la garde, dit-il.
— Pourquoi ?
— Eh bien… parce que Rory O'Neill me l'a demandé.
— Et vous faites toujours ce qu'il vous demande ?
— Oui. Rory est le chef de tout l'Ulster. C'est un peu comme vous et votre oncle William. Si William vous dit de faire quelque chose, vous le faites, n'est-ce pas ?

Nell acquiesça.

— Oui.
— Avant que Rory me demande de vous garder, mon frère m'avait déjà donné le même ordre.
— Et bien sûr, vous faites aussi toujours ce que Gannon vous demande.
— Pas toujours. Mais comme il est l'aîné, en général, oui.
— Ce sont vos parents qui vous ont ordonné de lui obéir ?

Le visage de Tiernan s'assombrit.

— Mon père a été tué il y a longtemps. Ma mère est morte l'hiver dernier. Nos frères aussi ont disparu. Il ne reste que Gannon et moi.
— Oh, pardon ! Je suis désolée.
— Maintenant, vous savez que nous pouvons comprendre ce que vous ressentez.

Elle hocha la tête.

— Oui.
— C'est terrifiant, n'est-ce pas, de voir ainsi le monde basculer autour de vous ?
— Oui.
— Mais vous serez bientôt en sécurité auprès de votre oncle.
— Rignor a dit qu'il voulait rester ici.
— Rignor dit beaucoup de choses, quand il a bu.
— Margaret veut attendre de voir si Davey et les autres disparus ne vont pas revenir.
— Nous ne pouvons pas nous attarder ici, Nell. Et vous ne serez pas en sécurité, sans nous.

— Mais nous n'avons pas retrouvé Davey !

Il ne répondit pas, mais elle lisait de la compassion dans ses yeux, comme s'il était convaincu qu'ils ne retrouveraient jamais son petit frère.

Elle reprit la direction de l'escalier.

— J'ai besoin de voir Margaret.

Il la suivit en silence.

La grande salle était presque déserte. Rignor et Rory O'Neill étaient penchés sur une table, pour examiner une carte étalée devant eux. Rignor leva les yeux de la carte.

— Où est Margaret ? interrogea-t-il.

— Elle est partie à la recherche de Davey, expliqua Nell. Cela fait un moment, déjà.

— Elle n'a rien à craindre, intervint O'Neill. Elle est sous bonne garde.

Rignor se redressa violemment.

— Pourquoi n'ai-je pas été averti ?

— Parce que vous dormiez, rétorqua sèchement O'Neill. Maintenant, montrez-nous où vous avez enterré la tête ramassée sur la plage.

Rignor se renfrogna, mais conduisit les Irlandais à l'endroit où la tête avait été enterrée. Nell et Tiernan suivirent le mouvement. Quand Rignor eut désigné l'emplacement, les hommes d'O'Neill se mirent à creuser.

O'Neill attrapa lui-même la tête par les cheveux et la brandit à bout de bras, pour mieux la voir. Nell se détourna, l'estomac au bord des lèvres. La tête était encore plus hideuse, après avoir séjourné dans la terre.

— Un Viking, lâcha O'Neill, crachant presque le mot.

— Comment a-t-il pu arriver ici ? s'enquit Tiernan.

O'Neill s'essuyait les mains sur ses cuisses, tandis que ses hommes remettaient la terre dans le trou.

— Ce type n'est pas mort dans son lit, répondit-il. Il a péri au combat, et il n'y a pas très longtemps.

Je pense qu'ils ont emporté leurs morts en quittant Antrim, et qu'ils ont jeté les cadavres dans la mer.

Il repartit vers la forteresse. Rignor s'approcha de sa sœur.

— Ne te laisse pas abuser par lui, Nell. Ni par Gannon. Ils cherchent à tirer profit de la situation.

— Quel intérêt auraient-ils dans l'affaire ?

— Ils convoitent mes terres. Qui ne voudrait de Somerstrath ? Tu es jeune, petite sœur. Crois-moi : ils mentent comme ils respirent.

Là-dessus, il remonta à son tour vers la forteresse.

— Gannon ne ment pas, déclara Tiernan, dans le dos de la jeune fille. Rory non plus. Et nous ne convoitons pas Somerstrath.

Nell pivota vivement, comprenant qu'il avait entendu leur conversation. Elle soutint son regard quelques instants, avant de détourner les yeux.

Margaret se redressa en sursaut. À l'orée de la clairière, Rufus d'Inverstrath et quelques-uns de ses hommes, les armes à la main, encerclaient Gannon. Perdue dans son chagrin, elle n'avait entendu personne approcher.

— Nous avons surpris ce gredin à vous suivre, lady Margaret, expliqua Rufus. Dieu sait quel projet obscur il méditait.

Gannon accrocha le regard de la jeune femme. Elle n'avait qu'à dire un mot, et les hommes de Rufus le tueraient. Il en était conscient, bien sûr, pourtant il n'avait pas peur. Comment pouvait-il rester aussi calme ? Décidément, cet homme était un mystère.

Elle s'avança.

— Vous pouvez rengainer vos armes, Rufus.

— Seriez-vous devenue folle, Margaret MacDonald ? Somerstrath a été attaqué, ce Viking vous suivait, et vous voudriez que nous rengainions nos armes ?

— Ce n'est pas un Viking. Il est irlandais.

Rufus jeta un regard sceptique à Gannon.

— S'il est irlandais, avec une tête pareille, moi je suis un Danois. Et d'abord, que fait-il ici ?

— Il accompagne Rory O'Neill. Rengainez votre arme, Rufus.

Celui-ci, ignorant la jeune femme, se tourna vers Gannon :

— Pourquoi la suivais-tu ?

— Je la suivais pour la protéger, répondit Gannon, parfaitement tranquille.

Rufus s'esclaffa.

— C'est plutôt toi qui vas avoir besoin de protection, Viking ! Et de quoi la protégeais-tu, s'il te plaît ?

— De gredins dans votre genre. Comment être sûr que ce n'est pas vous qui avez attaqué Somerstrath ?

Les hommes de Rufus échangèrent des regards furieux. Plusieurs firent un pas en direction de Gannon.

— C'est absurde, Gannon, intervint Margaret. Rufus est le vassal de mon père... Pourquoi êtes-vous ici, Rufus ?

— Quelques-uns de vos gens sont arrivés chez nous en pleine nuit, et ils nous ont raconté ce qui s'était passé.

— Combien étaient-ils ? Davey était-il parmi eux ?

— Une douzaine, environ. Non, Davey n'était pas du nombre.

Une douzaine ! songea Margaret, anéantie. Ainsi, ils n'étaient qu'une douzaine à avoir réchappé au massacre !

— Qui ?

Rufus lui dit les noms. Désormais, entre les vivants et les morts, le compte était bon – à l'exception de cinq jeunes garçons manquant à l'appel.

— Vous ont-ils dit ce qui était arrivé à Davey ?

— Oui, répliqua Rufus sans détour. Les Vikings l'ont pris avec eux. Et les autres garçons aussi. Ils les ont embarqués dans leurs drakkars.

— Des drakkars... répéta Margaret, se tournant vers Gannon.

Les hommes de Rufus l'encerclaient toujours. L'un d'eux, dans son dos, avait pratiquement collé la pointe de sa lame sur sa nuque. Gannon accrocha le regard de la jeune femme, puis celui de Rufus et tout à coup, sans prévenir, pivota comme l'éclair. Margaret poussa un cri. En quelques gestes d'une rapidité stupéfiante, Gannon mit son adversaire à terre et envoya son épée valser dans la poussière. À présent, c'était lui qui menaçait l'homme, étendu sur le sol, avec la pointe de son épée. Et il toisait les autres, prêt à bondir de nouveau.

Margaret se doutait que Gannon était capable de se défendre tout seul, mais elle n'aurait jamais imaginé qu'il puisse aussi facilement mater les hommes de Rufus. Quelques-uns murmurèrent, mais aucun n'osa bouger.

— Reculez, leur ordonna Gannon. Margaret, placez-vous derrière moi.

Elle secoua la tête.

— Je connais ces hommes. Ils servaient mon père. Ils ne me feront aucun mal.

— Irlandais, avez-vous dit ? intervint Rufus. Vous avez drôlement choisi le moment de votre visite.

— Antrim a essuyé une attaque analogue, expliqua Gannon. Moins mortelle, mais tout aussi brutale. Nous sommes venus le dire à Ross, et nous avons découvert qu'il avait subi le même sort.

— Ross a été attaqué sur ses terres ? questionna Rufus.

— Oui.

Rufus hocha la tête, comme si cette réponse venait confirmer son opinion.

— Laissez mon compagnon se relever, dit-il.

— Faites d'abord reculer vos hommes.

— Pas tant que celui-ci sera menacé par votre lame. Nous sommes trop nombreux. Vous ne pourrez pas nous échapper.

— Je ne cherche pas à m'échapper.

— Laissez-le se relever, Gannon, l'enjoignit Margaret.

Constatant qu'il l'ignorait, elle s'adressa à Rufus :

— Il s'appelle Gannon MacMagnus. Il accompagne Rory O'Neill. Leurs bateaux sont au port. En tout, ils sont plus de deux cents hommes.

Rufus comprit l'avertissement implicite, cependant ses hommes encerclaient toujours Gannon.

— Rufus… Gannon… plaida Margaret.

Les deux hommes se jaugèrent un moment, puis Rufus fit enfin signe à ses soldats de rengainer leurs armes. Ils s'exécutèrent, à contrecœur. Gannon attendit encore un peu, avant de remettre lui aussi son épée dans son fourreau. L'homme à terre se releva.

Rufus tendit la main.

— Bon, dit-il. Faisons la paix.

— Faisons la paix, acquiesça Gannon en lui serrant la main.

Puis Rufus se tourna vers Margaret :

— Venez, lady Margaret. Allons trouver Rory O'Neill.

Il ouvrit la marche en direction du village, ses hommes sur les talons, qui jetèrent un dernier coup d'œil méfiant à Gannon.

— Allons, lady Margaret, l'appela Rufus. Venez !

Margaret contempla Gannon quelques instants, s'interrogeant une nouvelle fois sur cet homme qui l'avait suivie afin de la protéger, disait-il, et qui pouvait tuer aussi facilement qu'il respirait. Puis elle emboîta le pas aux autres, l'abandonnant au bord de l'étang. Elle ne voulait pas se retourner pour voir s'il allait suivre, mais elle se retourna quand même.

Et bien sûr il était là, à quelques mètres, le regard fixé sur elle.

Les cornemuses irlandaises sonnaient bizarrement, dans la brume qui s'était soudain abattue sur le village et étouffait le bruit des pelles creusant la terre dans le petit cimetière. Ignorant l'humidité qui transperçait leurs vêtements, Margaret, Nell et Rignor attendaient côte à côte, les deux sœurs se tenant la main, que les Irlandais apportent en procession les corps de leurs parents. Puis les cornemuses retentirent à nouveau, et les corps furent précautionneusement déposés sur le sol.

Ils seraient enterrés dans la même tombe. Leur père passa en premier. Ensuite leur mère. Et enfin, leurs petits frères.

Nell sanglotait. Rignor se tenait très raide. Mais Margaret ne ressentait rien, sinon une vague impression cotonneuse qui lui donnait le sentiment d'être dans un rêve. Tout cela était irréel. Forcément.

Elle essaya de se concentrer sur les prières que récitait Rory O'Neill à la place du prêtre, massacré lui aussi. Mais son esprit était ailleurs, perdu dans l'évocation de minuscules souvenirs. Fergus lui tenant la main avec ses petits doigts. La première fois où son père l'avait autorisée à goûter son whisky – c'était pour fêter la naissance d'Ewan. Cowley courant dans les vagues, bras écartés, le visage radieux de bonheur. La grande salle résonnant de rires et de musiques. N'était-ce donc que cela, la vie : une succession de fragments, d'images, accrochés entre eux par un lien invisible ?

Les cornemuses firent silence. Rignor s'avança au bord du trou béant, ramassa une poignée de terre qu'il jeta sur les corps, puis, prenant la pelle d'un des Irlandais, il entreprit de recouvrir la tombe. Gannon s'empara d'une autre pelle pour l'aider.

Margaret ne supporta pas de voir sa famille disparaître ainsi pour toujours. Elle détourna la tête, s'abîmant dans la contemplation des arbres bordant le cimetière et, au-delà, des montagnes au loin. Elle regarda aussi les longs cheveux de Gannon flotter sur ses épaules, tandis qu'il maniait sa pelle avec des mouvements réguliers, identiques à ceux de Rignor. Elle savait qu'elle se rappellerait ce moment toute sa vie. Les sanglots angoissés de Nell. Ses propres larmes qui coulaient silencieusement sur ses joues. Le visage de Rignor ravagé par le chagrin. L'émotion de Rory O'Neill, qui s'essuyait discrètement les yeux. La contenance empruntée de Tiernan. Et les cheveux de Gannon qui accrochaient les rayons du soleil…

Il brillera comme l'or. Margaret sursauta comme si quelqu'un l'avait touchée. Les paroles de la vieille femme semblaient si réelles, si proches ! Les autres n'avaient pas pu ne pas entendre ! Mais apparemment, non. Sauf Gannon, qui interrompit un instant sa tâche et la regarda, comme s'il avait perçu les mêmes mots.

Elle se détourna, mais les paroles de la vieille femme résonnaient toujours dans sa tête.

Il ressuscitera la vie après la mort.

Ils enterrèrent Inghinn et son bébé dans un trou voisin, et Gannon aida encore à combler la tombe. Margaret l'observa de nouveau, incapable de détacher le regard de sa chevelure dorée. *Il brillera comme l'or.*

Quelques heures plus tard, quand ils eurent enseveli tous les morts de Somerstrath, Margaret descendit, l'esprit vidé, vers le port. Ils appareilleraient avec la marée pour Inverstrath, où Rufus leur procurerait un dîner décent et un lit à peu près confortable. La jeune femme essayait de regarder droit devant elle, et de ne pas se souvenir combien le village était autrefois animé. Nell s'arrêta devant la porte de Fiona, émue, mais Margaret poursuivit son chemin.

Elle monta, avec sa sœur et Rignor, dans le navire de Rory O'Neill, tandis que Gannon et Tiernan embarquaient à bord du leur. Un vent d'ouest se levait, poussant des nuages qui couvrirent bientôt le soleil, jetant sur Somerstrath un voile d'ombre qui ajouta à la tristesse du moment. Comment pouvons-nous partir ? se demanda la jeune femme, qui coula un regard vers Rignor, lequel n'avait pas desserré les dents depuis tout à l'heure.

— Nous reviendrons, lui dit-elle. Et nous reconstruirons le village.

Mais ses paroles semblaient résonner dans le vide. Et Rignor ne répondit pas.

Les voiles furent hissées et le vent les gonfla, éloignant rapidement les bateaux du rivage. La jeune femme, cependant, gardait les yeux rivés sur Somerstrath. Bientôt, on n'aperçut plus que le sommet de la forteresse.

Tu seras séparée de ta famille et de ta maison…

Les paroles de la vieille femme revenaient hanter Margaret.

Et tu devras affronter des dragons.

Elle reporta son regard sur le navire de Gannon et le dragon qui ornait sa proue. Comme s'il avait senti son regard, l'Irlandais se tourna dans sa direction. Un rayon de soleil, épargné par les nuages, s'accrocha encore dans sa chevelure.

Tu devras affronter des dragons.

Margaret redressa l'échine. Ce n'était que le début.

10

Le Viking revint à son port d'attache d'une humeur triomphante. En peu de temps, il avait mené avec succès six attaques – celle sur Somerstrath s'étant révélée la plus éclatante. Les navires accostèrent.

Ses hommes se glorifiaient de ne pas avoir laissé un survivant à Somerstrath. Ce qui était la vérité, à l'exception des cinq jeunes garçons qu'ils avaient emmenés avec eux. Encore quelques attaques de ce genre, et bientôt toute l'Irlande et toute l'Écosse le redouteraient. Ces imbéciles connaîtraient un été de terreur. Puis un hiver d'inquiétude. Et au printemps prochain, quand il enverrait ses hommes réclamer de l'or, ils paieraient tous, pour sauver leur peau.

Son plan n'avait certes rien d'original : c'était le stratagème qui avait réussi, autrefois, à ses lointains ancêtres guerriers. Quand l'or lui tomberait dans les mains, sans autre effort que d'avoir à le transporter, des contrées entières lui feraient allégeance. Même les rois d'Irlande, d'Écosse et de Norvège seraient obligés de reconnaître sa puissance. Son succès dépassait déjà ses espérances. Seul son frère, Ander, semblait accueillir son retour avec morosité.

Cette nuit-là, il dormit très bien, savourant le confort du lit paternel, qu'il partagea avec l'une de ses maîtresses favorites – la femme d'un des hommes qui l'avaient accompagné dans ses raids. Elle lui confia que, désormais, la plupart des femmes rêvaient de coucher avec lui. Il lui offrit un collier pour la récompenser.

Le lendemain soir, il donna un grand banquet auquel assistèrent presque tous les habitants de l'île – certains ravis de l'invitation, les autres ayant préféré ne pas prendre le risque de la décliner.

Durant le festin, il distribua quantité de cadeaux autour de lui, afin de prouver à ses gens qu'il savait se montrer aussi généreux qu'il pouvait être brutal. Son neveu, Drason, reçut un manteau de laine bordé de fourrure qui provenait de Somerstrath. Mais avant que Drason pût essayer le manteau, son père le lui arracha des mains et le balança à travers la pièce, criant que ni lui ni aucun membre de sa famille n'accepterait de cadeaux d'un assassin.

— Calme-toi, Ander, lui dit le Viking, qui souriait pour masquer sa fureur. J'ai simplement fait ce dont tu es incapable : offrir à ton fils ce qu'il mérite de meilleur. Quand il aura grandi et que la barbe lui aura poussé, il pourra se servir lui-même. En attendant, il lui faut compter sur moi, puisque tu es trop timoré pour t'en charger.

— Ce manteau a été volé à quelqu'un qui ne t'avait fait aucun mal ! explosa Ander. Son seul péché était d'habiter trop près d'une côte.

— Ceux qui sont assez idiots pour ne pas protéger ce qu'ils possèdent ne doivent pas se plaindre de le perdre un jour.

— Y compris leur vie ?

— Y compris leur vie. Je ne fais que suivre les lois de la nature, Ander. Quelques-uns d'entre nous sont assez courageux pour se confronter au monde. Les autres ne veulent rien risquer et se contentent d'attendre tranquillement chez eux. À quel camp appartiens-tu, mon frère ?

— Tu mélanges tout ! Ce que tu as perpétré n'a rien de courageux. C'est de la barbarie !

— Il faut bien nourrir notre peuple. Et je ne te vois pas t'en occuper.

— Nous ne mourons pas de faim.

— Mais il suffirait d'une mauvaise récolte pour que cela change. Il faut savoir préparer l'avenir.

Ander grommela un juron et quitta la salle. Son fils le suivit, jetant avant de sortir un regard en arrière. Après leur départ, le Viking réclama tranquillement de la musique, et qu'on apporte encore du vin, comme si la réaction de son frère ne l'affectait pas.

Mais Ander ne fut pas le seul à témoigner sa désapprobation, ce soir-là. Lorsque le prêtre de l'île arriva, le Viking lui offrit le calice en or et la chasuble brodée qu'il avait dérobés dans la chapelle de Somerstrath.

— Je ne peux pas accepter ces objets volés, rétorqua le prêtre en toisant tous ceux qui avaient participé aux raids. Ce que vous avez fait est mal. Vous devez vous repentir, rendre leurs biens à leurs propriétaires légitimes et implorer Dieu de vous pardonner.

Le Viking feignit d'ignorer les murmures de l'assistance.

— Dieu n'accorde-t-Il pas à chacun de nous les outils appropriés pour forger son existence ?

— Oui, en effet.

— Donc, si Dieu m'a donné la volonté et l'énergie de prendre ces objets à un prêtre qui n'a pas su les protéger efficacement, en quoi mes actions contrediraient-elles la volonté divine ? Pourquoi n'aurait-Il pas désiré que j'agisse ainsi, pour confier ensuite à votre protection ces objets sacrés ? Si Dieu n'avait pas voulu me laisser attaquer Antrim et les rivages de l'Écosse, Il m'en aurait empêché. Or, Il ne l'a pas fait.

Le visage du prêtre était devenu écarlate.

— Tes actions n'ont rien à voir avec la volonté de Dieu !

— Qu'en savez-vous ? Qui dit que ce n'est pas vous qui vous trompez, et que vous avez tort de refuser des cadeaux qu'Il vous destinait ?

— Tu risques les flammes éternelles de l'enfer.

— Je ne fais qu'obéir à Dieu.

— Blasphème ! Hérésie ! tempêta le prêtre. Tu seras châtié pour tes péchés. Vous serez tous punis. Je vous implore, au nom de Dieu, de cesser vos crimes. C'est Lui, par ma bouche, qui vous l'ordonne !

Un nouveau murmure agité parcourut l'assistance.

Le Viking s'esclaffa bruyamment.

— Si Dieu veut que j'arrête les raids, Il se manifestera. En attendant, je continue selon mon bon vouloir.

— Dieu sera sans doute plus miséricordieux envers toi, que tu ne l'as été envers ces pauvres malheureux que tu as assassinés, répliqua le prêtre, avant de tourner les talons et de quitter la salle.

Le Viking frappa dans ses mains.

— Du vin ! Qu'on apporte encore du vin ! Ce soir, c'est la fête !

Il ignora délibérément les regards qu'échangèrent les convives entre eux. Les imbéciles ! Il n'éprouvait aucun remords. Mieux : il était persuadé d'accomplir le destin qui lui était réservé. Un jour, ils finiraient par comprendre qu'il avait raison. Et ils vénéreraient son nom.

Le lendemain matin, le prêtre avait disparu.

Les jours suivants furent plus calmes. Les habitants retournèrent à leurs tâches habituelles, et la vie redevint normale. Ou presque. La colère d'Ander ne faiblissait pas avec le temps, bien au contraire. Le Viking savait que son frère parlait dans son dos, et que ses paroles rencontreraient un écho grandissant à mesure que le triomphe des attaques ne serait plus qu'un souvenir. Il devrait donc bientôt lancer un autre raid. Et réduire Ander au silence.

Ceux qui l'avaient accompagné dans ses précédentes attaques rêvaient à de nouvelles aventures. Ceux qui étaient restés dans l'île se divisaient en deux camps : les envieux, qui aspiraient à participer eux aussi aux raids ; et les grincheux, horrifiés par ces manœuvres. Le Viking les laissait parler. Qu'ils se disputent donc entre eux ! se disait-il. Les plus forts gagneraient, et c'est eux qu'il voulait auprès de lui.

À ceux qui furent assez courageux pour le critiquer publiquement, il n'opposa qu'un dédain souverain, et ses hommes suivirent son exemple. Du coup, quelques-uns quittèrent l'île, abandonnant maisons et fermes, qu'il s'empressa de redistribuer aux autres.

Des émissaires arrivèrent des îles voisines pour le rencontrer, certains désirant le rejoindre. Sa renommée ne cessait de grandir et ses troupes s'étaient considérablement étoffées, comme il ne manqua pas de le faire remarquer à son frère. Ander fronça les sourcils et ils se disputèrent une nouvelle fois, bruyamment et devant témoins. Il jugea que cette opposition ouverte ne pouvait plus durer.

Et elle ne dura pas. Il assassina Ander.

Ce fut très facile, en vérité. Un jour, il appela son frère auprès de lui, l'accueillit chaleureusement et lui offrit du vin, expliquant qu'ils avaient besoin de faire la paix. Ander lui répéta qu'il devait renoncer à ses attaques, renvoyer chez eux les hommes venus des îles voisines, et rappeler le prêtre. Le Viking acquiesça à tout, prétendant qu'il regrettait ses actes, jurant qu'il avait désormais conscience d'avoir offensé Dieu et que le prêtre avait eu raison. Ander, contre toute attente, le crut. Et il paya cette naïveté de sa vie.

Le Viking, sous le faux prétexte d'aller parler au prêtre, convainquit Ander d'embarquer avec lui sur son petit bateau de pêche. Une fois en mer, Ander émit l'hypothèse que le prêtre serait peut-être difficile à trouver – la rumeur disait seulement qu'il était parti s'exiler sur une autre île. Le Viking prit un malin plaisir à abonder dans le sens de son frère. Oui, le prêtre serait difficile à trouver. Et pour cause :

son cadavre gisait quelque part au fond de l'eau, où il avait sans doute été dévoré par les créatures marines.

Ander ne vit pas arriver le coup qui l'atteignit à la tête. Il mourut sans un cri. Ensuite, le Viking se servit d'une corde pour l'attacher à la pierre qu'il avait pensé à emporter avec lui, et il jeta le tout par-dessus bord. Ander coula à pic dans une gerbe d'éclaboussures.

Le Viking attendit que la surface de l'eau soit redevenue étale, avant de brandir son poing en direction du ciel, comme s'il défiait Dieu.

Personne n'osa mentionner à voix haute l'avoir vu quitter le port avec son frère. Le soir cependant, Eldrid, la femme d'Ander, vint lui demander des nouvelles de son mari. Il expliqua, avec un haussement d'épaules détaché, qu'il s'était disputé avec Ander dans l'après-midi et que celui-ci, furieux, était parti sans crier gare. Dieu seul savait où.

Une journée entière passa, et Ander n'avait toujours pas réapparu. Eldrid pleurait, l'accusant d'avoir tué son mari, mais le Viking restait parfaitement calme. Le lendemain, comme elle réitérait ses accusations avec plus de force, il la convoqua chez lui et la gifla sévèrement. Une fois, puis deux fois. Avant de la plaquer contre le mur.

— Maintenant, écoute-moi bien, Eldrid, dit-il. Si tu m'accuses encore d'avoir tué Ander, je supprime Drason.

Elle écarquilla les yeux de terreur.

— Tu n'oserais pas ! C'est ton neveu !

— C'est à toi de choisir.

— Je ne me tairai pas.

— Dans ce cas, tu pleureras bientôt ton fils, comme tu pleures déjà ton mari.

Elle voulut protester, mais il s'empara de ses lèvres en même temps qu'il lui arrachait ses vêtements. Elle se débattit, mais il était beaucoup plus fort qu'elle, et quand il dégaina son coutelas, elle cessa tout mouvement.

Il fit courir lentement la lame sur l'épaule de la jeune femme, regardant une ligne sanglante apparaître sur sa peau blanche. Il trempa ensuite un doigt dans le sang qui coulait maintenant jusque sur les seins d'Eldrid, et le promena sous les lèvres de la jeune femme.

— Voici un avant-goût de ce qui t'attend, si jamais tu parles, Eldrid.

Elle gémit, au bord de l'évanouissement. Il la posséda là, contre le mur, brutalement mais rapidement, la laissant à moitié écroulée sur le plancher lorsqu'il en eut terminé.

Elle ne l'accusa plus jamais.

Gannon scrutait l'horizon, à la recherche d'autres voiles. Rien. Pas le moindre drakkar en vue. La mer était déserte tandis qu'ils approchaient d'Inverstrath.

La traversée s'était effectuée sans encombre. Sinon que Gannon avait eu beau s'efforcer de ne pas regarder en direction du bateau de Rory où avait embarqué Margaret, il n'avait pu résister à l'envie de contempler la jeune femme.

Cela faisait bien longtemps qu'une femme n'avait pas retenu son attention plus de quelques heures. Il faut dire que Margaret était particulièrement ravissante. Et elle promettait de rester belle avec les années. Comme sa propre grand-mère était restée belle. Comme sa mère le serait restée, si elle avait vécu assez pour devenir vieille.

Cependant, même si leurs regards se croisaient souvent, il n'y avait rien à espérer de ce côté-là. Margaret était promise à un autre. Et Gannon n'entendait pas s'attarder en Écosse plus longtemps que nécessaire. Il partirait ensuite pour Haraldsholm, où l'attendait son oncle Erik.

Avant peu, il aurait oublié ses beaux cheveux noirs et ses yeux troublants. Margaret MacDonald épouserait Lachlan Ross, et Gannon ne la reverrait jamais.

Les bateaux accostèrent, et furent aussitôt tirés sur le rivage. Margaret, au moment de descendre, lui adressa un petit salut, avant de porter brusquement la main à sa gorge comme si elle regrettait son geste et voulait l'effacer. Gannon réprima son émotion en se concentrant sur les manœuvres destinées à immobiliser le bateau.

Inverstrath était fort différent de Somerstrath. Alors que Somerstrath était environné de falaises plongeant dans la mer, Inverstrath était construit sur un terrain plat, qui surplombait à peine les flots. Alors que la forteresse de Somerstrath s'abritait derrière des murailles fortifiées, et qu'une autre enceinte protégeait le village, la forteresse de Rufus était en bois, et c'est encore une palissade de bois, facile à forcer, qui entourait le village.

Gannon s'y serait pris différemment. Pour commencer, il aurait construit la forteresse en pierre. Et si un jour il devait posséder son propre château, il veillerait à ce que celui-ci épouse à son avantage les particularités du terrain.

Il lança un dernier regard à Margaret, qui s'éloignait vers le village, et descendit à terre.

Les habitants d'Inverstrath, qui s'étaient massés près du port, s'écartèrent en le voyant approcher, comme s'ils redoutaient qu'il ne leur saute dessus. Gannon les entendait murmurer entre eux qu'il ressemblait à un Viking.

Margaret pivota pour lui jeter un regard, puis, d'une voix claire, elle expliqua aux villageois :

— Ne vous inquiétez pas. C'est un Irlandais. Il est là pour nous protéger.

La dernière fois qu'une femme avait pris sa défense, c'était sa mère, et c'était il y a bien longtemps, songea Gannon tandis que leurs regards s'accrochaient.

Rory, parti en avant, attendit que Gannon le rejoigne pour lui confier :

— Le mieux serait de t'habiller comme un Écossais. Cela les rassurerait. Nous allons te trouver un costume.

— Pas question ! rétorqua Gannon. Je ne porterai jamais de jupes.

— Ne va pas dire aux Écossais qu'ils portent des jupes, mon garçon. Ce qui compte, c'est ce qu'il y a en dessous. Et pour ça, tu n'as pas à t'inquiéter, je crois ?

Gannon s'esclaffa avec lui. Puis son regard fut irrésistiblement attiré par Margaret qui marchait devant eux. Ses hanches…

— Évite de trop la regarder, lui conseilla Rory. Ils peuvent éventuellement te pardonner de ressembler à un Viking, à condition que tu n'agisses pas comme un Viking.

— Combien de temps survivrais-je, dans ce monde hostile, sans votre aide ?

O'Neill rit de bon cœur.

— Pas longtemps, fais-moi confiance. Tu as encore beaucoup à apprendre, mon garçon.

Puis, redevenant sérieux :

— Au fait, nous pourrions te trouver une héritière écossaise. Pas celle-ci, elle est déjà promise à un autre. Mais l'idée est à creuser, ne crois-tu pas ?

Gannon s'obligea à sourire, et suivit Rory jusqu'à la demeure de Rufus.

La salle principale était vaste, mais pauvrement éclairée. Ses murs n'étaient pas décorés, et les tables et les bancs étaient polis par l'usage quotidien, mais certainement pas par l'encaustique. De toute évidence, Rufus n'était pas homme à dépenser du temps ou de l'argent pour améliorer son confort. Gannon et Tiernan furent dirigés vers la même table que Rory, et présentés aux subordonnés directs de Rufus, puis à une jeune femme au charme assuré qui vint se planter près d'eux, les seins tendus en avant, le regard direct.

— Ma fille, Dagmar, dit Rufus.

C'était donc contre elle que Rory l'avait mis en garde, songea Gannon. Elle était grande, les cheveux châtains coiffés en arrière, et elle arborait une robe d'un rouge profond – le même rouge qui se retrouvait sur ses lèvres. Sa façon de regarder les deux frères sans détour amusa Gannon. Tiernan semblait tétanisé, ce qui l'amusa encore davantage.

Une servante déposa sur la table un plateau chargé de chopes de bière. Dagmar se pencha pour faire le service, ses seins généreux débordant presque de son bustier, ce qui ne parut pas le moins du monde la soucier. Elle donna d'abord une chope à Rignor, avant de faire de même avec Gannon et Tiernan. Puis elle se servit à son tour et but une gorgée, en dévisageant Gannon par-dessus le bord de sa chope.

— Bienvenue à Inverstrath, messieurs, lança-t-elle d'une voix suave, qui résonnait comme une invitation.

Tiernan marmonna quelque chose d'incohérent. Gannon la remercia et observa son frère qui fixait la jeune femme. Celle-ci consacrait pour l'instant toute son attention sur Rignor, écoutant, une main devant sa bouche, le récit qu'il faisait des événements survenus à Somerstrath.

Gannon savoura sa bière. Elle était presque aussi bonne que celle de William Ross. Rufus ne savait peut-être pas construire une vraie forteresse, et encore moins l'aménager, mais il savait brasser le grain. Et sa fille savait captiver les hommes.

Cependant, Gannon était surtout intrigué par le petit attroupement qui s'était formé autour de Margaret et de Nell dès qu'elles étaient entrées dans la salle. Il y avait là environ une douzaine de personnes, qui parlaient toutes en même temps, et que Margaret écoutait les larmes aux yeux.

— Ce sont les villageois qui ont pu s'enfuir de Somerstrath, révéla Rufus qui avait suivi son regard. Les femmes et les enfants se trouvaient dans des pâtures éloignées, quand les agresseurs sont arrivés. Et les hommes chassaient dans les bois. Ils ont tout vu.

— Alors, nous devons les interroger, dit Gannon.

Rory secoua la tête.

— Tu es sans doute le dernier auquel ils accepteront de parler.

— Dans ce cas, chargez-vous de cette mission. Il nous faut comprendre comment les agresseurs ont pu frapper si rapidement.

Rory acquiesça.

— Ils auront peut-être remarqué un détail qui nous permettra de savoir d'où viennent ces bandits.

— Si nous parvenons à les identifier, nous nous lancerons à leur poursuite ? demanda Rufus.

Rory et Gannon échangèrent un regard.

— Attendons de voir ce que décidera William Ross, répondit Rory.

Margaret, bouleversée, étreignit chacun des survivants de Somerstrath. Ils étaient douze, exactement. Six femmes, quatre enfants et deux hommes. Aucun d'entre eux n'avait vu les Vikings arriver, mais ils avaient tous entendu les cris des autres villageois. Margaret les écouta raconter leur frayeur, leur fuite éperdue en direction d'Inverstrath, et enfin leur culpabilité d'avoir survécu.

— Les avez-vous vus emmener Davey ? demanda-t-elle.

Une femme hocha la tête.

— Il criait et se débattait. En tout, ils ont emmené cinq garçons, qu'ils ont chargés sur leurs épaules.

Margaret ferma un instant les yeux. Il est vivant, se rassura-t-elle. Si les Vikings avaient voulu le tuer, ils ne se seraient pas donné la peine de l'emmener avec eux.

Rory O'Neill s'approcha, posa une main affectueuse sur son bras et s'adressa aux survivants de Somerstrath :

— Racontez-nous tout.

Margaret s'assit pendant que les survivants répétaient pour O'Neill leur histoire. Mais elle s'aperçut que Rignor ne les avait pas rejoints. Tout à l'heure non plus, il ne s'était pas déplacé pour saluer le petit groupe : il avait attendu que les douze viennent à lui. Et maintenant, alors qu'ils confessaient ce qu'ils avaient vécu, il préférait reluquer Dagmar que les écouter. Pourtant, Dagmar l'ignorait superbement. Sa chope de bière à la main, elle s'était assise entre les deux frères MacMagnus. Elle adressait régulièrement des œillades à Gannon, mais comme il semblait indifférent, elle retournait ses charmes sur Tiernan, avec beaucoup plus de succès.

Margaret les regardait distraitement, l'esprit ailleurs. Elle se demandait ce qu'elle aurait fait si elle s'était trouvée à Somerstrath quand les Vikings avaient débarqué. Se serait-elle précipitée au milieu des combats, où elle aurait rencontré une mort certaine ? Se serait-elle cachée, comme cette douzaine de survivants ? Où était le courage ? Où était l'honneur ? Où était l'inconscience ? Où était la prudence ? Elle ne le savait pas.

Chacun ayant terminé son récit, Rory O'Neill annonça qu'il resterait jusqu'à l'arrivée des hommes de William, pour veiller sur la sécurité d'Inverstrath. Rufus le remercia, mais du bout des lèvres. Lorsqu'il se demanda, tout haut, comment il allait faire pour nourrir deux cents hommes supplémentaires, Rory O'Neill se montra plus abrupt.

— Vous n'allez quand même pas rechigner à partager vos réserves de nourriture, alors que nous serons là pour vous protéger ?

— Non, bien sûr, protesta Rufus. Je vous suis très reconnaissant de votre geste, milord.

Rory, satisfait, hocha la tête.

— Mes hommes aideront les vôtres à chasser et à pêcher.

Rufus le remercia encore, et la conversation reprit normalement. Mais Margaret n'écoutait plus. Son regard avait de nouveau accroché celui de Gannon, et elle décela dans ses prunelles une lueur si intense qu'elle frissonna.

Rignor aussi avait le regard en feu. Il fulminait de voir Dagmar se rapprocher toujours un peu plus de Tiernan, et chuchoter avec lui. Nell donna un coup de coude à Margaret pour lui désigner le couple.

La soirée se termina. Les rescapés de Somerstrath furent répartis entre plusieurs maisons du village, tandis que les Irlandais prenaient leurs quartiers dans la grande salle, où ils dormiraient à même le sol.

Dagmar s'approcha de Margaret.

— Je vais vous montrer où vous allez coucher, lui dit-elle.

Margaret et Nell se levèrent de table pour la suivre. Elles empruntèrent un petit escalier qui débouchait sur un corridor à peine éclairé. Margaret essayait de ne pas trop comparer l'aménagement spartiate de la forteresse d'Inverstrath avec le luxe en vigueur à Somerstrath. Son père aurait élargi l'escalier. Sa mère aurait décoré les murs. Des torches auraient illuminé l'ensemble…

Dagmar ouvrit une porte.

— Voici ma chambre. Elle est à votre disposition. Vous partagerez le lit.

— Et vous ? interrogea Nell.

— Je me trouverai un autre endroit pour dormir, répondit évasivement Dagmar.

Un autre endroit, et avec quelqu'un d'autre, devina Margaret. Ignorant la grimace désapprobatrice de

Nell, elle remercia cependant Dagmar, et referma la porte.

— Il n'est pas besoin d'être devin pour savoir où elle va dormir ! s'indigna Nell. Avec Rignor ! Ou sinon, avec Gannon ou Tiernan. Quand même ! Tu ne trouves pas Tiernan un peu trop jeune pour elle ?

Margaret défit les couvertures du lit.

— Calme-toi, Nell. Tiernan n'a probablement rien à craindre. Dagmar se cherche un mari riche.

Nell hocha la tête.

— C'est vrai, Tiernan n'a rien. Et Gannon non plus. Il ne possède que son bateau, commenta-t-elle en ôtant ses chaussures.

— Comment en sais-tu autant ?

— C'est Tiernan qui me l'a dit. Leurs deux parents sont morts, leur père il y a déjà plusieurs années, et leur mère l'hiver dernier. Comme ils ne peuvent pas rester chez leur beau-père, ils iront s'installer chez leur oncle, à Haraldsholm.

— Tiernan t'a raconté tout cela ?

— Pas exactement. J'ai aussi interrogé des Irlandais. C'est comme ça que j'ai su qu'aucun des deux n'était marié.

— Ce n'est pas surprenant. Comme tu l'as toi-même fait remarquer, Tiernan est encore très jeune.

— Mais pas Gannon.

— C'est vrai.

Margaret se souvenait de ses bras musclés l'enlaçant. De la fermeté de son torse…

Nell poussa soudain un cri. Elle venait d'apercevoir une araignée, qu'elle écrasa du pied.

— Je déteste être ici ! s'exclama-t-elle. Je déteste Inverstrath. C'est sombre, c'est triste, et il y a des araignées jusque dans notre chambre ! Combien de temps allons-nous rester dans ce taudis ?

Margaret soupira.

— Jusqu'à l'arrivée d'oncle William. L'important, c'est que nous soyons en sécurité.

— Pourquoi un tel malheur est-il survenu ? Pourquoi sont-ils tous morts ? murmura Nell, avant de fondre en larmes.

Margaret elle-même n'était pas loin de pleurer. Elle n'avait pas de réponse. Elle attendit que Nell ait séché ses larmes et désigna le décor qui les entourait :

— Tu as raison. On ne se douterait pas qu'une femme vit ici. En fait, elle n'y vit pas vraiment. Elle doit juste se considérer en visite.

— Pourquoi n'est-elle pas restée chez son deuxième mari ?

— Tu ne connais pas l'histoire ?

Comme Nell secouait la tête, Margaret expliqua :

— Maman n'a sans doute rien voulu te dire, jugeant que tu étais trop jeune. Le premier mari de Dagmar est mort en lui laissant quelques bijoux de faible valeur, et c'est à peu près tout. En revanche, son deuxième mari l'a renvoyée chez Rufus, à la grande honte de celui-ci. Quand il est mort à son tour, il ne lui a rien légué, ayant tout donné par héritage à la fille de sa première épouse. Je suppose qu'il avait décelé sa vraie nature. Elle est ravissante, mais très ambitieuse. Et sans scrupule.

— Moi, je ne la trouve même pas jolie. Mais apparemment, Rignor est d'un autre avis.

— Rignor ne voit pas plus loin que sa poitrine généreuse et ses manières accortes. Maintenant que Somerstrath est détruit, je doute que Dagmar s'intéresse encore à lui. Je ne pense pas qu'elle entende rester veuve longtemps : elle se cherche un nouveau mari, qu'elle veut fortuné. Or, nous n'avons plus rien. Rignor est ruiné.

— Il lui reste le titre, fit valoir Nell. Et les terres. Si William nous aide à reconstruire, elle voudra peut-être de lui. Que nous arrivera-t-il, alors ?

— Je n'en sais rien. Mais souhaitons que tôt ou tard, Rignor comprenne quel genre de femme elle est.

— Malheureusement, j'ai peur qu'il soit aveuglé.

— Dans ce cas, il nous faut espérer qu'elle jettera son dévolu sur un autre, répliqua Margaret. Mais assez parlé de Dagmar. Nous sommes saines et sauves, et c'est le principal. Pensons plutôt à l'avenir.

— J'essaie, mais… rien de tout cela ne me semble réel.

Margaret soupira.

— Je sais. Je ressens exactement la même chose.

La jeune femme fut réveillée par des bruits dans le couloir. Elle se redressa, désorientée, avant de se souvenir qu'elle occupait le lit de Dagmar. Nell, à son côté, dormait profondément, mais ses lèvres formulaient des mots silencieux et elle secouait la tête, comme si, même dans ses rêves, elle refusait d'accepter ce qui s'était passé.

Margaret se glissa discrètement hors du lit et marcha sur la pointe des pieds jusqu'à la porte, pour écouter. Reconnaissant la voix de Dagmar, elle entrouvrit le battant. Dagmar se tenait au milieu du couloir, tournant le dos à Margaret, mais face à Gannon MacMagnus. Et son attitude évoquait clairement la séduction.

Gannon avait ignoré toute la soirée les œillades insistantes de Dagmar, mais il ne fut pas surpris de la retrouver devant lui, dans le couloir, au moment où il gagnait son lit. Elle avait bien choisi son moment : Rory était toujours en bas, avec Rufus. Et Rignor s'était endormi sur la table, ayant encore bu plus que de raison.

— Gannon… murmura-t-elle d'une voix envoûtante, pleine de promesses.

— Dagmar, votre père nous a déjà montré nos chambres.

— Je sais. Vous dormirez avec O'Neill, Rignor et votre frère. Mais j'ai pensé… (Elle s'approcha, et fit jaillir ses seins de son bustier.) J'ai pensé vous offrir un endroit plus agréable pour vous reposer.

Il recula d'un pas. Elle s'esclaffa, et s'avança d'autant.

— Auriez-vous peur de moi, bel Irlandais ? Je ne mords pas, vous savez.

Elle était belle, ses seins étaient magnifiques. Gannon était très tenté de les toucher, et d'attirer la jeune femme dans ses bras pour s'emparer de ses lèvres.

— J'ai terriblement peur, Dagmar, répliqua-t-il avec un sourire.

Elle sourit également, et fit en sorte que le rayon de lune qui filtrait par la fenêtre vienne caresser le bout de ses seins.

— Je vous promets de ne pas vous faire de mal.

Elle se dressa sur la pointe des pieds pour effleurer ses lèvres. Ses seins, dans le mouvement, se collèrent au torse de Gannon, dont la virilité réagit instinctivement. Il se recula cependant.

— Merci, mais c'est non, dit-il.

Elle sursauta.

— Comment cela, non ?

Il tourna les talons, l'entendant l'insulter dans son dos, et devinant qu'elle chercherait à se venger.

Bien qu'il fût épuisé, il renonça à se coucher, et redescendit dans la grande salle pour que personne ne puisse prétendre l'avoir vu s'éclipser avec Dagmar. C'était idiot, du reste, car il n'avait de comptes à rendre à quiconque : ni épouse ni maîtresse.

Il revint s'asseoir à la table où Rufus avait sorti son meilleur whisky. Celui-ci lui en offrit un verre, tandis que Rory lui décochait un sourire narquois :

— On dirait que tu es un peu perdu, mon garçon ?

Gannon eut l'intuition que Rory avait deviné ce qui s'était passé.

— C'est bien possible, admit-il.

Il but une gorgée de whisky, s'efforçant d'oublier l'image des seins de Dagmar sous les rayons de lune. Sans doute était-il complètement stupide.

11

Gannon se réveilla avant l'aube. Il descendit prendre l'air, sur le perron qui dominait la cour intérieure de la forteresse. La pluie tombait, mais il n'en avait cure, pas plus qu'il ne se souciait des regards en coin que continuaient de lui lancer les hommes de Rufus.

Ce dernier se matérialisa soudain à son côté.

— Vous êtes bien matinal, lui dit-il.

— Vous aussi, à ce que je vois.

— Il y a toujours du travail à faire, et encore plus quand il faut nourrir deux cents bouches supplémentaires.

Gannon lui jeta un regard.

— Vous préféreriez nous voir partir ?

Rufus sembla méditer la question, avant de secouer la tête.

— Non. O'Neill a promis qu'il enverrait quelques-uns de ses hommes à la chasse, aujourd'hui.

— Je vais en faire autant de mon côté.

— Parfait, répliqua Rufus.

Et, après un silence, il ajouta :

— J'ai rencontré votre père, une fois. Il était venu avec O'Neill.

— Je l'ignorais.

— C'était quelqu'un de bien. Vous n'avez pas de femme, en Irlande ?

— Non.

— Des terres ?

— Aucune.

Rufus hocha la tête, d'un air satisfait.

— Vous comptez rester, après le départ d'O'Neill ?

— Jusqu'à ce que William Ross ait sécurisé cette partie de la côte.

— Cela peut prendre un certain temps.

— En effet.

— Vous pourriez même rester encore plus longtemps. Nous avons besoin de gens solides, maintenant que Somerstrath est mort.

— Rignor est votre nouveau chef.

Rufus s'esclaffa.

— Il n'aura jamais l'étoffe de son père. Et il sera incapable de reconstruire tout seul Somerstrath. Ross le sait bien, du reste. Je ne pense pas qu'il déshéritera son propre neveu, mais il serait ravi d'avoir quelqu'un de confiance dans les parages.

— Vous êtes là.

— Pour l'instant, oui. Mais personne n'est éternel. Et ma fille n'a toujours pas d'enfant. Qu'arrivera-t-il à Inverstrath, si Dagmar n'épouse pas un mari capable de me remplacer ?

— Je ne cherche pas d'épouse.

— Vous auriez tort de ne pas réfléchir à la question. Il faut savoir saisir les opportunités quand elles se présentent.

— Mon oncle attend mon retour en Irlande.

— Réfléchissez quand même, MacMagnus, insista Rufus. Il y a de la terre à prendre, ici. En attendant, en échange de mon hospitalité, j'aimerais que vous appreniez à mes hommes à se défendre contre une hache viking. Vous pouvez faire ça ?

— Certes.

— Très bien. Alors, commencez aujourd'hui, conclut Rufus avec une claque amicale sur son épaule.

Dès que la pluie cessa, Gannon rendit visite à ses hommes restés au port pour surveiller son bateau. Plusieurs jouaient aux dés et lui proposèrent de se joindre à eux. Il déclina l'invitation et s'approcha du rivage. En direction du nord se trouvait Somerstrath, qu'on pouvait atteindre en quelques heures de marche. Vers le sud, un bras rocheux s'avançait dans la mer, protégeant le port d'Inverstrath. Il était trop élevé pour révéler ce qui se cachait derrière. Gannon décida de partir à la découverte : il longea le rivage jusqu'aux rochers, qu'il escalada patiemment pour atteindre le sommet.

Le panorama valait l'effort consenti. Une crique magnifique s'offrait au regard, fermée par un autre bras rocheux, semblable à celui sur lequel il se trouvait, et à la pointe duquel on distinguait les ruines d'un ancien fort. Son toit avait disparu, mais les murs tenaient encore debout. De ce fort, on devait avoir une vue imprenable sur tous les navires passant à proximité. En contrebas, une plage courait le long des rochers. Gannon y décela l'entrée d'une grotte, et songea aussitôt aux histoires qui avaient bercé son enfance de grottes abritant des dragons. Ou qui pouvaient cacher des drakkars. Mais cette grotte-ci paraissait trop petite pour accueillir un navire.

Bizarrement ce paysage, qu'il découvrait pour la première fois, lui paraissait familier. Comme s'il avait déjà vu ces deux éperons rocheux, cette crique et sa plage abritée, la grotte, les forêts à l'arrière-plan, vers l'intérieur des terres…

Ton imagination te joue des tours, se dit il. Probablement cet endroit ressemblait-il à un coin d'Irlande qu'il connaissait.

Il concentra son attention sur les restes du fort, de l'autre côté de la crique. Il se demandait pourquoi la bâtisse avait été abandonnée. Pourquoi, aussi, les gens d'Inverstrath s'étaient massés en bordure d'une plage ouverte aux quatre vents et difficile à défendre, alors que cette crique imprenable se nichait juste à côté.

Il se posait encore la question – en même temps qu'il méditait la proposition de Rufus et repensait aux seins de Dagmar – quand il regagna la plage d'Inverstrath.

C'est alors qu'il l'aperçut.

Il avait plu une bonne partie de la nuit, et l'air était encore humide. Mais Margaret était heureuse d'être levée : elle avait peu dormi, et lorsqu'elle avait enfin réussi à fermer les yeux, elle avait fait des cauchemars. La plage, devant elle, était presque déserte, sauf à proximité des bateaux irlandais où des hommes s'activaient. Elle s'approcha avec nonchalance, se répétant qu'elle ne cherchait pas, parmi toutes ces têtes blondes, quelqu'un de particulier. Mais quand elle constata que Gannon n'était pas auprès des bateaux, elle obliqua pour se promener à la lisière des vagues. Puis elle reprit la direction du village.

Les maisons étaient minuscules, serrées les unes contre les autres, mais contrairement à Somerstrath, elles étaient pleines de vie, avec leurs cheminées d'où s'échappaient des panaches de fumée et les enfants qui jouaient devant les portes. Margaret connaissait pratiquement chaque famille qui vivait ici par son nom. Ces gens étaient désormais sous sa responsabilité – ou, plus exactement, sous celle de Rignor.

Plusieurs villageois vinrent à sa rencontre, et après quelques échanges sur les récents événements, certains lui confièrent leurs doutes quant aux capacités de Rignor à les diriger. Margaret les écouta attentivement, les remercia de leur avis, et poursuivit sa marche. Mais au bout de quelques pas, elle fut arrêtée par d'autres villageois qui lui exprimèrent la même doléance. Et la scène se répéta un peu plus loin. Un vieil homme lui rappela que dans l'ancien temps, les clans élisaient leurs chefs.

— Le titre ne revenait pas forcément au fils aîné du chef défunt, souligna-t-il.

Margaret hocha la tête, s'obligeant à garder le sourire.

— Chaque chose en son temps, répondit-elle. Assurons-nous d'abord que tout le monde est en sécurité. Mon oncle ne va pas tarder.

— Les Irlandais vont-ils partir ?

— Rory O'Neill restera jusqu'à l'arrivée de mon oncle.

— Il se murmure qu'il laisserait quelques hommes derrière lui, après son départ.

— Je suis au courant, en effet. Mais en quoi cela vous inquiète-t-il ?

— Ce Gannon MacMagnus a beau prétendre qu'il n'est pas un Viking, il leur ressemble drôlement.

— C'est vrai, concéda Margaret.

— Mais il nous a assuré que nous ne devions pas non plus craindre ses hommes. Et que si jamais un problème survenait avec eux, il fallait l'en avertir aussitôt. Alors, si c'est ce Gannon qui reste après le départ d'O'Neill, nous ne songerons pas trop à nous plaindre.

— Ah, fit prudemment Margaret. Je pense que nous ne tarderons pas à être fixés, quoi qu'il en soit.

Elle s'éloigna sur ces mots, avant que quelqu'un d'autre ne vienne se plaindre de son frère. Plutôt que de rentrer à la forteresse, elle choisit de revenir sur la plage. Dès que son oncle William arriverait, elle serait bien obligée de lui rapporter ce qu'elle avait entendu. Mais qu'adviendrait-il, dans ce cas ? Rignor serait anéanti s'il devait être écarté de la succession paternelle. Margaret voulait croire que cela s'arrangerait. Rignor s'imposerait comme le chef que les villageois attendaient, et ces derniers l'accepteraient.

Du moins l'espérait-elle.

Perdue dans ses pensées, elle demeura plantée un long moment face au rivage, avant de se retourner brusquement, comme s'il l'avait appelée par son prénom, bien qu'aucune voix n'ait retenti à ses oreilles. Mais Gannon était bien là, s'approchant à grands pas, ses cheveux ondulant au rythme de la brise, un sourire aux lèvres. Margaret se retint de courir vers lui : elle était certaine qu'il lui ouvrirait les bras.

Mais où cela les conduirait-il ?

— Bonjour, Margaret, murmura-t-il une fois parvenu à sa hauteur. Vous êtes bien matinale.

Elle se contenta de hocher la tête, incapable pour l'instant d'articuler le moindre son. Il ne s'était pas rasé, et les poils de sa barbe naissante accrochaient le soleil. Sa tunique entrouverte laissait apercevoir la peau bronzée de son torse... Et ses yeux brillaient d'une excitation particulière, comme s'il était impatient de partager un secret.

— Avez-vous déjà été vous promener vers le sud ? demanda-t-il.

— Oui, mais pas depuis des années. De toute façon, il n'y a rien par là-bas.

Il tendit la main.

— Rien, dites-vous ? Venez ! Laissez-moi vous montrer.

Margaret réagit spontanément. Elle posa sa main dans celle de Gannon et le laissa l'entraîner vers le promontoire rocheux. Ils l'escaladèrent ensemble, Gannon l'aidant à franchir les plus gros rochers. Arrivés au sommet, il relâcha sa main et désigna, d'un geste ample, la crique qui s'offrait à leurs regards. La jeune femme avait oublié à quel point la vue était splendide, d'ici.

Gannon lui expliqua en quoi le site était intéressant :

— L'entrée de la crique n'est pas assez large pour accueillir plus de deux navires. N'importe quel assaillant serait donc vulnérable depuis les rochers. Et ici, dans ce petit coude, il serait facile de disposer un bateau en embuscade, qui cueillerait tout intrus.

Il énuméra quantité d'autres raisons qui faisaient, à ses yeux, de cette crique un endroit unique sur toute la côte. Mais Margaret ne l'écoutait qu'à moitié. Elle était surtout captivée par la ferveur de son ton et l'éclat de ses yeux, comme s'il prenait pour une victoire la découverte de cette crique, et qu'il était ravi de pouvoir la lui faire partager.

Pour finir, il montra les ruines de la forteresse, soulignant combien son emplacement avait été parfaitement choisi : outre qu'elle occupait un point stratégique, elle devait offrir une vue à couper le souffle.

— Avec quelques efforts d'aménagement, on pourrait vivre là confortablement, en toute sécurité.

— Parce que vous vous cherchez une maison ?

Ses traits se fermèrent instantanément, et son regard, chaleureux l'instant d'avant, devint froid. Sois prudente, se dit Margaret. Elle ne devait pas oublier que cet homme demeurait un étranger, et ne pas se laisser abuser par ses dehors séduisants. Elle ne devait pas oublier non plus que la main qui tenait tout à l'heure la sienne avait l'autre jour pointé une épée sur sa gorge.

— J'ai déjà une maison, à Antrim, répliqua-t-il d'une voix neutre.

— Et vous y avez aussi des terres ? interrogea Margaret, qui se souvenait de ce que lui avait dit Nell.

— Non, je ne possède pas de terres.

— Où habitez-vous ?

— Après la mort de mon père, ma mère s'est remariée avec Patrick Maguire. Tiernan et moi l'avons suivie lorsqu'elle a quitté Haraldsholm, sur la côte, pour s'établir à Fermanagh, dans l'intérieur des terres, où se trouve le domaine de Patrick. Nous y avons habité jusqu'à ce que Rory O'Neill vienne nous chercher, il y a quelques semaines. Désormais, nous sommes destinés à vivre de nouveau à Haraldsholm.

— Que ferez-vous, là-bas ?

Il haussa les épaules.

— Ce que voudra notre oncle Erik.

— N'aurait-on pas plus besoin de vous ici ?

Gannon balaya la crique du regard, avant de reporter son attention sur la jeune femme.

— Je me contente d'admirer le paysage. Je ne le convoite pas.

— J'ai entendu dire qu'O'Neill souhaitait vous voir rester.

Il parut mécontent.

— Qui vous a dit cela ?

— Peu importe.

— Non, c'est important, au contraire. Qui vous a dit cela, Margaret ?

— Tout le monde ne dormait pas quand vous parliez entre vous l'autre nuit, à Somerstrath. Donc, c'est bien vrai qu'O'Neill veut vous voir rester ?

— Oui.

— Pour protéger ses intérêts ?

— Et pour vous aider à rebâtir. Nous avons assez de cœur pour comprendre que vous avez besoin de nous.

— Mais pas assez de cœur pour nous aider à rechercher efficacement Davey.

Il se raidit.

— Vous devez comprendre, Margaret, que les chances de le retrouver sont infimes. Peut-être a-t-il déjà été vendu comme esclave. Auquel cas, nous ne le reverrons jamais.

— C'est cruel de me dire cela.

— Je ne cherche pas à être cruel. C'est simplement la vérité.

— De nos jours, personne en Écosse ne voudrait acheter d'esclave.

— Vous n'en savez rien. Et il n'est sans doute déjà plus en Écosse. De toute façon, on trouve des gens sans scrupule dans tous les pays.

— À votre avis, qui a fait cela ?

— Malgré le canif que nous avons trouvé, et qui laisse penser que Leod serait impliqué dans cette affaire, je penche pour une autre hypothèse. Il existe un territoire dépendant du roi de Norvège, mais attaché à ses particularités, et qui n'est très loin ni de l'Irlande ni de l'Écosse. Les Orcades.

Les Orcades. Un archipel de petites îles, au large des côtes nord de l'Écosse. Officiellement, elles étaient rattachées à l'autorité d'Haakon, le souverain norvégien, mais les habitants des Orcades se gouvernaient plus ou moins par eux-mêmes.

— Tout le problème, reprit Gannon, est de savoir de quelle île sont partis les assaillants. Et sous l'autorité de quel chef. Tout cela, avec le plus de doigté possible, pour ne pas risquer d'offenser quelqu'un et provoquer une nouvelle guerre. Les relations sont très tendues, ces temps-ci, entre Alexandre et Haakon. Il suffirait d'une étincelle pour déclencher un incendie. Et une accusation mal fondée constituerait cette étincelle.

— À vous entendre, il paraît donc presque impossible de retrouver Davey.

— À tout le moins, cela me semble périlleux. Il y a beaucoup plus en jeu que le sort de cinq enfants.

— Que pourrait-il y avoir de plus important que la vie d'un enfant ? répliqua Margaret.

— S'il s'agissait de mon frère, je parlerais comme vous, bien sûr. Mais supposez que ces attaques aient été dirigées par Haakon lui-même ? Ou par le principal chef des Orcades, avec l'accord d'Haakon ? Et si provoquer une guerre était leur objectif ?

— Je ne vois pas en quoi cela devrait m'empêcher de rechercher Davey.

Il secoua la tête, incrédule.

— Parce que vous voulez vous lancer à sa recherche ? Mais pourquoi est-ce vous qui feriez cela ?

— Et pourquoi ce ne serait pas moi ? riposta Margaret, froissée par son attitude. C'est mon frère.

À moins que vous ne réagissiez ainsi parce que je suis une femme ?

— Non. C'est simplement que vous n'avez pas de bateau à votre disposition. Pas d'hommes sous vos ordres. Et que vous ne semblez pas avoir réfléchi à ce qui pourrait vous arriver quand vous mettriez le pied sur l'une des Orcades.

— Vous êtes…

— Et si je me trompais ? la coupa-t-il. S'il s'agissait bien de Leod ? Ou d'une bande d'Écossais – ou d'Irlandais – qui ont cru bon d'employer les anciennes méthodes vikings pour brouiller les pistes ?

— Pourquoi Leod irait-il s'en prendre à la fois à l'Écosse et à l'Irlande ?

Gannon haussa les épaules.

— Je n'en sais rien. Mais il n'est pas impossible qu'il soit derrière tout cela.

— Alors, commençons par rendre visite à Leod pour en avoir le cœur net. Cela me paraît assez simple. En tout cas, je peux le faire toute seule.

— N'y songez pas. Leod n'est pas homme à se laisser amadouer par une femme, si ravissante soit-elle. Votre visite ne se passerait pas aussi bien que vous semblez le croire.

— Alors, que dois-je faire ? Croiser les bras et oublier Davey ?

— Margaret, je n'ai pas dit cela. Et je ne l'ai même pas pensé. J'essaie simplement de vous montrer les difficultés du problème.

— Je suis prête à passer ma vie à le chercher.

Il sourit.

— Je n'en doute pas un seul instant.

— Ne vous moquez pas de moi !

— Je ne me moque pas de vous. Au contraire, je me reconnais en vous. À votre place, j'agirais pareillement.

— Je sais qu'il est vivant. Je le sens profondément en moi. Ce qui veut dire que je dois absolument le retrouver.

Comme il ne répondait rien, elle continua :

— Si Tiernan avait été enlevé, n'iriez-vous pas jusqu'au bout de la terre, pour lui ?

— Si, bien sûr.

— Je ne peux ressusciter ni mes parents ni mes autres frères. En revanche, je peux chercher Davey. C'est ce que je vais faire. Et je vais commencer par Skye.

Il soupira.

— Si vous étiez un homme, ce serait facile. Mais vous n'êtes pas un homme, Margaret. C'est votre frère qui devrait…

— Il a d'autres soucis en tête.

Gannon renifla avec mépris.

— Lesquels ? Ce n'est pas lui qui veille sur Nell, en tout cas. Ni lui qui a essayé de réconforter les survivants de Somerstrath. C'est vous, Margaret, qui vous conduisez en chef. Mais il possède l'autorité officielle. Laissez Rignor se rendre à Skye et s'enquérir de votre frère.

— Vous ne comprenez pas Rignor…

— Comment était votre père ? Je veux dire, de caractère ?

La question la prit par surprise. Elle réfléchit.

— C'était un homme prudent, répondit-elle finalement. Et soucieux de maintenir sa position.

— En d'autres termes, il n'était pas du tout comme votre frère. Qui vous a inculqué le sens du devoir, Margaret ? Votre père ? Ou votre mère ?

Elle réfléchit encore.

— Les deux.

Il resta silencieux un moment, avant de lui effleurer furtivement l'épaule, retirant aussitôt sa main comme s'il craignait de l'y laisser.

— Ce que vous vivez en ce moment est très dur, Margaret. Vous devez vous demander pourquoi vous avez survécu, alors que tous les autres sont morts.

Elle hocha la tête.

— Oui. Et aussi pourquoi on inflige cela à des innocents.

— Je n'ai pas de réponse, dit-il. Sinon à cause de la cupidité et de la folie meurtrière des hommes.

Et, regardant au loin, il ajouta :

— Je me suis posé la même question des centaines de fois. Pourquoi ai-je survécu, alors qu'ils sont tous morts ?

Elle croisa son regard, attendant qu'il continue. Mais comme il demeurait silencieux, elle l'encouragea :

— Gannon, qui est mort ?

Il sembla revenir à la réalité.

— Mon père et mes trois frères. C'était il y a quatorze ans. Je suis le seul à avoir survécu.

— Que s'est-il passé ?

— Il n'y a pas grand-chose à raconter. Nous pêchions, mon père, mes frères et moi – j'étais l'aîné. Soudain, nous avons vu des bateaux arriver. Des drakkars. Il y en avait trois. Mon père nous a demandé de ramer aussi vite que nous le pouvions, mais c'était trop tard. La dernière chose que m'a dite mon père, c'est de veiller sur mes frères. Quelques instants après, ils l'ont tué et ont jeté son corps par-dessus bord. Puis ils se sont intéressés à moi. J'ai réussi à esquiver un premier coup. Le deuxième m'a fait tomber à l'eau. (Il toucha son torse, près de l'épaule.) Ensuite, ils ont tué mes frères. J'ai échoué à exaucer le dernier vœu de mon père, Margaret, et même si ma raison me dit qu'il est absurde de croire que j'aurais pu faire quelque chose, mon cœur répond que j'aurais dû trouver un moyen de les sauver. C'est cela que je voudrais vous épargner, comprenez-vous ? Ce sentiment que vous auriez pu changer le cours des choses. Si les dieux n'avaient pas été avec moi, je serais mort également cet après-midi-là. Et si vous vous étiez trouvée à Somerstrath, vous auriez connu le même sort. Mais nous sommes tous les deux vivants, et je veux croire que c'est pour une bonne raison.

— Je suis désolée… murmura-t-elle.

— C'est une vieille histoire, à présent.

— Mais vous étiez si jeune ! Vous n'auriez rien pu faire.

Il acquiesça.

— Je sais. Mais c'est de peu de réconfort quand vous ne parvenez pas à trouver le sommeil, n'est-ce pas ? Cependant, aurait-il été préférable que nous mourions, vous et moi, avec les autres ? Cela aurait-il servi à quelque chose ?

— Non, convint Margaret.

— Vous voyez bien.

— Ont-ils attaqué une seconde fois ?

— Non. Tout le monde a pensé que c'était le début d'une nouvelle série d'agressions. Mais soit la réponse de mon oncle Erik fut assez dissuasive, soit il ne s'agissait que d'un groupe isolé, en tout cas ils ne sont jamais revenus. Jusqu'à maintenant. Erik fera tout ce qui est en son pouvoir pour restaurer la sécurité d'Antrim, comme il l'avait fait à l'époque. Mais cette fois, les attaques ont eu lieu aussi ailleurs, et notamment ici. Avec la destruction de Somerstrath, cette partie des côtes écossaises est désormais vulnérable. Voilà pourquoi Rory souhaite me voir rester provisoirement ici. S'il devait y avoir d'autres attaques – et je serais surpris qu'il n'y en ait pas – et si les côtes occidentales de l'Écosse n'étaient plus protégées, ils pourraient établir des colonies dans la région. De là, ils n'auraient aucune difficulté à s'en prendre au reste du pays. Comprenez-vous ?

— Oui, très bien.

— Et il n'y a pas que cela, reprit-il. Des hommes capables de pareilles atrocités ont le diable dans leurs veines. Nous devons les arrêter. Quelle importance que vous soyez écossaise et moi irlandais ? Nous ne sommes plus en sécurité, ni vous ni moi, et il nous faut nous unir pour les vaincre.

Margaret l'écoutait, impressionnée par sa force de conviction.

— Mais comment allons-nous les vaincre ?

— En les poursuivant sans relâche. En les obligeant à sortir de leur terrier, comme on le fait avec les serpents. Ils doivent comprendre qu'ils ne peuvent pas poursuivre leurs exactions sans s'attirer de violentes représailles. Nous n'avons pas le choix. Vous et moi, nous voilà liés par un même...

Sa phrase demeura en suspens et il détourna la tête. Mais Margaret fut bouleversée par ce qu'elle eut le temps d'apercevoir dans ses yeux. De la détermination. De la colère, également, comme celle qu'elle-même ressentait contre les monstres qui avaient détruit Somerstrath. Mais aussi autre chose – un sentiment de profonde solitude – qui la laissait sans voix. Elle voulut lui caresser la joue, mais s'arrêta au milieu de son geste, surprise par une lueur qui s'alluma dans ses yeux. Elle laissa retomber sa main et il détourna de nouveau la tête, les lèvres serrées. Puis il redressa soudain le menton, comme s'il avait pris une décision.

— Qui habitait dans cette forteresse ? demanda-t-il.

— Personne. Il est clair qu'elle a été habitée autrefois, mais personne n'y vit plus depuis une éternité.

— C'est incompréhensible. À qui appartiennent ces terres ?

— À mon père... enfin, à Rignor, maintenant.

Il observait toujours l'ancienne forteresse.

— C'est là que vous auriez dû résider, Margaret. Vos gens auraient été avertis à temps de l'arrivée des Vikings.

— Ou bien, ils auraient été pris au piège.

— Non, ils auraient pu facilement s'échapper. Regardez : il y a un sentier qui serpente entre les arbres et les rochers, et qui permet de gagner facilement l'intérieur des terres.

— Êtes-vous déjà venu ici ?

— Non, jamais. Mais j'ai l'impression de connaître cet endroit.

— Vous avez des visions ?

Il haussa les épaules.

— Non, pas vraiment. Mais ma grand-mère maternelle en avait. Il lui arrivait de voir les événements avant qu'ils ne surviennent. Moi, j'éprouve cela avec certains lieux. Comme ici, par exemple, où j'ai effectivement l'impression d'être venu, alors que c'est faux.

— Et les gens ? s'enquit-elle. Avez-vous le sentiment de les connaître avant même de les avoir rencontrés ?

Il plongea son regard dans celui de la jeune femme.

— Oui.

— Qui, par exemple ? demanda-t-elle encore, bien qu'elle devinât sa réponse.

Et ce qu'il allait faire ensuite.

— Vous, Margaret. Vous.

Il lui prit le menton pour l'obliger à lever le visage vers le sien, et s'empara de ses lèvres dans un baiser vorace. Bien qu'il ne la touchât que par les lèvres et le bout des doigts, un désir puissant irradiait de son corps. Margaret avait déjà été embrassée, lorsqu'elle avait flirté à la cour, mais cela n'avait rien à voir avec ce mélange de sensualité et de sauvagerie qu'elle découvrait dans les bras de Gannon, et qui lui en faisait désirer davantage.

Il le devina, car il lui adressa un regard triomphant en reculant d'un pas. Mais il était lui-même ébranlé, cela se lisait dans ses yeux.

Elle se rappela cet instant, à Somerstrath, où elle avait compris, alors qu'elle venait tout juste de le rencontrer, qu'il ne lui ferait aucun mal, et qu'elle serait en sécurité avec lui, malgré son allure inquiétante. Elle avait eu raison. De même qu'elle était persuadée d'avoir eu raison de le suivre ici et de le laisser l'embrasser.

Il soutint quelques instants son regard, avant de se détourner.

— Je sais que vous êtes promise à un autre, Margaret. Et je respecte cela. Mais je ne peux pas dire que cela me plaise.

Ses paroles, et l'évocation de Lachlan, firent à la jeune femme l'effet d'une douche glacée. Elle se recula.

— Je vois que vous ne souhaitez pas en parler, dit-il.

— Non, en effet.

Son regard s'était voilé.

— Je ferais mieux de vous raccompagner, conclut-il.

Et il ouvrit le chemin du retour.

12

Depuis la plage, Nell, interloquée, voyait Gannon aider Margaret à descendre les rochers. Elle comprit qu'il s'était passé quelque chose entre Gannon et sa sœur : cela sautait aux yeux, à la manière dont ils se regardaient, ou plutôt dont ils évitaient de se regarder, sans y parvenir vraiment.

Rignor aussi les observait. Les bras croisés sur la poitrine, il semblait fulminer. Rufus, à l'opposé, arborait un air vaguement sardonique. Tiernan, qui souriait à quelque chose que lui chuchotait Rory O'Neill, ne quittait pas non plus son frère des yeux.

Margaret et Gannon, en revanche, ne paraissaient pas se rendre compte qu'ils étaient le centre de l'attention générale – et pour Nell, c'était bien la preuve qu'il s'était passé quelque chose entre eux. Tandis qu'ils gagnaient la plage, cependant, Gannon s'en aperçut. Il ralentit l'allure, et dit quelque chose à Margaret qui leva aussitôt les yeux, sur la défensive.

— Gannon ! s'écria Rufus. Vous aviez promis d'enseigner à mes hommes vos techniques de combat. Et à la place vous partez en promenade !

Gannon s'esclaffa.

— La journée n'est pas terminée, Rufus. Je voulais juste m'assurer que nous n'aurions pas de mauvaises surprises venant de la mer.

— La seule surprise, c'est eux deux, commenta Rignor, assez fort pour être entendu des autres, sauf des principaux intéressés.

— Je ne vois pas ce qui te surprend, lui souffla O'Neill, avant de se porter à la rencontre de Gannon pour évoquer avec lui un problème sur la voile de l'un des bateaux.

Les deux hommes bifurquèrent vers les navires, laissant Margaret continuer seule en direction de la forteresse de Rufus.

Nell courut pour la rejoindre, mais Rignor fut plus rapide : il intercepta sa sœur par le bras. Ce qu'il lui dit la fit se reculer, comme si elle avait été giflée.

— C'est faux ! se récria-t-elle, indignée, tandis que Nell parvenait à leur hauteur.

Rignor eut une moue méprisante.

— Tu...

— Tout le monde vous regarde, leur chuchota Nell.

Rignor tourna la tête de droite et de gauche, avant de s'élancer vers la forteresse, rouge de colère. Margaret le suivit des yeux.

— Que te voulait-il ? demanda Nell.

— Il est furieux parce que je me suis promenée avec Gannon.

— Oui, je l'ai vu aussi. Que s'est-il passé ?

Margaret croisa son regard, avant de baisser le menton.

— Rien.

— Rien ?

— Rien, assura Margaret d'un ton ferme.

Et elle reprit le chemin de la forteresse.

Nell rejoignit sa sœur dans leur chambre.

— Que t'a-t-il dit ?

Le visage de Margaret s'adoucit.

— Il voulait me montrer l'ancienne forteresse. Il pense que l'endroit est plus sûr qu'ici et il...

— Je voulais parler de Rignor.

Margaret hocha la tête.

— Il m'a dit que je ne devais pas me conduire comme une catin. Et que je ne devais pas oublier que j'allais bientôt me marier. Tout cela parce que j'ai parlé quelques minutes avec un autre homme ! En revanche, Dagmar, qui n'a jamais été fidèle, peut coucher avec qui bon lui semble et…

— Je sais, la coupa encore Nell. J'ai entendu Dagmar et Tiernan, cette nuit. C'est elle, la catin !

— Ce qui s'est passé entre elle et Tiernan n'est pas forcément une mauvaise chose. Rignor va peut-être enfin comprendre quel genre de femme elle est.

— Il prétend toujours vouloir l'épouser, pourtant. Et il dit qu'il a besoin que tu épouses Lachlan, sinon il risque de perdre le soutien d'oncle William, et probablement du roi. Il m'a demandé de te convaincre de remplir ton devoir.

— Quand t'a-t-il demandé cela ?

— Tout à l'heure. Quand tu étais avec Gannon. Il t'a vue t'éloigner avec lui. Beaucoup de gens vous ont vus, d'ailleurs.

— Que t'a-t-il dit d'autre ?

— Que Gannon s'intéressait à toi uniquement parce qu'il espérait mettre la main sur Somerstrath. Rory O'Neill souhaiterait marier Gannon à une Écossaise de bonne famille, et tu conviendrais parfaitement.

— C'est Dagmar qui a dû lui souffler cela. Elle craint d'être supplantée. Quoi d'autre ?

— Que Gannon a une femme qui l'attend en Irlande.

— Je croyais que Tiernan t'avait dit qu'aucun des deux frères n'était marié ?

— C'est vrai. Mais Rignor n'a pas parlé d'épouse. Juste d'une femme. Que vas-tu faire ?

Le regard de Margaret s'était aiguisé.

— Je lui poserai moi-même la question.

Nell détestait Dagmar. Elle détestait tout chez elle : son air suffisant ; les œillades incessantes qu'elle lançait aux hommes, en particulier Rignor, Tiernan ou Gannon, et même Rory O'Neill, malgré son âge ; sa façon de vouloir toujours attirer l'attention sur elle. Et Nell était furieuse que Margaret ne réagisse pas. Elle se contentait d'observer Dagmar avec méfiance, tandis que Tiernan et Rignor couvaient celle-ci des yeux sans même chercher à masquer leur désir.

Cela faisait longtemps que Rignor en pinçait pour Dagmar. Pourtant, elle se moquait désormais de lui. Comment Rignor ne s'en rendait-il pas compte ? Voilà qui était un grand mystère. L'autre grand mystère, c'était de voir Tiernan s'intéresser lui aussi de très près à Dagmar, comme s'il n'y avait pas d'autre femme désirable dans les alentours !

Cependant, Nell s'en voulait d'enrager pour de pareilles peccadilles, après ce qui s'était passé. Elle était vivante, cela seul importait. Au lieu de s'occuper inutilement l'esprit avec Dagmar et ses soupirants, elle ferait mieux de prier pour le repos de l'âme de ses parents, de ses frères et de tous les habitants de Somerstrath qui avaient été massacrés, ainsi que pour le salut de Davey, où qu'il se trouvât…

Nell n'était pas la seule à observer les manœuvres de Dagmar avec déplaisir. Gannon la voyait manipuler Rignor et Tiernan pour les monter l'un contre l'autre, en même temps qu'elle lui jetait des œillades destinées à le séduire, mais qui provoquaient l'effet exactement inverse. Du reste, il s'ingéniait à regarder ouvertement Margaret, afin que Dagmar s'en aperçoive, ce qui la rendait évidemment furieuse. Son irritation amusait Gannon, mais pas son comportement. Cette femme était un poison. À cause d'elle, Rignor et Tiernan risquaient d'en venir aux mains, alors que l'ennemi rôdait sans doute encore dans les parages. Comme si cela ne suffisait pas, Rufus ne manquait jamais de lui adresser des clins d'œil complices dès que Gannon se retrouvait en compagnie de Dagmar, comme s'il voulait lui rappeler leur conversation. Mais bien sûr, Gannon ne pourrait jamais avouer à Rufus que sa fille était la dernière femme avec qui il avait envie de coucher.

Il passa la matinée à entraîner les hommes de Rufus. Ce qui ne l'empêcha pas de se quereller avec Tiernan – mais c'était sa faute : il avait été assez naïf pour croire qu'il réussirait à mettre son frère en garde contre les agissements de Dagmar. Au lieu de quoi, il avait blessé l'orgueil de Tiernan, qui du coup avait répliqué que Dagmar le préférait à lui.

Un peu avant midi, Rory vint le trouver à son bateau et l'entraîna à l'écart.

— Je ne peux pas rester plus longtemps ici, annonça-t-il.

Gannon hocha la tête. Il s'y attendait. Le devoir de Rory le rappelait en Irlande.

— Mais toi, reprit-il, tu restes. Comme nous en avions convenu.

— Oui, acquiesça Gannon.

Et, voyant que Rory paraissait savoir où ils allaient, il demanda :

Où m'emmenez vous ?

O'Neill eut un sourire amusé.

— Nous allons faire de toi un Écossais.

— Cela me semble difficile.

— Peut-être. Mais au moins, tu ressembleras à l'un d'entre eux. Rufus et moi sommes tombés d'accord : il est préférable que tu ne terrorises pas les gens que tu es censé protéger. Je t'ai fait confectionner un kilt. De cette façon…

— Rory…

O'Neill leva la main.

— Ne discute pas. Et ne me regarde pas comme ça. De toute façon, Tiernan en portera un aussi. Je me suis laissé dire que vous aviez eu des mots, tous les deux ?

— Les ragots circulent vite.

— Il n'y a pas grand-chose d'autre à faire, ici, que de parler. Cette femme est dangereuse. Rignor estime qu'elle lui revient de droit. J'ai songé un moment à emmener Tiernan avec moi, mais je sais que tu n'aimerais pas cela. Et même si vous vous disputez, tous les deux, Tiernan te sera utile en cas de coup dur. Donc, il reste.

— Parfait, dit Gannon, soulagé.

Malgré son différend avec Tiernan, il préférait encore le savoir à ses côtés qu'en Irlande.

Rory s'arrêta devant une maison.

— C'est là. Ils te montreront comment le porter.

— Vous avez de la chance que Dieu vous aime, marmonna Gannon en poussant la porte de la maison.

Rory éclata de rire et tourna les talons.

Les deux hommes qui lui avaient préparé son kilt s'amusaient de son inaptitude à l'enfiler correctement, et Gannon partagea volontiers leur bonne humeur. C'était beaucoup plus compliqué qu'il ne l'avait cru : le vêtement se composait d'une pièce de laine, de plusieurs mètres de long, enroulée autour de la taille, et l'extrémité passée par-dessus l'épaule pour être fixée par une broche. Gannon dut procéder à plusieurs tentatives avant de draper correctement son kilt. Il imaginait la tête de Margaret quand elle le verrait.

Ce qui arriva beaucoup plus tôt que prévu.

Gannon était encore empêtré dans les plis de l'étoffe, lorsqu'une voix retentit dans son dos :

— Lord O'Neill m'a dit que vous vouliez me voir ?

— Oui, lady Margaret. Pour que vous puissiez assister à ce spectacle, répondit l'un des hommes.

Gannon pivota, serrant l'étoffe contre lui. Margaret écarquilla les yeux, avant de sourire.

— Notre invité irlandais a un peu de mal à s'y prendre, expliqua l'autre homme.

Margaret le contempla, et Gannon sentit sa virilité immédiatement réagir. Heureusement qu'il y avait toute cette laine pour le protéger.

— Je vois, dit-elle, rougissante. Je vous laisse terminer.

Et elle ressortit.

À peine eut-elle refermé la porte que Gannon lâcha un pan du kilt, révélant son érection. Ce qui déclencha l'hilarité des deux Écossais.

Margaret entendit les rires derrière elle. Elle avait été bouleversée de voir Gannon apparemment si bien s'entendre avec ces hommes d'Inverstrath. Et cela lui avait fait entrevoir combien les choses auraient pu être différentes, en d'autres circonstances. Grands dieux ! Mais pourquoi désirait-elle aussi fort cet étranger, alors que ses parents venaient tout juste d'être enterrés ? Serait-elle aussi dévergondée que Dagmar ? Ou était-ce simplement l'envie de profiter un peu de cette lumière que Gannon semblait apporter avec lui ?

Il ressuscitera les morts.

La jeune femme s'immobilisa au milieu du chemin. Gannon incarnait-il la prédiction de la vieille femme ? Ou Margaret, au contraire, se laissait-elle influencer par le souvenir des paroles de la voyante, dans un moment où le chagrin la rendait particulièrement vulnérable ?

Elle reprit sa route vers la forteresse, et décida de ne plus penser à Gannon. Ni à Davey, d'ailleurs, ni à Lachlan. Ni à l'avenir. Elle occuperait tellement ses journées qu'elle n'aurait plus le temps de penser à quoi que ce soit. Du reste, il y avait beaucoup à faire : fabriquer des chandelles, laver les literies, s'occuper du potager… Elle s'étourdirait de travail jusqu'à l'arrivée d'oncle William, misant sur la fatigue physique pour s'annihiler l'esprit.

Tiernan trouva Nell dans la cuisine, où elle aidait à récurer les assiettes après le déjeuner, pour soulager le personnel de Rufus qui se retrouvait débordé en raison de tous ces Irlandais à nourrir.

Il s'approcha de la jeune fille.

— Rufus n'a vraiment personne pour faire ce travail ? demanda-t-il, désignant la pile de vaisselle qui attendait Nell.

— J'étais volontaire, précisa celle-ci d'un ton sec, sans même le regarder.

— Nell ? Vous me boudez ?

Elle se sentit rougir.

— Je sais où vous avez passé la nuit, lâcha-t-elle.

— Ah.

Elle risqua un regard dans sa direction, et le regretta aussitôt. Comment des yeux pouvaient-ils être aussi bleus ? Et comment était-il possible de sourire ainsi ?

Il voulut lui caresser une mèche de cheveux, mais elle s'écarta vivement.

— Nell… quand vous serez un peu plus âgée…

Elle releva le menton et le toisa d'un air offensé.

— Pitié ! Ne prenez pas ce ton avec moi. Me croyez-vous totalement innocente ? Pensez-vous que je ne sais rien de ce qui se passe entre les hommes et les femmes ? C'est plutôt vous qui n'êtes pas assez vieux pour coucher avec Dagmar.

Il s'esclaffa.

— Pourtant, je crois lui avoir donné tout le plaisir qu'elle attendait.

— Vous vous imaginez qu'elle vous aime, mais elle aime tous les hommes ! se récria Nell, au bord des larmes. Elle a passé la nuit avec vous, elle dit à Rignor qu'elle veut bien l'épouser, mais c'est Gannon qu'elle désire vraiment. Margaret les a surpris, dans le corridor. Elle a ouvert son bustier, lui offrant ses seins, mais il a ri. Il a ri, Tiernan. Et ensuite, elle est partie avec vous.

Tiernan s'empourpra.

— Vous mentez.

— C'est la pure vérité. Et ne me répondez pas que je suis trop jeune pour comprendre ces choses. Ma mère avait mon âge quand elle a épousé mon père. Et seulement deux ans de plus quand elle a eu Margaret. Vous êtes peut-être un peu plus vieux que moi, Tiernan MacMagnus, mais de nous deux c'est vous l'enfant, si vous pensez que Dagmar se soucie de vos beaux yeux. Elle vous manipule, au contraire ! Elle choisira celui qui pourra lui donner le plus et, faites-moi confiance, ce ne sera pas vous ! Vous n'avez ni terres ni argent. Vous êtes naïf, Tiernan !

Elle laissa choir l'assiette qu'elle lavait dans l'évier, s'enfuit en courant, sans se soucier des autres qui avaient observé la scène, et se réfugia dans le potager, où elle s'appuya à une palissade pour sangloter.

Si sa mère avait été là, elle lui aurait caressé les cheveux, elle lui aurait dit de ne pas s'en faire, qu'on ne peut pas changer le destin. Elle lui aurait raconté une histoire de l'ancien temps, et Nell aurait séché ses larmes. Mais sa mère n'était plus là. Ne serait plus jamais là.

Nell comprenait qu'il n'y aurait désormais personne pour la consoler.

Gannon se trompait, songea Margaret à travers ses larmes. Il lui avait dit qu'elle se comportait en chef, mais la vérité était hélas tout autre. Un chef se serait souvenu qu'une partie des habitants de Somerstrath occupait toujours les cabanes. Tôt ou tard, ils seraient avertis de l'agression contre le village, ils se précipiteraient alors pour découvrir un champ de ruines, et leurs proches déjà enterrés.

C'était ce qui s'était passé.

Les habitants des cabanes arrivèrent chez Rufus en début d'après-midi, pâles, hagards, encore sous le choc de ce qu'ils avaient vu.

Rignor les accueillit tranquillement, leur expliquant qu'il avait été trop occupé jusqu'ici pour les prévenir. Mais Margaret n'était pas dupe : ni elle ni son frère n'avaient pensé à leurs gens restés dans l'intérieur des terres. La jeune femme leur offrit ses excuses, et se sentit encore plus coupable lorsqu'ils les balayèrent d'un trait, au motif qu'elle avait perdu toute sa famille et qu'ils comprenaient sa douleur. Ils lui racontèrent comment ils avaient découvert avec effroi les maisons détruites, et les rangées de tombes marquées seulement par des croix de bois.

Un vrai chef les aurait prévenus à temps, pour leur éviter un trop grand choc, mais elle n'était pas un vrai chef. Rignor non plus, elle le réalisait maintenant en le voyant jeter des regards à Dagmar, alors que les rescapés pleuraient devant lui.

Margaret s'éloigna de leur groupe, à la recherche d'un peu de solitude. Elle marcha sur la plage jusqu'au promontoire rocheux, savourant l'effet apaisant de l'air marin et des vagues. Elle aurait dû se rappeler qu'il y avait des gens dans les cabanes. La prochaine fois, elle essaierait d'agir mieux.

Tout n'était pas perdu. L'avenir s'annonçait périlleux, mais elle n'était pas seule, ni sans espoir. Et elle avait un devoir à remplir envers son clan.

Elle inspira une dernière goulée d'air frais et rebroussa chemin vers la forteresse. Vers l'avenir. Elle trouverait la force de l'affronter, quelles que soient les épreuves qui la guettaient.

Rignor l'attendait devant la forteresse, les bras croisés et le visage indéchiffrable.

— Margaret…

— Rignor ?

— Où étais-tu passée ?

— J'étais partie marcher un peu.

— Seule ?

— Oui, seule.

— Tu ne devrais pas t'éloigner toute seule.

Elle croisa elle aussi les bras sur sa poitrine.

— Ni avec quelqu'un, je crois. Que me veux-tu ?

Il tenta un sourire.

— M'excuser. Pour t'avoir parlé durement tout à l'heure. Je suis désolé. J'ai perdu mon sang-froid en te voyant avec ce Viking.

— Il est irlandais, lui rappela Margaret.

— Comme si ça changeait grand-chose ! Tu devrais te montrer plus prudente. Les gens parlent.

Comme elle ne répondait pas, il ajouta :

— J'essaie de te protéger, Margaret. Mais je regrette mes paroles de ce matin. Je n'avais pas le droit de te parler ainsi.

— Non, en effet.

— Cela ne se reproduira plus.

— Je l'espère.

— Nous ne sommes plus que quelques-uns de notre clan. Toi, Nell, moi, quelques villageois. Nous devons nous serrer les coudes. J'ai eu tort, et je te demande pardon.

La jeune femme, amadouée, hocha la tête.

— Nous aurions dû penser aux habitants des cabanes.

— Oui, admit-il avec un soupir. Il va me falloir apprendre à commander. Mais tu m'aideras, Margaret, n'est-ce pas ?

— Je t'aiderai, oui. À condition que tu me promettes deux choses.

Une ombre passa furtivement dans le regard de son frère.

— Lesquelles ?

— D'abord, de ne plus jamais me parler ainsi.

— Je te le promets. Jamais plus. Et la deuxième chose ?

— Que nous consacrions toute notre énergie à chercher Davey.

— Nous le chercherons. Avec l'appui d'oncle William et le soutien du roi. Je suis sûr que nous le retrouverons. Lachlan possède assez d'argent pour équiper une armée.

— Il n'offrira pas ses services si je ne l'épouse pas, Rignor.

— Mais tu dois l'épouser ! s'exclama-t-il, le rouge aux joues. Le roi l'a dit ! J'ai besoin de cette alliance. Et le contrat est toujours valable, même si notre père est mort.

Margaret secoua la tête.

— Comment peux-tu exiger cela de moi ? Tu sais pourtant ce que Lachlan m'a fait.

— C'était avant l'attaque, fit-il valoir. Nous pouvions encore espérer, à ce moment-là, te trouver un autre mari. Mais regarde la situation en face : tu n'as plus aucune dot, Margaret. Ce mariage avec Lachlan est la chance de ta vie. Et tu sais ce qu'il représente pour moi, et pour les membres de notre clan. Tu ne dois pas seulement penser à tes propres désirs, conclut-il, avant de la quitter.

— Rignor !

Il se retourna.

— Cherche à savoir où Dagmar a dormi cette nuit, puis reviens me parler.

— Qu'est-ce que cela veut dire ? grommela-t-il.

— Elle n'était pas avec Nell et moi. Découvre où elle a couché, et ensuite reviens me dire ce que je dois faire.

Rignor s'empourpra, mais il reprit sa marche, la nuque raide et le dos droit.

Margaret le regarda s'éloigner, puis elle sentit que quelqu'un l'observait et tourna la tête. Rory O'Neill se tenait à moins de dix mètres d'elle.

— La chatte a des griffes, commenta-t-il, ironique.

Margaret était confuse.

— Je suis ravi qu'il se soit excusé, reprit O'Neill en s'approchant. Et encore plus ravi que vous sachiez lui tenir tête. Gannon m'a dit que vous lui aviez demandé s'il resterait, après mon départ. Il restera, en effet, et je vais vous dire pourquoi. Sa mère était ma cousine, son père mon ami. Il est mort voici quatorze ans, avec trois de ses fils, tous assassinés par des Vikings.

— Oui, Gannon me l'a expliqué.

La surprise d'O'Neill était manifeste.

— Ah ? Je ne l'ai jamais entendu raconter son histoire à quiconque. Mais c'est sans doute parce que vous avez partagé la même épreuve. Il porte encore la cicatrice de leur hache sur le torse.

Margaret essayait de se représenter le jeune garçon que Gannon avait été – trop jeune pour être confronté à la mort.

— Ses agresseurs venaient-ils des Orcades ?

— Beaucoup l'ont pensé. Une chose est sûre : c'étaient des hommes du Nord, répondit O'Neill.

Et, après une pause, il ajouta :

— Vous pouvez vous en remettre à Gannon, Margaret. C'est bien pour cela que je le laisse derrière moi.

— Mais aussi parce que cela sert vos intérêts.

— Quel chef serais-je, si je ne faisais pas en sorte que nos alliés demeurent nos alliés ? Je n'ai aucune ambition sur l'Écosse, Margaret. En revanche, il m'importe de savoir qui commande votre côte occidentale, car cela affecte directement ma sécurité. Il n'est donc pas question que je laisse ceux qui s'en sont pris à Somerstrath s'implanter ici.

— Parce que vous croyez qu'ils reviendront ?

— J'en suis persuadé. Ils ont attaqué Somerstrath pour éliminer votre père, et rendre vulnérable cette partie de la côte, afin d'y débarquer plus tard en toute tranquillité. Gannon restera ici tant que le littoral ne sera pas sécurisé. Ensuite, il rentrera chez lui. Comprenez-moi bien, Margaret MacDonald : son but n'est pas de prendre racine ici, où il n'a aucun avenir.

Il la quitta sur ces mots, laissant Margaret songeuse.

Gannon passa la journée du lendemain sur le terre-plein devant la forteresse, à enseigner aux hommes de Rufus comment se défendre contre l'arme favorite des Vikings, en attendant le moment où l'agresseur brandit sa hache, et où il est le plus vulnérable, pour le frapper aux jambes. Les hommes apprenaient vite, et les heures s'écoulaient agréablement. Gannon n'avait pas un moment pour réfléchir, et c'était peut-être aussi bien ainsi. Le soleil s'apprêtait à présent à se coucher, et le dîner serait bientôt servi dans la grande salle.

La nouvelle était parvenue, dans l'après-midi, qu'il y avait eu d'autres attaques : à Ayreshire, plus au sud, et deux nouvelles sur les terres de William Ross, ce qui expliquait que ce dernier ne soit pas encore arrivé à Inverstrath. Rory avait annoncé qu'il partirait le lendemain matin, avec la première marée, et Gannon s'inquiétait un peu de savoir combien de temps il devrait s'attarder ici avec Tiernan. Ses hommes commençaient à souffrir du manque d'activité et, surtout, Gannon les avait surpris plusieurs fois à reluquer les femmes d'Inverstrath. Il les avait bien sûr mis en garde contre tout comportement déplacé.

Il n'était pas encore familier de sa nouvelle tenue : il lui faudrait un peu de temps avant de s'habituer au port du kilt. Il avait plusieurs fois provoqué l'hilarité des gens de Rufus en s'asseyant comme s'il portait un pantalon, oubliant qu'il était nu sous le vêtement. Mais au moins, plus personne ne le craignait, et c'était précisément l'effet recherché. Tiernan s'était converti lui aussi au kilt, et les relations entre les deux frères s'étaient quelque peu réchauffées.

— Gannon… appela soudain la voix de Margaret.

Il pivota et lui sourit.

— La soirée s'annonce belle, vous ne trouvez pas ?

— Oui. Mais elle serait encore plus belle si nous avions retrouvé Davey.

Il ressentit une pointe de déception, mais se ressaisit bien vite. Qu'avait-il espéré qu'elle dise ? Certes, elle n'avait pas repoussé son baiser, mais ils savaient pertinemment, l'un et l'autre, que toute nouvelle attention de sa part la mettrait dans une position intenable. Ils n'avaient pratiquement pas parlé depuis leur expédition sur le promontoire, mais Gannon n'avait pu s'empêcher de contempler la jeune femme à la dérobée. Ni de rêver à beaucoup plus qu'un chaste baiser.

Comme il ne répondait pas, elle risqua un sourire :

— Habillé ainsi, on pourrait vraiment vous prendre pour un Écossais.

— Il paraît que je fais moins peur aux enfants.

Son sourire se fit plus chaleureux.

— Ce n'est pas de la peur que vous inspirez.

Il accrocha son regard, mais ne put rien lire de particulier dans ses yeux.

— Vous avez travaillé dur, pour exercer les hommes de Rufus, reprit-elle.

— Oui, mais ce n'est pas suffisant. Il faudrait qu'ils parviennent à intégrer le danger dans leur existence quotidienne.

— Que voulez-vous dire ?

— La plupart de ces hommes sont pêcheurs, bergers ou laboureurs. Ils n'ont jamais appris à se servir d'une arme, et ils ne pensaient pas que ce serait nécessaire un jour.

— Vous-même, comment avez-vous appris le maniement des armes ?

— En Irlande, j'avais la responsabilité de protéger les terres de mon beau-père.

— À Fermanagh ?

Gannon ne se rappelait pas lui avoir autant parlé de lui-même. Il préférait généralement – comme en cet instant – prêter attention aux courbes sensuelles de la jeune femme, qui lui incendiaient les sangs. À la façon toute féminine dont elle se mouvait, à ses gestes pour remettre ses cheveux en place, à ses lèvres dont il avait expérimenté la douceur en l'embrassant, et… Mais elle attendait sa réponse.

— Oui, dit-il.

— Et c'est là-bas que vous retournerez, à Fermanagh ?

— Non. Je me rendrai à Haraldsholm, sur la côte d'Antrim.

— Je me suis laissé dire que Rory O'Neill projetait de vous faire épouser une Écossaise.

— Si c'est le cas, je ne suis pas au courant, répliqua Gannon, qui aurait bien voulu savoir ce que Rory avait pu raconter à la jeune femme à son sujet.

— Je me suis également laissé dire qu'une femme vous attendait, en Irlande.

Il s'esclaffa bruyamment.

— C'est vrai. Mais il me reste à la rencontrer. C'est mon oncle Erik qui l'a choisie pour moi.

— Allez-vous l'épouser ?

— C'est peu probable. À l'inverse de vous, je peux moi-même décider de mon avenir.

Il y eut un silence.

— Voile à l'horizon ! Voile à l'horizon ! s'écria soudain une voix, depuis le sommet de la forteresse. C'est le comte de Ross qui arrive !

— Je vais prévenir Nell, dit Margaret.

Gannon lui saisit le bras avant qu'elle ne s'éloigne.

— Margaret… Ce mariage… le souhaitez-vous ?

— Non, mais je ne vois pas comment y échapper.

Gannon était conscient qu'un contrat de mariage, signé par son père, approuvé par le futur marié et validé par le roi, n'avait pratiquement aucune chance d'être annulé. Elle ne serait pas la première femme, ni la dernière, à être mariée contre son gré. Pas plus qu'il ne serait le premier homme à le déplorer.

— En effet, admit-il, vous n'avez guère le choix.

Leurs regards s'accrochèrent un long moment.

— Rory O'Neill m'a dit que vous n'aviez aucun avenir, ici. Et que, dès que vous le pourriez, vous rentreriez chez vous.

Gannon pensait à tout ce qu'il aimerait lui confier. Combien il désirait l'embrasser. Il pensa à l'ancienne forteresse en ruine, qui ferait une si belle demeure.

— Oui, murmura-t-il, la voyant au bord des larmes. Je retournerai en Irlande.

Margaret libéra son bras et s'enfuit en courant.

13

William, troisième comte de Ross, arriva avec deux navires remplis d'hommes. Même si Gannon n'en avait rien su, il aurait facilement deviné son lien de parenté avec Margaret et Nell. Leur ressemblance physique – mêmes cheveux magnifiques, même silhouette longiligne, même beauté – sautait aux yeux et découlait de l'héritage maternel. Rignor, en revanche, devait tenir de son père.

Ross s'approcha de Gannon et annonça sans préambule :

— Nous allons leur donner la chasse. Plus question d'attendre leurs attaques. Où sont O'Neill et Rufus ?

— Dans la grande salle, milord, répondit l'un des hommes de Rufus, avant de lui ouvrir le chemin.

Ross fit signe à Gannon et à Tiernan de le suivre dans la forteresse, où le personnel s'activait déjà en cuisine pour offrir une collation aux nouveaux venus.

Les retrouvailles entre Nell, Margaret et William furent un moment bouleversant. Nell se jeta littéralement dans les bras de son oncle. William la serra fort contre lui, avant de donner également l'accolade à Margaret.

— Dieu soit loué, dit-il, sans chercher à cacher son émotion. J'ai cru que je vous avais vous aussi perdues. Que vous étiez rentrées au village, juste à temps pour vous faire tuer avec les autres. Je suis passé par Somerstrath, et j'ai vu ce qu'ils ont fait.

— Ils ont enlevé Davey, oncle William ! s'écria Nell.

— Ils ont pris Davey ? Les Vikings ont pris Davey ?

— Oui, et quatre autres garçons avec lui, confirma Rignor.

Ross se tourna vers ce dernier.

— Mais pas tes autres frères ?

— Non, répondit Rignor. Nous les avons enterrés auprès de nos parents.

— Est-on sûrs que ces enfants ne se cachent pas quelque part ?

— Des témoins ont assisté à leur enlèvement, précisa Margaret.

Ross plissa les yeux.

— Je jure que nous retrouverons les gredins qui ont fait ça !

Et, s'adressant à O'Neill :

— Merci d'être resté jusqu'à mon arrivée. Maintenant, racontez-moi tous ce qui s'est passé.

William Ross écouta Margaret et Rignor, puis Rufus et Rory, faire le récit des récents événements. Nell, les larmes aux yeux, demeura silencieuse pendant que les aînés parlaient. Gannon, les bras croisés sur sa poitrine, écoutait également, tandis que Tiernan coulait des regards en direction de Dagmar, qui aidait à mettre le couvert.

Ross soupira lourdement.

— J'ai eu moi-même de nouvelles attaques à déplorer sur mon territoire. À mon avis, ce n'est que le début.

— Nous avons entendu parler de raids sur Ayreshire, intervint Gannon.

— Il semblerait que ce soit le début d'une guerre, commenta Rory. Ce qui ne serait guère surprenant, depuis le temps qu'Alexandre et Haakon se disputent la propriété des Hébrides. Mais je ne pensais pas qu'on en viendrait jusque-là.

— Moi non plus, avoua Ross. Rignor, tu vas tout de suite commencer à reconstruire. L'hiver arrivera vite. Il faut réparer les maisons, mettre de nouveaux bateaux en chantier. Je t'enverrai des hommes pour t'aider. Je vais aussi en laisser quelques-uns derrière moi, mais cela ne suffira pas. Rufus, as-tu de la réserve de main-d'œuvre ?

Rufus acquiesça.

— Oui, milord. Je peux mettre à disposition tous les bras qui seront nécessaires.

— N'amenuise quand même pas tes propres troupes. O'Neill, je te remercie de m'avoir attendu.

Rory balaya sa gratitude d'un revers de main.

— C'était tout naturel. En revanche, je vais repartir, maintenant. Je ferai un crochet par Skye sur le chemin du retour. Mais je laisse ici Gannon et quelques hommes, en attendant que les tiens arrivent.

— C'est inutile que tu t'arrêtes à Skye, répliqua Ross. Nous allons prendre nous-mêmes en chasse les agresseurs. Nous commencerons par rendre visite à Leod, pour voir ce qu'il a à nous dire, et ensuite nous ferons le tour des îles, avant de monter éventuellement plus au nord.

Reportant son attention sur Rufus et Rignor, il continua :

— J'attends de vous que vous meniez rapidement à bien les travaux de reconstruction. En retour, je vous promets deux choses : d'abord de venger ma sœur, et ensuite de retrouver mon neveu.

Se tournant vers Margaret et Nell, il conclut :

— Je ne veux plus vous savoir exposées au danger, toutes les deux. J'ai adressé un message à Lachlan pour qu'il vienne vous chercher. Il ne devrait pas tarder. Tu l'épouseras aussitôt, Margaret. Ensuite, toi et Nell partirez chez lui, à l'abri.

Margaret avait blêmi.

— Je ne peux pas épouser Lachlan maintenant, oncle William. Nous devons d'abord retrouver Davey ! Et Rignor a besoin de mon aide.

— Rignor se débrouillera très bien tout seul.

— Mais, oncle William, Lachlan a trompé Margaret avec Fiona ! se récria Nell.

Margaret coula un regard vers Gannon, avant de baisser les yeux.

— Je ne veux pas l'épouser, dit-elle.

— Je te comprends, répondit Ross, mais un jour tu sauras lui pardonner. Lachlan est encore très jeune, et il s'est comporté comme un imbécile. Je lui parlerai, Margaret. Il deviendra un bon mari et il ne t'humiliera plus.

— Je vous en supplie, oncle William ! l'implora Margaret, des sanglots dans la voix.

Ross lui prit la main.

— J'agis pour ton bien, ma petite. Nous vivons une période agitée, et tu voudrais que je t'affranchisse d'un mariage qui te garantira la sécurité ? Non, ce ne serait pas raisonnable. Alors, s'il te plaît, n'en parlons plus.

Margaret se leva de table, des larmes roulant sur ses joues. Elle quitta la pièce sans un mot de plus.

Ross la regarda disparaître, puis se tourna, impassible, vers les autres :

— Maintenant, rendons visite à Leod. Je suppose que tu voudras venir avec moi, O'Neill ?

Rory hocha la tête.

— Volontiers.

— Si Leod a ordonné ces attaques, ce n'est pas les anciennes alliances que nous avons signées avec lui qui l'arrêteront, fit valoir Gannon. Chacun de vous, séparément, constituerait une prise de choix. Les deux ensemble, vous vaudriez une rançon de roi. Et songez à ce que votre absence impliquerait pour l'Irlande et l'Écosse. Nous avons besoin de vous comme chefs. Ne prenez pas le risque de devenir les prisonniers de Leod. Ou, pire, que vos têtes finissent au bout d'une pique en manière de trophée.

— Merci pour cette agréable perspective, ironisa Ross.

— Si cette expédition est dangereuse pour nous, en quoi le serait-elle moins pour toi, mon garçon ? demanda Rory.

— Je ne suis pas assez important pour qu'on cherche à me tuer ou à me monnayer, expliqua Gannon. Je ne possède ni terres ni titre de noblesse. Je n'ai ni femme ni enfants. Si je meurs, il n'y aura pas de guerre pour me venger.

— Là, tu te trompes, mon garçon, assura Rory. J'ouvrirai aussitôt les hostilités.

Gannon le remercia d'un sourire.

— Admettons. Si Leod me tue, Rory partira tout seul en guerre.

Gannon irait à Skye. William et O'Neill resteraient deux jours de plus à Inverstrath. Si, entre-temps, Gannon n'était pas revenu, ils supposeraient le pire et conjugueraient aussitôt leurs forces. Tiernan insista pour accompagner son frère.

Nell était horrifiée. Elle avait entendu des histoires sur la férocité de Leod et ne souhaitait voir ni Gannon ni Tiernan se rendre là-bas. Elle avait espéré que quelqu'un d'autre se porterait volontaire, mais ce ne fut pas le cas. Rignor, durant toute la conversation, ne fit que s'enfoncer davantage dans son siège. Nell finit par croiser son regard et comprit, non sans un choc, qu'il avait peur. Gannon, en revanche, ne montrait aucune appréhension – ce qui était à la fois courageux et inconscient de sa part. Nell voulut se rassurer en se disant qu'il saurait comment parler à Leod pour éviter son courroux, et réussirait à revenir sain et sauf. Mais pourquoi diable fallait-il que Tiernan l'accompagne dans cette expédition ?

Le débat une fois clos, elle ne put s'empêcher de suivre Tiernan et de l'arrêter dans un couloir.

— Vous allez vraiment vous rendre à Skye ? s'enquit-elle. Pourquoi Gannon n'irait-il pas tout seul ?

Il lui sourit, amusé.

— Vous inquiéteriez-vous pour moi, Nell ?

Elle soutint son regard.

— Oui. Vous risquez de vous faire tuer !

— Mais je peux aussi revenir triomphalement, avec de bonnes nouvelles de votre frère.

Nell hocha la tête, au comble du désespoir. Elle mourait d'envie de revoir Davey sain et sauf, mais…

Il lui caressa furtivement la joue.

— Chère Nell, dit-il, il n'est pas question que je laisse mon frère s'aventurer seul là-bas. Nous avons toujours tout fait ensemble, et ce sera encore le cas cette fois. S'il doit lui arriver quelque chose, il m'arrivera la même chose.

Puis, après un silence, il ajouta :

— Mais je suis bien content que vous m'adressiez de nouveau la parole.

Le Viking était enchanté. C'est à peine s'il avait perdu une poignée d'hommes au cours de ses différents raids, mais il avait déjà ramené plus d'or et de richesses diverses que n'en avait jamais rêvé la communauté. Et ce n'était qu'un début. Chaque jour, des habitants des îles voisines s'offraient pour se joindre à eux, augmentant le nombre de leurs troupes. D'un autre côté, beaucoup de familles quittaient le territoire. Du coup, son village comptait aujourd'hui des hommes en surnombre, et très peu de femmes pour les satisfaire. Il devrait résoudre ce problème, ce qui impliquait de programmer rapidement de nouvelles attaques. Cette fois, au lieu de tuer indifféremment toutes leurs victimes, il épargnerait les femmes, afin de les ramener ici et de les offrir à ses hommes.

Ce soir-là, il donna un festin, laissant ses compagnons boire à outrance et dépenser leur énergie à leur guise, ignorant les cris de protestation des maris ou des pères dont les femmes ou les filles étaient violées. Les doléances des villageois lui importaient peu ; en revanche, il ne voulait pas voir ses hommes se disputer. L'essentiel était que chacun soit d'humeur à repartir au combat.

Mais où aller, à présent ? Ses espions lui avaient rapporté que la côte d'Antrim avait été solidement renforcée par Erik Haraldsholm. Et le raid sur Somerstrath, le plus sanglant de tous, avait probablement provoqué la colère du comte de Ross. Fallait-il attaquer une dernière fois cette côte, avant que Ross ne puisse organiser sa riposte, ou chercher une nouvelle cible ?

Tandis qu'il méditait cette question, le Viking vit Eldrid et Drason se lever de table. Il fit de même, et les rattrapa à la porte avant qu'ils n'aient eu le temps de quitter la pièce. Drason, il s'en apercevait soudain, avait beaucoup grandi.

— Eldrid, dit-il, Drason sera de mon prochain voyage.

— Non ! se récria-t-elle. Je t'en supplie, laisse-le tranquille !

— Oserais-tu me tenir tête ? répliqua-t-il d'une voix glaciale.

Il la vit pâlir. Elle n'avait pu oublier leur dernier « entretien ».

— Non... murmura-t-elle.

— Parfait, se félicita le Viking.

Et, se tournant vers Drason :

— Sois prêt à partir dans deux jours.

Drason secoua la tête.

— Je ne veux pas prendre part à ces expéditions, mon oncle.

— Deux jours, répéta le Viking, avant de retourner s'asseoir à sa place.

La veille au soir du départ de Gannon et Tiernan pour Skye, William Ross fit un long exposé sur ce qu'on pouvait attendre de Leod, et sur ce que les deux frères devraient dire ou ne pas dire, faire ou ne pas faire.

Lassé par ces instructions à n'en plus finir, Gannon s'échappa quelques instants pour respirer l'air frais. Les dés étaient jetés, mais il ne pensait pas que Leod s'en prendrait à eux. Peut-être se trompait-il, bien sûr, mais au moins, les vies de Rory et de Ross seraient épargnées. C'était toujours une consolation.

La nuit était presque entièrement tombée lorsque les portes de la forteresse s'ouvrirent soudain, laissant entrer dans un nuage de poussière une trentaine de cavaliers qui semblaient tout aussi exténués que leurs montures. Leur chef était de taille moyenne, mince, les traits ordinaires. Le genre d'homme qui ne marquait pas les esprits, sauf pour ce qui était de ses manières. Il lâcha brutalement ses rênes et sauta à terre, laissant Rufus s'occuper de sa monture. Et c'est à peine s'il salua les gardes. Gannon le détesta immédiatement.

— Qui est-ce ? demanda-t-il à son plus proche voisin.

— Lachlan Ross.

Ainsi, voilà l'homme qui devait épouser Margaret MacDonald. Gannon l'observa plus en détail. Il était richement vêtu – davantage que quiconque à Inverstrath, y compris William. Sa ceinture était en or, le pommeau de son épée incrusté de pierreries, son manteau tissé dans la meilleure laine, ses bottes parfaitement cirées. Il avait l'air d'un fils de famille, habitué à bien manger et à être choyé – ce qui était probablement le cas. Gannon trouva cependant bizarre qu'un vassal soit mieux vêtu que son suzerain – William Ross – et se comportât en prince royal.

Lachlan donna un ordre, et aussitôt les hommes de Rufus se précipitèrent pour lui ôter son manteau, comme s'il était incapable de le faire lui-même. Gannon tourna les talons et rentra dans la forteresse.

Margaret et Nell s'étaient retirées dans leur chambre, mais il entendit William Ross donner des instructions pour que Margaret soit avertie de l'arrivée de Lachlan.

Gannon songea qu'une fiancée heureuse de son sort serait déjà en train de dévaler les marches. Mais l'escalier, à sa grande satisfaction, demeura désert.

Rignor gratta à leur porte comme un chat. Margaret resta prostrée sur son lit.

— Margaret, ouvre !

Elle s'exécuta finalement.

— Lachlan est arrivé, l'informa Rignor.

— Je sais. J'ai entendu.

— Tu dois descendre le saluer.

— Je n'ai rien à lui dire, Rignor.

— William veut que vos noces soient célébrées le plus vite possible, fit valoir Rignor.

— Mais nous n'avons plus de prêtre ! Celui qui desservait Somerstrath et Inverstrath a été tué par les Vikings.

— William en a fait quérir un autre, et le mariage aura lieu dès qu'il sera là. J'ai tenté de le dissuader, Margaret. Je lui ai dit qu'il n'était pas convenable que tu te maries si vite, alors que nos parents viennent tout juste d'être enterrés, mais il n'a rien voulu entendre. Je te promets que j'ai tout essayé.

La jeune femme était convaincue qu'il mentait.

— J'ai besoin de ce mariage, Margaret, reprit-il. Si nous rendons furieux William et Lachlan, c'est moi qui paierai le prix de ton entêtement. Tu ne voudrais quand même pas me faire ça ? Tu sais, depuis toujours, que tu dois l'épouser. Pourquoi refuser maintenant ? Alors que l'enjeu est si important ! Je ne te le demande pas seulement pour moi, mais pour tous ceux qui comptent sur cette union. Nous ne pouvons pas penser qu'à nous-mêmes.

— Pourtant, quand tu m'expliques que tu paieras le prix de mon entêtement, j'ai l'impression que tu penses surtout à toi, Rignor.

— Je pense à tous les membres de notre clan – du moins, ceux qui ont survécu. Tu dois te soucier de leur avenir, Margaret !

— Comment pouvais-tu mépriser Lachlan autrefois, et lui trouver aujourd'hui toutes les qualités ? C'est toi qui m'avais mise en garde contre lui, m'assurant qu'il était vaniteux et égoïste. Et c'est toi qui voulais le tuer quand je l'ai surpris avec Fiona.

— C'était dans la colère du moment. Tu as fait une trop grosse montagne de cette histoire. Puisque vous n'étiez pas mariés, quel mal y avait-il à cette incartade de sa part, sinon que ton orgueil en a souffert ? (Il soupira.) Fais comme tu l'entends, Margaret, mais ne perds pas de vue que l'avenir de nos gens est entre tes mains.

Il s'éloigna sur ces mots, les épaules voûtées, comme accablé.

Margaret n'eut pas le temps de retourner à son lit qu'il frappait de nouveau à la porte.

— Qu'y a-t-il, Rignor ?

— Laisse-moi parler à Dagmar.

Margaret resta quelques instants interdite. Après tout, il n'y avait aucune raison qu'elle protège Dagmar.

— Elle n'est pas là.

— Si ! Laisse-moi lui parler.

Margaret ouvrit la porte en grand.

— Je te dis qu'elle n'est pas là.

Il pénétra dans la chambre, vérifiant partout, avant de lancer à Margaret un regard qu'elle ne serait pas près d'oublier, puis de repartir sans un mot.

La jeune femme referma la porte et s'appuya au battant, le cœur lourd.

Elle rêva de ses parents. De Davey. Elle les retrouvait au manoir familial, tous bien vivants, et riait avec eux de s'être inquiétée pour leur sort. Elle se réveilla en pleine nuit, les larmes aux yeux, un sentiment d'insondable tristesse dans la poitrine. Où était son devoir ? Où se trouvait la loyauté ?

Elle ne s'était toujours pas rendormie quand elle entendit du vacarme : des hommes criaient, des portes claquaient, on dévalait l'escalier.

Margaret se leva. Nell, réveillée par le bruit, l'imita. Elles ouvrirent la porte, s'attendant plus ou moins qu'on leur annonce que les Vikings étaient de retour. Mais le couloir était désert : les cris venaient d'en bas, à présent.

Les deux sœurs enfilèrent un manteau et se précipitèrent au rez-de-chaussée.

La grande salle était plongée dans l'obscurité : les restes du feu dans la grande cheminée prodiguaient une lumière faible. Un groupe d'hommes déboula soudain, quelques-uns portant des torches qu'ils accrochèrent aux murs.

— Sale bâtard ! s'exclama Rignor, qui se trouvait dans le groupe. J'aurai ta peau !

— Essaie donc, pauvre idiot ! lui rétorqua une voix.

C'était celle de Tiernan.

La jeune femme tenta de s'approcher de son frère, avant de comprendre qu'elle ne parviendrait pas à se frayer un chemin au milieu de tous ces gaillards excités. Elle put au moins grimper sur une table, pour voir ce qu'il en était.

Rignor et Tiernan occupaient le centre d'un cercle d'hommes. Rignor, ivre, faisait des moulinets avec son épée en criant vengeance. Face à lui, Tiernan, du sang coulant de son bras, faisait front. Rufus essayait de calmer Rignor, mais il était chaque fois repoussé brutalement. Margaret était effondrée : c'était sa faute si Rignor avait enfin admis que Dagmar le trompait. Mais elle n'aurait jamais imaginé que les choses iraient jusque-là.

Nell grimpa à son tour sur la table.

— Sale bâtard ! hurla de nouveau Rignor, bondissant en avant.

Tiernan, hilare, fit un saut de côté pour parer le coup. L'un des Irlandais lui tendit une épée, et il rit de plus belle.

— Viens donc, Rignor. Viens te frotter à ma lame !

Les spectateurs criaient des encouragements à chacun des combattants, les Écossais et les Irlandais ayant évidemment choisi d'avance leur champion. Rignor bondit en avant, mais son épée ne rencontra que le vide : Tiernan l'évitait avec une agilité stupéfiante.

— Personne ne t'a donc jamais conseillé de ne pas te battre quand tu es ivre ? railla Tiernan. Ah, mais c'est vrai, j'oubliais : tu es toujours ivre !

— Tiernan ! s'écria Nell. Arrêtez ! Vous allez le tuer !

Tiernan leva bien haut son épée, sans quitter Rignor du regard.

— Je lui laisserai la vie sauve, rien que pour vos beaux yeux, petite Nell.

— En voilà assez ! tonna William en jouant des coudes pour arriver au milieu du cercle. Cessez immédiatement !

— Tiernan ! gronda de son côté Rory O'Neill, qui marchait sur les talons de William. Aurais-tu perdu la tête ?

— C'est lui qui n'a plus toute sa raison, objecta Tiernan. C'est lui qui m'a provoqué. Et pas le contraire.

— Sale bâtard ! rugit Rignor.

William fit signe à ses hommes de s'emparer de lui, ce qui fut promptement exécuté. Mais, même privé de son épée, les bras retenus de force dans son dos, Rignor continuait de fusiller Tiernan du regard.

— Lâche ton épée, Tiernan, intervint Gannon qui venait d'arriver.

Il était pieds nus, les cheveux défaits, et ne portait sur lui que son kilt.

— Lâche-la tout de suite, répéta-t-il en s'immisçant au milieu du cercle.

Lachlan apparut à son tour, mais il resta à l'écart.

Tiernan tendit son épée à son frère.

— C'est lui qui m'a provoqué, insista-t-il.

— Espèce de sale bâtard d'Irlandais ! beugla Rignor. Tu viens ici prendre nos femmes !

— Je n'ai pris que ce que l'on m'offrait, lui rétorqua Tiernan. Et ce n'est pas ta femme, Rignor. Elle appartient à qui veut la prendre.

— Ça suffit, maintenant ! s'emporta William. Retournez tous vous coucher, il n'y a plus rien à voir. Allez, plus vite que ça !

Les spectateurs des deux camps s'éloignèrent à contrecœur.

Gannon entraîna son frère à l'écart et lui murmura quelques mots. Tiernan parut se calmer. Il hochait la tête aux propos de son frère.

Margaret et Nell attendirent que tous les hommes se furent dispersés pour descendre de leur perchoir et rejoindre Rignor. Rufus, entre-temps, avait disparu, et Dagmar, Margaret s'en aperçut tout à coup, ne s'était pas montrée.

William lança un regard autoritaire aux deux sœurs.

— Remontez dans votre chambre. Vous n'avez rien à faire ici.

— Je voudrais parler à Rignor, argumenta Margaret.

— Non, c'est moi qui vais m'en charger. Retourne te coucher.

Lachlan s'entretint brièvement avec William, à voix basse, avant de s'avancer vers Margaret :

— Venez, dit-il, désignant l'escalier. Je vais vous raccompagner jusqu'à votre chambre.

Margaret jeta un regard à son frère, mais Rignor détourna la tête, d'un air renfrogné.

— Margaret, Nell, disparaissez ! tonna William.

Les deux sœurs suivirent Lachlan. Il attendit que la porte de la chambre fût refermée, pour déclarer :

— Je suis désolé de ce qui est arrivé à vos parents, Margaret. Ainsi qu'aux autres membres de votre clan.

— Merci, répondit-elle.

Et, s'armant de courage, elle croisa son regard :

— Lachlan, voulez-vous bien me libérer de notre contrat ? Ni l'un ni l'autre ne voulons de ce mariage.

Il secoua la tête.

— J'ai accepté de vous épouser, et je m'y conformerai. Je n'ai pas plus le choix que vous, du reste. William me l'a clairement fait comprendre. Ce n'est certes pas un mariage d'amour, mais nous pouvons nous montrer cordiaux l'un envers l'autre.

— Vous n'avez plus aucun bénéfice à m'épouser, maintenant que je n'ai plus de dot.

— Votre oncle est l'un des hommes les plus puissants d'Écosse, Margaret. Le roi souhaite que nos deux familles s'allient par ce mariage, et il en sera ainsi. Le prêtre devrait arriver demain. La cérémonie aura lieu aussitôt. Essayons au moins de ne pas entrer dans le mariage comme des ennemis.

La jeune femme, interdite, le regardait sans savoir quoi répondre.

— Margaret, nous ne serons jamais amoureux, mais rien ne nous oblige non plus à nous détester.

— Non, en effet, souffla-t-elle. Rien ne nous oblige à nous détester.

Elle fut incapable de trouver le sommeil. Le moment était venu d'admettre qu'elle ne pourrait pas échapper à ce mariage. Il n'y aurait pas de coup de théâtre de dernière minute, pas de chevalier dans sa blanche armure qui viendrait la sauver. Ces dernières semaines, elle avait sorti les détails de la noce de son esprit, mais à présent il lui fallait bien y songer sérieusement.

La cérémonie en elle-même serait très simple, et se tiendrait dans la grande salle avec tous les habitants d'Inverstrath et tous les « invités » du moment pour témoins. Le prêtre bénirait leur union, et un banquet clôturerait les festivités. Rufus avait promis, ensuite, une chambre isolée, ce qui constituerait un luxe dans cette forteresse envahie de monde. Mais à part ce point, Margaret ne pouvait guère espérer d'intimité. Comment pourrait-elle supporter cela ?

Elle se glissa doucement hors du lit pour ne pas réveiller Nell, puis enfila son manteau par-dessus sa camisole. Elle mourait d'envie de respirer l'air nocturne, mais elle ne se voyait pas enjamber tous les hommes endormis en bas pour sortir. Aussi se contenterait-elle d'aller et venir dans le couloir, jusqu'à ce que la fatigue la terrasse enfin.

Le couloir était désert. Margaret marcha jusqu'au carré de lumière argentée que dessinait sur le sol le clair de lune filtrant par la grande fenêtre dominant la cage d'escalier. En chemin, la jeune femme revit en image Lachlan, nu, étendu sur Fiona. Elle s'ébroua pour chasser cette vision. Devait-elle s'enfuir ? L'espace de quelques instants, elle médita de s'installer dans la forêt, subsistant par ses propres moyens et vivant dans une hutte qu'elle aurait elle-même construite. Mais l'idée lui parut irréalisable. Elle ne survivrait pas au premier hiver.

Ce n'était pas la perspective de s'unir charnellement à Lachlan qui la rebutait, c'était de se retrouver emprisonnée pour le restant de ses jours dans un mariage qu'elle n'avait pas désiré. Quels que soient les secrets de l'alcôve, elle ne nourrissait aucune appréhension à les découvrir bientôt. Seulement, elle aurait préféré les apprendre avec quelqu'un d'autre que Lachlan.

— J'aimerais connaître l'amour, chuchota-t-elle à la lune, qu'elle apercevait par la fenêtre. L'amour et la paix. Serait-ce trop demander ?

Elle ne reçut, bien sûr, pas de réponse, et sourit de sa naïveté. Voilà des années qu'elle aurait dû se résigner à ce mariage. Mais un jour, peut-être, entourée des enfants qui seraient sa compensation à cette union forcée, peut-être se souviendrait-elle de cette nuit et rirait-elle de ses inquiétudes.

Entendant une porte s'ouvrir, elle se cacha dans la pénombre d'un recoin, supposant qu'il s'agissait d'un dormeur à la recherche des commodités, situées à l'autre extrémité du couloir. Ou peut-être de son frère quittant les bras de Dagmar. Mais elle n'aurait pas imaginé voir Gannon MacMagnus, entièrement nu, sortir de la chambre qu'il partageait avec son frère. Il tenait quelque chose dans sa main, et referma doucement la porte derrière lui.

Il s'immobilisa, sans doute pour tendre l'oreille, puis il s'adossa au mur et déplia ce qu'il tenait dans sa main : un pantalon, qu'il enfila et noua à sa taille.

Margaret savait qu'elle n'aurait pas dû l'épier ainsi, mais c'était plus fort qu'elle : elle ne pouvait pas détourner le regard de son corps magnifique.

À présent, il se dirigeait vers l'endroit où elle se tenait, près de l'escalier. Si elle bougeait d'un centimètre, il la verrait immédiatement. La jeune femme prit une profonde inspiration, et se matérialisa dans le carré de clair de lune.

Il stoppa net. Sa surprise était visible. Son torse, couvert d'un fin duvet pâle, n'était qu'à quelques dizaines de centimètres de la jeune femme. Elle distinguait parfaitement la cicatrice qu'il portait près de l'épaule, reçue lorsque les Vikings avaient attaqué son père et ses frères. Elle réprima difficilement l'envie de la toucher. De le toucher.

Son cœur battait à tout rompre dans sa poitrine.

14

Gannon croyait rêver. Il lui fallut quelques secondes pour admettre qu'il ne s'agissait pas d'une apparition : c'était bien Margaret qui se tenait, en chair et en os, devant lui. Elle ne portait que sa chemise de nuit sous son manteau, et il pouvait voir la naissance de sa gorge, ses seins laiteux se soulevant au rythme de sa respiration.

Existait-il plus belle femme au monde ? Et plus désirable ? Il comprit qu'elle se trouvait déjà dans le couloir quand il était sorti, nu, de sa chambre, avant d'enfiler son pantalon.

— Margaret… murmura-t-il. Que faites-vous ici ? À cette heure ?

— Je n'arrivais pas à dormir.

— Moi non plus, avoua-t-il.

— Je voulais juste…

Son regard tomba sur les lèvres de Gannon, qui frissonna.

— … prendre un peu l'air, dit-elle.

— Voulez-vous sortir ? Je vous accompagne, proposa-t-il, lui tendant la main.

Elle la prit. Gannon leva leurs deux mains jointes à la lumière de la lune, et passa son autre bras autour de la taille de la jeune femme.

— Un baiser, Margaret. Un dernier baiser, avant que nos chemins ne se séparent. Un baiser pour que vous vous souveniez de moi.

Elle posa une main sur son épaule.

— Je ne vous oublierai jamais, Gannon.

Il s'empara de ses lèvres. Très doucement d'abord, puis avec une fièvre mal contenue quand elle les entrouvrit, répondant à son baiser. Il l'attira à lui, pressant ses seins contre son torse, tandis qu'elle-même lui caressait les épaules, la nuque, le dos. Gannon fit courir ses lèvres sur son cou, descendit jusqu'à la naissance de sa gorge, avant de s'emparer à nouveau de sa bouche pour un baiser ardent.

Elle entendit, la première, des bruits non loin. Gannon abandonna ses lèvres et se retourna. Lachlan les observait, l'air grave. Une silhouette bougea à son côté, et Rory émergea de la pénombre. Margaret enfouit son visage contre l'épaule de Gannon, avec un petit gémissement.

— Sale bâtard ! tonna Lachlan. Ôtez vos mains de ma femme !

Gannon tenait toujours Margaret enlacée.

— Elle n'est pas encore votre femme.

— Elle m'est promise.

— Promise, mais pas épousée.

— Lâchez-la !

— C'est à Margaret de décider.

Rory s'interposa, levant les mains pour leur signifier de se calmer. Margaret s'écarta de Gannon.

— Ce n'était qu'un baiser, déclara Rory. Rien de plus. Rentrez dans votre chambre, Margaret, avant que ces deux-là ne se battent pour vous.

Et, s'adressant aux deux hommes :

— Nous sommes tous un peu énervés, ces temps-ci. N'aggravons pas bêtement la situation.

Margaret, hochant la tête, passa près de Rory pour rejoindre sa chambre. Lachlan l'intercepta par le bras.

— Ce n'était qu'un baiser, Lachlan, lui dit-elle.

— Quelle différence voyez-vous avec ce qui s'est passé entre Fiona et moi ?

— Une énorme différence, répliqua Margaret, cinglante. Nous, nous n'avons fait que nous embrasser, alors que vous êtes allé bien plus loin avec Fiona. Mais vous avez au moins raison sur un point : dans les deux cas, les femmes étaient consentantes.

Elle s'éloigna là-dessus et réintégra sa chambre, dont on entendit le loquet se fermer. Lachlan jeta à Gannon un regard de pure haine, avant de tourner les talons.

— Bon sang, Gannon, grommela Rory, n'avons-nous pas déjà assez de soucis comme cela ?

— Vous l'avez dit vous-même, Rory : ce n'était qu'un baiser.

— C'était beaucoup plus, et tu le sais très bien. Trouve-toi une autre femme, Gannon.

Il s'éloigna à son tour, secouant la tête.

Gannon descendit dans la cour, dans l'espoir que l'air nocturne l'aiderait à apaiser les tourments de son corps et de son âme. Margaret épouserait Lachlan demain. Il devait donc s'interdire de la désirer. Et ne plus penser à ses courbes ravissantes, à ses beaux cheveux, à ses seins fermes pressés contre son torse, à la douceur de ses lèvres…

La femme de Lachlan. Il lâcha un juron.

Ils partirent peu après l'aube, ses hommes bâillant ouvertement et se plaignant de l'heure trop matinale. Tiernan, encore marqué par sa soirée mouvementée, restait silencieux. Ils avaient repris leurs vêtements irlandais, et Gannon était heureux d'être débarrassé de son kilt. Il était même heureux de laisser l'Écosse derrière lui : il ne serait jamais un Écossais. Alors, pourquoi vouloir jouer la comédie ?

Rory vint assister à leur départ. Ainsi que Rufus. Et même Lachlan, qui demeura cependant en retrait, les bras croisés sur la poitrine, le visage indéchiffrable.

— Je n'ai pas à te dire de te montrer prudent, commenta Rory, alors que les compagnons de Gannon finissaient d'embarquer à bord de son navire.

— Non, répondit Gannon.

— Ni à te conseiller de repartir immédiatement si vous flairez le moindre danger.

— Non plus.

— Ni à te faire comprendre que tu as eu beaucoup de chance, cette nuit, de tomber sur moi plutôt que sur William. Après la bagarre entre Rignor et Tiernan, je n'ose penser comment il aurait réagi. Il y a d'autres femmes sur terre.

Gannon restant muet, il ajouta :

— Je suis sérieux, mon garçon. Il y a d'autres femmes. Quand tu rentreras en Irlande, tu trouveras chaussure à ton pied.

— Je croyais que je devais épouser une héritière écossaise ?

— Cela ne me paraît plus une bonne idée, à présent. Mieux vaut que tu rentres le plus vite possible en Irlande.

— Pour faire quoi, Rory ? Être le laquais d'Erik ? Un jour ou l'autre, j'aurai envie d'avoir une terre à moi.

— Je peux le comprendre. Et je sais que Rufus t'a offert sa fille. Il me l'a dit. Tu hériterais d'Inverstrath après sa mort. Mais si tu épousais Dagmar, tu deviendrais le vassal de Rignor. Et ta femme serait plus souvent dans son lit que dans le tien. Pourrais-tu l'accepter ?

Gannon regardait au loin.

— Je ne le pense pas.

Rory hocha la tête.

— Dans ce cas, si tu veux vraiment une terre à toi, nous finirons bien par t'en trouver. Tu auras toujours ta place auprès de moi, mon garçon.

— Merci.

— Ne me remercie pas trop vite. Ta terre, tu devras la mériter. Et tu vas commencer par ce voyage à

Skye. Leod est un homme rusé. Ne perds jamais cela de vue.

— C'est compris.

— Tu es jeune, Gannon. Avec le temps, tu finiras par oublier cette fille, et elle aussi t'oubliera, même si cela vous semble impossible pour le moment. Maintenant, va-t'en. Fais bon voyage, et que Dieu te protège.

Il donna l'accolade à Gannon, et tourna les talons.

Gannon le regarda s'éloigner, puis il jeta un dernier regard à Lachlan, qui l'observait toujours, avant d'embarquer et de donner le signal du départ.

Rory se trompait. Il n'oublierait jamais la jeune femme.

L'île de Skye. Gannon et Tiernan, debout à la proue de leur bateau, contemplaient les grands rochers qui gardaient l'entrée de la forteresse de Leod. La traversée s'était déroulée sans encombre depuis Inverstrath.

Gannon cherchait des yeux les vigies qu'il savait embusquées dans les rochers, et qui signaleraient leur arrivée. Il les repéra bientôt, les voyant s'adresser des signes.

Leod avait bien choisi son repaire : il ne craignait pas d'être surpris par quelque visiteur non désiré. Mais ce n'était guère étonnant, de la part d'un chef avisé et malin.

L'entrée de la baie s'ouvrait largement sur la mer, et la baie elle-même était assez vaste pour accueillir plusieurs bateaux. Gannon s'était approché prudemment de Skye. Les habitants de cette île étaient réputés pour leur farouche indépendance et, à l'occasion, leur férocité. Gannon y était déjà venu une fois, mais c'était il y a longtemps, lorsqu'il était jeune garçon. Il avait accompagné son père et son oncle, et il avait entendu les adultes parler de rumeurs de guerre. Mais il n'aurait pas su dire ce qui avait été décidé ce jour-là. En revanche, il se rappelait que, sur le chemin du retour, son père lui avait expliqué qu'il était toujours plus important d'écouter que de parler, dans de telles réunions.

— Nous savons déjà ce que nous avons à l'esprit, lui avait expliqué Magnus. Il est donc plus intéressant de savoir ce que l'autre pense.

Gannon comptait appliquer ce principe aujourd'hui, pour tenter de découvrir ce que manigançait ou non Leod.

— Il a signé des traités d'alliance avec Alexandre et avec Haakon, n'est-ce pas ? demanda Tiernan, comme s'il suivait le même cheminement de pensée.

Gannon hocha la tête. Il observait les gens, sur le rivage, qui s'étaient interrompus dans leur travail pour les regarder approcher.

— Oui. De cette façon, il ne court pas grand risque d'être du côté du perdant.

— Erik dit que c'est quelqu'un de fiable.

— Je sais. Nous ne tarderons pas à être fixés, en tout cas. Si c'est Leod qui a lancé les attaques, cette île sera notre tombeau. Et si ce n'est pas lui, il cherchera sans doute à jouer sur les deux tableaux, ce qui veut dire qu'il préviendra les véritables agresseurs que nous sommes à leur recherche.

— Ne crois-tu pas qu'ils s'y préparent déjà ? Je vois mal des hommes faire ce qu'ils ont fait, sans se soucier d'être inquiétés.

— En effet. Et c'est peut-être ce qu'ils cherchent : que nous nous lancions à leurs trousses. Quoi qu'il en soit, j'espère que Leod nous livrera leurs noms.

— Pour ma part, j'espère surtout repartir d'ici vivant.

— Si nous sommes tués, Rory nous vengera.

— Ce qui nous ferait une belle jambe, répliqua Tiernan.

Gannon s'esclaffa, puis il concentra son attention sur le rivage, face à eux. Le soleil était encore haut dans le ciel, aveuglant, aussi fut-il obligé de mettre sa main en visière. Ignorant quel accueil ils recevraient, il ordonna à ses hommes de rester près des rames, au cas où ils seraient obligés de repartir plus vite que prévu. Mais bien sûr, cela ne leur garantirait pas pour autant de pouvoir atteindre la sécurité de la haute mer.

Un jour, quand il posséderait ses propres terres et sa propre forteresse, il imiterait Leod, qui avait parfaitement su protéger son territoire. Cependant, ce n'était pas le moment de nourrir des rêves d'avenir – pas plus que ce n'était le moment de se rappeler qu'aujourd'hui, Margaret deviendrait la femme de Lachlan Ross, et qu'elle partagerait son lit la nuit prochaine…

Les dieux étaient avec eux. La mer était calme, le vent solide et régulier. Le Viking se frottait les mains. Il pouvait compter sur douze navires, à présent, et chacun d'eux était légèrement chargé en guerriers, ce qui laissait beaucoup d'espace pour le butin et les esclaves.

Son plan était simple. L'armada se diviserait en deux moitiés égales : la première irait attaquer le nord de l'Écosse et s'en prendrait aux possessions des Sinclair et des Munro. Le deuxième groupe – celui qu'il dirigerait – s'aventurerait plus loin, vers une île qu'il comptait mettre sous sa coupe. Sur le chemin du retour, il s'arrêterait chez un vieil ami pour avoir des nouvelles. Il ne doutait pas d'être bien accueilli, malgré le souci diplomatique que causerait sa présence chez ce chef respecté.

Son neveu Drason l'accompagnait, mais le garçon ne cachait pas son mécontentement d'avoir été enrôlé de force dans l'aventure. Le Viking, cependant, n'en avait cure : d'ici la fin de l'expédition, soit Drason aurait à cœur de se révéler un fier guerrier, soit il montrerait sa lâcheté, auquel cas son sort serait réglé.

Une fois cette nouvelle vague de raids terminée, de retour chez lui, le Viking lancerait la dernière phase de son plan. Sa puissance ne ferait que grandir, et alors les rois d'Irlande, d'Écosse et de Norvège n'auraient plus d'autre choix que de traiter avec lui, d'égal à égal.

Il versa ce qui restait du vin dérobé à Somerstrath dans la mer, en guise d'offrande aux esprits de l'océan – pour les remercier de l'avoir favorisé jusqu'ici, et les inciter à continuer. L'un de ses espions lui avait en effet apporté une mauvaise nouvelle : parmi les cinq enfants capturés à Somerstrath et destinés à devenir esclaves, l'un d'eux était un fils Somerstrath. Qui aurait pu s'en douter ? Le garçon ne se trouvait pas dans la forteresse avec les autres, et il n'était pas richement vêtu. Mais il constituait désormais un enjeu : on voudrait bien sûr le récupérer. Ross, lui avait appris son espion, avait déjà envoyé des messagers à travers toute l'Écosse pour informer du raid sur Somerstrath. Bientôt, le Viking perdrait le bénéfice de l'effet de surprise qui avait si bien servi ses projets. Les Écossais seraient sur la défensive et attendraient ses bateaux.

Pour l'heure, il était cependant inutile de s'inquiéter. Le vent avait encore forci, gonflant généreusement leurs voiles. Le Viking voulait y voir le signe que Dieu encourageait son expédition.

Lachlan ne trouva rien à dire à Margaret lorsqu'ils se rencontrèrent à la table du petit déjeuner. Il se contenta donc de la saluer de la tête, ainsi que Nell, tandis que chacun mangeait de son côté. D'ailleurs, Lachlan n'avait envie de parler à personne.

Rory O'Neill annonça à William que Gannon et Tiernan avaient appareillé à l'aube, comme prévu, pour Skye. William déclara que le prêtre n'était pas encore arrivé. Rignor, pour sa part, restait tout aussi muet que Lachlan. Rufus, en revanche, fit largement la conversation pour tout le monde. C'était le seul à se montrer enjoué, cependant Margaret devina que son ton était forcé, et elle remarqua les quelques regards inquiets qu'il lança à sa fille – et dont Dagmar ne parut pas s'apercevoir.

À midi, le prêtre n'était toujours pas là. Et pas davantage en fin d'après-midi, si bien que le mariage fut repoussé au lendemain. Il y eut quelques minutes d'excitation quand on vit approcher, sur le chemin, une silhouette encapuchonnée, mais il s'agissait d'un moine pèlerin, et non du prêtre attendu. Le moine fut invité à la table du dîner et leur donna des nouvelles des environs.

— Les villageois du bord de mer s'entraînent un peu partout au combat, expliqua-t-il en mangeant goulûment. Et certaines bourgades renforcent leurs fortifications. Tout le monde est convaincu que les premières attaques n'étaient qu'un hors-d'œuvre, et que les Vikings se préparent à nous envahir.

Et, se tournant vers Rufus :

— Vous avez eu de la chance d'y échapper, lorsqu'on sait combien Somerstrath et Inverstrath sont proches l'un de l'autre. Ils n'ont pas reparu depuis ? Vous n'avez pas aperçu un seul navire étranger ?

— Les seuls navires étrangers que nous ayons vus ces derniers temps sont ceux de lord O'Neill, répondit Rufus.

Rory hocha la tête, amusé.

— C'est exact, dit-il.

Le moine le regarda avec intérêt.

— O'Neill ? Vous êtes irlandais ?

— Vous parlez au grand chef de l'Ulster, expliqua Rufus avec fierté.

Le moine haussa les sourcils.

— C'est vrai ? Qu'est-ce donc qui vous a amené ici ?

— L'Irlande a eu aussi à déplorer des attaques, expliqua encore Rufus. Lord O'Neill était venu en informer lord Ross, et il a découvert ce qui s'est passé à Somerstrath.

— Ah, fit le moine. Et vous allez rester ici ?

O'Neill se leva brutalement de table.

— J'aimerais échanger quelques mots avec vous en privé, Rufus, déclara-t-il.

Et il entraîna Rufus à l'écart.

Le moine les suivit quelques instants des yeux, avant de reporter son attention sur Margaret.

— Sale époque, n'est-ce pas ? dit-il, puis il se concentra sur le contenu de son assiette.

La soirée s'écoula paisiblement et le moine repartit le lendemain matin, vers le sud, serrant contre lui le panier de nourriture que Rufus avait fait préparer à son intention.

Les heures paraissaient interminables à Margaret, qui trouvait que la journée s'écoulait trop lentement. Rignor avait disparu. Dagmar ne parlait à personne. Rufus avait emmené Lachlan, William et Rory O'Neill à la chasse, et il en profiterait pour faire le tour de ses terres, ce qui inclurait l'ancienne forteresse que Gannon lui avait montrée – et qu'elle n'appelait plus, désormais, que la forteresse de Gannon. Les hommes de Lachlan jouaient aux dés dans la cour, pendant que le personnel de Rufus vaquait à ses tâches. Les hommes de William s'étaient retirés sur le rivage, à proximité des bateaux, où ils s'entretenaient avec les compagnons de Rory O'Neill.

Pour s'occuper, Margaret travailla avec les femmes rescapées de Somerstrath, à laver et recoudre du linge. Elle ne revint dans la grande salle que lorsque Rufus et les autres furent rentrés de la chasse. Elle demanda alors à son oncle un entretien en particulier, ce qu'il accepta, mais sur la défensive.

— Je ne changerai pas de position, Margaret, la prévint-il tout de suite.

— Je sais. Mais j'ai une question : si je refusais d'épouser Lachlan, retireriez-vous votre soutien à Rignor ? Il prétend que oui.

— Ton frère est un imbécile, Margaret. Je ne lui retirerais évidemment pas mon soutien. Du reste, nous n'avons pas du tout évoqué ton mariage, avec lui. Et pour ce qui s'est passé entre toi et Gannon, c'est de toute façon terminé.

— Il ne s'est rien passé.

— Tu es toujours… ?

Elle releva le menton.

— Je suis toujours vierge, William.

Il rougit.

— Bien sûr. Bien sûr… Pardonne-moi.

— Il n'y a donc rien que je puisse dire qui vous dissuaderait de faire célébrer ce mariage ?

— Rien, Margaret.

Elle le quitta précipitamment, les larmes aux yeux.

Un peu avant le coucher du soleil, Margaret partit se promener sur le rivage, en compagnie de sa sœur. Au dîner, elle s'assit à sa place habituelle, mais ne put presque rien manger. Et lorsque la nuit fut tombée, elle resta un long moment seule dans la cour, à contempler le ciel étoilé et à se demander quand Gannon rentrerait – à supposer qu'il rentre. Et si le prêtre finirait par arriver.

La bière de Leod était délicieuse. Son whisky, encore meilleur. Le vieux chef versa à Gannon une autre dose du merveilleux liquide ambré, et se resservit à son tour. Gannon fit tourner le whisky dans sa coupe finement ciselée, refrénant son envie de la vider en quelques gorgées. Il devait prendre garde à ne pas s'enivrer.

À leur arrivée au port, il avait fait adresser ses salutations à Leod en donnant son nom. Peu après, le messager était revenu l'informer que Leod l'attendait. Gannon était parti en laissant Tiernan au bateau.

— Si je ne suis pas là à la tombée de la nuit, repars sans te soucier de mon sort, lui avait-il dit. Tu raconteras à Rory ce qui s'est passé.

Tiernan avait serré les mâchoires.

— Je ne repartirai pas sans toi.

— Si. Je compte sur toi pour prévenir les autres, qu'ils viennent me sortir d'ici si ça tourne mal. Mais peut-être que rien de tout cela ne sera nécessaire.

Tiernan avait fini par acquiescer, à contrecœur.

Gannon avait ensuite été escorté jusqu'à la forteresse de Leod, parfaitement bien gardée, ainsi qu'il s'y était attendu. Au lieu d'être introduit dans la grande salle, il avait été conduit, par un escalier, dans une pièce de dimensions plus modestes, mais encore assez vaste et richement décorée de tapisseries, de tapis et de candélabres de bronze. Les deux fenêtres donnaient sur la baie. La forteresse de Leod, bâtie à même le rocher, évoquait un nid d'aigle. Et comme un aigle, Leod, depuis sa tanière, pouvait voir tout ce qui se passait sur son territoire.

Assis à une table au centre de la pièce, des cartes marines disposées devant lui, Leod était un homme imposant, grand, large d'épaules, et il émanait de lui une autorité naturelle. Gannon ne l'avait pas vu depuis quatorze ans et le temps, bien sûr, avait fait son œuvre. Ses cheveux autrefois blonds avaient viré au gris argenté, et ils encadraient un visage désormais creusé de rides, mais dont le regard était toujours aussi perçant.

— Alors, Gannon Magnusson ? Cela fait bien longtemps, n'est-ce pas ? La dernière fois que je t'ai vu, tu m'arrivais au genou.

— Non, ça, c'était mon frère. Moi, je devais vous arriver au coude.

Leod rit de bon cœur.

— Tu ressembles beaucoup à ton père.

— On me le dit souvent.

— Les femmes l'adoraient et tentaient de l'inviter dans leur lit. Même après son mariage. As-tu le même problème ?

— Non.

Leod rit de nouveau.

— Comment va ta mère ?

— Elle est morte l'hiver dernier.

— Encore une perte... Dis-moi donc ce qui t'amène. Es-tu venu réclamer la terre que j'avais offerte à ton père il y a quatorze ans ?

— Non.

— Tu m'as l'air surpris. Tu n'étais pas au courant ?

Gannon secoua la tête.

— Il y a longtemps de cela, quand ton grand-père gouvernait Haraldsholm, j'ai essayé d'attirer ton père à Skye. Je sais reconnaître un homme de valeur lorsque j'en vois un.

— Mais il a refusé.

— Oui, répondit Leod. S'il avait accepté, il serait probablement toujours vivant aujourd'hui.

Gannon hocha longuement la tête, et but une rasade de whisky.

— Alors, pourquoi es-tu ici, Gannon Magnusson ?

— Récemment, plusieurs attaques meurtrières ont été à déplorer. Sur la côte d'Antrim. Ainsi qu'en Écosse. Il semblerait que les agresseurs soient des Vikings. Ou des habitants des Orcades.

— Et ?

— Rory O'Neill et William Ross voudraient savoir ce que vous pouvez nous dire à ce sujet.

— J'ai entendu parler de ces attaques.

— Savez-vous qui a pu les perpétrer ?

— Peut-être des Vikings, en effet. Peut-être des habitants des Orcades.

— C'est précisément ce que je viens de vous dire. Voyez-vous d'autres candidats possibles ?

— La mer est vaste, Gannon. Et très encombrée.

Gannon reposa sa coupe et se pencha en avant.

— Ils ont attaqué trois villages de mon oncle, tuant tout le monde sur leur passage, et pillant tout, y compris les églises. En Écosse, ils ont anéanti Somerstrath. Violé toutes les femmes avant de les tuer. Et capturé cinq jeunes garçons. Dont l'un des fils de Somerstrath.

Le visage du vieux chef ne trahit aucune émotion, mais son ton devint songeur :

— J'ignorais que des enfants avaient été enlevés. Es-tu sûr qu'ils n'ont pas été pris en otages ?

— À ce jour, aucune demande de rançon n'a été reçue.

— Que pense Ross de tout cela ?

— Il est très en colère.

— Voilà pourquoi tu es venu me voir… conclut Leod, qui parut s'abîmer dans ses réflexions.

Gannon reprit sa coupe, but une nouvelle rasade et la reposa. Leod l'observait, le jaugeait, en tapotant les doigts sur la table. Son chien, à ses pieds, s'étira et se gratta l'oreille. Gannon ne bougeait pas, conscient qu'il devait rester parfaitement calme s'il voulait réussir. Leod savait quelque chose sur ces attaques, il en était convaincu.

Finalement, Leod croisa les doigts.

— Des guerriers des Orcades, dis-tu ?

— Oui.

— Es-tu allé à Kirkwall ?

Kirkwall, bâtie sur la plus grande île de l'archipel, était la capitale des Orcades. Et elle serait sans doute la prochaine destination de Gannon.

— Nous avons estimé préférable de vous voir en premier, puisque vous êtes à la fois l'allié de l'Irlande et de l'Écosse.

— Et la Norvège ?

— Vous pensez que les agresseurs pourraient venir de là ?

— Cela s'est déjà produit par le passé.

— Mais la Norvège est loin. Or, les raids ont été très rapprochés dans le temps. À supposer que ce soient des Norvégiens, ils auraient dû se trouver un endroit plus proche de nos côtes, où s'abriter tranquillement entre deux attaques.

— Donc, tu penches plutôt pour l'hypothèse Orcades ?

— Ou une autre île.

Leod se pencha brusquement en avant.

— Tu ne les trouveras pas ici.

— Ils n'ont même pas fait étape chez vous ?

— Personne n'est venu me voir en m'expliquant qu'il avait l'intention de s'attaquer aux côtes irlandaises et écossaises.

— Mais vous recevez régulièrement des visiteurs.

Leod se radossa à son siège.

— Bien sûr.

— Supposons que nos agresseurs viennent vous rendre visite, comment les recevriez-vous ?

— Je leur offrirais du whisky, et j'écouterais ce qu'ils ont à me dire.

— Leur achèteriez-vous des esclaves ?

— Non.

— Accepteriez-vous de les protéger s'ils vous le demandaient ?

Leod sourit, mais ne répondit pas.

— Vous joindriez-vous à eux pour de futures attaques ?

— Je leur offrirais du whisky, répéta Leod.

— Et si ces hommes étaient démasqués et anéantis ?

— Je serais ravi d'apprendre comment cela s'est passé.

— Et seriez-vous prêt à vous ranger dans le camp de ceux qui veulent les prendre en chasse ?

— C'est à voir. Je ne suis pas particulièrement épris de William Ross.

— Pourtant, votre mère était une Ross.

— Ton père était scandinave, et ta mère irlandaise, Gannon Magnusson. Tu es donc parfaitement à même de comprendre ma position.

— Savez-vous qui sont ces gens ?

Leod sourit encore.

— J'ai entendu beaucoup de choses.

Gannon se releva.

— Je vous remercie de m'avoir reçu, et de m'avoir fait goûter votre whisky.

Leod se leva à son tour.

— Tu passeras la nuit ici, dit-il.

Et, contournant la table pour désigner les fenêtres qui donnaient sur la baie, il ajouta :

— Il se fait déjà tard. Ton frère va nous rejoindre.

Comme Gannon hésitait, Leod éclata de rire.

— Je te donne ma parole que je ne toucherai pas à un seul de tes cheveux. Toi, ton frère et tes hommes n'avez rien à craindre. Vous repartirez demain matin et vous direz à O'Neill et à Ross que j'ai au moins su me montrer hospitalier.

— Mais pas très bavard, répliqua Gannon.

Leod rit encore, et donna une claque amicale sur son épaule.

— Va chercher ton frère.

— J'y vais de ce pas.

— Que lui avais-tu ordonné ? D'appareiller si tu n'étais pas revenu au coucher du soleil ?

Gannon lui opposa un sourire.

— Je suis heureux d'apprendre que mes cheveux sont en sécurité ici, dit-il.

Le soulagement de Tiernan était visible quand il aperçut Gannon revenir au port. Mais il fronça les sourcils dès que son frère lui expliqua qu'ils étaient invités à passer la nuit chez Leod.

— Crois-tu que nous devons accepter ? demanda-t-il.

— Nous n'avons pas vraiment le choix. Si nous repartons maintenant, nous l'offenserons, et c'est bien la dernière chose que nous souhaitons. Et puis, nous en apprendrons peut-être davantage ce soir.

Tiernan leva les yeux vers les rochers qui les surplombaient.

— Comment est sa forteresse ?

— Bien gardée. Mais aussi confortable. Et son whisky est excellent. Je te conseille de bien observer Leod. C'est un homme vraiment très malin. L'approcher est source d'enseignements.

— À condition que nous survivions pour profiter de la leçon.

— Il m'a donné sa parole.

Tiernan marmonna dans sa barbe, mais il suivit Gannon vers la forteresse.

Le dîner fut plantureux, le whisky toujours de bonne qualité, et Leod se révéla un hôte charmant. Mais Gannon ne put rien apprendre de nouveau. Lorsque Leod commença à bâiller, Gannon s'excusa poliment, au prétexte qu'il voulait aller saluer ses hommes, restés près du bateau pour la nuit.

— Écoute avec tes deux oreilles, et vois si tu peux découvrir quelque chose d'intéressant, murmura-t-il à Tiernan avant de sortir.

Dehors, un épais brouillard s'était levé. Les gardes surveillant l'entrée de la forteresse n'étaient plus que de vagues silhouettes. Il leur expliqua qu'il reviendrait bientôt, et ils acquiescèrent sans broncher.

La mer, à cause du brouillard, n'était plus visible depuis les murailles de la forteresse, mais il pouvait entendre le bruit des vagues venant mourir sur le rivage face à lui, ou heurtant les falaises des deux côtés de la baie.

Tout se passait très bien sur son bateau. Ses hommes s'étaient emmitouflés dans leurs manteaux pour se protéger de l'humidité. Ils rapportèrent que le repas envoyé par Leod avait été généreux, et la bière excellente.

Gannon les quitta de bonne humeur et remonta vers la forteresse.

Mais, à mi-chemin, quelqu'un dans le brouillard l'appela :

— Gannon Magnusson !

15

Gannon s'immobilisa et regarda attentivement autour de lui. La voix répéta son nom – son nom scandinave – mais cette fois elle paraissait plus proche.

— Je suis ici, dit-il.

Une femme surgit du brouillard. Gannon ne bougea pas tandis que l'inconnue s'approchait. Elle était grande et ressemblait à un spectre avec son manteau gris, ses cheveux gris et son visage pâle. Elle n'était plus jeune, mais pas encore assez âgée pour qu'on ne puisse deviner les restes de sa beauté passée. Elle se planta devant lui et le fixa comme si elle le connaissait. Pourtant, Gannon était convaincu de ne l'avoir jamais rencontrée. Elle leva la main, et il crut qu'elle voulait lui toucher le visage, mais elle laissa finalement retomber son bras.

— Tu lui ressembles, murmura-t-elle. J'aurais su, de toute façon, que tu étais son fils.

— Vous avez connu mon père ?

Elle rit, d'un rire un peu cassé.

— Oui, je l'ai connu. Mais c'était à une autre époque.

Puis, changeant de ton :

— L'homme que tu cherches, Gannon Magnusson, celui qui a détruit des villages entiers en Irlande et en Écosse, l'homme dont tu es venu demander le nom à Leod, s'appelle Nor Thorkelson. Il est le fils de Thorkel. Parfois, les pères et les fils se ressemblent. Parfois, ils sont très différents l'un de l'autre. Parfois, les choses se répètent. Je sais que ton père a été tué par des habitants des Orcades.

Elle fit le tour de Gannon, les yeux brillants, avant de s'immobiliser de nouveau face à lui :

— Leod ne peut pas te parler de lui sans briser sa parole. Il a passé des accords avec le roi Haakon de Norvège.

— Mais aussi avec le roi d'Écosse et le chef de l'Ulster.

— Oui. Et même avec le chef des Orcades. Alors, je te laisse deviner combien la situation est compliquée pour lui.

— Qui est ce Nor Thorkelson ?

— Il vit sur l'une des Orcades. Ketelsay.

— Vous êtes sûre qu'il s'agit de lui ?

— Sûre et certaine.

— Pourquoi me le dites-vous ?

— Parce que je ne suis pas l'amie de Nor Thorkelson, ni de personne de sa famille.

— Pourquoi ?

— Il m'a pris quelque chose qui ne pourra jamais être remplacé.

Gannon attendit qu'elle s'explique, mais bizarrement elle recula dans le brouillard. Il lui saisit le bras.

— Attendez ! Ne partez pas déjà. Pourquoi se livre-t-il à ces raids ? Que veut-il ? Pourquoi m'en informez-vous ?

Elle demeura silencieuse un moment, mais son visage exprimait une vive émotion.

— J'ai bien connu ton père, autrefois. Je l'aimais beaucoup. J'espère que son fils est quelqu'un d'aussi bien que lui. Pourquoi je te dis tout cela ? Pour que tu empêches Nor de continuer.

Elle baissa les yeux sur la main de Gannon qui tenait toujours son bras, puis les releva pour croiser son regard. Il la relâcha.

— Il m'a pris ma fille, l'a violée, et s'en est débarrassé quand il en a eu fini avec elle.

— Vous êtes originaire de Ketelsay ?

— Non. Mais il vient souvent ici, plus exactement au sud de l'île. Avec quelques-uns de ses hommes. Lorsqu'ils ont besoin de femmes.

— Leod sait tout cela ?

Elle recula d'un pas.

— J'ignore ce que sait Leod. Mais voilà ce que j'avais à te dire.

— Ce Nor livre-t-il ses attaques pour le compte de Leod ?

La femme haussa les épaules.

— Ou pour le compte du roi Haakon ?

— Non, je ne le pense pas.

— Mais alors, pourquoi fait-il cela ?

— Peut-être pour l'or. Peut-être pour le pouvoir. Son père est mort il n'y a pas très longtemps. Son frère aîné, qui aurait dû prendre la succession, a mystérieusement disparu. De même que son frère cadet. On murmure qu'il les aurait supprimés.

— Leod est-il au courant ?

— On vient raconter beaucoup de choses à Leod.

— Est-ce lui qui vous a demandé de me dire tout cela ?

Elle sourit, se recula encore, et disparut tout à fait dans le brouillard, laissant Gannon quelque peu éberlué par cette rencontre irréelle. On aurait dit un esprit, songea-t-il tandis que ses yeux tentaient en vain de percer le brouillard. Et cependant il n'avait pas rêvé, elle était bien de chair et de sang. Elle s'était simplement servie du brouillard comme les acteurs, sur la scène, usent d'artifices pour apparaître et disparaître.

Gannon reprit le chemin de la forteresse. Il avait quelques questions supplémentaires à poser à son hôte.

Mais Leod se montra plus cauteleux que jamais et Gannon, malgré ses efforts, gagna son lit sans avoir pu glaner de nouvelles informations. Toutes les questions qu'il avait formulées avaient reçu des réponses laconiques qui ne lui étaient d'aucune utilité. Il s'était pourtant risqué à demander qui était Nor Thorkelson, mais Leod, le regard indéchiffrable, s'était contenté de changer de sujet.

Au sortir de la salle, il expliqua brièvement à Tiernan sa rencontre avec l'inconnue, et les éléments qu'elle lui avait donnés. Puis son frère se joignit à quelques-uns des hommes de Leod pour jouer aux dés et boire. Gannon se retira dans la chambre confortable qu'il partagerait avec Tiernan pour la nuit. Il s'allongea sur le grand lit, ferma les yeux, mais ne put dormir. Son esprit était encombré d'images : Leod, la femme dans le brouillard – et Margaret, qui était probablement l'épouse de Lachlan, maintenant. Et qui s'apprêtait à passer avec lui sa nuit de noces.

Tiernan revint, passablement éméché. Il referma la porte derrière lui et s'adossa au battant.

— Bonne bière, décidément, mais je crois que j'en ai abusé.

— As-tu appris quelque chose ?

Tiernan se débarrassa en vitesse de ses vêtements, avant de se jeter sur le lit avec un grand soupir.

— Ils savent qui c'est, dit-il. C'est bien quelqu'un des Orcades, comme l'a assuré la femme. Il est venu ici plusieurs fois au cours des derniers mois. Les hommes de Leod se méfient de lui. Il paraît qu'il triche aux dés – au fait, j'ai perdu, il faudra que tu me prêtes de l'argent pour rembourser mes dettes... Il paraît aussi qu'il aime un peu trop la bagarre, mais que là non plus, il n'est pas loyal. Et qu'il se croit supérieur à tout le monde.

— Plusieurs t'ont parlé de lui ?

Tiernan secoua la tête.

— Non. Un seul, en fait. Jeune, et qui n'avait pas assez bu pour perdre toute prudence. Il a attendu que les autres soient partis, ou se soient endormis, pour se confier. Il dit que la plupart des habitants de Skye sont furieux contre ce Nor, qu'ils accusent de vouloir les entraîner dans une guerre qu'ils ne souhaitent pas. Il assure également que beaucoup voudraient voir Leod renoncer à ses liens avec la Norvège et les Orcades, et privilégier au contraire son alliance avec les Écossais. Crois-tu qu'on cherche à nous abuser en désignant ce Nor comme le coupable, alors qu'il n'a peut-être rien à voir dans les raids ?

Gannon haussa une épaule.

— Ce n'est pas impossible, bien sûr. Auquel cas, en voulant nous en prendre à Nor, nous nous mettrions toutes les Orcades à dos pour avoir offensé un innocent. Qui peut savoir, pour l'instant, où se trouve la vérité ? Ce que je sais, c'est que cette femme m'a donné un nom.

— Et que mon gars semble confirmer son histoire.

— Une excursion aux Orcades devrait nous permettre d'y voir plus clair. Notre prochain objectif est donc tout trouvé !

Gannon se réveilla, en sueur, d'un pénible cauchemar alors que l'aube pointait à peine. Il se redressa, inspira à pleins poumons et s'obligea à se rassurer. Il était à Skye, en toute sécurité, son frère dormait tranquillement à côté de lui et tout allait bien. Il avait sans doute bu un peu trop de whisky hier soir. Il ne fallait pas chercher d'autre explication, ni de signification cachée à ce cauchemar.

Il se glissa hors du lit, tendit les bras devant lui et, constatant que ses mains tremblaient, serra les poings pour supprimer tout mouvement intempestif. Un rêve, rien de plus. Quand il sentit que son cœur battait plus normalement, il s'approcha de la fenêtre et appuya son front à la croisée. Mais il sursauta en réalisant que la falaise de son rêve ressemblait beaucoup à celle qu'il pouvait voir depuis la fenêtre. Cependant, il voulait croire qu'il ne s'agissait que d'une réminiscence logique des paysages qu'il avait découverts la veille, et de l'importance de sa mission. Son rêve n'était qu'une manifestation de la tension intérieure qu'il subissait.

Seulement, l'écho des cris de Margaret continuait de résonner dans sa tête. Elle l'appelait au secours. Et Gannon devait bien admettre que ceci n'était lié à aucun souvenir réel. Mais, que Dieu lui vienne en aide, il voulait absolument croire qu'il n'y avait là rien de prémonitoire.

Il récupéra ses vêtements et, une fois habillé, ouvrit la porte de la chambre en se promettant de ne plus boire de whisky.

Quelques heures plus tard, Gannon fit ses adieux à Leod sur le port, puis il embarqua et dirigea les manœuvres pour sortir de la baie. Leod les regarda s'éloigner avec un large sourire, et Gannon se demanda si le vieux renard n'était pas en train de s'amuser à leurs dépens. Il préféra détourner le regard et se concentrer sur ce qu'il avait appris. Au fond, il avait eu raison depuis le début : les attaques étaient causées par des habitants des Orcades. Et maintenant, il possédait le nom de celui qui semblait être leur chef.

Cette nouvelle matinée apporta la pluie sur Inverstrath, mais toujours pas de prêtre. Il demeurait introuvable, ce qui était d'autant plus bizarre qu'il était considéré comme un homme ponctuel. William décida alors de faire quérir le moine qu'ils avaient reçu la veille.

— Ce n'est pas un prêtre, fit valoir Margaret.

— Aucune importance, il le remplacera aisément, rétorqua William.

Le moine arriva dans l'après-midi. William ordonna aussitôt à Margaret de se préparer pour ses noces.

— Je partirai tout de suite après, précisa-t-il. Qu'on en finisse avec cette histoire.

Nell brossa les cheveux de Margaret jusqu'à ce qu'ils soient devenus parfaitement brillants, puis elle l'aida à revêtir la robe de soie bleue que la jeune femme avait portée lors de son audience avec le roi. Nell trouvait la couleur parfaite, et le style ravissant – même si ce vêtement ne semblait pas avoir, jusqu'ici, porté chance à sa sœur. Après un ultime coup de brosse dans sa chevelure, elle se recula pour juger de l'effet.

— Tu es magnifique, Margaret.

Celle-ci lui offrit un pauvre sourire.

— Merci.

— Tu appréhendes ?

— Je suis surtout très triste.

— D'épouser Lachlan ?

— Oui, mais pas seulement. J'ai encore du mal à réaliser que maman et tous les autres sont morts. Je pense souvent à eux, et à ce qu'ils auraient fait en ce moment, par exemple.

— Le pire est sans doute derrière nous. Lachlan se révélera peut-être un bon mari. Et peut-être finiras-tu par tomber amoureuse de lui.

— Oui, on peut toujours l'imaginer.

— Peut-être aussi retrouverons-nous bientôt Davey.

— Ce serait merveilleux.

Il y eut un silence. Margaret laça ses bottines, lissa les plis de sa robe, puis se pencha pour permettre à Nell de poser dans ses cheveux une couronne de fleurs. Elle avait tenté de retarder le plus possible l'échéance, mais à présent le moment était arrivé. William leur avait dépêché un messager afin de les prévenir qu'en bas, tout était prêt.

Rignor attendait dans le couloir pour les escorter jusqu'au rez-de-chaussée. Margaret récita une dernière prière, et ouvrit la porte. Son frère lui offrit son bras avec le sourire.

— Je ne te remercierai jamais assez, Margaret, dit-il, tandis que Nell suivait derrière.

À l'entendre, on aurait pu croire qu'il évoquait une faveur passagère, et non pas un acte qui engageait Margaret pour le restant de ses jours. De toute évidence, il n'avait aucune idée de ce qu'elle ressentait.

— Je te revaudrai ça, ajouta-t-il.

— De quelle manière ?

— Dès que Somerstrath sera reconstruit et redevenu prospère, je te ferai envoyer des bijoux. Tu ne seras pas déçue, je te le promets.

Margaret était éberluée. Comment pouvait-il aussi peu la connaître ?

— Des bijoux, répéta-t-elle.

— Oui. Tu verras, bientôt nous serons plus riches que jamais. Et je saurai me souvenir de ce que tu as fait aujourd'hui. Tu as ma parole.

— Rignor, je me moque des bijoux.

Ils entrèrent dans la grande salle, pleine de spectateurs dont certains dansaient d'un pied sur l'autre, sans oser regarder la jeune femme tant ils étaient mal à l'aise, alors que d'autres, manifestement inconscients de la tension qui régnait, souriaient béatement. Lachlan se tenait à côté du moine. Il paraissait nerveux, constata Margaret. Mais ce qui frappait d'abord chez lui, c'était sa toilette, plus éclatante de richesse que celle de la mariée. L'or de sa ceinture et de ses bijoux captait la lumière pénétrant à flots par les fenêtres.

Oncle William, debout entre Rory O'Neill et Rufus, avait le visage fermé. Margaret croisa son regard, vit son embarras, et décida de ne plus concentrer son attention que sur Lachlan. Elle se refusait à scruter l'assistance pour y découvrir éventuellement un certain géant blond. De toute façon, si Gannon était rentré, quelqu'un l'en aurait avertie. Ou peut-être pas, au contraire – pour la protéger. Elle était convaincue qu'elle serait anéantie s'il manifestait, ne serait-ce que par un regard, sa désapprobation.

Papa, maman, je fais cela pour vous, songea-t-elle. Ainsi que je vous l'avais promis.

Le moine s'avança. Il souriait, mais la jeune femme préféra détourner les yeux. Des grains de poussière dansaient dans les rayons obliques du soleil qui tombaient des fenêtres. Un autre rai de lumière venait balayer le dallage, depuis la porte d'entrée, restée grande ouverte sur la cour. Derrière elle, Nell s'agitait, tournant sans cesse la tête de droite et de gauche, dans l'espoir que quelqu'un vienne les interrompre.

Mais bien sûr, rien de tel n'arriva. Personne ne sortit des rangs de l'assistance pour protester.

— Agenouillez-vous, mon enfant, dit le moine.

Margaret s'exécuta.

Elle répéta toutes les phrases qu'il récita. La cérémonie lui parut étrange, mais après tout elle n'avait pas assisté à beaucoup de mariages dans sa vie, et à chaque fois elle n'avait pas vraiment écouté les paroles de l'officiant. Ce fut ensuite au tour de Lachlan de reprendre les formules que lui soufflait le moine. Puis ce dernier adressa une ultime prière au Seigneur, dessina le signe de croix sur le front des deux jeunes époux et croisa leurs mains avec les siennes, le temps de réciter quelques paroles en latin que Margaret entendit à peine. Son attention était concentrée ailleurs, sur des détails. Deux chiens qui se bagarraient sous une table, quelque part dans la salle. Les reniflements de sa sœur, dans son dos, qui signifiaient que Nell sanglotait. Une ombre voilant le rai de lumière du dallage, sans doute parce que quelqu'un s'était encadré sur le seuil de la pièce.

— C'est fini, déclara le moine. Vous êtes désormais unis. Embrassez-vous.

Elle se redressa lentement, levant son regard vers Lachlan. Il lui sourit, déposa un baiser sur sa joue et prit sa main pour la brandir bien haut avec la sienne, tandis qu'il se retournait face à l'assistance. Margaret suivit le mouvement et reçut les congratulations d'usage. Son regard croisa celui de Rignor, plus satisfait que jamais. Oncle William, en revanche, avait toujours l'air sombre. Elle n'osa pas se tourner vers Nell. Et elle ne chercha même pas des yeux celui dont la présence l'aurait sans doute empêchée de supporter cette épreuve. Il était absent, et c'était mieux ainsi.

Il était arrivé trop tard.

Gannon pensait rentrer le lendemain du mariage de Margaret, et il ne s'attendait pas forcément à revoir la jeune femme : les deux époux seraient peut-être déjà partis pour la cour. Il n'avait donc pas imaginé une seconde débarquer en pleine cérémonie, à l'instant précis de l'échange des vœux, c'est-à-dire au moment même où il perdait Margaret à jamais.

L'assistance félicitait à présent les mariés, et s'égaillait autour des tables, pour le festin.

Il s'en voulait, tout à coup, de n'avoir pas avoué ses sentiments à la jeune femme pendant qu'il en était encore temps – mais il n'avait pas, alors, pris pleinement conscience de leur intensité. Pourquoi n'avait-il pas songé à l'emmener en Irlande avec lui ? D'un autre côté, il n'avait aucun droit sur elle. Certes, un lien s'était tissé entre eux, provoqué par leur commune expérience de la mort de leurs proches. Et par un désir mutuel. Mais cela s'arrêtait là. Cependant, si Margaret lui avait témoigné le moindre signe qu'elle voulait le suivre, il n'aurait pas hésité à l'enlever – et encore maintenant. Mais elle ne regarda même pas dans sa direction, et ne le vit pas rester figé comme une pierre, la gorge serrée, au seuil de la pièce.

Elle était resplendissante, comme toujours. Et elle semblait très calme. Sans doute désirait-elle ce moment, après tout. Et qui aurait pu l'en blâmer ? Lachlan Ross était riche. Elle vivrait à l'abri, auprès de lui. Et que pouvait-elle souhaiter de plus, après ce qu'elle venait de subir ?

Rignor couvait des yeux les mariés avec un sourire satisfait. Nell, en revanche, ne cherchait pas à dissimuler son désarroi. Gannon ne comprenait pas le sentiment de détresse qu'il éprouvait lui-même. C'était absurde. Ou plutôt, cela voulait dire qu'il était en manque de femme. Dès qu'il rentrerait à Haraldsholm, il rencontrerait la candidate qu'Erik lui avait choisie. Si elle lui plaisait, il l'épouserait aussitôt. Sinon, il s'en chercherait une autre. Mais il savait déjà qu'il n'oublierait jamais Margaret MacDonald.

Quelques habitants d'Inverstrath vinrent le saluer et l'invitèrent à partager leur table pour le banquet. Tiernan les suivit.

La jeune épousée, assise loin d'eux, ne parlait qu'à ceux qui l'entouraient, et à aucun moment son regard n'erra dans la salle. Elle n'aperçut donc pas Gannon. Ce qui était aussi bien. Car il avait besoin d'un peu de temps pour juguler ses émotions.

Le repas fut délicieux, mais interminable. Et bien peu festif. Le dessert terminé, Lachlan se leva, sa coupe à la main, pour porter un toast. Il attendit que le murmure des conversations se soit tari et, brandissant sa coupe :

— Je bois à ma femme…

L'assistance approuva bruyamment. Quelques plaisanteries salaces fusèrent. Lachlan attendit que le silence soit revenu pour continuer :

— À ma femme, qui dormira seule cette nuit. Et toutes les nuits des six prochains mois, car je veux être certain qu'elle ne porte pas l'enfant d'un autre homme.

Margaret le regarda, éberluée, entendant à peine les exclamations outragées qui jaillissaient de toutes les tables. Rignor cria quelque chose, mais ses paroles furent noyées dans le tumulte.

William se leva à son tour, le visage écarlate.

— Que veux-tu dire par là ?

— Ce que je veux dire, milord, répondit Lachlan, c'est qu'il y a deux nuits de cela, ma fiancée a été surprise dans un couloir avec Gannon MacMagnus. Celui-ci était à moitié nu, et ma fiancée l'embrassait. Je ne partagerai pas sa couche tant que je n'aurai pas l'assurance qu'elle ne porte pas sa semence.

Rignor apostropha Margaret :

— Qu'as-tu fait ?

— Je n'ai rien fait de mal, répliqua-t-elle.

— Je le tuerai ! s'écria Rignor. Je le tuerai !

— Alors vous pouvez le faire tout de suite ! s'exclama Gannon, depuis le fond de la salle.

Aussitôt, tous les regards se portèrent dans sa direction, certains se dressant pour mieux voir.

— Me voilà, Rignor !

Lachlan regarda Gannon s'approcher avec une stupéfaction manifeste. Puis, se tournant vers Margaret, il dit, assez fort pour être entendu de tout le monde :

— Je me moque que vous soyez encore vierge ou non, Margaret. Mais je refuse de coucher avec vous tant que je n'aurai pas la certitude que l'enfant que vous porterez sera bien de moi. Vous dormirez seule, cette nuit. Et il en ira de même pour les six prochains mois. S'il est établi, au bout de ce terme, que vous n'êtes pas enceinte, vous pourrez partager mon lit.

Margaret se leva de son siège à l'instant où Gannon s'immobilisait devant leur table, ses yeux lançant des éclairs meurtriers. La jeune femme croisa son regard, lui sourit, et il parut s'apaiser aussitôt. Margaret brandit ensuite sa coupe et attendit que les murmures retombent.

— Je bois à mon mari, dit-elle, sans un regard pour Lachlan. À mon mari, qui ne l'est que de nom, mais qui vient de m'offenser une deuxième fois publiquement.

Et, se tournant enfin vers Lachlan, elle enchaîna :

— Je ne partagerai pas votre lit cette nuit, Lachlan Ross. Ni aucune autre nuit. Ce mariage ne sera jamais consommé. J'en réclamerai l'annulation.

Le rire de Dagmar brisa le silence médusé qui s'était installé.

— Non… murmura Rignor, horrifié. Tu ne peux pas faire cela !

— Je vais pourtant le faire, Rignor.

— Tu m'avais promis…

Lachlan saisit vivement le bras de la jeune femme.

— Vous n'allez pas nier avoir été avec Gannon MacMagnus l'autre nuit ?

— Lâchez-la ! s'écria Gannon, qui portait déjà la main à son épée.

Derrière lui, tous les Irlandais présents dans la salle s'étaient dressés.

Margaret voulut rétablir le calme.

— Tout va bien, Gannon, lui dit-elle.

Et, pour Lachlan :

— Je l'ai embrassé, en effet. Mais il ne s'est rien passé de plus.

— C'est moi qui l'ai embrassée ! corrigea Gannon. Et nous nous sommes arrêtés là. Margaret, je m'excuse…

— Vous n'avez pas à vous excuser, répondit-elle. Personne ne m'a forcée.

— En voilà assez ! rugit William. Allons régler cela en privé. Rufus, vous avez bien une pièce tranquille à nous proposer ?

Rufus, au comble du désarroi, hocha la tête.

— Bien sûr, milord. Bien sûr…

Et il les entraîna dans une petite pièce proche des cuisines.

Nell fut tenue à l'écart, et personne ne daigna lui répondre lorsqu'elle demanda pourquoi elle ne pouvait pas rester avec sa sœur. Rignor se contenta de lui rire au nez. Margaret, encerclée par les autres, ne l'avait sans doute pas entendue. Quand la porte se referma, Nell frappa deux fois au battant, avant de se décider à revenir dans la grande salle, où elle se laissa tomber sur le premier banc venu. Autour d'elle, les gens conversaient par petits groupes. Les hommes de Lachlan défendaient bien sûr celui-ci. Les habitants d'Inverstrath et les survivants de Somerstrath se rangeaient derrière Margaret. Les Irlandais, au milieu, étaient assez avisés pour ne pas prendre parti.

Nell, misérable, regardait le mur en essayant de combattre ses larmes.

— Je peux m'asseoir à côté de vous ?

C'était la voix de Tiernan. La jeune fille leva les yeux et hocha la tête.

— Ils ne vous ont pas laissée entrer ? s'enquit-il, alors qu'il prenait place sur le banc.

— Non ! Même Rory O'Neill a pu passer la porte ! Mais pas moi !

— Ni moi.

Elle sentit sa colère quelque peu retomber.

— Que va-t-il se passer, maintenant ?

Il haussa les épaules.

— Nous ne tarderons pas à l'apprendre.

— Je déteste Lachlan.

— Je ne le porte pas non plus spécialement dans mon cœur.

— Il a tout prémédité, j'en suis sûre. Il voulait l'insulter.

— Oui. Et il y a réussi. Mais elle s'est bien défendue.

— Gannon n'aurait pas dû l'embrasser.

— Elle aurait dû rester dans sa chambre.

— Rignor est furieux.

— Votre frère est toujours furieux après quelque chose, de toute façon. N'empêche qu'ils sont quand même mariés.

Nell secoua la tête.

— Non. Margaret a dit que le mariage serait annulé.

— C'est à l'évêque de le décider, non à elle. Si effectivement il est de cet avis, le mariage sera annulé. Mais si…

— Personne ne peut plus s'attendre qu'elle vive avec Lachlan, désormais !

— Mais qu'espère-t-on exactement d'elle ? Ou de Gannon ?

— Que voulez-vous dire ?

— Eh bien, par exemple, son mariage avec Lachlan pourrait être annulé, mais William Ross pourrait exiger que Gannon l'épouse.

— En quoi serait-ce un drame ?

Il sourit.

— Je n'ai pas dit que ce serait un drame. Ni que ce serait une bonne chose. Je n'ai pas de jugement à porter. C'est à mon frère et à votre sœur de décider, vous ne croyez pas ?

16

Margaret inspira à pleins poumons pour se maîtriser. Rignor la fusillait du regard. Rufus la dévisageait comme si une corne lui avait poussé au milieu du front. Rory O'Neill semblait amusé par quelque chose, mais il gardait le silence. Lachlan avait les joues enflammées. Le moine gardait les mains jointes devant sa bouche, comme s'il voulait s'empêcher de parler. Gannon, à côté d'elle, contenait toujours difficilement sa rage.

William eut un geste apaisant.

— Nous allons tout reprendre depuis le début, décida-t-il.

Gannon prit la parole, pour défendre avec véhémence Margaret, assurant qu'il avait agi sans sa permission.

La jeune femme, cependant, savait où était sa responsabilité. Elle n'aurait jamais dû sortir dans le couloir cette nuit-là. Et elle n'aurait jamais dû se matérialiser sciemment devant Gannon. Mais elle ne regrettait rien. Et si sa punition devait être l'annulation de son mariage, elle serait même aux anges.

Quand Gannon eut fini ses explications, Margaret voulut souligner que leur baiser avait été réciproque, mais William la réduisit au silence d'un geste de la main, et Gannon lui donna discrètement un coup de coude. Finalement, elle dut se résoudre à des aveux encadrés : oui, Gannon l'avait embrassée ; non, il ne s'était rien passé ensuite. Elle était retournée seule dans sa chambre, comme Rory O'Neill pouvait en témoigner.

William se passa une main dans les cheveux.

— Je ne vois rien là de bien méchant.

— Comme vous y allez ! s'exclama Lachlan. On l'a vue partir à pied avec lui vers l'ancienne forteresse ! Personne ne peut dire ce qu'ils ont fait là-bas. Et qui sait s'ils n'ont pas trouvé d'autres moments pour s'isoler à l'insu de tous ? Ce qui est sûr, c'est qu'elle est souillée.

— Souillée ? répéta William d'une voix glaciale. Je ne te permets pas de parler ainsi de ma nièce. Margaret, tu viendras habiter chez moi pendant que nous attendrons le verdict de l'évêque.

Rignor regarda William avec incrédulité.

— Vous n'allez quand même pas demander l'annulation ? Nous pouvons bien attendre six mois que...

William plissa les yeux.

— Ne reviendrait-il donc qu'à moi de défendre l'honneur de ta sœur, Rignor ?

Rignor devint écarlate.

— Elle avait promis...

— Oui, elle avait promis, le coupa William. Et elle a tenu sa promesse. Rentre à Somerstrath, et commence les travaux de reconstruction. Lachlan, nous aurons une conversation plus tard, tous les deux. Gannon, je ne veux plus vous voir à proximité de ma nièce, c'est bien compris ?

Gannon se raidit.

— Vous n'avez aucune autorité sur moi.

— Jurez-moi que vous ne la toucherez plus jamais ! cria Lachlan. Vous me devez bien ça !

— Je ne vous dois rien, rétorqua Gannon.

— Vous me devez au moins la politesse de ne pas me voler ma femme.

Gannon se tourna vers William :

— Ross, je ne l'ai pas « volée ». J'ai…

— Des hommes se sont fait tuer pour moins que cela, grommela Lachlan.

— Si vous n'aviez pas commencé par fréquenter le lit d'autres femmes… répliqua Gannon.

— Calmez-vous ! intervint O'Neill. Ce n'est pas le moment de vous quereller.

— Je trouve très intéressant, fit remarquer Margaret, que vous ayez tous un avis sur ce que je dois faire, alors qu'aucun d'entre vous n'a songé à me demander le mien.

Gannon la regarda, haussant les sourcils, mais elle se tourna d'abord vers son oncle, Lachlan et Rignor.

— J'ai tenu ma promesse, dit-elle. J'ai épousé Lachlan. En revanche, je n'avais pas promis d'arriver vierge au mariage, et pourtant je le suis toujours. Je n'avais pas non plus promis mon cœur, et ça, je ne le donnerai jamais à Lachlan. Enfin, je n'avais pas promis de ne pas embrasser un autre homme avant mon mariage, et je ne regrette pas ce que j'ai fait. J'étais disposée à me conduire en bonne épouse, Lachlan, et à passer le restant de mes jours avec vous. Mais vous n'avez pas été capable d'accepter poliment ce cadeau. À présent, je souhaite le reprendre. J'écrirai dès aujourd'hui à l'évêque pour réclamer l'annulation. N'aie crainte, Rignor : William m'a promis qu'il ne te retirerait pas son soutien si je n'épousais pas Lachlan. Oncle William, je compte sur vous pour tenir votre parole.

— Je la tiendrai, assura celui-ci.

— Merci. Toute ma vie, j'ai fait ce que me demandaient mes parents. Maintenant ils sont morts, et plus personne n'a autorité pour me convaincre d'être la femme de Lachlan. Je veux qu'on retrouve Davey. Je veux qu'on sache si une nouvelle guerre se prépare, et si l'avenir de l'Écosse est menacé. Tout cela est autrement plus important que l'orgueil blessé d'un homme vaniteux.

Ils la regardaient tous, et en retour elle regarda chacun d'eux. Rufus hocha lentement la tête. Rory O'Neill lui sourit. Rignor préféra détourner la tête. Lachlan rougit et serra les dents. William semblait songeur. Gannon, les yeux brillants, lui offrit un grand sourire.

— Bravo, murmura-t-il.

— Pensez-vous que l'évêque acceptera l'annulation ? demanda Margaret au moine.

— En tout cas, je le conseillerai en ce sens, répondit ce dernier.

Et, désignant Lachlan avec un sourire étrange :

— Il est assez rare qu'un nouvel époux se dérobe à la couche conjugale. L'évêque, j'en suis sûr, trouvera cela très intéressant.

Lachlan rougit encore, avant de quitter la pièce en trombe.

William soupira.

— Je crois qu'il n'y a plus rien à ajouter sur ce sujet. Maintenant, nous aimerions savoir ce qu'il ressort de votre voyage à Skye, Gannon. Que vous a dit Leod ?

— Pas grand-chose. En revanche, par d'autres sources, nous avons pu obtenir un nom. Nor Thorkelson. Il vit dans les Orcades.

Le moine eut un brusque mouvement de recul, et renversa un plateau chargé de coupes.

— Connaîtriez-vous ce Thorkelson ? questionna William.

Le moine secoua la tête.

— Non, milord. Mais son nom est déjà effrayant par lui-même, ne trouvez-vous pas ? Un homme s'appelant ainsi est sûrement capable de tout.

William reporta son attention sur Gannon :

— Quoi d'autre ?

— Ce Nor Thorkelson se rend souvent à Skye, apparemment. Mais nous n'avons pu en apprendre davantage. Je crois donc qu'une excursion aux Orcades s'impose.

— Avez-vous pu découvrir quelque chose au sujet de Davey ? demanda Margaret.

— Non. Mais je suis prêt à parier que si nous trouvons Thorkelson, nous saurons ce qu'est devenu Davey.

— Allez informer les autres de tout cela, ordonna William à Gannon. Ils sont impatients d'avoir des nouvelles. Margaret, je voudrais avoir un mot en privé avec toi.

Il attendit que la pièce se soit vidée, et la porte refermée, pour pivoter vers la jeune femme :

— Tu n'aurais jamais dû embrasser Gannon.

— Je sais. Je suis désolée.

— Pas autant que moi, sans doute. Bonté divine, quel micmac ! Si seulement ta tante Jeanne était ici, elle saurait quoi faire.

— Merci, en tout cas, de m'avoir crue quand j'ai dit que rien d'autre ne s'était passé.

— Je n'ai jamais douté que tu étais vierge, Margaret. Mais ne me dis pas qu'il ne s'est « rien passé » entre vous, parce que c'est faux.

— Ce n'était qu'un baiser, mon oncle. Si nous avions été à la cour, personne n'en aurait même parlé.

— Ce n'est pas vrai, Margaret. Les femmes mariées ont le droit d'agir à leur guise, mais tant qu'elles ne sont pas passées devant l'autel, elles doivent montrer plus de retenue. Tu le sais très bien, d'ailleurs.

Elle hocha la tête. William soupira encore.

— Bon, ce qui est fait est fait, reprit-il finalement. Et c'est peut-être aussi bien ainsi. Il y a d'autres hommes, sur terre. Et, comme tu l'as toi-même rappelé, nous avons des soucis plus importants sur les bras. Mais tu ne me feras pas croire que tu n'es pas ravie de la tournure des événements.

Elle sourit.

— Non, je ne vous le ferai pas croire.

— Si je ne te connaissais pas un peu, je pourrais penser que tu as tout prémédité.

— Ce n'est pas le cas. Mais le résultat m'enchante, évidemment.

Il rit, et quitta à son tour la pièce, la laissant seule. Pas longtemps. Dès que Margaret sortit à son tour, Rignor, qui attendait tapi dans un recoin du couloir, se précipita à sa rencontre.

— Tu m'avais promis, Margaret ! Il t'aurait suffi d'attendre.

— Que Lachlan ait la preuve que je n'ai pas couché avec un autre homme ? Ma parole ne pouvait-elle lui suffire ?

— Mais quel mal y avait-il à lui octroyer ces six mois ?

— Parce que je ne veux pas ressembler à maman ! Il n'est pas question que j'épouse un homme qui ne me respecte pas, qui s'attend que je courbe l'échine.

— J'y vois plus clair dans ton jeu, à présent. Bravo, petite sœur. Ton plan a parfaitement réussi.

— Je n'avais rien prémédité, protesta Margaret.

— Ce n'est pas mon avis. Tu attendais Gannon. Ou n'importe quel autre homme qui aurait fait l'affaire.

— Comment peux-tu penser cela de moi ?

— T'a-t-il aidée dans tes manigances ?

— Quel intérêt aurait-il eu ?

— Il ne possède aucune terre, Margaret. Et il n'a pas de fortune.

— Moi non plus, Rignor. Je te rappelle que nous sommes pour l'instant ruinés, et que je n'ai plus de dot.

— Mais tu as un frère chef de clan, et de la terre qui ne demande qu'à revivre. C'était ça votre plan, hein ? Me confisquer Somerstrath.

— Non ! Pourquoi aurais-je fait cela ?

— Tu ne cessais de parler de reconstruire Somerstrath. Je comprends mieux ta précipitation, à présent.

Son regard brûlait de haine, et Margaret réalisa que Rignor parlait sérieusement. Elle prit une profonde inspiration afin de s'obliger à garder son sang-froid.

— Je ne veux pas de Somerstrath, Rignor. En revanche, j'aimerais retrouver le frère que j'ai autrefois aimé. Que t'est-il arrivé pour que tu puisses penser toutes ces vilaines choses à mon sujet ? Je t'en supplie, crois-moi ! Je n'ai rien comploté contre toi. Et si j'avais prémédité de faire annuler mon mariage grâce à Gannon, figure-toi que je ne me serais pas arrêtée à un simple baiser !

— Ah, voilà la catin qui parle.

Elle le gifla en plein visage puis recula vivement, pour parer le coup qu'il s'apprêtait à lui retourner.

— Ne vous avisez pas de la frapper, intervint soudain Gannon, qui arrêta au vol le bras de Rignor. Ou alors, je vous frapperai au centuple. C'est bien compris ?

Les deux hommes se défièrent un long moment du regard, puis Gannon relâcha Rignor, qui se massa le bras.

— Je ne veux pas de Somerstrath, reprit Gannon. Et ni Margaret ni moi n'avons prémédité ce qui s'est passé. Car si nous l'avions fait, elle n'aurait même pas eu à épouser Lachlan, vous pouvez me croire.

Rignor, sans un mot, tourna les talons.

Gannon le regarda s'éloigner, puis reporta son attention sur Margaret :

— Tout va bien ?

— Oui. Je ne resterai pas mariée à Lachlan, Gannon.

— Vous êtes encore furieuse contre lui. C'est peut-être le signe qu'il ne vous est pas si indifférent ?

Elle secoua la tête.

— Ce n'est pas simplement à cause de Fiona, et parce qu'il m'a menti. C'est un garçon vaniteux, qui ne pense qu'à lui. Il possède des terres, mais il ne prend pas la peine de s'en occuper. Il passe tout son temps à la cour, à parader, flirter et dépenser des fortunes en vêtements. Longtemps, j'ai essayé de fermer les yeux sur ses défauts, mais à présent je ne vois qu'eux. Lachlan ne sera jamais heureux ailleurs qu'à la cour. J'y ai séjourné assez de temps pour comprendre que ce n'est pas le genre d'existence que je souhaite. Je veux que mon passage sur terre serve à quelque chose.

Il rit.

— Voilà une femme avec des idées bien arrêtées.

Elle rougit. Il posa une main sur sa joue.

— Gannon ! appela Rory O'Neill, depuis l'extrémité du couloir.

Gannon ferma les paupières et les rouvrit presque aussitôt, comme s'il s'obligeait à la patience.

— Rory, voulez-vous bien nous accorder un moment d'intimité ?

— Vous ne devez pas rester tous les deux dans ce couloir mal éclairé, insista O'Neill.

— Nous sommes très bien là, répliqua Gannon.

— Non. Attendez d'abord qu'elle soit libérée de Lachlan. Ensuite, vous ferez comme vous l'entendrez. Avec ma bénédiction.

— Merci, dit Margaret.

— Mais si l'annulation n'est pas prononcée ? demanda Gannon.

O'Neill s'esclaffa.

— Avec la quantité de témoins qui ont assisté à ce qui s'est passé ? Personne, ici, n'est du côté de Lachlan. Mais ne leur donnez pas une raison de changer d'opinion. Il a filé avec ses hommes, sans même dire au revoir.

— Lachlan est parti ? s'exclama Margaret, stupéfaite.

— Parce que vous espériez le voir s'attarder ? ironisa O'Neill.

Ils se séparèrent, comme leur conseillait ce dernier. Margaret rejoignit Rufus, Nell et Rignor, à une table de la grande salle, tandis que Gannon s'installait à une autre table, pour jouer aux dés avec son frère et leurs compagnons. Des musiciens se mirent à jouer, et l'atmosphère se réchauffa peu à peu.

Tiernan dansa avec Nell. La jeune fille rayonnait de bonheur, mais Margaret voyait bien les regards que Tiernan lançait à Dagmar par-dessus l'épaule de sa sœur. Et elle se rappela soudain que cette fête était censée célébrer son mariage…

Les survivants de Somerstrath tinrent à lui témoigner leur sympathie, en défilant les uns après les autres devant la table où elle était assise, pour lui glisser quelques mots d'encouragement. Rignor enrageait silencieusement, et Margaret le vit boire encore plus que de raison. Comment avait-elle pu s'illusionner au point de croire qu'il serait capable de diriger le clan à la suite de leur père ?

— Et moi, je deviens quoi ? demanda-t-il brusquement, sortant de son mutisme. Ne devrais-je pas venir avec vous, oncle William ?

— Non. J'ai besoin de toi ici pour engager la reconstruction de Somerstrath.

— Et Gannon ? Il ne va pas être puni ?

— Puni pour avoir embrassé votre sœur ? se récria O'Neill. Certainement pas. Il rentrera en Irlande avec moi.

William haussa les sourcils.

— Mais alors, qui gardera Inverstrath ? Rufus n'a pas assez d'hommes à sa disposition, Rory.

Rory O'Neill jeta un regard en direction de Margaret, avant de hocher la tête.

— Nous en reparlerons plus tard, William.

Personne n'entendit les protestations de Rignor, car au même moment l'un des hommes de Rufus fit irruption dans la salle :

— Navire en vue ! cria-t-il. Il arbore la bannière des Ross.

Le navire, dépêché par les vassaux de William, apportait des nouvelles effrayantes. Haakon mouillait actuellement dans les eaux des Orcades, avec une flotte imposante destinée à faire route vers le sud. Mais impossible de savoir, pour l'instant, s'il se dirigerait vers l'Irlande ou l'Écosse. Le roi Alexandre avait ordonné à tous les bastions des côtes nord et ouest de se mettre en alerte. Lui-même devrait bientôt lever une armée et se rendre sur les côtes occidentales.

— Ainsi, le pire se réalise, commenta William. Ces raids dispersés n'étaient que le prélude à une offensive générale. Je partirai demain à l'aube. Rufus, tenez vos gens prêts. Rignor, tu resteras ici, avec lui.

— Mais Somerstrath ? se récria Rignor. Vous avez dit…

— Somerstrath, ou plutôt ce qu'il en reste, est le cadet de nos soucis, désormais. C'est toute l'Écosse qui est en danger et…

— C'est à moi de savoir si nous devons abandonner ou non Somerstrath, William, le coupa Rignor.

— Dans ce cas, occupe-toi de défendre la place. Mais je veux aussi que tu aides Rufus.

— Somerstrath vient en premier.

— Les membres de ton clan viennent en premier !

Rignor rougit.

— Oui, bien sûr. C'est ce que je voulais dire…

— Parfait, se félicita William.

Et, se tournant vers Nell et Margaret :

— Vous allez vous rendre à l'abbaye de Brenmargon dès demain matin. À moins que vous ne préfériez rejoindre Lachlan…

— Non, rétorqua Margaret.

William acquiesça, puis regarda O'Neill.

— Gannon peut rester, dit Rory, répondant à sa question muette. N'est-ce pas, Gannon ?

— Nous pouvons nous protéger tout seuls ! gronda Rignor.

— Vous n'avez pas assez d'hommes pour cela, objecta William. Gannon ?

— À une condition, répliqua celui-ci. Que la lettre à l'évêque soit envoyée avant que vous ne partiez.

William haussa les sourcils.

— Avez-vous bien conscience de ce que vous demandez ? Et de ce que cela implique ?

Gannon acquiesça.

— Oui. J'en ai parfaitement conscience.

Le cœur de Margaret fit un bond dans sa poitrine. Rignor voulut protester, mais William le réduisit au silence d'un geste de la main.

— Je veux votre parole que ma nièce sera en sécurité avec vous, jusqu'à ce qu'elle parte, dit-il à Gannon.

— Vous avez ma parole.

— Et aussi, que vous n'oublierez pas qu'elle est, pour l'instant, la femme d'un autre.

— Vous avez également ma parole sur ce point.

— Alors, c'est parfait, conclut William, se relevant. Et maintenant au travail, tout le monde.

Les autres s'éclipsèrent, laissant Margaret et Gannon seuls à la table des seigneurs. Ce dernier, cependant, demeurait silencieux.

— Gannon ?

— Oui ?

Elle rit.

— Tout ce qui vient d'arriver est à peine croyable, non ?

Il se rapprocha d'elle.

— Si vous aviez vu la tête de Lachlan quand vous lui avez porté ce toast ! dit-il, riant à son tour. Je suis fier de vous, Margaret.

— Merci de m'avoir défendue devant William.

— C'était tout naturel. C'est moi qui vous ai embrassée.

Elle secoua la tête.

— Non, Gannon. C'était réciproque. J'avais autant envie de ce baiser que vous.

Leurs regards s'accrochèrent un moment. Gannon leva la main, comme s'il voulait lui caresser la joue, mais voyant qu'on les observait depuis les autres tables, il la laissa retomber.

— J'ai bien cru te perdre, Margaret, chuchota-t-il. J'avais essayé de me raisonner, pourtant. Je savais que tu avais été promise à un autre des années avant notre rencontre. J'étais bien conscient, aussi, que dans les circonstances actuelles il n'était pas sérieux d'envisager que tu n'épouses plus Lachlan. N'empêche que la nuit dernière, à Skye, je n'ai pas pu fermer l'œil. Je pensais que la cérémonie avait déjà eu lieu, et que c'était ta nuit de noces avec lui. Et puis, en arrivant tout à l'heure alors que vous échangiez vos vœux, je me suis retenu de ne pas traverser la salle pour t'enlever. Dès que tu auras obtenu l'annulation, je t'épouserai. Enfin, si tu veux bien de moi... Je t'aime, Margaret.

La jeune femme était incapable de proférer le moindre mot. Son cœur était trop ému, son esprit trop en ébullition pour qu'elle puisse articuler une phrase. Ignorant ceux qui les observaient, elle serra Gannon dans ses bras, les larmes aux yeux, et enfouit son visage contre son torse. Il l'enlaça en retour, lui embrassant les cheveux, la joue, avant de la relâcher.

— J'ai promis à ton oncle...

— Je sais, le coupa Margaret. Et je ne te demanderai pas de renier ta parole. Mais sache une chose, Gannon MacMagnus. Je t'aime. Je t'aime de tout mon cœur, et je t'attendrai aussi longtemps qu'il le faudra.

Le sourire de Gannon était radieux. Il captura la main de la jeune femme dans la sienne et se pencha pour embrasser ses lèvres. Mais il ne la prit pas dans ses bras, et leur baiser fut furtif.

— Faisons en sorte que ce ne soit pas trop long, Margaret, dit-il en la relâchant. J'ai hâte de pouvoir t'embrasser sans plus me soucier de savoir si quelqu'un nous regarde.

— Je souhaite la même chose, Gannon. Simplement, je désire beaucoup plus qu'un baiser.

Il éclata d'un rire heureux.

O'Neill partit le premier. Son navire appareilla aux premières lueurs de l'aube, avec la marée. Gannon et Tiernan lui firent leurs adieux depuis le rivage, tandis que Margaret, Nell et William étaient restés aux portes de la forteresse. Le chef irlandais s'éloigna en fanfare, ses tambours et ses cornemuses accompagnant le départ du navire. Quand le port fut redevenu paisible, William se tourna vers Nell et Margaret :

— J'aurais aimé vous emmener toutes les deux avec moi, mais c'est impossible. Vous serez plus en sécurité auprès de Judith.

— Oui, acquiesça Margaret avec un sourire.

William, satisfait, continua :

— J'ai demandé à Rufus d'envoyer des messagers pour avertir les autres villages. Mais si quelque chose arrivait pendant que tu es encore là, promets-moi d'être prudente.

— Je serai prudente, répondit Margaret. Cela vaut pour vous aussi.

— Oui, dit-il.

Et, après un silence, il lui tendit une lettre cachetée :

— J'imagine que tu as déjà écrit la tienne ?

— Cette nuit.

— Le moine ira les porter. Mais tu sais que je n'ai aucun pouvoir sur l'évêque. Il peut très bien refuser.

— Je comprends.

— Et il y a autre chose. Certains chefs de clans, comme ton père, et Rignor maintenant, dépendent directement du roi. Rignor m'est lié par le sang, mais non par le droit.

Margaret hocha la tête, un peu perdue.

— Le contrat de mariage ne peut être annulé que par le souverain. Il peut décider d'ignorer mes recommandations, et de placer la décision entre les mains de ton plus proche parent mâle.

— Rignor ?

— Lui-même. Le roi peut parfaitement lui octroyer le choix ultime. Je te conseille donc d'apaiser les tensions entre vous deux, Margaret.

— Je m'y serais employée, de toute façon.

— Eh bien, maintenant, tu as une raison supplémentaire de le faire.

Il l'embrassa sur le front :

— Que Dieu te garde.

— Et pour Davey ? demanda Margaret.

Le visage de William s'assombrit.

— Il est entre les mains de Dieu. Je n'ai plus ni temps ni hommes à consacrer à sa recherche. Mais je le garderai dans mes prières. Ainsi que vous tous.

— Et vous serez dans les nôtres, lui assura Margaret.

Le ciel était limpide, le vent puissant, et leurs navires glissaient sur la mer. Nor Thorkelson regardait, sur la droite, les rivages des îles Harris, Lewis et Uist se découper à l'horizon. Ils y feraient escale, le temps d'apprendre les dernières nouvelles, de laisser les hommes se délasser un peu avec des femmes, puis ils repartiraient.

Les difficultés surgiraient bientôt, il en était convaincu. Les Écossais et les Irlandais, furieux de ses exactions, organiseraient la résistance. Ils iraient se plaindre au chef des Orcades, peut-être même au roi Haakon. Heureusement, ce serait en pure perte : on disait Haakon lassé des réclamations perpétuelles des Écossais. Ils se prenaient pour une nation, alors qu'ils n'étaient encore qu'un regroupement de clans unis par leur orgueil.

Il se tourna vers Drason. Son neveu avait refusé de prendre part à leur dernier raid, et il était maintenant ligoté au mât. Le moment serait bientôt venu de provoquer un « accident ». Ses hommes ne songeraient pas à protester. Et Nor n'avait plus que mépris pour le garçon, depuis que celui-ci l'avait supplié de simplement dépouiller les Écossais, sans les tuer.

Les tempêtes d'équinoxe furent au rendez-vous, porteuses de pluies diluviennes et de vents glaciaux qui auguraient de l'hiver à venir. Ils restèrent cloîtrés dans la forteresse, attendant que le temps se calme. On était déjà fin septembre.

— Satané vent, marmonna Rufus en resserrant son col.

Ses hommes jouaient aux dés dans un coin de la grande salle. Lui-même était assis près de Margaret et discutait avec l'un de ses capitaines. Nell cousait. Dagmar avait disparu. Ainsi que Tiernan. Margaret soupira, devinant où ils devaient se trouver tous les deux. Rignor, bizarrement, semblait ne se douter de rien. Il était bien le seul : tous les autres avaient échangé des regards entendus. Mais personne n'avait pipé mot.

Des messagers arrivaient régulièrement, leur apprenant de nouvelles attaques, à l'est et au sud. Les rumeurs les plus folles enflaient. Haakon aurait revendiqué tout le sud de l'Écosse. Il aurait tué des centaines de personnes à Édimbourg. Il s'était emparé des îles Orcades et des Hébrides. Il briguerait même le trône d'Angleterre. Londres était en ébullition, et en appelait à de Montfort pour prendre le trône. Aucune aide ne pourrait donc venir de ce côté.

Bientôt, ils apprirent de manière certaine qu'Haakon avait mouillé sa flotte au sud-ouest de l'Écosse, et qu'il allait négocier avec le roi Alexandre. Puis les informations se firent plus précises. Haakon avait débarqué, mais il n'était plus question de guerre : les deux souverains discutaient. Quand la nouvelle fut confirmée par un messager de William, Rufus déboucha ses meilleures bouteilles de vin. Ce soir-là, on but à la santé du roi Alexandre, on fit des prières pour le succès des négociations, et l'on parla de paix.

Le temps commençait à s'apaiser. On s'aventura dehors. Les pêcheurs reprirent le chemin de la mer sans l'escorte du navire de Gannon, et les hommes de Rufus partirent à la chasse pour remplir le garde-manger.

La vie était redevenue paisible.

Pour quelques jours.

17

Deux jours plus tard, Rignor vint trouver Nell et Margaret en milieu d'après-midi. Ses mouvements étaient brusques, et il avait le visage congestionné, mais Margaret n'aurait su dire si c'était sous l'effet de la colère ou de l'alcool.

— Je pars à Somerstrath, annonça-t-il sèchement.

Margaret sursauta.

— Maintenant ?

— Maintenant. Dagmar me rejoindra dans quelques jours. Ne discute pas, c'est inutile.

— Je ne discute pas. Simplement, ne crois-tu pas que tu devrais…

— Tu n'as pas à me dire ce que je dois faire ! rugit-il.

Margaret ravala sa réplique. Après tout, il serait peut-être bon pour tout le monde que Rignor s'éloigne un peu.

— Mais Tiernan ? demanda Nell. Tu sais bien que Dagmar et lui…

Il la fusilla du regard.

— Ne parle pas de ce que tu ne connais pas. Ce maudit bâtard irlandais s'est joué d'elle, voilà tout. Elle n'aurait jamais dû lui faire confiance. Cela ne se reproduira plus.

— Mais elle… commença Nell.

— Tu ne comprends rien, la coupa son frère.

Et il tourna les talons.

— C'est un imbécile, murmura Nell.

Margaret regarda s'éloigner son frère, se demandant ce qu'il pouvait comploter.

Rignor partit avec une poignée d'hommes. Nell et Margaret sortirent dans la cour pour assister à leur départ, mais elles auraient aussi bien pu se dispenser de cette peine : Rignor ne leur adressa pas même un regard et ne répondit pas à leurs adieux, se contentant de donner un baiser à Dagmar et de lui chuchoter quelques mots avant de disparaître.

Dagmar resta au milieu de la cour pendant que les portes se refermaient derrière Rignor, puis elle sourit à Tiernan, qui avait surgi d'un recoin pour la rejoindre.

Nell était effondrée.

— J'irai parler à Rignor, annonça Margaret. Il n'est peut-être pas trop tard pour lui faire entendre raison. Il a besoin de comprendre qui est vraiment Dagmar, avant de commettre Dieu sait quelle folie.

Mais Margaret n'eut pas le loisir de se rendre à Somerstrath, car Rignor revint durant la nuit, sous le prétexte d'avoir oublié quelque chose. Et bien sûr, il trouva Tiernan et Dagmar dans le même lit. Ses rugissements de colère réveillèrent toute la forteresse. Rufus intervint à temps pour l'empêcher de tuer Tiernan, et comme Rufus ne supportait pas davantage ses tirades haineuses contre sa fille, Rignor fut expulsé manu militari.

Dans la cour, alors qu'il passait devant Gannon, Rignor lui cracha au visage et jura vengeance contre tous les Irlandais. Gannon ne répondit pas, n'eut pas un mouvement, sauf pour essuyer le crachat sur sa joue.

Margaret, affolée, voulut parler à son frère, mais celui-ci la repoussa :

— Ne m'approche pas ! Tu ne vaux pas mieux qu'eux. Toi aussi, tu m'as trahie.

— Jamais ! se récria-t-elle.

— Si, Margaret ! J'avais besoin de ton mariage, et tu n'en as pas tenu compte.

Et, balayant toute l'assistance d'un regard noir, il lança :

— Vous saviez tous que j'étais trompé, mais personne n'a rien fait pour l'empêcher, ni pour me prévenir. Je vous promets que vous le regretterez !

Dès qu'il eut franchi les portes de l'enceinte, celles-ci furent soigneusement verrouillées.

Margaret fut incapable de se rendormir. Elle s'inquiétait de ce que Rignor complotait. Malgré ses dénégations, il s'était forcément douté que Dagmar le trompait. Voilà pourquoi il était revenu en pleine nuit, certain de ce qu'il allait découvrir. Et maintenant, il devait méditer sa vengeance. Elle devait plus que jamais tenter de le raisonner.

Le lendemain, en fin de matinée, profitant de ce que tout le monde était occupé, elle décida de passer à l'action, s'éclipsant discrètement sans prévenir Nell, ni Rufus, ni Gannon, de ses intentions. Elle se rendit d'abord dans les cuisines afin de réunir quelques vivres pour son frère.

C'est là que Gannon la trouva.

— Margaret, j'aimerais te parler en privé, lui dit-il.

La jeune femme comprit, à son ton, qu'il était de mauvaise humeur, cependant elle accepta de le suivre à l'extérieur. Le potager, arrosé par les récentes pluies, était d'un vert profond.

— Aurais-tu l'intention de te rendre quelque part ? demanda-t-il.

— Je vais porter à manger à Rignor. Et lui parler.

— C'est de l'inconscience, Margaret !

La jeune femme réfléchit à plusieurs réponses, avant de finalement lâcher :

— Eh bien, peut-être suis-je inconsciente.

— N'as-tu pas entendu les menaces qu'il a proférées ? Contre toi ? Contre tout le monde ?

— Mais n'as-tu donc pas compris qu'il souffre ? Comment Tiernan a-t-il pu lui faire cela ?

— Tiernan ? Il n'a rien à se reprocher. C'est Dagmar qui…

— Tiernan a marché dans son jeu. S'il avait refusé, elle aurait suivi Rignor à Somerstrath, et j'aurais eu une chance de me réconcilier avec mon frère. À présent, il est convaincu d'avoir été trahi par tout le monde.

— Personne ne l'a trahi. Laisse-le devenir un homme, Margaret. Ce n'est plus un gamin. Qu'il apprenne à se conduire en adulte.

— Sa souffrance est celle d'un adulte ! La femme à qui il tenait s'est donnée à un autre ! À ton frère ! Comment Tiernan a-t-il pu se conduire ainsi, alors qu'il savait combien Rignor aimait Dagmar ?

— Tiernan est comme envoûté. Il n'est plus capable de réfléchir sensément.

— Alors, on devrait lui pardonner ? En revanche, la colère de Rignor ne serait pas pardonnable ? Drôle de raisonnement, Gannon.

— Et toi, tu l'as trop couvé, Margaret. Du coup, il pense que la terre entière doit se plier au moindre de ses désirs. Dagmar lui a menti, c'est vrai, mais si ça n'avait pas été avec Tiernan, ç'aurait été avec un autre.

— Tiernan était parfaitement conscient du chagrin qu'il lui causerait. Cela ne l'a pas empêché de continuer.

— On peut en dire autant de Dagmar. De toute façon, cette histoire ne te regarde pas.

— Elle ne me regarde pas ? répéta Margaret, médusée.

— Non. Et tu ne peux pas te rendre toute seule à Somerstrath. Je te l'interdis.

— Tu me l'interdis ? répéta-t-elle encore, s'obligeant à contenir sa colère.

Comment avait-elle pu rêver, ne serait-ce qu'un seul instant, de partager la vie de cet homme ? Il n'était finalement pas différent des autres.

— Qui es-tu, pour me dire ce que je dois faire ?

— Margaret… commença-t-il, mais elle secoua la tête et tourna les talons.

— Tu n'as pas à me commander mes actes, Gannon MacMagnus, lui lança-t-elle par-dessus son épaule. Tu n'es ni mon père, ni mon frère, ni mon mari.

— Margaret…

Elle s'engouffra dans la forteresse, avec l'espoir qu'il ne la suivrait pas. Mais quand elle s'aperçut qu'en effet il ne la suivait pas, son humeur devint encore plus massacrante.

Elle partit en début d'après-midi, pendant que Gannon entraînait les hommes de Rufus. Elle se fit préparer un cheval, prit quelques vivres dans les cuisines, et s'en alla discrètement par le nord, à travers les terres. Cette mission ne revenait qu'à elle. Rignor était son frère. Elle devait le voir seul, et tenter de combler le fossé qui s'était creusé entre eux.

Le brouillard venu du large ralentissait sa progression. En vérité, cette route dite « de l'intérieur des terres » passait parfois très près du rivage. Sur sa monture, Margaret pouvait entendre le bruit des vagues et les cris des goélands.

Par un temps pareil, sa mère se serait lamentée que la lessive ne pourrait jamais sécher. Elle aurait raconté ensuite la vieille histoire de sa grand-mère qui un jour avait tendu un fil en travers de la grande salle du château, et son mari ne s'était même pas aperçu que du linge séchait au-dessus de sa tête.

Margaret n'était pas revenue à Somerstrath depuis la tragédie, et elle fut de nouveau choquée de ne pas entendre un seul bruit, alors qu'elle approchait du village. Ni voix humaines ni aboiements de chiens... Rien.

La jeune femme pensait s'être préparée à cette épreuve, mais elle s'aperçut qu'elle n'était pas suffisamment armée. La vue des maisons incendiées émergeant du brouillard lui oppressa le cœur. Les corps avaient beau avoir disparu, les taches de sang ne s'étaient pas encore complètement effacées, et sa mémoire l'assaillait d'images terrifiantes.

— Lady Margaret ! la héla soudain une voix.

Un homme, qu'elle reconnut comme servant Rufus, surgit devant elle, son épée à la main. Margaret sursauta, avant de se rappeler que Rignor avait emmené quelques gardes avec lui. Mais la vue de cet homme en pleine santé dans ce paysage de désolation avait quelque chose de surprenant.

— Excusez, lady Margaret, je ne voulais pas vous faire peur. Nous gardons le village.

— Tout va bien, ici ?

— Oui. Nous avons commencé à remonter les murs d'enceinte de la forteresse.

— Rignor est là, j'imagine ?

L'homme se raidit imperceptiblement.

— Oui.

— Je suis venue lui parler.

Il hocha la tête et lui ouvrit le chemin.

La jeune femme sentit son pouls s'accélérer en apercevant la silhouette de la forteresse, en même temps qu'elle entendait un bruit d'hommes au travail. Elle s'arrêta, inspira profondément pour se donner du courage, et se laissa glisser à bas de sa monture.

Elle trouva Rignor dans la cour, à côté de deux hommes qui creusaient une tranchée. Il paraissait diminué physiquement – les traits creusés, le cheveu terne, le teint pâle. Mais une sorte d'énergie intérieure brûlait en lui.

Leurs regards s'accrochèrent quelques instants. Margaret crut déceler dans celui de Rignor une étincelle d'affection, et aussi de regret, mais qui ne parvenait pas à briller totalement, comme s'il livrait une bataille intérieure, et qu'il hésitait entre se précipiter pour embrasser sa sœur ou au contraire la repousser. Ou comme s'il y avait deux Rignor : celui qu'elle avait vu grandir et qu'elle chérissait ; et le nouveau Rignor, haineux et revanchard, qui ne voulait aimer personne.

— Bonjour, Rignor, dit-elle. Comment vas-tu ?

Il eut un geste ample de la main pour désigner les ruines qui les entouraient.

— À ton avis, Margaret ?

La jeune femme hocha la tête.

— Je suis venue te parler, Rignor.

— As-tu apporté de la nourriture ? Ou des renforts ?

— J'ai apporté de la nourriture. Elle est sur mon cheval.

— Qui t'accompagne ?

— Je suis venue seule.

Il haussa les sourcils.

— Qui t'envoie ?

— Personne. Je m'inquiétais pour toi.

Il rit. Mais son rire était amer.

Oui, j'ai déjà pu mesurer à quel point tu te souciais de moi.

— Désirez-vous boire un peu d'eau, lady Margaret ? proposa l'un des hommes de Rufus.

— Volontiers, répondit-elle, s'avançant pour prendre la coupe qu'il lui tendait.

Elle but une grande gorgée, avant de rendre la coupe à l'homme.

— Merci.

Entre-temps, Rignor s'était approché d'elle.

— Nous pouvons parler à l'intérieur, dit-il.

Et il s'engouffra dans la forteresse, sans même vérifier si elle le suivait.

La grande salle était déserte, les tables et les bancs en désordre, avec des restes de vaisselle dessus. Des couvertures étaient alignées le long d'un mur, dans la partie transformée en dortoir.

Rignor se laissa choir sur un banc et attrapa une bouteille. Il se remplit une coupe de bière, qu'il vida d'un trait.

— Eh bien ? demanda-t-il.

Margaret ne répondit pas tout de suite. Elle parcourait du regard la pièce qui lui rappelait tant de joyeux souvenirs. Finalement, elle s'assit à côté de son frère et s'adossa au mur.

— Oh, Rignor…

Il la regarda, puis remplit de nouveau la coupe de bière et, à la surprise de la jeune femme, la poussa dans sa direction.

— Bois. Cela t'aidera à chasser les souvenirs.

Elle but une gorgée, et lui rendit la coupe.

— Je ne crois pas qu'ils pourront jamais s'effacer.

Il finit la coupe.

— Es-tu venue m'annoncer que tu souhaites finalement reconsidérer ton mariage ?

— Non. Je l'ai épousé, Rignor.

— Je sais. J'y étais. Tu l'as épousé. Mais c'était pour annoncer aussitôt après que tu réclamais l'annulation. Tu as renié ta parole, Margaret.

— J'étais blessée, humiliée.

— Malgré la promesse que tu m'as faite, tu ne veux pas reconsidérer ta décision ?

— Ma promesse, c'était de l'épouser, Rignor. Et j'ai tenu parole.

Il eut un sourire caustique.

— Tu as toujours su jouer avec les mots, Margaret.

Comme elle se taisait, il s'enquit :

— Et si l'évêque refuse d'annuler ton mariage ?

— Nous ne serions pas le premier couple à vivre séparé, répliqua Margaret.

Et, prenant une profonde inspiration, elle se lança :

— Je suis désolée pour Dagmar.

Il haussa les épaules, mais elle voyait que sa colère n'était pas retombée.

— Rignor ! s'exclama la jeune femme. Ne t'éloigne pas comme cela ! Redeviens mon frère, et pas cet étranger que je ne reconnais plus !

Une lueur – de douleur, de solitude – brilla furtivement dans ses yeux, et Margaret en eut un pincement au cœur. Mais il détourna brutalement le regard, comme s'il était conscient de montrer sa faiblesse.

Il remplit à nouveau sa coupe, et la brandit.

— Portons un toast, proposa-t-il.

— Je n'ai pas de coupe.

— Ça ne fait rien. Nous la partagerons.

Il lui tendit la coupe, qu'elle approcha de ses lèvres.

— Aux survivants de Somerstrath, dit-il. Et au châtiment.

Elle répéta ces paroles, qui résonnèrent étrangement entre les murs vides.

Rignor récupéra la coupe, qu'il vida encore une fois d'un trait, avant de se lever.

— Bon voyage de retour, Margaret. Nous nous sommes tout dit.

— Mais, Rignor…

Elle s'arrêta au milieu de sa phrase. Il était déjà sorti.

Margaret prit un moment pour déambuler à l'intérieur de la forteresse. Elle ne reviendrait probablement jamais ici, car à l'évidence sa relation avec Rignor était brisée pour longtemps. Son frère était devenu un complet étranger, comme si quelqu'un de malfaisant s'était amusé à remplacer son esprit par celui d'un autre.

Elle ne le vit pas dans la cour quand elle sortit, mais elle ne posa aucune question à son sujet et se contenta de faire ses adieux aux hommes qui travaillaient sur le chantier. De retour près de son cheval, elle constata que les paquets de nourriture avaient été récupérés.

À peine était-elle montée en selle que l'homme qui lui avait proposé à boire un peu plus tôt s'avança.

— Lady Margaret, je vais vous escorter.

Margaret, la gorge trop serrée pour pouvoir parler, se contenta de hocher la tête.

L'homme de Rufus stoppa à la sortie de Somerstrath.

— Il y a quelque chose que vous devez savoir, dit-il, baissant la voix.

— Oui ? fit Margaret qui n'était pas sûre, cependant, de vouloir en apprendre davantage.

— Nous avons eu un visiteur, ce matin. Un messager qui prétendait être envoyé par les Sinclair. Mais nous pensons qu'il mentait.

— Pourquoi ?

— Nous ne savons pas trop pourquoi… mais il paraissait bizarre. Et ce n'est pas tout. Il a longuement parlé avec votre frère. Après son départ, Rignor semblait ravi, mais ravi comme si… comme s'il venait de signer un pacte avec le diable. Cet homme a filé vers le nord. A-t-il fait étape à Inverstrath ?

— Non.

— C'est peut-être rien. Vous savez, quand on se retrouve au milieu de toute cette désolation, votre esprit en vient à imaginer des choses étranges… En tout cas, je vous raccompagne jusqu'à destination, lady Margaret.

— Merci, mais ce n'est pas nécessaire. Je ne risque pas de me perdre.

— Le brouillard va encore s'épaissir.

— Bon, d'accord. Mais passons par la côte. Ce sera plus court.

Il acquiesça, et Margaret fut soudain ravie de cette compagnie pour l'escorter jusque chez elle. Chez elle, c'est-à-dire désormais à Inverstrath.

La vie était décidément imprévisible.

Margaret se frotta vigoureusement les bras. Ce n'était pas qu'il faisait froid, mais l'humidité la transperçait.

Son compagnon marchait devant son cheval, d'un pas sûr et tranquille. Le brouillard les enveloppait parfois complètement.

Sur leur droite, les vagues venaient se briser avec un bruit feutré sur le rivage. Ils étaient restés silencieux jusque-là, ce dont Margaret ne songeait pas à se plaindre. Penser à Rignor et à Gannon suffisait à lui occuper l'esprit.

— Vous pouvez me laisser ici, dit-elle, lorsqu'ils furent à mi-chemin. Je finirai toute seule.

— Je préfère vous escorter jusqu'à destination, lady Margaret.

— Mon frère va s'apercevoir de votre absence. Et il ne sera pas content.

— Votre frère ne pourrait quand même pas m'en vouloir d'avoir assuré la sécurité de sa sœur ?

Margaret sourit.

— Bon, d'accord. Encore un quart d'heure. Et après, vous ferez demi-tour.

— Un quart d'heure, acquiesça-t-il.

Le chemin, à cet endroit, passait directement par le rivage. Margaret, qui était descendue de cheval, marchait la première, tirant sa monture par les rênes, tandis que son compagnon suivait. La marée se retirait, mais le brouillard était toujours aussi intense.

La jeune femme s'immobilisa soudain. Une forme émergeait de la brume.

Une tête de dragon.

Le souffle coupé, elle fixa la créature en s'obligeant à ne pas crier. La tête était noire, ses yeux dorés et sa langue, qui pendait par la gueule ouverte, d'un rouge vibrant.

Cette tête de dragon n'était pas isolée. Derrière elle, Margaret en aperçut deux autres, les yeux tournés vers la terre, la gueule pareillement pendante. Bien sûr, ces têtes ornaient la proue d'autant de drakkars tirés sur le sable. Et à quelques dizaines de mètres devant elle, parfaitement audibles à présent, des bruits de voix, des rires, des chocs de métal sur du métal.

Elle recula, aussi prudemment que possible, retenant son souffle et priant le Ciel pour que le brouillard continue à la masquer.

Mais elle entra en collision avec un torse d'homme. Deux bras se refermèrent sur elle, et une main se plaqua sur sa bouche pour étouffer le cri qui montait dans sa gorge.

Il n'aurait pas cru qu'elle oserait le défier, mais quand Gannon chercha Margaret, il dut se rendre à l'évidence : elle avait disparu. Et il n'était pas besoin d'être devin pour savoir où elle était allée. Gannon avait voulu s'excuser et lui proposer de l'accompagner à Somerstrath. Mais elle était partie toute seule ! Sans prévenir personne, pas même sa sœur. Alors que le brouillard, depuis ce matin, n'avait fait que s'épaissir. Maudite femme sans cervelle ! Avait-elle seulement mesuré les risques qu'il y avait à s'aventurer toute seule sur les chemins, par un temps pareil, lorsque des Vikings rôdaient peut-être alentour ? Pensait-elle vraiment pouvoir se défendre avec cette ridicule petite épée qu'elle portait à la ceinture ?

Il partit sur-le-champ, empruntant un cheval. Tiernan serait sans doute furieux de ne pas avoir été mis au courant, mais Gannon ne voulait pas de compagnon. Il désirait avoir une conversation en tête à tête avec Margaret, pour vider leur querelle. Il reconnaissait qu'il n'aurait pas dû se conduire comme il l'avait fait – elle non plus, d'ailleurs, mais à présent il n'en avait cure. Tout ce qu'il voulait, c'était être avec elle.

Il ne connaissait pas le chemin qui passait par l'intérieur des terres. De toute façon, avec ce brouillard, ç'aurait été folie que de s'aventurer à travers la forêt. En revanche, s'il suivait la côte, il ne risquait pas de se perdre. C'est donc ce qu'il fit.

Par endroits, le brouillard se levait légèrement, et il progressait vite. Mais Gannon se demandait s'il n'était pas idiot, et s'il ne perdait pas son temps. Margaret était sans doute bien au chaud à Somerstrath, assise devant un feu avec son frère. Probablement avaient-ils fait la paix, et le verraient-ils tous deux d'un mauvais œil venir interrompre leurs retrouvailles.

Cependant, il continuait d'avancer.

18

— C'est moi, lady Margaret, chuchota l'homme à son oreille. Ne criez pas.

C'était son compagnon de route ! Il recula vers le haut de la plage, l'entraînant avec lui, avant d'ôter sa main qui bâillonnait la jeune femme. Bientôt, ils furent abrités par un bosquet de pins, les aiguilles répandues sur le sol étouffant le bruit de leurs pas.

— Avez-vous vu les drakkars ? demanda Margaret.

Il hocha la tête.

— Oui. Ils sont revenus.

— Nous devons prévenir tout le monde. Vous allez retourner à Somerstrath et avertir Rignor.

— Et vous laisser seule ? Je ne peux pas faire ça, lady Margaret.

— Si. Il faut avertir Rignor. Nous ignorons quel chemin ils vont prendre.

— Pourquoi partiraient-ils du côté de Somerstrath ? Ils ont déjà tout dévasté. Il n'y a plus rien, là-bas.

— Mais la terre peut les intéresser, s'ils cherchent à s'établir quelque part. C'est pourquoi nous devons nous séparer. Vous, vous retournez à Somerstrath, et moi je file vers Inverstrath. Vite ! Chaque minute compte !

Il secoua la tête avec véhémence.

— Je refuse de vous abandonner, milady. Vous serez obligée de dépasser leur campement. Probablement ont-ils disposé des sentinelles. Le mieux serait que vous reveniez avec moi.

— Non, il faut absolument que je rentre à Inverstrath ! Mais rassurez-vous, je vais rester à l'abri des pins le temps de les contourner. Filez, à présent ! Et que Dieu vous protège.

Il parut longuement hésiter, avant de se résigner.

— Qu'Il vous protège également, milady.

Margaret le regarda s'éloigner, pour s'assurer qu'il prenait la direction de Somerstrath. Puis elle se mit en route à son tour. Le sentier à travers les pins était étroit, mais elle put lancer son cheval au trot, et chaque mètre parcouru qui la rapprochait de son but la réjouissait. Une fois le campement contourné, elle récupérerait le chemin du rivage et gagnerait rapidement Inverstrath, où elle préviendrait tout le monde. Gannon saurait quoi faire. Mon Dieu, faites que j'arrive à temps ! priait-elle. Cependant, il était peu probable que les Vikings attaquent en plein brouillard, ce qui lui donnait un peu d'avance. La résistance pourrait s'organiser.

Mais si les Vikings se ruaient au contraire sur Somerstrath ? Rignor n'avait qu'une poignée d'hommes à sa disposition. Il ne pourrait pas lutter contre des guerriers décidés à s'emparer de ses terres.

Elle émergea de la pinède, retrouvant le rivage. Elle était presque arrivée. Mais à peine avait-elle parcouru une centaine de mètres à découvert qu'elle aperçut un autre cavalier, en lisière des vagues. Il se dirigeait vers le nord. Vers les Vikings. Le reconnaissant, la jeune femme adressa au Ciel quelques mots de remerciement.

— Gannon ! cria-t-elle. Dieu soit loué, te voilà !

Il mit pied à terre. Elle en fit autant et il la serra dans ses bras.

— Margaret ! Tout va bien ?

Puis, d'un ton plus fâché, il ajouta :

— Quelle mouche t'a piquée de partir seule ?

— Écoute-moi, Gannon. J'étais sur le chemin du retour et je les ai vus. Ils sont là, Gannon ! Les Vikings ! Sur la plage. Ils sont venus dans leurs drakkars. Trois drakkars, au moins. Il faut prévenir tout le monde !

— Tu es sûre de toi ? Ce sont bien des Vikings ?

— Oui ! Dieu merci, grâce au brouillard, ils ne m'ont pas remarquée. Mais j'ai reconnu les dragons sculptés à la proue de leurs bateaux. Je les ai entendus parler, également.

Gannon la tint quelques instants serrée dans ses bras, avant de s'emparer goulûment de ses lèvres, comme s'il était un homme perdu et affamé. Puis il la relâcha.

— Dieu soit loué, tu es saine et sauve. Je n'aurais pas supporté qu'il t'arrive quelque chose.

— J'ai du mal à croire que tout cela est réel, Gannon. Qu'ils sont vraiment là !

Il hocha la tête.

— Et pourtant, tu ne rêves pas. Éloignons-nous vite d'ici.

Rufus convoqua tout le monde dans la grande salle, où régnait une atmosphère de plus en plus angoissée à mesure que la pièce se remplissait. La nuit était tombée, mais le brouillard n'avait pas faibli. Quelques femmes et enfants pleuraient, les autres échangeaient des regards inquiets. Margaret, assise à côté de Nell, attendait. Elle savait ce qu'avait décidé Rufus, car elle l'avait entendu discuter avec Gannon du plan échafaudé par ce dernier. Mais les autres suivraient-ils ?

Rufus se tourna vers Gannon :

— Croyez-vous qu'ils auraient attaqué pendant que nous étions des centaines pour nous défendre ? s'exclama-t-il, furieux. Non, bien sûr ! Ils ont attendu que William Ross et Rory O'Neill soient repartis avec leurs hommes. Et sans parler de la trentaine des miens qui ont accompagné Rignor ! Regardez ce qui me reste ! ajouta-t-il, désignant l'assistance. Une grosse poignée d'hommes capables de se défendre, et des femmes et des enfants qui constitueront des cibles faciles.

— Mes hommes sont toujours là, lui rappela Gannon. Vous pouvez compter sur eux.

Rufus hocha longuement la tête.

— Je ne vais pas vous mentir : je n'étais pas très heureux que vous choisissiez Margaret plutôt que ma fille, même si je peux vous comprendre. Et je n'étais pas non plus très satisfait de voir ce qui se passe avec Tiernan. Mais je crois que je peux pardonner tout cela, à présent !

Gannon s'esclaffa.

— Que Dieu vous en remercie.

— Espérons-le, oui, acquiesça Rufus, redevenant sérieux. Car la bagarre promet d'être sanglante.

L'un de ses capitaines sursauta.

— Vous ne pensez pas sérieusement engager le combat ?

— Tu préférerais la fuite ? lui répliqua Rufus.

Le capitaine s'empourpra.

— Nous ne pouvons pas combattre trois drakkars avec nos maigres effectifs ! se défendit-il. Et encore : lady Margaret a vu trois bateaux, mais il y en a peut-être plus. La prudence serait de repousser la bataille à plus tard. Laissons le roi venir jusqu'ici avec son armée et nous débarrasser de ces envahisseurs.

— Dans ce cas, tu emmèneras les femmes et les enfants avec toi vers l'intérieur des terres, répondit Rufus, le visage indéchiffrable. Je ne veux voir que mes braves autour de moi.

— C'est de la folie ! se récria le capitaine. Vous comptez vraiment vous battre ?

— Oui, confirma Rufus. Il ne sera pas dit que je suis un fuyard. (Il leva le bras.) Silence, maintenant ! cria-t-il.

Hommes, femmes et enfants se turent immédiatement.

— Nous n'avons pas beaucoup de temps, commença Rufus. Je vous demande donc de m'écouter très attentivement. Tout le monde, à présent, est au courant de la nouvelle : Margaret a repéré des drakkars sur la plage, entre notre village et Somerstrath. Ce qui veut dire que leurs occupants pourraient venir ici dans les prochaines heures. Je refuse de m'enfuir. Je vais rester ici, chez moi, et me battre. Aussitôt que le brouillard se lèvera, nous serons prêts à nous défendre. Donnons à ces maudits Vikings un aperçu de l'hospitalité écossaise.

Le rugissement approbateur qui monta de l'assistance surprit Margaret par son intensité. La jeune femme échangea un regard avec Nell.

— Merci, reprit Rufus avec un sourire. Ceux d'entre vous qui souhaitent partir le pourront. Mais qu'ils n'espèrent pas retrouver leur terre à leur retour, au cas où nous gagnerions. Car j'en disposerai au profit de quelqu'un d'autre. Et si nous perdons, de toute façon nous aurons tout perdu.

Le second rugissement fut plus mesuré, mais tout aussi déterminé.

— J'ai longuement parlé avec Gannon, et il a un plan, poursuivit Rufus. Je crois que c'est un bon plan. Alors écoutez-le bien, car vous aurez tous une mission à remplir.

— La surprise jouera en notre faveur, expliqua Gannon. Ils ignorent que nous les attendons. Et que nous savons déjà comment ils vont opérer. Ils arriveront par la mer. Pour commencer, d'ici demain matin, j'aurai déplacé mon propre navire pour l'ancrer dans la baie voisine.

Il exposa ensuite son plan par le menu. Tous écoutèrent studieusement, puis posèrent quelques questions, relatives à des détails d'organisation. Personne ne contredit ni ne discuta la ligne générale.

Quand tout fut réglé, Rufus reprit la parole :

— Les femmes et les enfants en bas âge, vous allez partir tout de suite. Enfoncez-vous à l'intérieur des terres, vers les montagnes. En chemin, prévenez de ce qui se passe tous ceux que vous rencontrerez.

Plusieurs femmes se levèrent, serrant leurs bambins contre elles. D'autres restèrent à leur place. Mais quelques hommes se levèrent également, le feu aux joues.

— J'accompagne juste ma femme jusqu'à la forêt, se justifia l'un d'eux, salué par des rires.

Les autres, honteux, gardèrent le silence.

— Va avec eux, dit Margaret à sa sœur. Moi, je reste.

Nell sursauta.

— Je ne partirai pas sans toi !

— J'ai besoin de te savoir en sécurité, insista Margaret.

— Je ne partirai pas sans toi, Margaret, répéta Nell en croisant les bras sur sa poitrine.

Mais son regard trahissait son angoisse.

— Sois raisonnable, fit valoir Margaret. Il faut que l'une de nous deux au moins survive, pour chercher Davey.

— Rignor peut retrouver Davey. Ou oncle William. Je reste avec toi, et j'aiderai à la défense.

Margaret baissa la voix :

— Nell… tu as vu ce qu'ils ont fait à Somerstrath…

— Oui, et cela me fait peur, avoua Nell, les larmes aux yeux. Mais je préfère encore rester. Je me sentirais trop lâche de te laisser derrière moi.

— Ce ne serait pas de la lâcheté.

— Si. Je garderais ça comme un poids sur le cœur, et ce serait trop horrible.

— Nell…

— Tu ne pourras pas toujours me protéger, Margaret. Il est temps de me regarder comme une adulte.

Margaret considéra un long moment sa sœur, avant de hocher la tête.

Margaret et Nell se joignirent aux autres femmes pour rassembler tout le suif qu'elles purent collecter, et le faire chauffer. Dagmar, qui avait également refusé de partir, dirigeait de son côté une équipe chargée de découper les draps en bandes, qui étaient plongées dans le suif brûlant. Elle donnait ses ordres avec un sang-froid et une efficacité stupéfiants. Quant aux hommes de Rufus, ils ressortaient toutes les armes dont ils disposaient – certaines n'ayant plus servi depuis des années – tandis que Gannon expliquait à ses propres compagnons ce qu'il attendait d'eux.

Les préparatifs achevés, tous se rassemblèrent devant les portes de la forteresse et regardèrent en direction du port. Le brouillard se levait lentement, et l'on pouvait déjà apercevoir la surface des vagues. Le bateau de Gannon avait disparu, ainsi que la plupart des bateaux des pêcheurs d'Inverstrath, sauf quelques-uns, placés bien en évidence sur le rivage pour abuser les Vikings.

Pour l'instant, tout était calme. Mais le soleil se lèverait bientôt… et ils arriveraient.

— Margaret.

La jeune femme se tourna, un grand sourire aux lèvres, vers Gannon qui s'approchait. Elle se doutait qu'il chercherait à la rejoindre avant le début des hostilités. Il avait revêtu une cotte de mailles sous son pourpoint de cuir, et il avait tiré ses cheveux en arrière.

— Nous allons bientôt refermer les portes, lui murmura-t-il. Il n'est pas trop tard : tu peux encore changer d'avis et partir.

La jeune femme secoua énergiquement la tête.

— Réfléchis bien, Margaret. J'aurai l'esprit plus tranquille si je te sais à l'abri.

— Et moi, je n'aurai pas l'esprit tranquille de te savoir ici.

— Je suis habitué à ce genre de situation. Pas toi.

— Détrompe-toi. Je suis née pour affronter des dragons.

Il la dévisagea, intrigué, mais Margaret préféra ne pas rentrer dans une explication.

— Je t'en supplie, Margaret. Pars.

— Je ne peux pas plus partir que toi. Je préfère encore mourir ici, à combattre, plutôt que de m'enfuir et rester obsédée par l'idée que ma présence aurait peut-être pu tout changer.

— Tu sais ce qui nous attend, si nous échouons ?

— Oui.

— Et tu n'as pas peur ?

— Bien sûr que si. Qui serait assez imbécile pour ne pas avoir peur ? Tu n'as pas peur, toi ?

Il sourit.

— Si, j'ai peur, évidemment. Qui serait assez imbécile pour ne pas avoir peur ?

Elle rit.

— Margaret, ma chérie, je t'aime. Quoi qu'il arrive, sache que je t'aime passionnément.

Elle accrocha son regard.

— Moi aussi, je t'aime, Gannon Magnusson. Je t'ai attendu toute ma vie.

— Je n'en reviens toujours pas de t'avoir trouvée à un moment pareil. J'ai su dès le premier jour, qui était le pire jour pour toi, que tu compterais dans ma vie. Mais je ne me doutais pas à quel point.

Elle lui caressa la joue.

— Je t'aime, Gannon. Quelle que soit l'issue de cette journée, j'aurai au moins connu ce bonheur.

— Ce n'est pas suffisant, Margaret. Je veux que l'on vieillisse ensemble.

La jeune femme en eut les larmes aux yeux, et il lui souleva délicatement le menton pour l'embrasser, mais si furtivement qu'elle n'eut pas le temps de lui répondre : il l'avait déjà relâchée.

— Que Dieu te protège, Margaret, mon amour. Je reviendrai te voir quand tout sera terminé.

— Oui, reviens-moi, dit-elle, une boule dans la gorge.

Il la quitta sur ces mots. Margaret resta au même endroit, à s'interroger sur ce que leur réserveraient les heures à venir, et elle n'avait toujours pas bougé lorsque Gannon franchit les portes avec ses hommes. Il n'eut pas un regard en arrière. En revanche, Tiernan la salua de la main, et s'arrêta devant Nell pour lui murmurer quelques mots. Nell hocha la tête, avant de rentrer avec Margaret et Rufus dans la cour, dont les portes furent soigneusement verrouillées. Margaret sut qu'elle se rappellerait ce bruit toute sa vie. Elle était désormais enfermée entre ces murs, tandis que l'homme qu'elle aimait affronterait l'ennemi avec seulement une poignée de compagnons.

— Nous voilà à présent entre les mains de Dieu. Et de Gannon, dit Rufus, comme s'il avait deviné les pensées de la jeune femme.

Ils attendirent encore. Que le jour se lève. Que le brouillard se lève. Que la mort vienne à eux depuis la mer, portée par les vagues et le vent. Cette attente était insupportable, car elle laissait tout loisir à l'esprit de divaguer et de s'angoisser.

Et puis, ce fut l'alerte. Les hommes qui étaient restés allongés toute la nuit sur la plage, en sentinelles, crièrent que les Vikings étaient en vue.

Le soleil éclaira leur arrivée, perçant le brouillard comme si des trous avaient été faits dans une couverture grise. Puis le vent forcit, emportant avec lui les derniers lambeaux de brume, et le paysage, comme par enchantement, retrouva ses couleurs.

Margaret, debout sur le chemin de ronde de la forteresse, mit la main en visière devant ses yeux pour se protéger de l'éclat du soleil sur les vagues. Quelques hommes se trouvaient à côté d'elle, les seuls destinés à être visibles, censés incarner le contingent normal de gardes sur les remparts. Mais le gros des troupes se tenait agenouillé à leurs pieds, caché de tous les regards, prêt à se redresser et à tirer des flèches dès que l'ordre serait donné. Hélas, ils étaient peu nombreux. N'était-ce pas folie que d'espérer repousser les barbares avec si peu d'hommes ?

Le silence qui régnait autour de la jeune femme était particulier. On le sentait lourd d'émotion et de prières muettes. Margaret pria également – pour Nell, pour Rufus, pour tous les membres de son clan. Pour Gannon aussi, bien sûr, et Tiernan, et tous les Irlandais qui se battraient. Ils seraient les premiers à s'opposer aux Vikings, les premiers à tomber, et les derniers à être secourus – à supposer qu'ils le soient jamais.

Les drakkars étaient imposants, beaux et terrifiants à la fois, avec leurs voiles striées de blanc et rouge et leurs proues formidables. Les hommes, à bord, poussaient des cris qui se rejoignaient en un immense rugissement. À un moment, ils brandirent leurs boucliers vers le ciel et rugirent de plus belle. La peur qui assaillit les hommes entourant Margaret était palpable. En tout, la jeune femme compta quatre navires. Et chacun contenait une centaine de guerriers. Comment pourraient-ils s'en sortir, face à une telle armée ?

— Dieu tout-puissant, protégez-nous, murmura l'homme à gauche de la jeune femme.

— Et protégez ceux que nous chérissons, ajouta-t-elle.

— Rentrez à l'intérieur, maintenant, lady Margaret. C'est plus prudent.

— Non, je reste. Regardez autour de vous. Les femmes sont toutes là. Même ma petite sœur.

— S'ils parviennent à franchir les portes, vous serez trop exposée, et nous ne pourrons plus vous protéger.

Margaret désigna la porte qui permettait d'entrer à l'intérieur de la forteresse :

— S'ils franchissent les remparts, ce n'est pas cette porte qui les arrêtera.

L'homme hocha la tête, et reporta son attention en direction du port. Margaret suivit son regard. Les drakkars ne ralentirent même pas à l'approche du rivage, qu'ils semblèrent avaler, avant de s'immobiliser sur le sable. Aussitôt, leurs occupants sautèrent sur la terre ferme, leurs haches brillant au soleil.

Ils se rangèrent en lignes, attendant les ordres, et Margaret put les détailler. C'étaient des géants aux cheveux blonds, gris ou roux qui dépassaient de leurs casques de bronze et d'acier. Certains portaient des pourpoints de cuir, comme Gannon, d'autres des armures ou des cottes de mailles, d'autres enfin de simples peaux de bêtes cousues ensemble. Leurs boucliers étaient en bois, mais ils avaient de grandes épées, et bien sûr leurs fameuses haches. Tout, dans leur attitude, dénotait l'assurance de l'emporter.

Ils rugirent une nouvelle fois en apercevant les hommes de Rufus postés sur les remparts. Margaret se fit toute petite. Elle ne pensait pas être aussi impressionnée de se retrouver devant ces guerriers.

Les hommes de Rufus jouèrent leur rôle à la perfection, s'agitant et courant en tous sens sur les remparts, pour faire croire qu'ils étaient surpris et affolés. Les Vikings rugirent de plus belle, des rires se mêlant à leurs cris.

— Sales bâtards, marmonna l'homme à côté de Margaret. Oh, je vous demande pardon, milady !

— Ne vous excusez pas.

— Redescendez, maintenant, pour qu'ils ne puissent pas vous voir.

Margaret acquiesça, et rejoignit Nell et les autres femmes. Quelques-unes, tout à coup terrifiées, coururent s'enfermer à l'intérieur. Margaret resta dans la cour, mais en levant les yeux sur les remparts, ils lui parurent beaucoup moins solides qu'elle ne l'avait pensé jusqu'ici. Si les Vikings franchissaient le barrage que leur opposerait Gannon, la forteresse ne résisterait pas longtemps.

L'attente reprit. Margaret espérait ne pas se rabaisser quand le temps serait venu pour elle de mourir. Elle songea à ses parents, à ses petits frères. Son tour viendrait sans doute bientôt. Un nouveau rugissement monta de la plage, qui n'avait cette fois plus rien d'humain, évoquant davantage le cri d'une bête féroce. Puis le rugissement se rapprocha.

Gannon, qui avait mis pied à terre, risqua un œil depuis l'angle de la forteresse où il se tenait caché, ses hommes en embuscade derrière lui, tous sur des chevaux. Il compta quatre drakkars, mais aucun n'était chargé à plein, si bien qu'il y avait moins de quatre cents hommes à leur bord. L'avantage numérique demeurait toutefois du côté des assaillants. En outre, il s'agissait de Vikings, autrement dit de combattants aguerris, particulièrement dangereux.

Tiernan tenait l'autre angle de la forteresse, avec un groupe d'Écossais et d'Irlandais. Attends, lui intima Gannon en pensée. Attends encore un peu.

Les Vikings s'étaient mis en marche, gravissant le sentier à grands pas. Un homme se détachait de leur bande, l'allure fière, ses cheveux blonds flottant derrière lui. Gannon comprit que c'était le chef. Coupe la tête, et le reste du corps suivra, songea-t-il. Il fit signe à ses compagnons de garder le silence et de tenir leurs bêtes. C'était à Rufus d'ouvrir les hostilités.

À présent, les Vikings couraient en direction de la forteresse. Attends encore un tout petit peu, conseilla

Gannon toujours en pensée, mais cette fois à l'intention de Rufus. Encore quelques instants...

Maintenant !

Les Vikings furent cueillis par la pluie de flèches que décochèrent les hommes de Rufus embusqués au sommet de la muraille. Plusieurs s'écroulèrent, mais pas assez, hélas, et quand la deuxième volée tomba des remparts, ils s'étaient déjà regroupés les uns contre les autres, se protégeant de leurs boucliers braqués devant eux et au-dessus de leurs têtes. Ils poursuivirent leur avancée ainsi, plus lentement, mais inexorablement.

La troisième volée de flèches eut encore moins de succès, et Gannon se tourna alors vers ses hommes pour leur donner le signal de l'attaque. Le temps qu'une quatrième volée de flèches s'abatte sur eux, les Vikings auraient atteint les portes de la forteresse. Il fallait passer à l'action.

Gannon brandit son épée bien haut, ajusta son bouclier à son bras, éperonna son cheval et lança son cri de guerre. Ses compagnons le suivirent, et ils surgirent au milieu de la cohorte de Vikings, tuant au passage plusieurs d'entre eux. D'autres furent bousculés, chutèrent et se retrouvèrent piétinés par les chevaux, ou exposés aux flèches qui tombaient toujours des remparts.

La bande de cavaliers poursuivit sa course, disparaissant derrière l'angle opposé de la forteresse, où Tiernan attendait avec ses compagnons pour faire de même en sens inverse.

Les deux groupes se lancèrent des cris d'encouragement, et Tiernan engagea à son tour ses hommes dans la bataille.

Ils répétèrent deux autres fois la manœuvre, obligeant les Vikings à protéger constamment leurs flancs. C'était un succès : la phalange se désintégrait peu à peu, et les flèches qui ne cessaient de voler rencontraient plus souvent leurs cibles. Puis Gannon retira ses hommes, pendant que ceux de Rufus versaient de la poix brûlante sur les Vikings s'approchant des portes. Ils s'écroulèrent en criant, mais furent bientôt remplacés par d'autres.

C'était le moment de passer à la phase suivante. La plus délicate, car elle exigeait une grande audace de la part de chevaux plus habitués à paître tranquillement dans la lande, et d'hommes qui n'avaient pour ainsi dire jamais combattu de leur vie.

Dix chevaux, tirant des amoncellements de vieux vêtements et de draps enflammés, foncèrent sur les Vikings, les éparpillant et les rendant plus vulnérables aux flèches. Au même instant, Rufus donna un signal, et les portes de la forteresse s'ouvrirent à la volée, le temps de laisser passer un groupe de combattants qui se jetèrent sur les assaillants avec une sauvagerie inattendue. Et dire que Gannon s'était inquiété de savoir si les Écossais se montreraient assez vaillants !

Lui-même engagea la suite de son plan. À la tête d'une douzaine de cavaliers munis de torches enflammées, il galopa vers le rivage. Les quelques Vikings restés là pour garder les bateaux furent vite massacrés, et les torches furent lancées à bord des navires. Les trois premiers drakkars furent ainsi incendiés, mais au moment d'arriver devant le quatrième, Gannon donna l'ordre d'arrêter. Un homme était attaché au mât, la tête recouverte d'un sac.

— Libérez-le, dit-il à ses hommes.

Et il remonta vers la forteresse, continuer la bataille.

Les Vikings étaient en pleine débandade, poursuivis par les hommes de Tiernan. Gannon chercha des yeux leur chef, mais il ne put le voir au milieu du tumulte. La bagarre, cependant, faiblissait : les Vikings, comprenant qu'ils ne pourraient l'emporter, s'enfuyaient vers le rivage, où trois de leurs navires se consumaient dans des flammes gigantesques.

Gannon faisait volter son cheval, cherchant toujours leur chef, et il finit par le repérer sur le rivage, dirigeant ses compagnons vers le seul drakkar indemne. Gannon se reprocha de n'avoir pas veillé à ce que ce navire soit également incendié, et il éperonna son cheval vers la plage.

Mais il fut arrêté en chemin. L'un des Vikings qui s'enfuyaient planta sa hache dans le ventre de sa monture. Le cheval hennit de douleur et s'écroula lourdement, renversant Gannon.

L'univers tout entier parut basculer. Mais le Viking brandissait de nouveau sa hache, prêt à frapper. Gannon, bloqué par le cheval qui l'écrasait, tenta de s'abriter derrière son bouclier. La hache s'abattit dessus, faisant voler des éclats de bois, mais sans le traverser.

La hache s'éleva une troisième fois dans l'air. Le bouclier ne résista pas à l'impact. Gannon se retrouva nez à nez avec son agresseur aux yeux bleus. Il pointa son épée, prêt à se défendre jusqu'à la mort.

19

Des cris de victoire retentirent de l'autre côté des portes, et Margaret s'inquiéta. Étaient-ils proférés par les Écossais et les Irlandais, ou par les Vikings ? Elle ne tarda pas à connaître la réponse, cependant, car les portes s'ouvrirent en grand et elle sortit avec les autres sur le champ de bataille.

Les femmes marchaient entre les corps étendus à terre, se penchant parfois pour étreindre un frère ou un mari qui ne se relèverait plus. Beaucoup, heureusement, n'étaient que blessés. Et d'autres femmes, plus chanceuses, retrouvaient vivant leur compagnon qui se précipitait dans leurs bras. Mais la grande majorité des morts était du côté des Vikings.

Crier victoire semblait pourtant prématuré : les combats continuaient près du port. Les drakkars des Vikings étaient en flammes, sauf un, vers lequel convergeaient tous les survivants qui tentaient de s'enfuir. Des Écossais ou des Irlandais leur barraient le chemin, provoquant des corps à corps furieux. Margaret sentit son cœur cesser de battre quand elle aperçut un homme tombé à terre, coincé sous son cheval…

L'épée de Gannon croisa la hache du Viking et la force de l'impact lui engourdit le bras. Il comprit qu'il ne tiendrait pas longtemps, mais se prépara cependant pour le coup suivant.

Rien ne se produisit. Au lieu de frapper, le Viking le regarda avec de grands yeux étonnés, avant de s'écrouler face contre terre.

Tiernan retira son épée du cadavre avec un sourire satisfait.

— C'était moins une, dit-il.

Gannon, incapable de parler, se laissa retomber sur le sol et contempla le ciel.

Margaret poussa un cri en le voyant lâcher son épée. Elle cria de nouveau lorsque Tiernan appela à la rescousse, pour qu'on l'aide à déplacer le cheval. La jeune femme se précipita. Elle arriva juste au moment où Gannon était enfin dégagé et remis sur pied. Il semblait mal assuré sur ses jambes, et elle le vit grimacer de douleur, mais il était vivant.

— Gannon !

Il lui sourit.

— Tout va bien, chérie. Nous les avons eus !

— C'est toi qui les as eus, Gannon ! Ton plan a réussi !

Et, se jetant dans ses bras, elle ajouta :

— Regarde, ils s'en vont !

Il passa un bras autour de sa taille. Les trois premiers drakkars étaient à peu près entièrement consumés, à présent, mais le quatrième, chargé de presque tous les survivants, s'éloignait à grands coups de rames. Quelques Vikings couraient dans l'eau, avant d'être hissés à bord par leurs compagnons. Mais d'autres, trop éloignés pour avoir une chance de s'enfuir, se tournaient à présent, déconfits, vers les Écossais et les Irlandais qui se ruaient sur eux.

— Ne les tuez pas tout de suite ! leur ordonna Gannon. Nous les interrogerons d'abord.

Les Vikings furent encerclés et regroupés.

— Regardez ! s'exclama Tiernan.

Le navire de Gannon venait d'apparaître, dans l'intention de bloquer la fuite du drakkar. Aussitôt, les Vikings ramèrent de plus belle, en même temps qu'ils hissaient leur voile. Au début, on crut que le bateau de Gannon réussirait son entreprise. Mais le drakkar prenait bien le vent. Il s'échappa vers le large, où la brise était encore plus forte, et la distance entre les deux navires ne cessa de s'accroître. Les hommes de Gannon firent alors demi-tour vers le port.

C'était terminé.

Les Écossais exprimaient bruyamment leur joie, sautant sur place et lançant des cris de victoire en direction du ciel. Quelques-uns soulevèrent Gannon pour le porter en triomphe sur la plage. Il riait de bon cœur, agitant son épée avec de grands gestes, et il rit encore quand ils revinrent à leur point de départ pour le déposer juste devant Margaret, à la manière d'une offrande. Dès qu'il attira la jeune femme dans ses bras, les hourras fusèrent.

Ils s'embrassèrent, et le baiser de Gannon était celui d'un vainqueur, qui savait que plus rien désormais ne lui serait refusé. Il prit ensuite la main de Margaret dans la sienne et les brandit toutes deux bien haut, ce qui provoqua de nouvelles acclamations, dont l'écho sembla résonner jusqu'aux montagnes.

Nell marchait, hébétée, au milieu des cadavres de Vikings, qui commençaient d'être rassemblés afin d'être enterrés dans des fosses communes. Sur la plage, les trois drakkars incendiés n'étaient plus qu'amas de cendres fumantes. Les prisonniers, encadrés par des soldats de Rufus, étaient conduits vers la forteresse. Au passage, ils se faisaient copieusement insulter par la population, qui leur crachait au visage. L'un d'eux, cependant, paraissait déplacé au milieu des autres. Plus jeune, plus mince, il fut le seul à soutenir le regard de Nell lorsqu'ils se croisèrent. Elle lut de l'appréhension dans ses yeux, mais aussi autre chose : une sorte de calme acceptation de son sort.

Margaret et Gannon étaient entourés par un groupe d'habitants d'Inverstrath qui les félicitaient bruyamment. Gannon tenait Margaret par la taille. Les sentiments qu'ils se vouaient mutuellement n'étaient plus un mystère pour personne. Nell sourit, avant de pousser un cri en se sentant soulevée dans les airs.

— Nous les avons vaincus, Nell ! s'exclama Tiernan, qui la fit tournoyer avant de la reposer. Les avez-vous vus s'enfuir ? Nous n'avons perdu que vingt combattants, et il n'y a pas plus d'une quarantaine de blessés dans notre camp. Mais de leur côté, quelle hécatombe !

Il l'embrassa, la laissant sans voix, puis s'éclipsa pour rejoindre les autres Irlandais. Nell porta une main à ses lèvres, consciente qu'elle n'oublierait jamais ce moment.

À l'intérieur de la forteresse, c'était la fête. Les familles se retrouvaient avec des hurlements de joie, les chiens aboyaient de toutes leurs forces et les enfants couraient entre les jambes des adultes. Mais on n'oubliait pas les blessés, qui recevaient des soins appropriés, tandis que les morts écossais et irlandais étaient portés dans l'une des maisons du village, pour être préparés avant leurs funérailles.

La bière coulait à flots, et des chopes se tendaient généreusement vers ceux qui n'en avaient pas encore à la main.

Rufus monta sur une table, leva les bras pour réclamer le silence et l'assistance finit par obéir.

— D'abord, nous devons remercier Dieu de nous avoir accordé la victoire, dit-il, et il marqua un silence afin que chacun pût adresser une prière au Ciel. Ensuite, enchaîna-t-il d'une voix triomphale, nous devons remercier Gannon pour son plan d'attaque, et la façon dont il l'a conduit !

Tout le monde se mit à crier, à taper des pieds, à tambouriner des mains sur les tables. Rufus fit signe à Gannon de le rejoindre, et quand celui-ci grimpa à son tour sur la table, il lui claqua amicalement l'épaule et brandit bien haut sa chope de bière.

— À l'Irlandais qui s'est battu comme un Écossais !

Les vivats reprirent de plus belle. Gannon, tout sourire, porta aussi un toast.

— Aux Écossais qui se sont battus comme des Irlandais !

Il y eut de nouvelles acclamations, égayées de rires cette fois, et Gannon ajouta :

— Je vous remercie tous pour votre courage et votre détermination. Je suis fier d'avoir été avec vous aujourd'hui !

— Ton plan était magistral, grand frère ! s'exclama Tiernan.

— C'est toi qui t'es conduit de manière magistrale, lui répondit Gannon. Si tu n'avais pas tué à temps le Viking qui allait m'abattre, je ne serais plus de ce monde. Je te remercie du fond du cœur pour ta bravoure.

— Et moi aussi, intervint Margaret, ce qui fit sourire tout le monde.

Gannon leva encore sa chope.

— À vous tous !

— À Gannon ! répliqua l'assistance, qui rugit de bonheur lorsqu'il attira Margaret dans ses bras pour l'embrasser.

Gannon avait suivi Rufus dans la cour où avaient été parqués les prisonniers. Il entendait la musique et les rires qui égayaient la grande salle, et il aurait préféré être au milieu de la fête avec Margaret, plutôt que devant ces hommes. Ils étaient trente-sept prisonniers en tout, grands, solides, les yeux froids. Mais parmi eux se trouvait un jeune homme, presque un enfant, qui semblait à la fois effrayé et ravi de la situation. Pourquoi ce gamin se serait-il réjoui de la défaite des Vikings ? Gannon s'avança vers lui.

— C'est celui que nous avons détaché du mât, l'informa l'un des hommes de Rufus.

Gannon dévisagea le jeune homme avec encore plus d'intérêt.

— Qui es-tu, mon garçon ? demanda-t-il en langue scandinave.

Le jeune homme croisa son regard, mais ne répondit pas. Gannon répéta sa question. Au même moment Margaret apparut, Nell sur ses talons.

— Margaret, tu ne devrais pas être ici, lui dit Gannon.

— S'agit-il des mêmes hommes qui ont attaqué Somerstrath ?

— C'est probable.

— Demande-leur s'ils savent où est Davey.

Gannon s'exécuta, mais les prisonniers restèrent muets. Margaret s'approcha. Sa colère était palpable.

— Je désirais savoir à quoi peuvent ressembler des hommes capables de tuer des enfants et des femmes enceintes, et de détruire tout un village, expliqua-t-elle à Gannon. Avant que tu ne leur règles leur compte, je veux les regarder droit dans les yeux.

Elle ne savait pas exactement à quoi s'attendre. Qu'ils aient des cornes sur le front ? les yeux injectés de sang ? En fait, c'étaient des hommes ordinaires. Grands, costauds, mais très ordinaires. Il y avait un jeune homme parmi eux, et Margaret se demanda ce qui avait pu le pousser, à son âge, dans la barbarie. Quelques-uns portaient des alliances, et à la pensée qu'ils aient des femmes et des enfants, et qu'ils aient quand même massacré sa famille, elle sentit sa rage se raviver. En même temps, il était peu probable que ces hommes soient touchés par ce qu'elle pourrait leur dire. Et même à supposer qu'elle réussisse à les ébranler un peu, quelle importance ? Aucune repentance ne lui rendrait ses parents et ses frères.

Nell, à côté d'elle, dévisageait également les Vikings, les larmes aux yeux, et c'est le chagrin de sa sœur qui décida Margaret à parler. Elle enlaça Nell et toisa les hommes.

— Puisse Dieu vous prendre en pitié, car il n'y en aura pas de notre part. Vos crimes ne méritent aucune indulgence. J'espère que vous brûlerez dans les flammes éternelles de l'enfer pour ce que vous avez fait subir à ma famille et à tous les habitants de Somerstrath. Je vous maudis, vous, vos enfants, et les enfants de vos enfants.

Elle continua à les fixer tandis que Gannon traduisait. Quelques-uns détournèrent le regard, mal à l'aise, mais la plupart demeurèrent impassibles. Qu'avait-elle espéré ? Que ces monstres aient une conscience qui finirait par s'éveiller ? Elle tourna les talons, et s'apprêtait à rentrer dans la forteresse quand une voix s'éleva :

— Le coupable s'appelle Nor Thorkelson.

C'était le jeune homme qui avait parlé. Il s'exprimait en gaélique, d'une voix posée.

— Il habite l'île de Ketelsay, dans l'archipel des Orcades, ajouta-t-il. C'est lui qui a décidé l'attaque de Somerstrath. Et la plupart des hommes ici l'accompagnaient.

Gannon plissa les yeux.

— Nor Thorkelson ? Tu es sûr de toi, mon garçon ?

— Oui. C'est lui que vous cherchez. C'est lui qu'il faut arrêter.

Margaret revint sur ses pas.

— Quel est ton nom ?

— Drason Anderson. Je suis le fils d'Ander. Mon père a été tué par Nor.

L'homme à son côté lui cracha au visage, et prononça quelques mots en scandinave qui firent hausser les sourcils de Gannon. Le garçon serra les lèvres et détourna la tête.

— Qu'a dit le Viking ? s'enquit Rufus.

— Il a dit, résuma Gannon, que Nor Thorkelson est l'oncle de ce garçon.

— Pourtant, c'était bien lui qui était ligoté au mât, n'est-ce pas ? Pourquoi Thorkelson aurait-il fait attacher son neveu ?

— C'est ce que nous allons essayer de savoir, répliqua Gannon. Séparez-le des autres, nous l'interrogerons plus tard.

— Attendez ! intervint Margaret en se plantant face à Drason. Sais-tu où se trouve mon frère, Davey ? C'est l'un des cinq garçons capturés à Somerstrath. Que peux-tu me dire à son sujet ?

Drason paraissait mal à l'aise.

— Je ne peux rien vous dire.

Margaret recula, déçue. Mais elle était convaincue que ce garçon savait quelque chose.

— Venez, lui dit Rufus. Allons faire la fête. Nous les questionnerons demain matin.

Mais il était dit qu'ils ne pourraient pas s'abandonner entièrement aux festivités. À peine Gannon eut-il pénétré dans la grande salle, qu'il fut rappelé dehors par des hommes qui le réclamaient avec beaucoup d'excitation. Comme c'étaient ceux qui avaient pour mission d'enterrer les Vikings, et que leur tâche était peu enviable, il décida de leur accorder un moment.

— Qu'y a-t-il ?

L'un d'eux désigna les portes ouvertes de la forteresse.

— Vous feriez bien de venir voir par vous-même. C'est à peine croyable.

Gannon traversa la cour et franchit les portes. Un cadavre de Viking avait été déposé juste à l'extérieur. Sinon qu'il semblait légèrement plus petit que les autres, Gannon, dans l'obscurité, ne décela rien de particulier.

— Et alors ? demanda-t-il.

— Regardez de plus près.

Quelqu'un lui tendit une torche. Gannon la promena au-dessus du visage du mort. Il n'en crut pas ses yeux.

— C'est le moine, déclara l'un de ses hommes. Celui qui a marié lady Margaret. Il combattait avec les Vikings. Nous avons trouvé son corps sur la plage.

— C'est… c'est impossible… balbutia Gannon. Allez chercher Rufus ! Et Tiernan !

— Inutile. Nous sommes là, fit Rufus en s'approchant. Laissez-moi regarder… Doux Jésus ! C'est bien le moine. Que fait-il dans cette tenue ?

— Pourquoi un moine s'habillerait-il en Viking ? questionna à son tour Tiernan. Et pourquoi combattait-il à leurs côtés, à moins qu'il ne soit l'un des leurs ?

— Mais c'est impossible ! s'exclama Rufus.

— Ce qui est impossible, c'est qu'il soit à la fois moine et Viking, répliqua Gannon. Ce qui voudrait dire… Allez chercher Drason !

Ils attendirent que le jeune homme leur soit amené. L'esprit de Gannon, pendant ce temps, battait la campagne. Et si le moine n'était pas moine ? Lorsque Drason arriva, Gannon promena de nouveau la torche au-dessus du cadavre.

— Connaissez-vous cet homme ?

Drason hocha la tête.

— C'est l'un des espions de mon oncle. Il se faisait passer pour un moine pèlerin, afin de pouvoir être admis partout et de parler à tout le monde. Il était très efficace, et Nor le payait bien.

Rufus s'esclaffa bruyamment.

— Jésus, Marie, Joseph ! Ce qui veut dire que le mariage n'est pas valide ! Ce bonhomme n'était pas plus moine que moi. Lady Margaret n'est pas mariée !

Gannon, encore incrédule, regarda Rufus avant de se tourner vers Drason :

— Tu es sûr de ce que tu avances, mon garçon ?

— Oui. Demandez aux autres. Ils vous diront la même chose.

— Nous avons trouvé ça sur lui, annonça l'un des hommes de Rufus, tendant un rosaire.

Gannon s'en empara et l'approcha de la torche.

— C'est bien celui du moine. Je le reconnais à ses grains dorés.

— Oui, acquiesça Rufus, avant de partir d'un grand éclat de rire. Toute cette comédie, et elle n'est toujours pas mariée ! Attendez que Lachlan apprenne ça !

Gannon souriait jusqu'aux oreilles.

— Le mariage n'est pas valide ! Allez chercher lady Margaret !

Margaret contempla le cadavre, d'abord éberluée comme tous les autres, mais quand son regard croisa celui de Gannon, et que Rufus lui dit une nouvelle fois que son mariage n'était pas valide, elle sourit enfin. Puis elle éclata de rire, avant de tendre la main à Gannon.

— Cette fois, je crois qu'il est vraiment temps de faire la fête !

Et elle les entraîna tous vers la grande salle.

C'est Rufus qui annonça la découverte. La salle, qui résonnait déjà de mille bruits joyeux, s'enthousiasma à l'annonce que Margaret n'était finalement pas mariée. Puis la musique redoubla, et les danseurs s'emparèrent de l'espace central.

La bière et le whisky coulaient à flots, car personne n'aurait pu rêver plus belle occasion de faire la fête. Dès lors que l'on avait réussi à vaincre les Vikings, tout semblait possible.

Gannon dansa pendant des heures, but et rit avec les Écossais. Et tout du long, Margaret resta à ses côtés, leurs mains se frôlant et s'accrochant. Il la regardait rire ; percevait la tristesse qui ne quittait pas complètement ses yeux, malgré la jubilation du moment ; se repaissait de ses courbes voluptueuses et n'en finissait pas d'admirer la façon dont ses cheveux capturaient la lumière des torches accrochées aux murs. Elle était parfaite.

Lui-même ne s'était jamais senti aussi sûr de lui. Margaret serait sienne. Si la situation avait été différente, il lui aurait tout de suite proposé le mariage. Mais à présent, il était obligé de s'en remettre à la décision conjuguée d'un roi, d'un évêque et de ce maudit Lachlan, avant de pouvoir faire sa demande en bonne et due forme. Car si le mariage n'était pas valide, les fiançailles tenaient toujours.

Il prit la main de la jeune femme dans la sienne.

— Si nous sortions nous promener ?

— Dehors ?

— Oui.

— Dans la nuit ?

— Oui.

— Rien que nous deux ?

Il rit.

— Rien que nous deux, et les étoiles dans le ciel.

Elle sourit, et son sourire embrasa Gannon.

— Alors, emmène-moi.

Il l'entraîna dans la cour, franchit les portes et s'arrêta au pied de la forteresse, face à la mer. Le ciel était dégagé, constellé d'étoiles, et les vagues semblaient alanguies.

Gannon embrassa sa compagne puis, lui prenant les deux mains, il déclara solennellement :

— Je t'aime, Margaret.

Elle sourit.

— Moi aussi je t'aime, Gannon.

— Je te veux avec moi. Je veux partager toutes mes journées avec toi. Et mes nuits.

Elle approcha leurs mains jointes de ses lèvres, pour embrasser les doigts de Gannon.

— J'ai cru qu'aujourd'hui serait notre dernier jour, dit-elle. Je redoutais qu'ils ne franchissent vos barrages et ne réussissent à pénétrer dans la forteresse pour nous tuer tous. Je m'étais préparée à mourir... Dieu soit loué, je me suis trompée. Mais j'ai retenu de cette journée que la vie est décidément bien précieuse. Et que je veux en profiter le plus possible.

Son sourire s'élargit, et elle ajouta :

— Tu étais déjà dans mon cœur, Gannon. À présent, je te voudrais aussi dans mon lit. Si tu le veux bien.

Il la regarda quelques instants, avant d'éclater de rire.

— Oh, Margaret, ma chérie ! Je ne demande pas mieux. Mais je crains que la forteresse ne soit un peu agitée, ce soir. Tu es sûre de toi ?

— Je n'ai jamais été aussi sûre de ma vie.

Il était bouleversé.

— Alors, viens. Je connais l'endroit qu'il nous faut.

La lune était assez haute dans le ciel pour éclairer leur chemin. Ils longèrent la plage en direction du promontoire sud, qu'ils escaladèrent. Parvenu au sommet des rochers, Gannon inspira une goulée d'air frais. Il n'aurait pas besoin de chandelle ni de torche : la lumière de la lune lui suffisait pour voir le visage de Margaret.

— Tiernan et Nell ne vont pas s'inquiéter ? s'enquit-elle.

— Tiernan comprendra. Et il s'occupera de Nell.

Elle acquiesça, ayant vu Tiernan danser avec Nell, même s'il cherchait toujours à croiser le regard de Dagmar. Et puis, songea-t-elle, il était temps de laisser sa sœur se prendre en charge.

Gannon l'attira dans ses bras.

— Je t'aime, Margaret. Mais nous ne ferons rien, ce soir, que tu n'auras pas souhaité.

— J'ai envie de toi, Gannon. Et mon seul souhait, c'est que cette envie soit partagée.

Il rit.

— Oh, pour ça, oui. Mais je ne voudrais pas que tu regrettes…

— Je ne regretterai rien, Gannon.

— Alors, sache ceci, dit-il, lui prenant de nouveau les mains et mettant un genou à terre devant elle. Je me voue à toi, Margaret MacDonald, pour le restant de mes jours. Je te protégerai, je t'aimerai, et je te donnerai le meilleur de moi-même. Pour toujours.

Margaret s'agenouilla à son tour.

— Je me voue à toi pour le restant de mes jours, Gannon MacMagnus. Je te protégerai, je t'aimerai, et je te donnerai le meilleur de moi-même. Pour l'éternité.

— Pour l'éternité, oui, c'est encore mieux, répliqua-t-il en souriant. Alors, va pour l'éternité.

Il posa un baiser sur ses lèvres, puis l'aida à se relever.

— Ici ? demanda-t-elle.

Il secoua la tête.

— Non, viens.

À peine eut-il fait quelques pas qu'elle comprit où il voulait l'emmener : dans l'ancienne forteresse en ruine. Ils contournèrent la baie et rejoignirent l'autre côté, s'arrêtant au pied de la forteresse.

Gannon étala son manteau sur l'herbe et se tourna vers la jeune femme :

— Tu es toujours sûre de toi ?

— Plus que jamais.

— Alors, mets ça, dit-il, se défaisant du torque qu'il portait au cou pour l'accrocher autour du sien. Tu vas le porter pendant que nous ferons l'amour. Et tu le garderas jusqu'à ce que nous soyons mariés.

Je n'ai pas de bague à t'offrir, mais ainsi, tout le monde saura que tu es à moi.

Le torque portait encore la chaleur de sa peau. Margaret le toucha avec un sentiment de fierté.

— Fais-moi tienne, Gannon.

Il sourit, et commença de délacer sa tunique. La jeune femme le regarda faire, bénissant la lune de leur prodiguer sa lumière, et pressée de sentir les mains puissantes de Gannon courir sur son corps. Il se débarrassa ensuite de ses bottes, avec des gestes impatients. Puis il passa sa tunique par-dessus sa tête, défit sa ceinture et laissa tomber son pantalon, pour se présenter à Margaret entièrement nu. Ses muscles étaient impressionnants, cela elle le savait déjà, mais elle fut surprise de voir sa virilité déjà tendue, prête à la posséder. Elle se sentit rougir, mais s'enhardit à s'approcher pour lui caresser l'épaule, et laisser courir ensuite sa main le long de son flanc, s'arrêtant à sa taille.

Elle accrocha son regard.

— Montre-moi. Apprends-moi.

Il s'exécuta.

Ils ne dirent plus un mot, perdus dans leur adoration mutuelle, et s'allongèrent sur la couverture, insensibles au bruit des vagues et au spectacle des étoiles. Gannon lui enseigna comment le caresser, comment se servir de ses mains et de sa bouche, puis il lui rendit la pareille, la déshabillant lentement, embrassant chaque centimètre de peau qu'il découvrait comme s'il rendait hommage à une déesse. Margaret frissonnait de plaisir et de désir mêlés. Elle en voulait plus. Elle voulait le sentir en elle.

Quand il la pénétra enfin, elle s'arqua pour le recevoir, s'émerveillant de la perfection de leur union, et s'étonnant d'avoir pu vivre jusqu'ici sans connaître ce plein accomplissement des sens. Il se montra patient, et les heures passèrent rapidement. Ils ne s'arrêtèrent que repus et alanguis, enlacés l'un à l'autre, enivrés l'un de l'autre.

Margaret soupira de contentement.

— J'ignorais que c'était aussi beau, chuchota-t-elle.

— Et encore, ce n'est que le début, répliqua-t-il, lui caressant les seins.

Il l'embrassa à la base du cou, puis sur l'épaule et plus bas encore, jusqu'à capturer son téton entre ses lèvres. La jeune femme renversa la tête en arrière. Sentant que la virilité de son amant reprenait déjà toute sa force, elle rit. Il redressa la tête.

— Je crois que je ne pourrais plus imaginer la vie sans toi, dit-elle.

— Moi non plus. Tu es à moi désormais, Margaret, et il n'est pas question que je renonce à toi. Aucun homme, aucun roi, aucune loi ne m'y forcera. J'espère que tu en as conscience ?

— Oui. Et je ressens exactement la même chose.

Il sourit, d'un sourire à la fois tendre et conquérant.

— J'ignore comment le monde réagira, reprit-il. Ton frère désapprouvera probablement. Et peut-être aussi ton oncle. Et bien sûr, Lachlan. Quoi qu'il en soit, je ne céderai pas d'un pouce.

— Ni moi, Gannon.

— Alors, acceptons l'éventualité de vivre en renégats.

Elle rit. Margaret de Somerstrath, une renégate ? L'idée n'était pas pour lui déplaire. De toute façon, elle n'avait pas le choix : elle ne voyait pas comment se passer de Gannon. En revanche, il lui paraissait définitivement impossible de vivre avec Lachlan.

— Tu es à moi, Margaret.

— Et toi, tu es à moi, Gannon.

— Oui. Peu importe ce que les autres penseront. Si tu le souhaites, je resterai ici et j'aiderai ton frère à reconstruire Somerstrath. Mais nous pourrions aussi partir en Irlande. Je n'ai ni terre ni fortune, mais j'ai un bateau et je sais me servir de mes mains. Nous aurons toujours de quoi manger et nos enfants ne manqueront de rien. Si tu acceptes d'être la mère de mes enfants, bien sûr.

Elle lui caressa la joue.

— Oui, mon amour. Mille fois oui.

Il l'attira à lui, l'installant à califourchon sur ses hanches. Elle se cambra en arrière, les yeux grands ouverts sur le ciel.

Cette fois, Gannon se montra moins patient, moins doux, mais sa vigueur lui procura un plaisir encore plus intense, l'enivrant de sensations inédites dans lesquelles elle se perdit avec délectation...

Bien plus tard, allongés côte à côte, ils laissèrent leur regard se perdre dans les étoiles. Margaret caressait le torque à son cou. Soudain, elle se redressa sur un coude et plongea son regard dans celui de son amant :

— Ne m'abandonne jamais, Gannon.

— Je ne t'abandonnerai jamais.

— Jure-le-moi.

— Je te le jure.

Elle se rallongea, satisfaite. Gannon s'assoupit contre elle, lui communiquant sa chaleur. Margaret demeura éveillée, à contempler les étoiles. L'éternité, songeait-elle, ne serait peut-être pas suffisante.

Et elle finit par s'endormir à son tour.

Il se réveilla le premier, juste avant l'aube, et la secoua doucement. Ils se rhabillèrent face à face, étant déjà familiers de leur nudité. Margaret avait l'impression d'avoir commencé sa journée avec cet homme des milliers de fois.

— Es-tu prête ? s'enquit-il lorsqu'ils furent tous deux vêtus.

Elle hocha la tête.

— Pas trop nerveuse ?

Elle toucha son torque.

— Laissons-les dire ce qu'ils voudront, répondit-elle.

Et elle l'embrassa.

Mais personne n'eut de réaction négative, et leur retour fut accueilli naturellement, comme s'il était logique qu'ils apparaissent ensemble. Tiernan se comporta avec Margaret à l'image des jours précédents. Nell la regarda avec curiosité, mais ne dit rien. Rufus s'abstint du moindre commentaire, et ce fut d'ailleurs l'attitude la plus généralement adoptée. Si bien que la vie reprit tranquillement son cours.

Mais pour Margaret, rien n'était plus pareil. Elle était la femme de Gannon, se répéta-t-elle plusieurs fois au cours de la journée, en caressant le torque accroché à son cou. La femme de Gannon…

20

Debout sur le pont de son navire, Nor Thorkelson poussa un juron en découvrant le ciel de cette nouvelle journée. Des nuages, venus de l'ouest, approchaient à vive allure et commençaient de cacher le soleil à peine naissant, jetant sur la mer une obscurité qui faisait écho à son humeur.

Il avait espéré détruire une nouvelle portion des côtes écossaises. Et au passage, capturer les deux nièces de William Ross, dont il avait appris qu'elles s'étaient réfugiées à Inverstrath. Détenir trois membres de la famille du puissant comte – avec le petit garçon enlevé lors du raid sur Somerstrath – constituerait un avantage de poids lorsque viendrait le moment des négociations. Mais rien ne s'était passé comme prévu. Cette fois, il avait subi un échec, n'ayant pu sauver qu'un seul de ses navires et soixante-trois de ses compagnons, alors qu'ils étaient plus de trois cents à avoir débarqué. Tous les autres étaient morts ou prisonniers. Y compris Drason.

Entre les mains des Écossais, son neveu raconterait volontiers tout ce qu'il savait. Heureusement, c'était peu de chose. Drason leur dévoilerait son nom, mais tôt ou tard ils auraient fini par l'apprendre. Il leur dirait aussi où le trouver, mais il était préparé à les recevoir. Il leur apprendrait enfin sur combien d'hommes il pouvait s'appuyer – mais ce chiffre augmentait après chacun de ses raids. En clair, aucune de ces informations n'avait vraiment d'importance. Nor se félicitait d'avoir été assez prudent pour ne pas confier ses projets d'avenir à Drason.

Du reste, peut-être s'inquiétait-il inutilement. Les Écossais attribueraient sans doute la responsabilité des attaques au roi Haakon de Norvège, et ils s'imagineraient que Nor ne faisait que suivre les ordres de son souverain. Et puis, il ne pouvait pas réussir à tous les coups. Cette petite défaite le motiverait pour sa prochaine expédition.

Mais avant cela, il confierait une nouvelle mission à ses espions : découvrir l'identité de l'homme qui avait organisé la défense d'Inverstrath.

Gannon étira ses jambes devant lui et dévisagea le jeune homme assis de l'autre côté de la table. Drason Anderson croisa son regard sans ciller. Rufus, le menton appuyé sur sa main, les observait tous les deux. Les autres prisonniers étaient séquestrés dans une pièce de la forteresse, mais Drason avait été déféré devant Gannon. Jusqu'ici, il était resté quasi muet, sauf pour confirmer qu'il était le neveu de Nor Thorkelson.

— C'est très simple, mon garçon, résuma Gannon. Soit tu me dis tout ce que tu sais, soit je te remets entre les mains des habitants d'Inverstrath ou, pire, des survivants de Somerstrath. Soit enfin je te rends à tes compagnons, et on verra ce qu'ils feront de toi.

— Vous ne me faites pas peur, répondit le jeune homme.

Rufus se pencha dans sa direction.

— Moi, j'ai une autre solution : je pourrais me servir de mon coutelas pour t'arracher un morceau de chair à chaque heure supplémentaire où tu garderas le silence.

— Vous ne me faites pas peur, répéta Drason, mais cette fois il semblait beaucoup moins convaincant, et ses yeux trahissaient son appréhension.

Gannon s'esclaffa.

— Si, nous te faisons peur. Mais rassure-toi, nous n'aurons pas à en venir jusque-là. Ou je me trompe, ou tu détestes ton oncle. Et c'est pour cela que tu vas parler. Parce que tu n'as pas plus grand désir que de te venger de lui. J'ai raison, ou pas ?

Le jeune homme détourna la tête, pendant un si long moment que Gannon crut que sa tactique avait échoué. Mais Drason finit par croiser son regard, et acquiescer.

— Oui, je veux me venger. Et je vous dirai où vous pouvez le trouver. Mais je veux d'abord une promesse de votre part.

— Tout dépend de la promesse en question.

— Quand vous aurez capturé Nor, je veux que ce soit moi qui décide de son supplice.

Gannon prit le temps de réfléchir à la requête. Lui-même se souciait peu de savoir comment Nor serait tué. La mort était la mort, et il avait toujours estimé qu'il était préférable de l'administrer rapidement à ses ennemis. Mais Margaret, Nell, Rignor, les survivants de Somerstrath et même William Ross pourraient avoir d'autres vues.

— Si vous êtes d'accord avec cela, reprit Drason, je vous dirai aussi où se trouve Davey MacDonald.

Gannon tendit le bras pour se saisir du poignet du jeune homme.

— Tu sais où il est ?

— Du moins, je crois le savoir.

— Hier soir, tu disais ne pas pouvoir répondre à cette question. Pourquoi le pourrais-tu aujourd'hui ?

— J'y ai réfléchi durant la nuit.

Gannon eut une exclamation méprisante et se leva de table. Il n'avait pas fait trois pas que le garçon le rappela.

— Attendez ! Je… J'avais peur de vous le dire devant les autres. Et je voulais marchander mes informations contre quelque chose.

— Qui est ?

— Je vous l'ai dit. Que vous me promettiez que c'est moi qui déciderai du supplice de Nor.

Rufus et Gannon échangèrent un regard.

— Et qu'envisages-tu ? demanda Gannon, se rasseyant.

— De le faire brûler vif dans son drakkar.

Gannon sursauta.

— Pourquoi le détestes-tu autant ?

— Il a tué mon père. Il ignore que je le sais. Et il a aussi tué mon autre oncle. Il l'avait assommé et enfermé dans la cale du navire funèbre qui devait emporter la dépouille de mon grand-père. J'assistais aux funérailles, bien sûr, et à ce moment-là, j'ignorais que mon oncle se trouvait dans le bateau. Mais quand celui-ci a été incendié, selon la coutume, Nor a regardé sans émotion son frère se faire brûler vif.

Gannon sentit les poils de sa nuque se dresser.

— Comment l'as-tu su ? Parce qu'il te l'a raconté ensuite ?

— Non. Mais l'un de ses hommes a parlé. Avant de disparaître à son tour. Et notre prêtre, qui a voulu s'opposer à Nor, a disparu lui aussi. Et… il terrifie ma mère.

— Parle-moi de Davey.

— Il est retenu prisonnier à Skye. Conduisez-moi là-bas et je vous montrerai.

— Chez Leod ?

— Non, mais pas très loin.

Gannon bondit sur ses pieds.

— Nous allons partir immédiatement.

Drason se leva à son tour.

— Parfait.

La nouvelle se répandit comme une traînée de poudre à travers la forteresse et, quelques minutes plus tard, Margaret rejoignait Gannon en courant.

— C'est vrai, ce qu'on raconte ? Tu sais où est Davey ?

— Sur l'île de Skye, semble-t-il. Nous allons vérifier.

— Je viens avec vous.

— Non. Je ne sais pas encore ce que nous découvrirons là-bas, mais si Nor s'y trouve, nous en finirons avec lui.

— Mais tu n'as qu'un bateau, Gannon !

— Rufus me prête aussi deux de ses bateaux de pêche.

— Nor aura quand même plus d'hommes que toi.

— Peut-être. Mais il ne s'attend pas à notre visite.

— Il faut prévenir Rignor.

Gannon secoua la tête.

— Je lui ai envoyé un messager hier pour l'avertir de l'attaque. Si ton frère s'était senti concerné, il serait là depuis longtemps. Or, tu vois bien qu'il ne s'est toujours pas montré.

— Somerstrath a peut-être été attaqué une deuxième fois !

— Dans ce cas, les hommes de Rufus ne tarderont pas à nous l'apprendre. Et Rignor ne pourra pas nous reprocher d'être partis sans lui chercher Davey.

Tiernan arriva sur ces entrefaites. Il finissait d'enfiler sa cotte de mailles.

— Grande nouvelle, n'est-ce pas ?

— Oui, acquiesça Margaret. Rufus vient avec vous ?

— Non, répondit Gannon. Je ne veux pas te laisser sans protection. Tiernan, tu restes aussi.

Son frère sursauta.

— Tu ne parles pas sérieusement !

— Si, répliqua Gannon, désignant la pièce où étaient enfermés les prisonniers. Je laisse ici des

Vikings, avec ma femme. En qui d'autre que toi pourrais-je avoir confiance pour veiller sur sa sécurité ?

Tiernan hocha la tête.

— Je n'avais pas pensé à cela.

— Surveille-les bien, Tiernan. N'oublie pas que ce sont des assassins.

— Quand comptes-tu revenir ? demanda Margaret.

— Quand Nor sera mort.

Gannon appareilla avant midi. Quelques heures plus tard, il avait déjà franchi le bras de mer qui séparait Skye des côtes écossaises.

D'après Drason, Nor possédait plusieurs points de chute sur l'île. Le premier, un petit campement au fond d'une anse, se révéla désert. Mais des traces prouvaient que des hommes et du bétail avaient séjourné là peu de temps auparavant. Gannon en déduisit que Nor s'était douté qu'ils connaîtraient désormais son identité et se lanceraient sur ses traces.

Davey ne se trouvait pas davantage dans le second campement, tout aussi abandonné que le premier. Cette fois, Gannon attrapa Drason par l'épaule.

— Si tu nous as menti, je te tuerai, lui dit-il.

— Je n'ai pas menti, répondit le jeune homme. Mais il reste encore un campement. À ma connaissance, Nor en possédait trois sur l'île.

— Leod était-il au courant ?

— Comment aurait-il pu ne pas être au courant ? C'est son île. Nor y accueillait souvent de nouvelles recrues, venues des Orcades, et parfois de Norvège.

— Nor était-il en communication avec Haakon ?

— Oui. Le roi n'était pas mécontent que Nor se soit attaqué aux côtes écossaises, pour provoquer Alexandre. Mais je ne pense pas qu'Haakon était au courant de ses projets.

— Que veux-tu dire ?

— Nor voulait s'enrichir, et devenir lui-même un chef très puissant. Il projetait de se livrer à des raids pendant toute une année, et ensuite de rançonner ceux qui préféreraient payer plutôt que d'être attaqués.

Gannon hocha lentement la tête.

— Je commence à comprendre pourquoi il t'avait fait attacher au mât, mon garçon. Tu devines beaucoup de choses. Mais es-tu bien sûr que Nor n'obéissait pas aux ordres d'Haakon ?

— Pas que je sache.

Drason se montra encore un peu plus loquace tandis qu'ils faisaient voile vers le troisième campement. Il révéla à Gannon les atouts de son oncle : son intelligence, son courage, et ce don qu'il possédait de convaincre les hommes de le suivre. Mais il énuméra aussi ses faiblesses : sa vanité, son arrogance et sa certitude de ne jamais échouer.

— Il se considère invincible, résuma Drason. Et il pense que personne ne se doute de ses mensonges.

— Parle-moi de Leod, lui demanda Gannon.

Drason s'esclaffa avec dédain.

— Ah, lui ! Il aime jouer sur tous les tableaux. Et il arrive toujours à savoir d'où va souffler le vent.

— Nor lui fait-il confiance ?

— Nor ne fait confiance à personne.

— Leod a-t-il fourni des troupes à ton oncle ?

Drason secoua la tête.

— Non. Et les hommes de Nor ont réussi à se mettre à dos les habitants de Skye. Ils ne sont plus vraiment les bienvenus sur l'île.

Margaret se trouvait avec Rufus, dans la cour de la forteresse, à décider des réparations les plus urgentes à effectuer sur les remparts, quand de grands cris, à l'extérieur, leur firent franchir les portes. Trois cavaliers approchaient, et l'un d'eux tirait un fardeau qui rebondissait sur le chemin caillouteux. Margaret les reconnut comme des hommes d'Inverstrath. Et leurs cris étaient des cris de colère, ce qui incita la jeune femme à observer plus en détail ce qu'ils charriaient.

C'était un homme. Un Viking, supposa-t-elle, comme celui retrouvé à Somerstrath.

Les cavaliers décrirent une boucle devant la forteresse, redoublant leurs cris et incitant les villageois à sortir de leurs maisons. Puis, après un dernier tour, ils vinrent s'arrêter devant Rufus. Et Margaret put voir celui qu'ils avaient ainsi traîné sur le sol.

Rignor.

Sentant la nausée l'assaillir, la jeune femme prit une profonde inspiration. Son frère était ligoté aux mains et aux chevilles, et il était attaché au cheval par une longe de cuir, ses yeux et sa bouche bâillonnés par des bandeaux d'étoffe. Mais il n'y avait pas de doute, c'était bien Rignor. Il saignait en plusieurs endroits. Se pouvait-il qu'ils l'aient traîné depuis Somerstrath ?

— Seriez-vous devenus fous ? gronda-t-elle. Qu'avez-vous fait ?

Celui qui avait tiré son frère descendit de sa monture.

— Nous avons fait justice, dit-il en désignant Rignor. Il a tué mon fils.

— Mais c'est impossible !

— Il a tué mon fils, répéta l'homme. Et il nous aurait tous tués.

— Que veut dire tout cela ? interrogea Rufus. Est-il encore vivant ? Écartez-vous, que nous puissions nous occuper de lui.

Un deuxième cavalier mit pied à terre, et se pencha sur Rignor pour ôter le bandeau qui couvrait ses yeux.

— Oui, il vit encore. Ce bâtard est plus solide que je ne l'aurais imaginé.

— Mais pourquoi avez-vous fait cela ? se récria Margaret, au bord de l'hystérie. Expliquez-vous, bon sang !

Le troisième cavalier descendit à son tour de cheval. Margaret le reconnut : c'était celui qui l'avait escortée à son retour de Somerstrath, lorsqu'elle avait découvert les drakkars. Elle se souvint de ce qu'il lui avait raconté au sujet d'un étrange visiteur reçu par son frère, et elle eut soudain une terrible appréhension.

— C'est lui qui a dit aux Vikings où nous trouver, expliqua-t-il.

— Il nous a tous trahis, renchérit le second cavalier. Il leur a raconté comment était défendu Inverstrath, et combien de personnes y vivaient.

Regardant Margaret, il ajouta :

— Il leur a aussi dit que vous seriez là. En échange, il a eu la vie sauve, et le droit de conserver Somerstrath.

— Je vous avais parlé de cet étrange messager qui prétendait être envoyé par les Sinclair, reprit le troisième cavalier. Ce matin, il est revenu voir Rignor pour lui demander qui avait conduit la défense.

— Votre frère s'est soûlé toute la nuit, enchaîna le premier cavalier. Il parlait tout seul, et ses propos étaient très confus. Mais ils ont pris sens quand la nouvelle de l'attaque d'Inverstrath nous est parvenue, et que le messager est réapparu. Nous avons alors compris ce que Rignor avait fait. Et nous lui avons fait payer son crime. Il ne survivra pas. Désolé, lady Margaret.

Margaret les dévisagea tous les trois. Ils n'exprimaient ni chagrin ni regret, simplement une colère qui se reflétait dans les yeux des villageois.

Elle se pencha sur Rignor.

— Comment en sommes-nous arrivés là ? murmura-t-elle.

Mais elle ne reçut pas de réponse.

Rignor mourut quelques heures plus tard, sans avoir repris connaissance. Il n'eut donc pas l'occasion de prononcer le moindre mot pour sa défense. Margaret et Nell se tenaient à ses côtés lorsqu'il rendit son dernier soupir – si furtivement qu'elles faillirent le manquer. Comme si l'âme de Rignor était heureuse d'être libérée de son corps. Il mourut sans voir les larmes de ses sœurs.

Margaret se sentait partagée entre les regrets, la tristesse, et la rage pour ce qu'on avait fait à son frère. La frustration, aussi, car elle ne connaîtrait jamais la vérité. Même si, au fond d'elle-même, elle redoutait de la savoir, car elle ne pouvait pas oublier sa dernière entrevue avec Rignor, à Somerstrath. Mais elle n'avait qu'une certitude : elle avait perdu son frère pour toujours.

Rignor fut enterré dans l'après-midi. Beaucoup de monde s'était déplacé, mais à part Margaret et Nell, personne ne le pleura. Dagmar, très pâle, resta silencieuse, et jeta plusieurs regards en direction de Margaret, comme si elle s'attendait à une confrontation. Mais Margaret n'avait rien à lui dire, car elle savait bien que rien n'aurait pu changer le caractère de Dagmar. Elle ne se trompait pas : quelques heures plus tard, le rire de la jeune femme résonnait de nouveau dans la forteresse.

Et le soir, les Vikings revinrent.

Margaret était assise, seule, devant la forteresse, les mains croisées sur ses cuisses. Elle regardait dans le vague, trop épuisée pour trouver la force de rentrer et gagner son lit. La mer était calme et aucun nuage ne venait troubler le ciel. Sur la plage, quelques hommes réparaient un bateau de pêche. Des enfants couraient le long du rivage.

La jeune femme ferma les paupières, s'efforçant de ne penser à rien.

Des cris lui firent rouvrir les yeux. Mais elle ne bougea pas. Il fallut que Rufus vienne la secouer par les épaules.

— Margaret ! Les Vikings reviennent !

Autour d'eux, tout le monde criait et courait en tous sens. Des mères appelaient leurs enfants pour qu'ils remontent de la plage. Rufus prit Margaret par le bras et l'entraîna vers la forteresse. La jeune femme jeta un regard par-dessus son épaule. Des drakkars approchaient du rivage à grands coups de rames. Elle en compta six. Non, sept. Non, huit !

Tiernan accourut à leur rencontre :

— Vite, rentrez à l'intérieur ! Ils vont fermer les portes.

— Où est Nell ? Vous l'avez vue ?

— Non. Dépêchez-vous de rentrer, Margaret !

— Nous serons pris au piège si nous restons ici. Il faut partir vers la forêt.

— Nous n'avons plus le temps. Ils vont débarquer d'une minute à l'autre. Regardez !

Elle se retourna. Les drakkars étaient déjà près d'accoster.

— Venez avec moi, dit-elle, tirant Rufus par le bras. Fuyons tous vers la forêt.

Tiernan secoua la tête avec détermination.

— Non. Nous allons les combattre.

— Mais ils sont trop nombreux, cette fois ! Et Gannon n'est plus là.

— Trouvez Nell, et enfuyez-vous ! lui cria Tiernan, avant de courir avec Rufus rejoindre les gardes de la forteresse.

Margaret se précipita à l'intérieur. Un désordre indescriptible régnait dans la grande salle.

— Le potager ! hurlait Dagmar. Fuyons par le potager !

— Quelqu'un a-t-il vu Nell ? lui demanda Margaret.

Dagmar secoua la tête, avant de se ruer vers le fond de la salle, suivie par la foule paniquée. Le couloir menant aux cuisines fut bientôt embouteillé. Margaret prit l'escalier, qu'elle grimpa quatre à quatre, pendant qu'on criait en bas :

— Ils ont débarqué !

La panique redoubla. Margaret poursuivit cependant son ascension, jusqu'à leur chambre. Mais celle-ci était déserte. Elle fouilla rapidement tout l'étage, appelant sa sœur, sans plus de succès. Elle revenait vers l'escalier quand elle entendit de nouveaux cris, de terreur cette fois, ainsi qu'un grand vacarme qui semblait se rapprocher. Dieu du ciel ! Étaient-ils déjà là ?

Elle dégaina sa petite épée et se prépara à mourir.

21

Nell se trouvait au village, avec quelques-uns des survivants de Somerstrath, lorsque retentirent les premières clameurs annonçant l'arrivée des Vikings. Aussitôt, les villageois prirent la fuite vers l'intérieur des terres.

— Margaret ! Où est Margaret ? s'inquiéta Nell.

Elle voulut prendre la direction de la forteresse, mais une femme la tira fermement par le bras.

— Suivez-nous ! Elle aura fui de son côté.

— Oui, elle saura nous retrouver, approuvèrent les autres, qui entraînèrent Nell.

Ils coururent sur le chemin qui traversait la forêt de pins et menait, plus loin, jusqu'aux montagnes, ne s'arrêtant qu'à bonne distance d'Inverstrath, dans une sorte de clairière qui dominait le village et sa baie. Margaret n'était pas là. Pas plus qu'elle n'arriva avec les retardataires.

Nell voulut se convaincre qu'elle avait quand même réussi à s'enfuir. Peut-être avait-elle simplement pris une autre direction – vers le sud, par exemple, pour rallier l'ancienne forteresse qu'aimait Gannon. Sa sœur était capable de courir vite. Elle ne se serait pas laissé prendre au piège. Elle était forcément avec Tiernan, Rufus et tous les autres – hélas, très nombreux – qui n'avaient pu monter jusqu'ici.

Le spectacle, en bas, avait de quoi serrer la gorge. Inverstrath brûlait déjà. De partout, des flammes partaient à l'assaut du ciel.

— Que Dieu les protège ! s'écria une femme.

Les autres répétèrent ses paroles, et plusieurs prièrent à haute voix.

Nell s'agenouilla pour se joindre à eux.

Seigneur, protégez-les, songea-t-elle. Margaret, Tiernan, Rufus et tous les autres. Je ne pourrais pas supporter de perdre aussi Margaret. Je vous en supplie, Seigneur, épargnez-la. Épargnez-la, et je ne vous demanderai plus rien de toute ma vie. Mais épargnez aussi Tiernan. Et Rufus. Et les autres...

Le troisième campement, sur la côte septentrionale de Skye, n'était, lui, pas désert. Drason lança à Gannon un regard de triomphe. Des chiens se précipitèrent sur la plage à leur approche, pour aboyer furieusement. Des hommes, derrière eux, criaient et montraient leurs armes. Deux bateaux étaient tirés sur le rivage, mais ce n'étaient pas des drakkars.

— Si Davey et les autres sont bien là, ils sont enfermés dans une hutte à l'arrière du campement, expliqua Drason. Nor déteste être importuné par des prisonniers, et il déteste entendre pleurer des enfants. Nous allons donc devoir nous battre pour traverser le campement.

— Toi, tu resteras à bord.

Drason parut hésiter, avant de finalement hocher la tête.

— Mais vous n'avez pas oublié notre accord ?

— Je ne pense pas que ton oncle soit ici.

— Mais s'il est là, vous respecterez notre accord ?

— Je ne t'ai rien promis, mon garçon. Si nous trouvons Davey, nous en reparlerons, répondit Gannon, avant de fixer son casque sur sa tête.

Quelques minutes plus tard, ils avaient débarqué.

La bataille ne fit pas rage longtemps. Les Vikings accourus sur la plage furent rapidement circonscrits. En voyant les autres détaler vers l'intérieur des terres, Gannon comprit que Nor n'avait pas laissé là le meilleur de ses troupes.

Le silence qui suivit l'affrontement lui rappela son entrée dans Somerstrath. Sauf que la mort n'était pas passée par là : les habitants s'étaient simplement enfuis, laissant le bétail et les animaux domestiques derrière eux.

À l'arrière du campement, près de la porcherie, ils trouvèrent une petite hutte, exactement comme l'avait prédit Drason. Gannon en poussa la porte, son épée à la main. Il ôta son casque pour contempler la douzaine de garçons enchaînés dans un coin qui crièrent, terrorisés, à son approche. Gannon rengaina son épée et s'obligea à dominer la colère qui l'avait saisi devant ce triste spectacle.

— Vous êtes libres, les enfants, dit-il, de sa voix la plus gentille.

Ils échangèrent des regards, mais aucun ne bougea.

— Davey MacDonald est-il parmi vous ? interrogea Gannon.

L'un des captifs se leva. Ses cheveux noirs éveillèrent l'espoir de Gannon.

— Il était là, dit le garçon. Mais ils l'ont emmené ailleurs.

— Où cela ? cria Gannon.

Voyant la peur qui s'était rallumée dans les yeux des enfants, il adoucit le ton :

— Je m'appelle Gannon MacMagnus. J'arrive d'Inverstrath, et c'est Margaret MacDonald qui m'envoie vous chercher.

Les jeunes captifs furent libérés de leurs chaînes et sortirent à la lumière. Puis Gannon et ses compagnons les aidèrent à incendier leur ancienne prison. Les baraques du campement furent à leur tour détruites, et l'on embarqua les porcs et le reste du bétail sur le navire, avant d'appareiller aussitôt – Nor pouvait revenir à tout moment.

Drason blêmit en apprenant que Davey ne se trouvait pas parmi les prisonniers. Gannon le dévisagea longuement, mais ne dit rien. Il n'était toujours pas totalement certain de pouvoir lui faire confiance.

Nor était ravi. Ils n'avaient rencontré pratiquement aucun obstacle. Quelques hommes sur la plage, d'autres sur le chemin, davantage à l'intérieur de la forteresse, mais de toute façon pas assez pour s'opposer à ses six cents compagnons. Ils avaient aperçu les fuyards qui couraient vers les montagnes, mais Nor avait décidé de ne pas les prendre en chasse, jugeant préférable de laisser quelques survivants. Ainsi, la nouvelle se répandrait plus vite à travers l'Écosse qu'il était venu chercher sa revanche. Et les autres villages seraient d'autant plus disposés à payer pour ne pas subir le même sort.

Ses hommes avaient facilement vaincu la forteresse, démolissant les portes à coups de hache avant de s'engouffrer dans la cour où un homme, manifestement le chef du village, tentait d'organiser la défense. Mais en quelques minutes, tous furent massacrés.

La grande salle n'était remplie que de femmes, qui furent parquées dans un coin. Des cris résonnaient depuis l'étage. Sans doute d'autres prisonnières, pensa Nor, qui grimpa l'escalier. Il avait donné des ordres stricts à ses hommes – ne tuer aucune femme – mais il ne leur vouait pas une entière confiance dans le feu de l'action.

Il débouchait sur le palier quand il avisa dans le couloir quelques hommes avec une prisonnière.

— Nous avons trouvé celle-là, chef.

Nor s'approcha. La femme brandissait une petite épée, comme si cette arme dérisoire pouvait avoir raison d'adversaires deux fois plus grands qu'elle et munis de haches.

— Vous nous avez dit de ne pas tuer les femmes, chef.

— En effet, et je vous en remercie. Celle-ci m'a l'air d'être une bonne prise.

La prisonnière était une ravissante créature. Elle le dévisageait avec une appréhension manifeste, mais en même temps avec ce genre de détermination farouche qu'il avait souvent vue dans le regard des Écossaises.

Il tendit la main pour toucher le torque qu'elle portait au cou. Un torque irlandais. Elle voulut lui donner un coup d'épée, mais il avait anticipé son mouvement et le para sans difficulté. Elle essaya encore. Irrité, Nor la plaqua contre le mur, bloquant le poignet qui tenait l'épée au-dessus de sa tête, et le broyant jusqu'à ce qu'elle se décide, dans un gémissement de douleur, à lâcher son arme.

— Je cherche la femme de Gannon, dit-il.

Elle détourna le regard, mais Nor perçut sa peur. Il recula d'un pas pour mieux la jauger. Des hanches appétissantes, de beaux seins, de longues jambes, un visage plaisant – et un torque d'homme, en or, à son cou. Il était prêt à parier qu'il s'agissait de la femme de Gannon. En tout cas, c'était le genre de femme pour lequel un homme serait prêt à se battre – et à mourir.

Et même à supposer qu'il se trompât, il saurait bien quoi faire de cette prisonnière. Elle rapporterait une coquette somme sur le marché aux esclaves – et encore davantage si elle était vierge, ou présentée comme telle.

— Mettez-la avec les autres, ordonna-t-il à ses hommes.

Margaret tentait de garder son calme, tandis que les Vikings l'obligeaient à descendre l'escalier. Des cadavres encombraient le bas des marches – pour la plupart, des hommes de Rufus, mais on apercevait aussi quelques femmes. Les vainqueurs fouillaient les corps, à la recherche d'objets de valeur, et les dépouillaient de leurs alliances en or. Margaret fut poussée vers le groupe de femmes rassemblées dans un coin de la grande salle. Dagmar se trouvait parmi elles. Mais pas Nell.

— Quelqu'un sait-il où est Nell ?

L'une des femmes secoua la tête.

— Non. Il manque beaucoup de nos camarades.

Elles attendirent là, pendant que les prisonniers vikings étaient libérés de leurs chaînes, et que les tonneaux de bière et de vin de Rufus étaient ouverts et leur contenu distribué à la ronde. Margaret ferma les yeux et reposa sa nuque contre le mur. Elle se doutait de la suite – et pourquoi elles avaient été ainsi isolées. Les souvenirs de Somerstrath lui revenaient en mémoire, cependant elle s'efforçait de rester sereine. Si elle devait mourir aujourd'hui, c'est qu'il devait en être ainsi. Elle affronterait son destin avec tout le courage dont elle serait capable.

Nor Thorkelson. C'était probablement lui qui lui avait parlé dans le couloir. Il avait des allures de chef, une arrogance naturelle et il paraissait habitué à ce qu'on lui obéisse. Margaret devait lui reconnaître une certaine beauté. Ses cheveux blonds, très longs, ses yeux bleu pâle et sa carrure impressionnante lui donnaient beaucoup d'allure. Il devait plaire aux femmes – sauf si celles-ci remarquaient la froideur de son regard.

Elle avait eu peur en le voyant s'approcher tout à l'heure. Et visiblement, il s'était réjoui de l'effet qu'il produisait sur elle – tout en la détaillant du regard comme si elle était une bête de foire. Il avait prétendu chercher la femme de Gannon, ce qui laissait supposer que ses espions l'avaient renseigné. Ou que Rignor avait effectivement parlé.

Nor allait et venait, donnait des ordres, tapait sur des épaules, et semblait très heureux. À un moment, il vint s'asseoir devant le groupe de femmes. Plusieurs détournèrent la tête ou baissèrent les yeux. Seules Margaret et Dagmar le regardèrent en face.

— Je cherche la femme de Gannon, dit-il.

Toutes demeurèrent silencieuses.

Le regard du chef viking effleura Margaret, avant de passer à une autre.

— Alors c'est très simple, reprit-il. Je vous tuerai, les unes après les autres, jusqu'à ce que je sache.

Margaret comprit qu'il ne plaisantait pas. Elle fit un pas en avant.

— Je suis la femme de Gannon.

Les autres femmes murmurèrent, médusées. Nor l'étudia de la tête aux pieds, avant de hocher la tête d'un air entendu.

— Je m'en doutais.

Ses hommes reçurent aussitôt l'ordre de diviser les femmes en deux groupes. Margaret se retrouva, avec Dagmar, dans celui des plus jeunes. Puis elles furent toutes poussées vers la cour. Margaret s'arma de courage au moment de sortir – avec raison. Elle se doutait que la plupart des défenseurs d'Inverstrath avaient été tués, mais elle n'était pas préparée au spectacle qui s'offrit à elle. Elle ferma les yeux, trop tard : l'image atroce de Rufus, pendu à une poutre, sa tête formant un angle obscène avec son corps, avait déjà imprimé sa rétine. Quelques instants plus tard, elle vit des Vikings accrocher à la poutre voisine un autre corps, celui d'un jeune homme aux longs cheveux blonds.

Tiernan.

L'un des Vikings arracha le torque que Tiernan portait au cou et le brandit comme un trophée. Margaret, ivre de rage, voulut se jeter sur lui pour récupérer le bijou, mais un autre Viking l'attrapa par sa robe et la poussa sans ménagement vers la sortie, sous les quolibets.

D'autres cadavres jonchaient l'extérieur de la forteresse, et l'on dénombrait très peu de Vikings parmi eux. Certaines femmes voulurent s'échapper pour courir vers la dépouille de leur mari, de leur frère ou de leur fils, mais elles en furent violemment empêchées. Dagmar, très pâle, croisa le regard de Margaret. Les deux femmes se retournèrent en entendant des cris de terreur. Ils étaient poussés par les prisonnières de l'autre groupe – celui des plus âgées.

— Mon Dieu... murmura la voisine de Margaret. Il les livre en pâture à ses hommes.

Les Vikings, au signal de leur chef, s'étaient en effet rués sur les malheureuses pour leur arracher leurs vêtements et les plaquer au sol, où ils les violaient sauvagement. Les femmes entourant Margaret se mirent elles aussi à hurler, et tentèrent de s'enfuir, mais leurs gardes les obligèrent à rester assemblées.

Puis les assaillants commencèrent à mettre le feu en plusieurs endroits, et bientôt une odeur de brûlé monta dans l'air. Inverstrath, comme Somerstrath, ne tarderait pas à être réduit en cendres.

Margaret fut tout à coup extirpée du rang. Elle cria et se débattit contre le Viking qui la tirait par le bras, mais il avait une poigne d'acier. À un moment cependant, elle réussit à lui porter un coup de pied. Il perdit son sang-froid et se mit à la gifler violemment, encore et encore.

Margaret tomba à genoux.

Puis ce fut le noir.

Nell regarda, avec les autres, jusqu'à ce que les Vikings aient disparu. Dès que leurs navires eurent quitté le port, la pluie commença à tomber, trempant jusqu'aux os les survivants qui redescendirent des collines. Un mélange de fumée et de vapeur s'élevait d'Inverstrath, comme si la pluie avait engagé un combat avec les flammes.

Au sortir de la forêt, ils se divisèrent en deux groupes. L'un partit directement vers le village, l'autre vers les ruines de la forteresse incendiée.

Nell savait ce qui les attendait. Et cependant, elle ne put retenir un gémissement d'horreur. Des cadavres étaient éparpillés partout sur le sol. Parmi eux, quelques femmes semblaient vivre encore, mais elles regardaient fixement le ciel, comme si elles avaient perdu la raison. Surplombant ce paysage de désolation, le cadavre de Rufus se balançait à une poutre des remparts.

Et juste à côté de lui, Nell reconnut Tiernan…

La plupart des femmes avaient survécu, certaines avec de terribles blessures. Et toutes avaient enduré un traumatisme effroyable, qui ne se réparerait sans doute jamais. Mais plusieurs furent en état de raconter ce qui s'était passé : Margaret avait été emmenée sur l'un des drakkars, avec le groupe des plus jeunes, tandis que les autres avaient été livrées aux Vikings. Nell eut la nausée en écoutant ce qu'elles avaient subi, et elle fut encore plus malade en réalisant ce qui attendait Margaret.

— Ils étaient venus chercher la femme de Gannon, expliqua une survivante.

Quand l'un des hommes essaya de la convaincre que ceux qui étaient morts étaient morts rapidement et que leur âme était en paix, Nell fut incapable de lui répondre. Elle s'isola quelque temps, submergée par la colère et le chagrin. L'âme de Tiernan n'était certainement pas en paix. Rufus aurait mérité de vivre encore beaucoup d'années. Et Nell ne tirait aucun réconfort de savoir qu'ils étaient morts rapidement – à supposer que cela fût vrai. Ils avaient forcément souffert, et d'autant plus qu'ils avaient péri en tentant de sauver les autres, et qu'ils avaient échoué. Comment Dieu pouvait-il laisser se perpétrer des horreurs pareilles ?

Nell regarda vers la mer, se demandant si Margaret vivait toujours. Si Davey vivait toujours. Ce qu'avait bien pu faire sa famille pour mériter un tel destin. Si elle réussirait jamais à oublier Tiernan. Si cette succession de morts violentes finirait par s'arrêter.

Elle se demandait aussi ce qu'elle dirait exactement à Gannon, lorsqu'il rentrerait.

Le ciel était dégagé et le vent les poussait. Le grain qu'ils avaient essuyé tout à l'heure s'était déplacé plus loin vers l'ouest. Ils rallieraient Inverstrath avant le début de la nuit.

Gannon avait passé une grande partie de la traversée à interroger les enfants qu'il avait libérés, pour tenter de savoir de combien d'hommes et de navires disposait Nor. Mais ils étaient si jeunes qu'ils ne lui apprirent rien qu'il ne savait déjà.

La côte approchait. Avec un peu de chance, ils arriveraient pour le dîner. Gannon se sentit tout à coup de bonne humeur. Certes, il redoutait d'annoncer à Margaret qu'il n'avait pu ramener Davey, mais au moins le jeune garçon avait été aperçu vivant il n'y avait pas très longtemps. Elle pleurerait probablement, mais il trouverait bien un moyen de la consoler. Il cherchait les mots qu'il prononcerait quand son navire pénétra dans l'anse qui servait de port à Inverstrath.

Il comprit au premier coup d'œil ce qui s'était passé.

Les ruines du village étaient encore fumantes. Deux navires occupaient le port, mais ils n'appartenaient pas à Rufus, et ils étaient gardés par des Écossais qui les regardèrent s'approcher avec méfiance.

Son bateau avait à peine accosté que Gannon sauta à terre. Il n'entendait même pas les exclamations de détresse de ses hommes, derrière lui. Il courut au milieu des cadavres dispersés sur la plage, s'arrêtant devant chaque femme.

Mais aucune d'elles n'était Margaret.

S'approchant de la forteresse, il remarqua les corps qui pendaient en l'air, crut les reconnaître, mais il voulut se persuader qu'il se trompait. Que ce ne pouvait pas être vrai.

Nell, les yeux rougis de larmes, les traits ravagés, se précipita à sa rencontre. Mais il n'écouta pas ce qu'elle lui disait et la secoua par les épaules.

— Où est Margaret ? Et Tiernan ?

— Ils l'ont emmenée, Gannon ! Les Vikings ont pris Margaret !

— Et Tiernan ?

— Oh, Gannon…

Elle désigna les pendus, avant de fondre en larmes.

Gannon s'avança, ignorant ses compagnons qui tentaient de le retenir par la manche. Il ne s'arrêta qu'au pied du cadavre de Tiernan.

Alors il se laissa tomber à terre, avec une plainte d'animal blessé.

Margaret se réveilla sur le plancher d'un drakkar. Quelques femmes d'Inverstrath étaient entassées à côté d'elle. Certaines pleuraient, d'autres, hébétées et terrifiées, regardaient les Vikings manier leurs rames. Margaret avait mal partout. Et son esprit restait hanté par ce qu'elle avait vu.

Nor n'était pas sur ce bateau. Et Dagmar ne se trouvait pas parmi ses compagnes. Le ciel, au-dessus de leurs têtes, était d'un bleu sans nuages, et le drakkar se balançait sur les flots. Ils avaient probablement déjà atteint la haute mer.

— Ils nous emmènent chez eux, lady Margaret, annonça l'une des femmes, à peine plus âgée qu'elle.

— Oui, ça y ressemble, en tout cas.

La femme se mit à pleurer.

— Ils ont tué ma mère.

Margaret ne savait pas quoi répondre. Elle se contenta de tapoter le bras de la jeune femme.

— Ils vont toutes nous tuer, n'est-ce pas ?

— Ce n'est pas sûr, répliqua Margaret.

Si Nor voulait les tuer, il l'aurait déjà fait. Ce qui signifiait qu'il nourrissait un autre projet les concernant. Et elle pouvait sans peine deviner lequel. Mais il y avait au moins deux bonnes nouvelles : Nell avait pu s'enfuir, et Gannon était toujours vivant.

Mon Dieu, pria-t-elle en silence, réveillez-moi de cet atroce cauchemar...

Elle n'aurait pas su dire combien de temps ils naviguèrent, ni quelle direction ils prirent, car sa vision ne portait pas au-delà des boucliers des Vikings attachés au bastingage. Mais la traversée lui sembla durer une éternité, et les mouvements du bateau la plongeaient dans une sorte de transe hypnotique.

Personne ne leur parlait. Personne ne les touchait. Mais Margaret ne décelait aucune compassion chez leurs ravisseurs. Certes, elle ne s'attendait pas que ces hommes soient capables de pitié.

Leur navire n'était pas isolé. Les autres drakkars faisaient route avec eux, car Margaret apercevait de temps à autre leurs mâts se détacher dans le ciel. Les bannières qui flottaient à leur sommet lui étaient inconnues. Provenaient-elles des Orcades, ou s'agissait-il d'une ruse ? Et l'histoire contée par Drason n'était-elle pas, également, une ruse ? N'avait-il pas cherché à éloigner Gannon d'Inverstrath pour laisser le champ libre à Nor ? Dans ce cas, Davey était-il encore vraiment vivant ? Et elle-même ne constituait-elle pas, désormais, le nouvel « appât » qui conduirait Gannon et ses hommes à la mort ?

Gannon, mon amour, je suis tellement désolée...

Le navire vira brusquement sur tribord. De hautes falaises apparurent des deux côtés, comme s'ils s'engageaient dans une passe étroite. Puis, au bout d'un moment, des hommes – tous vikings – se montrèrent au sommet des falaises, et firent de grands signes pour saluer les arrivants. Le navire ralentit, avant de stopper. Un Viking ordonna, du geste, à Margaret de se lever. Elle dut s'accrocher au bastingage pour ne pas perdre l'équilibre.

Ils avaient accosté dans une anse bordée de falaises, sauf devant eux, où une sorte de terre-plein rocheux menait à un campement rudimentaire constitué de tentes, de huttes et de deux baraquements en bois. Une multitude de navires de toute taille étaient ancrés là. Nor Thorkelson n'était pas un petit maraudeur des mers : c'était un guerrier à la tête d'une véritable armée.

Les autres prisonnières échangeaient des regards apeurés. Margaret était la seule à observer les alentours. Et sur l'un des autres drakkars qui venaient d'accoster en même temps qu'eux, elle aperçut Dagmar. Avec Nor.

Le chef viking sauta à terre avec agilité, et délivra rapidement ses ordres aux hommes accourus sur le rivage. À un moment, Nor pointa du doigt Margaret, et elle l'entendit prononcer le nom de Gannon. Aussitôt, ses hommes poussèrent des cris de joie. Puis Nor s'approcha de leur navire et sourit à la jeune femme :

— Bienvenue, lady Margaret MacDonald.

Margaret devina que Dagmar lui avait révélé son nom.

Il l'aida à descendre de bateau, comme s'il s'agissait d'une réunion mondaine, et l'escorta jusqu'à l'un des deux baraquements en bois – une construction assez vaste, mais sommaire et d'aspect misérable. Margaret, cependant, n'avait d'yeux que pour les falaises dominant le campement : elle reconnaissait à l'arrière-plan les Cuillin, montagnes caractéristiques de l'île de Skye.

La jeune femme s'obligea à cacher son excitation. Elle était sur Skye ! Avec un petit bateau, elle pourrait faire voile toute seule jusque chez elle. Et il y avait sans doute des gens, ici, qui pourraient l'aider en alertant Gannon ou son oncle William.

Le campement semblait récent, mais il était bien pourvu. Il y avait des chevaux, du bétail en nombre. Quelques femmes, aussi, vêtues à la scandinave, et qui observaient les nouvelles arrivantes.

— Vous dînerez avec moi ce soir, lui annonça Nor. Je vous enverrai chercher plus tard.

— Non, rétorqua-t-elle.

Il cligna des yeux, surpris, avant de partir d'un grand éclat de rire.

— Si, dit-il.

Et il s'éloigna. Dagmar, encadrée par deux hommes, le suivit. Ils remontèrent le campement jusqu'à l'autre baraquement.

Les sbires de Nor poussèrent Margaret à l'intérieur de la première bâtisse, où elle fut bientôt rejointe par les autres prisonnières. Margaret s'assit dans un coin, pendant que plusieurs se mettaient à sangloter. Les gardes étaient nombreux. L'endroit était isolé. Comment s'échapper, dans ces conditions ? Cela semblait impossible, et pourtant la jeune femme avait repris espoir. Elle était sur Skye, et cela suffisait à la réconforter.

Et puis, Dieu merci, Gannon et Nell étaient toujours vivants.

22

Gannon enterra tout seul son frère, refusant l'assistance de ses compagnons. Il creusa la tombe à la lumière du couchant, y déposa Tiernan, puis combla le trou. Ses hommes, qui l'avaient entouré silencieusement, rassemblèrent des pierres qu'il empila pour former un petit monument. Puis il se recula, muet, tandis que les autres priaient.

Comment était-il possible que Tiernan soit mort ? Qu'il ne puisse plus jamais l'entendre rire, ni se faire taquiner par lui ? Comment était-il possible qu'il ait pu laisser son frère affronter seul le danger, alors qu'il savait de quoi Nor était capable ? Il était parti au loin pourchasser le monstre, et pendant ce temps-là, le monstre était revenu chercher sa vengeance. Et il avait pris Margaret. À Somerstrath, Gannon avait aidé à enterrer les morts. Cette fois, il enterrait son frère. Mais sa détermination était plus forte que jamais. Nor Thorkelson avait peut-être gagné cette bataille, mais pas la guerre.

Nell, heureusement, avait survécu. Elle lui avait raconté tout ce qu'elle savait, puis il l'avait serrée dans ses bras et leurs larmes s'étaient mêlées. Quand il lui avait annoncé avoir ramené des enfants, elle avait repris furtivement espoir, avant de s'effondrer à nouveau en apprenant que Davey ne se trouvait pas parmi eux.

Gannon était surtout obsédé par l'absence de Margaret. Dagmar aussi avait été enlevée. Ainsi que les plus jeunes femmes. Et Rignor était mort, tué par ses propres hommes. Il n'avait jamais aimé ce garçon, mais il n'aurait pas imaginé une seconde que Rignor vendrait sa sœur à des assassins.

Les deux autres bateaux ancrés dans le port appartenaient au clan voisin, dont le chef, un dénommé MacDougall, était accouru avec quelques hommes dès que les fuyards d'Inverstrath l'avaient alerté. Mais ils étaient bien sûr arrivés trop tard pour faire quoi que ce soit, sinon aider les survivants à enterrer les morts et leur proposer un abri dans leur village. Gannon encouragea les gens de Rufus à trouver refuge chez les MacDougall, mais il le refusa pour lui-même.

— Je retourne à Skye, annonça-t-il. Chercher Margaret et la ramener ici.

MacDougall lui offrit spontanément son aide. Gannon en fut à la fois surpris et ravi – d'autant que plusieurs volontaires se proposèrent pour être de l'expédition.

— Vous êtes des nôtres, à présent, lui confia l'une des femmes d'Inverstrath.

Après un repas vite expédié, Gannon et sa flotte quittèrent Inverstrath en pleine nuit. Il avait cette fois trois navires à sa disposition, et cent cinquante hommes. Drason Anderson, désormais libre de ses mouvements, était du nombre. Le jeune homme avait témoigné autant d'effroi que les autres en découvrant le massacre perpétré à Inverstrath. Et Gannon avait vu dans ses yeux une colère qui l'incitait à penser que Drason serait prêt, tout comme lui, à pourchasser Nor jusqu'au bout du monde. À présent, il avait entièrement confiance en ce garçon.

Les trois navires, poussés par un vent favorable, filaient sur les flots, retraçant la route qu'ils avaient parcourue quelques heures plus tôt. Gannon ne doutait pas de parvenir à débusquer Nor. Mais avant, une autre étape l'attendait.

Dans son rêve, elle l'entendait rire – de ce rire en cascade, qu'elle avait été si heureuse d'entendre pour la première fois la nuit où ils avaient fait l'amour. Il s'était montré un autre homme, cette nuit-là. Le farouche guerrier s'était effacé derrière un compagnon tendre et attentionné, qui savait lui donner du plaisir en même temps qu'il prenait le sien.

Mais son rêve changea, se déplaçant d'une couche chaude et accueillante vers une plage glacée, sur laquelle une tête hideuse était repoussée par les vagues, tandis que des petits garçons regardaient la jeune femme en attendant des explications.

Margaret ouvrit les yeux. Un visage presque familier, déjà, quoique détesté, lui apparut : celui d'un garde. Il s'était planté au-dessus d'elle et lui fit signe de se lever. Les autres prisonnières observaient la scène avec un mélange de terreur et de soulagement. Ce n'était pas encore leur tour. Une prisonnière, avant Margaret, avait déjà quitté le baraquement pour être livrée en pâture aux hommes de Nor. On avait long temps entendu ses cris, les rires de ses bourreaux. Elle n'était pas revenue.

Margaret se releva trop lentement aux yeux du garde, qui l'attrapa sans ménagement par le bras et la poussa vers la porte. Elle trébucha sur le seuil, aveuglée par la lumière du jour.

Finalement, Nor ne l'avait pas convoquée à dîner, hier soir. Et Dagmar n'ayant pas rejoint les autres prisonnières, il était facile de deviner où elle se trouvait.

Le garde l'entraîna dans un sentier escarpé qui montait à l'assaut de la falaise pour rallier le second baraquement, une longue bâtisse en bois construite sur la ligne de crête. En dessous, on pouvait voir l'activité du port : un navire entrait dans la passe menant aux mouillages, tandis que deux drakkars s'apprêtaient à gagner la haute mer. Partaient-ils commettre un nouveau raid ? se demanda Margaret qui frissonna. Et Nor était-il sur l'un des navires ? Dans ce cas, était-elle conduite à la bâtisse de la falaise pour un autre motif que celui qu'elle soupçonnait ? Quel que soit le sort qui l'attendait, elle était prête à l'endurer.

Le garde s'arrêta devant le bâtiment. Son architecture était rudimentaire, presque grossière, mais elle s'accordait parfaitement avec l'homme qui dirigeait ce campement d'assassins. Le garde frappa au battant. Margaret entendit Nor répondre, d'une voix amusée, mais elle ne put comprendre ce qu'il disait.

Le garde ouvrit la porte et lui fit signe d'entrer.

La pièce, construite en rondins, était basse de plafond et dépourvue de décoration. Il n'y avait pas de cheminée mais un simple brasero, dont la fumée s'échappait par un trou ménagé dans le toit. Un tapis persan était posé sur le plancher et, sur un coffre en bois sculpté, trônait un chandelier en argent ayant appartenu à la mère de Margaret. La vue de ce chandelier rappela à la jeune femme, s'il en était besoin, les crimes commis par cet homme, et sa colère se raviva. Le seul moyen de le vaincre serait sans doute de périr avec lui. Margaret n'avait plus d'arme à sa disposition, mais elle entendait bien se servir de son intelligence pour le combattre.

Nor la regardait depuis un grand fauteuil, tel un roi donnant audience. Un lit monumental occupait l'autre bout de la pièce. Lui aussi avait probablement été volé, car les draperies du baldaquin étaient ornées de symboles celtiques brodés au milieu d'un entrelacs d'animaux et de plantes. Les draps étaient repoussés vers le pied, comme si quelqu'un venait juste de se lever. Dagmar ? Fort heureusement, elle n'était pas présente dans la pièce.

Nor, souriant, lui fit signe d'approcher.

— Venez, lady Margaret. Vous m'avez l'air en pleine forme, aujourd'hui.

Elle ne répondit pas.

— Moi aussi, reprit-il. Bien que vous ne m'ayez pas posé la question.

Margaret demeurait muette.

— Dagmar s'est révélée une partenaire captivante.

— Tous les hommes disent cela d'elle.

Il éclata de rire.

— Elle m'a beaucoup parlé de vous, et de votre famille. Vous êtes la nièce du comte de Ross, ce qui n'est pas négligeable. Et le château de Somerstrath était votre maison. Je suis navré d'avoir dû l'incendier. Dagmar m'a également expliqué que vous aviez été obligée d'épouser Lachlan Ross, mais que la cérémonie a été célébrée par un moine qui n'était pas moine. En d'autres termes, ce mariage n'en était pas un. (Il rit.) Et maintenant, vous vous êtes promise à Gannon Magnusson – MacMagnus, comme vous autres l'appelez.

Margaret croisa son regard, mais ne dit toujours rien. Il sourit encore.

— J'ai découvert que ce Gannon était un parent du chef de l'Ulster. Quel dommage que son frère ait été tué. Je parie que son oncle sera fâché contre moi. Mais je suppose que je ne vous apprends rien, jusqu'ici.

Il s'interrompit, pour replacer ses longs cheveux blonds derrière son épaule.

— Vous êtes très belle, et c'est un bon point pour vous : vous pourriez me rapporter une coquette rançon, commenta-t-il comme s'il discutait de la pluie et du beau temps. Gannon serait probablement prêt à payer pour vous récupérer, si votre « mari » s'y refusait. Ou votre oncle. À moins que vous n'espériez qu'ils viennent vous chercher ? Mais réfléchissez : Lachlan Ross ne viendra pas. Pas après la façon dont vous l'avez traité. Quant à votre oncle, il est occupé ailleurs : Haakon a mouillé sa flotte le long des côtes, le roi Alexandre réclame de l'aide... Ce n'est pas au moment où Écossais et Norvégiens risquent de se faire la guerre qu'il ira se préoccuper d'une femme.

Margaret écoutait, sans faire le moindre commentaire.

— Reste Gannon, poursuivit-il. Mais, même à supposer qu'il désire vous récupérer, il ne pourra pas le faire. Je n'ai laissé aucun bateau intact à Inverstrath. Il ne peut donc compter que sur le sien, et une poignée de compagnons. (Il secoua la tête.) Gannon ne viendra pas non plus vous chercher.

— Si, il viendra. Peut-être pas tout de suite, mais il viendra, et il vous fera payer vos crimes.

Nor sourit.

— Ah. Vous m'avez l'air bien sûre de vous. Peut-être avez-vous raison. Mais sachez une chose : si Gannon vient, nous serons prêts à le recevoir. Et notre hospitalité le surprendra.

— Il ne viendra pas seul. Et il vous détruira.

— Si personne ne veut payer de rançon, reprit-il comme si Margaret n'avait pas parlé, je pourrais vous vendre en Norvège. Je connais beaucoup d'hommes, là-bas, qui seraient ravis de coucher avec la nièce du comte de Ross. Ou alors, encore plus loin, dans des pays où une peau blanche comme la vôtre se négocierait au prix fort.

Quittant son fauteuil pour faire les cent pas dans la pièce, il continua :

— Je pourrais aussi vous offrir à mes hommes. Mais ce serait du gâchis, puisque j'ai les autres prisonnières à leur disposition. En revanche, je pourrais vous garder pour moi, si vous vous révélez aussi... intéressante que Dagmar.

— Je doute de l'être.

— J'aimerais beaucoup que Gannon sache que je vous ai possédée. Peut-être devrions-nous attendre qu'il soit là, pour le laisser regarder ?

— Vous êtes méprisable.

— Et vous, madame, vous êtes beaucoup trop prévisible.

— Je pourrais vous retourner le compliment.

Il eut un sourire glacial.

— Je suis tout sauf prévisible.

— Croyez-vous ? Vous abordez toujours les choses par leur côté brutal. Ce qui est la preuve d'un esprit limité.

— Vous pensez-vous capable de me dominer ?

— Si c'était mon intention, je me montrerais obséquieuse, et je ne cesserais de vous répéter que vous êtes le meilleur. Comme le fait probablement Dagmar. C'est en tout cas ainsi qu'elle se conduit avec les hommes.

— Qu'en savez-vous ?

— Sa réputation n'est plus à faire.

Il rit.

— J'ai votre frère, Davey. Il est retenu pas très loin d'ici.

Margaret sentit son cœur se serrer.

— Je vous autoriserai à le voir. En échange… de certaines faveurs.

L'entrevue se déroulait, au fond, comme Margaret s'y était attendue. Sinon que Nor se montrait plus poli. Une chose la rassurait : par cupidité, il voudrait tirer d'elle une solide rançon. Ce qui signifiait qu'il la laisserait en vie. Nor Thorkelson n'était pas stupide, loin de là, mais il s'était engagé dans une voie délicate, et Margaret serait peut-être sa porte de sortie. S'il y avait une guerre et si Haakon de Norvège gagnait, Nor n'aurait pas de comptes à rendre pour ses crimes. Mais si Alexandre d'Écosse l'emportait, il serait impitoyablement pourchassé. Dans ce cas, Margaret pourrait lui servir de monnaie d'échange.

Il s'approcha d'elle, lui souleva le menton et fit tourner sa tête de droite à gauche, comme s'il voulait l'étudier plus en détail. Gentiment, il repoussa une de ses mèches de cheveux. Margaret s'obligea à ne pas piper mot. Laisse-le faire ce qu'il veut. Ne pense pas. Garde la tête vide.

Puis il immisça sa main dans le décolleté de la jeune femme. Ses doigts étaient froids. Margaret se contrôla pour ne pas tressaillir. Il sourit et aventura sa main un peu plus bas, juste entre les deux seins. Tout à coup, il lui arracha le haut de sa robe et la poussa contre le mur.

— La femme de Gannon, murmura-t-il, lui malaxant les seins et se pressant contre elle, pour lui faire sentir son érection.

Margaret refusait de céder à la panique. Je peux endurer cela… songea-t-elle.

— As-tu envie de revoir ton frère vivant ? Il est si jeune, si frêle…

— Oui.

— Qu'es-tu prête à faire en échange ?

— Qu'attendez-vous de moi ?

Il s'attaquait maintenant à ses jupes. Margaret se figea et ferma les paupières. La seconde d'après, elle était nue.

— Ouvre les yeux, Margaret !

Elle s'exécuta.

Son regard était brillant, fiévreux.

— Je veux Gannon, dit-il. Et tu vas m'aider. En échange de la vie de ton frère, tu vas l'attirer ici. Mais cela ne me suffira pas. Je veux aussi cela, ajouta-t-il, lui pressant un peu plus les seins.

Je m'en sortirai. Je peux traverser cette épreuve…

— Et cela, reprit-il, glissant une main entre ses jambes et introduisant ses doigts dans sa féminité.

Margaret eut un hoquet d'effroi. Elle voulut s'écarter, mais il la plaqua fermement contre le mur et s'empara de ses lèvres, l'obligeant à ouvrir les siennes pour y faire passer sa langue. D'une main, il lui malaxait toujours les seins, l'autre s'enfonçant dans sa féminité, au rythme des mouvements de sa langue. Margaret aurait voulu lui échapper, mais il la pressait de tout son poids contre le mur.

Finalement, il relâcha ses lèvres.

— Je vois que tu n'aimes pas cela. Mais tu aimes sans doute autre chose.

Il la tira vers le lit.

— Comment s'y prend Gannon pour te séduire ? Il écrit des poèmes à ta louange ? Il chante sous tes fenêtres ? (Il rit.) Et ce serait là l'homme qui…

Qui t'a vaincu, songea Margaret, mais elle eut la prudence de ne pas l'exprimer à haute voix.

— … couche avec toi, poursuivit Nor, comme incrédule. Moi, je vais te montrer des choses que tu n'as même pas imaginées.

Il la jeta sur le lit et s'allongea sur elle avant qu'elle ait pu faire le moindre mouvement, la maintenant d'une main, alors que de l'autre il se débattait avec ses propres vêtements. Quand il fut obligé de la lâcher quelques instants afin de faire passer sa tunique par-dessus sa tête, Margaret en profita pour le frapper à l'entrejambe, avec toute la force qu'elle put.

Il grogna. Puis ses lèvres se déformèrent en un rictus cruel, et il la gifla en plein visage, avec le revers de sa main, si violemment qu'elle tomba du lit. Portant une main à ses lèvres, la jeune femme s'aperçut qu'elle saignait.

— Chef ! appela une voix, depuis la porte.

— Qu'est-ce que c'est ? cria Nor, furieux de cette interruption.

— Un messager vient d'arriver, chef. On peut entrer ? Ou vous sortez ?

— Quelles sont les nouvelles ?

— Chef, vous devriez…

— Dis-les-moi !

Il y eut un silence, puis la voix reprit :

— Les Écossais ont trouvé le campement du Nord. Ils ont tué nos hommes et repris les enfants. Ils ont même emporté le bétail !

Nor eut un rire mauvais. Il récupéra sa tunique et l'enfila avec des gestes qui trahissaient sa colère. Puis il cria au garde d'entrer.

— Emmène-la, ordonna-t-il, sans même accorder un regard à Margaret. Et assure-toi que personne ne la touche. Elle est pour moi.

— Oui, chef.

Quelques heures après le départ de Gannon, des navires du comte de Ross rallièrent Inverstrath. Oncle William n'était pas présent lui-même : le capitaine de l'expédition expliqua à Nell que le comte rassemblait des troupes pour le roi et qu'il s'excusait de ne pas avoir pu venir, mais qu'il l'embrassait. William, ajouta le capitaine, avait été averti de l'attaque des Vikings sur Inverstrath et de la brillante défense de Gannon.

— En revanche, poursuivit-il en contemplant les ruines de la forteresse de Rufus, il ignorait que les Vikings étaient revenus chercher leur vengeance. Dieu tout-puissant, je suis désolé pour vous !

— Ils ont enlevé Margaret, lui apprit Nell. Ils ont tué Rufus. Ainsi que le frère de Gannon. Et Rignor est mort, lui aussi.

— Ross n'aimerait pas vous savoir toute seule ici. Vous allez repartir avec moi.

— Je ne suis pas toute seule. Et je ne partirai pas tant que Gannon ne sera pas revenu avec Margaret.

Le capitaine soupira.

— Après tout, vous avez peut-être raison. Tout le pays est en ébullition. C'est la guerre, lady Nell. On raconte que la flotte d'Haakon a tout ravagé dans la région du loch Lomond. Le roi Alexandre est toujours en pourparlers avec lui, mais où cela peut-il mener ? Haakon est un vieil homme, tandis qu'Alexandre est en pleine possession de ses moyens. Le moment est venu pour Haakon de renoncer à ses prétentions sur les îles Hébrides. Et que cessent les atrocités comme celles survenues ici ou à l'abbaye de Brenmargon.

Nell sursauta.

— Que s'est-il passé à Brenmargon ?

— Vous n'êtes pas au courant ? Les nonnes ont toutes été massacrées, ainsi que Judith, la mère abbesse. On a peine à imaginer que des hommes puissent commettre des choses pareilles, n'est-ce pas ?

Nell songea à Judith, à son hospitalité, sa gentillesse, sa foi inébranlable… Le monde était-il devenu fou ?

Le soleil apparaissait tout juste au-dessus de la forteresse de Leod, balayant la surface de la mer de reflets argentés. Le reste de l'île était déjà baigné de lumière, mais le jour se levait en dernier sur cette partie nord-ouest de Skye. Leod dormait sans doute encore. Des messagers viendraient bientôt l'informer, dans son lit, qu'il avait des visiteurs.

Ils avaient navigué toute la nuit, pour atteindre Skye un peu avant l'aube. Ils avaient commencé par longer les campements que Gannon avait visités une première fois avec Drason. Il ne s'attendait pas à y trouver Nor, mais il avait tout de même tenu à vérifier.

Margaret était quelque part sur cette île, il en était convaincu. Et chaque heure qui passait augmentait sa détermination et sa rage. Si Nor avait maltraité la jeune femme, Gannon ne répondrait plus de ses actes.

La côte approchait. Ses hommes attendaient ses ordres. Il leur demanda de laisser, pour l'instant, leurs boucliers accrochés au bastingage, et de ne pas faire étalage de leurs armes. Il était inutile d'arriver chez Leod en se montrant agressif. Tandis que le navire qu'il commandait avançait vers le rivage, les deux autres bateaux restèrent en arrière, pour virer sur place et faire face à la haute mer. Leurs capitaines possédaient des lettres que Gannon avait écrites, par sécurité, à Rory O'Neill, William Ross, ainsi qu'au roi Alexandre. De cette manière, si Gannon ne reparaissait pas après avoir mis pied à terre, les deux navires achemineraient les courriers à leurs destinataires.

— Tu viendras avec moi, dit-il à Drason.

Le jeune homme acquiesça.

Comme lors de sa première visite, Gannon informa, par messager interposé, Leod de son arrivée, et attendit dans le port. Aucun drakkar n'y mouillait, à l'exception de celui de Leod, qui affichait un lion comme figure de proue. On ne décelait pas non plus de préparatifs de guerre, et tout semblait parfaitement paisible. Drason, à côté de lui, était assis à la même place que Tiernan l'autre fois, et Gannon ne put s'empêcher de penser à tout ce qui s'était passé depuis.

Cette nuit, à un moment, il avait failli se tourner vers Tiernan pour lui dire quelque chose, avant de se rappeler qu'il ne le reverrait jamais. Heureusement, l'obscurité lui avait permis de cacher son émotion. Son frère était mort sans raison, sinon pour assouvir la cruauté et la cupidité de Nor. Et si jamais celui-ci s'en était pris à Margaret, Gannon le lui ferait payer au centuple.

Le messager revint annoncer que Leod le recevrait. Gannon quitta ses hommes sur-le-champ : ils savaient quoi faire. Il leur avait donné les mêmes instructions qu'à Tiernan, la première fois : l'attendre deux heures et, s'il ne revenait pas, reprendre aussitôt la mer.

Comme lors de sa précédente visite, il fut introduit directement devant Leod. Le vieux chef prenait son petit déjeuner, et il ne parut pas davantage surpris de le voir. Il lui offrit de la bière, du pain et du fromage. Gannon, qui avait faim, accepta le tout et s'assit face à son hôte.

— L'hiver approche, dit Leod, qui se massait les cuisses. Je le sens dans mes os. La nuit a été froide.

— Ah ? fit Gannon. Je ne l'avais pas remarqué.

— Vous étiez donc si impatient de me rendre visite ? Vous m'en voyez flatté.

Gannon esquissa un sourire.

— Je ne serai bientôt plus seul. Tous les clans s'apprêtent à rejoindre Alexandre.

— On dit qu'Haakon pourrait aligner quatre-vingts navires.

— Haakon est un vieil homme. Et il est loin de chez lui.

— Alexandre est jeune. Il n'a pas encore eu l'occasion de faire la guerre.

— Mais Alexandre peut compter sur le soutien de son pays. L'Écosse sera unie derrière lui – surtout depuis ce qui s'est passé au loch Lomond. Haakon aurait dû se montrer plus prudent. Les temps ont changé, Leod. Plus personne ne peut tolérer ce genre d'attaques gratuites.

Leod mordit dans une tranche de pain, et Gannon attendit qu'il ait fini de mâcher.

— Voilà pourtant des siècles que ce genre d'attaques se perpétuent, et qu'elles s'avèrent souvent bénéfiques, répliqua Leod.

— Cette époque-là est révolue. Tous les Nor Thorkelson iront immanquablement à la défaite.

— Alexandre est occupé par Haakon, pour l'instant. Qui pourrait s'en prendre à Nor ?

— Moi.

Leod haussa les sourcils.

— Avec un seul bateau ?

— J'en ai trois, aujourd'hui. Et n'allez pas croire que me supprimer suffirait à régler le problème que je vais vous causer. Avant de venir, j'ai écrit à Rory O'Neill, à William Ross et au roi Alexandre pour les informer de la situation. Si je devais mourir sur Skye, je serais vite vengé.

— Je ne suis pas un assassin.

— Mais vous hébergez des assassins.

— Non.

— Pourtant, vous avez mis des campements à leur disposition, et c'est de là qu'ils ont attaqué les côtes d'Irlande et d'Écosse. Je vous offre une chance de vous amender : joignez-vous à moi.

— Pour quoi faire ?

— Tiernan est mort. Rufus d'Inverstrath est mort. Beaucoup d'autres hommes de valeur sont morts à cause de ce Nor. Et maintenant, il détient Margaret MacDonald en otage. Je suis venue la chercher.

Leod parut sincèrement surpris.

— Il a enlevé la nièce de Ross ?

— Oui.

— Je la croyais mariée.

— Le mariage s'est révélé non valide.

— Je l'ignorais.

— Ce n'est pas le moment d'en débattre. Je vais aller droit au but : soit vous me rejoignez et vous sauvez votre peau, soit vous continuez de protéger Nor Thorkelson et vous partagerez son sort.

— Qui sera ?

— Dès que je l'aurai trouvé, je le tuerai.

— Me menaceriez-vous ?

— Je vous mets en garde, c'est différent. Si vous souhaitez conserver votre autorité et votre forteresse, rangez-vous du côté de ceux qui l'emporteront.

— Qu'attendez-vous exactement de moi ?

— Des bateaux. Des hommes. Des informations. Le neveu de Nor m'accompagne, mais il ne sait pas grand-chose. Vous, en revanche, pourrez me dire où il se cache.

Leod se leva de table et, tournant le dos à Gannon, il se planta devant la fenêtre qui dominait la mer. Une minute passa. Puis deux. Gannon refusait de céder à l'angoisse. Margaret était là, tout près. Il en était persuadé.

— L'hiver approche, Leod, comme vous l'avez constaté. Vous auriez encore plus froid si vous étiez délogé d'ici.

Leod se retourna.

— En effet. Mais donnez-moi une bonne raison de vous suivre.

— Mon cousin est le chef de l'Ulster. Mon oncle règne sur la côte d'Antrim. Et ma femme est la nièce de l'un des seigneurs les plus puissants d'Écosse. M'avoir comme allié serait préférable que de m'avoir comme ennemi. J'ajoute que je ne quitterai pas Skye tant que je n'aurai pas retrouvé Margaret.

— Elle est donc si importante que cela pour vous ?

— Oui. Elle est si importante que cela.

Leod revint vers la table.

— De combien d'hommes avez-vous besoin ?

23

Margaret fut séparée des autres prisonnières et enfermée dans une tente protégée par plusieurs gardes. La jeune femme était allongée sur un grabat, enroulée dans le plaid que l'un des gardes lui avait jeté. Plus tard, quand elle tremblerait moins, elle essaierait de l'arranger mieux sur son corps. De toute façon, ce n'était pas le plus important. Elle était vivante. Et Davey aussi.

Elle avait pensé laisser Nor agir à sa guise, consciente que la survie de Davey pouvait en dépendre. Mais dès qu'il l'avait touchée, il avait réveillé une sorte d'instinct primitif. Se soumettre à cet homme aurait été une façon de reconnaître sa domination. Elle avait donc préféré se battre.

C'était Gannon qui comptait, désormais. Probablement était-il déjà rentré à Inverstrath, pour y découvrir la mort de Tiernan. Margaret imaginait son chagrin, et elle en avait le cœur serré. Mais elle devinait aussi qu'il partirait à sa recherche dès qu'il apprendrait que Nor l'avait enlevée. Celui-ci, du reste, s'en doutait. Gannon viendrait jusqu'ici. Et Nor l'attendrait. Comme une vipère.

Gannon avait presque retrouvé le sourire. Il observait la côte depuis un moment, guettant la passe, et soudain il l'aperçut, exactement comme l'avait décrite Leod : une étroite ouverture entre les falaises, qu'on pouvait facilement manquer si on ne la cherchait pas attentivement.

Il donna le signal à ses compagnons.

Leod lui avait confié trois bateaux – et les hommes qui allaient avec. En comptant les navires MacDougall, et deux autres appartenant à William Ross qui étaient arrivés au bon moment, Gannon pouvait maintenant s'appuyer sur une flotte de huit navires et de cinq cents hommes. Des places fortes étaient tombées avec moins que cela.

Et ce n'était pas tout. Leod lui avait fourni des cartes, ainsi que des guides qui connaissaient l'île comme leur poche. Quelques-uns avaient embarqué dans les bateaux, tandis que les autres accompagnaient un petit contingent d'hommes qui cheminerait par l'intérieur des terres.

Nor avait bien choisi son campement, avaient expliqué ces guides. La passe s'ouvrait sur un bras de mer qui s'étirait en longueur, mais si peu large qu'un navire pouvait difficilement y faire demi-tour. Et depuis le sommet des falaises en surplomb, des archers pouvaient lancer une pluie de flèches sur tout visiteur non désiré. Le bras de mer s'évasait à son extrémité pour constituer une anse toujours bordée de falaises, sauf sur sa face la plus à l'est, où le rivage en pente douce permettait à Nor de tirer ses bateaux sur la plage. Plus haut, abrité derrière une palissade de bois, se dressait le campement proprement dit. Nor et Margaret devaient s'y trouver. Gannon savait que Nor s'attendait à le voir débarquer. Mais il ignorait quand. Et comment.

Gannon passa par-dessus le bastingage de son navire pour descendre dans l'un de ceux fournis par Leod, plus petits. Au passage, il tapota affectueusement les flancs de son bateau, qu'il touchait peut-être pour la dernière fois. Mais peu importait qu'il le perdît, s'il remportait la victoire. Puis, comme prévu, il fit voile plus au sud, accompagné d'un autre des bateaux de Leod, jusqu'à la baie suivante, pendant que le gros de la flotte demeurait embusqué devant la passe.

Parvenu à destination, il sauta à terre, suivi de ses compagnons, sauf une poignée qui resterait garder les bateaux. Ils étaient une cinquantaine, Irlandais et Écossais mêlés, qui escaladèrent les falaises bordant la baie. Personne ne les attendait en haut. Ils n'eurent donc pas à livrer combat, et firent route aussitôt vers le nord, en direction du campement viking.

Alors qu'ils touchaient presque au but, Gannon abandonna l'essentiel de ses compagnons dans un recoin abrité, avec ordre d'attendre son retour. Puis, escorté seulement de cinq solides gaillards, il louvoya entre les rochers pour débusquer les sentinelles de Nor postées au sommet des falaises surplombant la passe. Il n'y en avait que trois de ce côté-ci, comme Leod l'avait indiqué. Elles furent aisément circonscrites. Au même moment, Gannon put voir le petit contingent passé par l'intérieur des terres arriver du nord, et se débarrasser pareillement des sentinelles postées sur l'autre rive de la passe. La voie était libre. Gannon se sentait soulagé. En partant, il n'aurait pas osé parier que les informations de Leod seraient dignes de foi.

Il marcha jusqu'au bout de la falaise, pour faire signe au reste de la flotte de pénétrer dans la passe. Puis il rejoignit ses troupes qui l'attendaient en retrait.

Nor serait alerté au dernier moment de leur approche.

Nor se positionna entre les cuisses de Dagmar et la pénétra sans préliminaire. Cette Écossaise était décidément appétissante, et elle le resterait sans doute encore quelques années. Elle ne manquait pas non plus de tempérament. La première fois qu'il avait voulu la posséder de force, elle lui avait suggéré qu'il prendrait encore plus de plaisir si elle était autorisée à participer. Cela l'avait d'abord décontenancé : il était habitué à terrifier les femmes.

Mais elle s'était révélée une amante énergique, ne le refusant jamais, et même s'ingéniant à l'exciter par des gestes et des paroles. Elle, au moins, ne reculait pas face à lui – tout le contraire de Margaret MacDonald.

— Oh, Nor ! murmura-t-elle, s'arquant sous lui. Tu es si viril… Je te sens jusqu'au fond de moi.

— Tu m'avais assuré que Margaret serait soumise, mais elle ne l'est pas.

— Eh bien, dresse-la. Tu fais peur aux hommes. Tu devrais être capable de soumettre une femme, non ?

Nor n'aima pas ce ton ironique. Il s'enfonça plus fort en elle.

— Dis-moi qu'il n'y en a pas d'autre comme moi.

— Il n'y en a pas d'autre comme toi.

Il plaça ses mains sur le cou de la jeune femme et serra.

— Répète.

Elle était au bord de suffoquer.

— Il n'y en a pas d'autre comme toi, Nor…

— Encore ! ordonna-t-il, la serrant toujours.

Elle tournait la tête de droite et de gauche, comme si elle voulait échapper à son emprise. Mais Nor fut soudain happé par la jouissance et ses mains se détendirent, avec le reste de son corps. Dagmar demeura immobile, le souffle court, le regardant avec de grands yeux surpris. Il était convaincu qu'elle n'emploierait plus jamais ce ton avec lui.

— Va-t'en, dit-il.

Il espérait la voir récupérer ses vêtements et courir toute nue jusqu'à la porte. Mais elle s'étira langoureusement, comme une chatte.

— Encore, Nor, minauda-t-elle. Encore. Si tu en es capable.

Nor sentit sa colère monter. Il était temps que Dagmar apprenne qui commandait, ici.

Elle sourit.

— Tu n'es pas en état ? Ça ne fait rien. Je peux attendre.

Nor lui enserra de nouveau le cou. Il ne voyait pas en quoi elle pouvait lui être encore utile. Après tout, ce n'étaient pas les femmes qui manquaient.

Il serra un peu plus.

— Ça fait mal ! se plaignit-elle, essayant en vain de se dégager.

Il serra encore davantage.

— Nor !

— Adieu, Dagmar, murmura-t-il.

Elle tenta une dernière fois de lutter pour sa vie, enfonçant ses ongles dans les bras de Nor, mais tout à coup sa tête retomba, inerte, sur l'oreiller. Nor éclata de rire, puis il s'allongea et tira la couverture sur Dagmar, pour que ses yeux ne puissent plus rien lui reprocher.

— Chef ! Chef ! Venez tout de suite ! cria un garde en faisant irruption dans la pièce.

Il écarquilla les yeux en voyant Dagmar.

— J'espère que tu me déranges pour un motif d'importance, fit Nor, se redressant.

— Elle est… morte ?

— Oui. Demande à quelqu'un de m'en débarrasser. Que se passe-t-il ?

— Des bateaux, chef ! Ils sont dans la passe, et il y en a six !

Nor se leva. Il était entièrement nu.

— Et bien sûr, ce ne sont pas les nôtres…

— Non, chef. Que devons-nous faire ?

Nor enfila son pantalon, puis sa tunique.

— Du calme. Nous savions qu'ils viendraient. Simplement, nous ignorions quand. Va me chercher Margaret.

Le garde s'éclipsa. Nor revêtit tranquillement sa cotte de mailles, attrapa son casque et sortit à son tour. Ses hommes, déjà armés, étaient impatients d'embarquer à bord des navires, pour affronter les envahisseurs directement sur l'eau.

— Attendez, leur dit Nor. Laissez-les venir à nous.

L'attente ne fut pas longue. Les six navires émergèrent de la passe, l'un après l'autre. Tous étaient remplis d'hommes casqués. C'était la preuve qu'ils étaient venus pour se battre, et non pour négocier. La flotte était conduite par un navire plus grand et plus gracieux que les autres, et qui tranchait par sa voile rouge. Le bateau de Gannon, devina sans peine Nor. Et dire que Margaret l'avait taxé, *lui*, de prévisible ! L'étendard de William Ross flottait au mât d'un autre bateau, mais Nor était convaincu que le comte de Ross n'était pas lui-même présent. Les autres navires ressemblaient à ceux de Leod, pourtant c'était évidemment impossible.

La flotte était plus imposante que Nor ne l'avait imaginé. Ce qui ne fit qu'accroître sa colère. Pourquoi les sentinelles postées au sommet des falaises n'avaient-elles pas prévenu plus tôt de l'arrivée des intrus ? Avaient-elles abandonné leur poste ? Ou avaient-elles été attaquées ?

Nor était furieux, mais nullement inquiet. Ces visiteurs n'allaient pas tarder à goûter son hospitalité. Et s'ils espéraient repartir vivants, ils se trompaient. Déjà, ainsi qu'il était prévu en cas d'attaque, un détachement de ses hommes manœuvrait deux bateaux afin de bloquer la sortie vers la passe. Et dans... Bon sang ! Deux navires ennemis venaient de faire volte-face, pour aller à la rencontre des siens et les empêcher de fermer la passe. La bataille navale était inévitable. Nor jura silencieusement, refusant de montrer sa nervosité à ses hommes.

— Laissez-les approcher, leur répéta-t-il, le plus calmement possible.

Gannon et ses compagnons s'étaient tapis derrière des rochers surplombant le campement viking. Ce dernier était composé pour l'essentiel de tentes en toile et de huttes de branchages, mais deux constructions plus solides, en bois, laissaient supposer que les lieux étaient occupés en permanence. Des hommes en armes surgissaient de partout, se pressant vers le rivage. Jusqu'ici, tout se passait exactement selon le plan qu'il avait concocté avec MacDougall et Leod.

Au milieu de la plage, se dressait Nor Thorkelson.

Gannon ne l'avait jamais vu, mais il était impossible de se méprendre sur l'identité de ce farouche guerrier à la posture arrogante, qui tenait son casque à la main. Gannon l'observa quelques instants, avant de suivre son regard qui se portait vers l'entrée de la passe.

La bataille avait commencé entre les quatre bateaux, mais elle fut de courte durée : les deux navires de Nor furent rapidement défaits, et ceux de l'autre camp purent rejoindre le reste de la flotte. Gannon attendit l'étape suivante, et sourit en voyant une bordée de flèches enflammées jaillir des navires écossais pour venir s'écraser sur le rivage. Plusieurs atteignirent les bateaux de Nor tirés sur la plage, qui prirent feu immédiatement.

La flotte, pendant ce temps, continuait son avancée. Une seconde volée de flèches enflammées atteignit les premières tentes du campement. Gannon bondit alors sur ses pieds et donna à ses compagnons le signal de le suivre. Les flammes qui montaient des tentes l'incitèrent à se dépêcher : si Margaret se trouvait dans l'une d'elles, il n'aurait que quelques minutes pour la sauver.

Sur la plage, c'était la panique. Les Vikings couraient en tous sens, cependant que les navires de la flotte accostaient et que les hommes à leur bord débarquaient.

Gannon, entendant des cris de femmes, se précipita dans la direction d'où ils provenaient, tandis qu'au-dessus de sa tête passait la troisième et dernière volée de flèches enflammées. Il n'y en aurait pas d'autre, mais ce n'était de toute façon pas nécessaire : la quasi-totalité du campement était déjà en flammes.

— Margaret ! appela Gannon au moment d'atteindre le baraquement d'où provenaient les cris de femmes.

Mais au même instant, surgi de nulle part, un géant – probablement le garde affecté aux prisonnières – lui tomba dessus.

— Non ! se récria Nor en voyant le campement tout entier livré aux flammes.

Il maudit le vent perpétuel soufflant sur cette partie de la côte, qui avait asséché la toile huilée des tentes. Du coup, celles-ci s'embrasaient comme des torches. Les huttes brûlaient plus lentement, et pour l'instant la construction qui lui servait de logis était intacte, mais les femmes prisonnières de l'autre baraquement poussaient des cris qui s'entendaient jusque sur la plage.

— Laissez tout brûler ! ordonna-t-il à ses hommes, qui tentaient d'éteindre les flammes avec des moyens de fortune.

Un campement pouvait se reconstruire facilement. Et d'autres prisonnières remplaceraient celles-ci. En revanche, il était urgent d'affronter l'ennemi. Ils débarquaient de leurs bateaux, leurs boucliers brandis devant eux, plus nombreux que Nor l'aurait imaginé – et surtout, plus nombreux que ses propres troupes. Un mélange d'Écossais et d'Irlandais, qui prouvait qu'une alliance s'était formée.

Sans doute était-ce l'œuvre de Gannon. Maudit soit ce gredin !

Nor cria à ses hommes de se rassembler derrière lui, leva bien haut sa hache et donna l'ordre de charger.

Gannon se releva. Le garde gisait au sol, la gorge tranchée.

Drason Anderson, un sourire aux lèvres, essuya sa lame sanguinolente sur les vêtements de sa victime.

— Merci, mon garçon, lui dit Gannon. Tu es arrivé juste à temps.

Il ouvrit la porte du baraquement. Aussitôt, des femmes s'en échappèrent, qui pleuraient et criaient en même temps.

— Margaret ! Où est Margaret ? leur demanda-t-il.

Une fille pointa du doigt l'autre construction en bois, qui dominait le campement :

— Elle a été emmenée là-bas. Nous ne l'avons plus revue.

Gannon grimpa le sentier en courant, ses compagnons sur ses talons. Il enfonça la porte du baraquement.

— Margaret !

Pas de réponse. L'intérieur était étrangement silencieux. Et tout au fond, sur le lit, gisait une femme nue, inerte, la tête recouverte par les draps. Une odeur de mort flottait dans la pièce.

Gannon s'avança en priant. Et pour une fois, ses prières furent exaucées. Ce n'était pas Margaret, mais Dagmar. Il la contempla quelques instants, puis la recouvrit entièrement avec les draps.

Margaret ne se trouvait dans aucune tente – toutes réduites en cendres, à présent – ni dans les quelques huttes qui ne brûlaient pas encore. Le bétail, affolé par les flammes, s'était échappé de ses enclos et filait vers les rochers.

Sur la plage, les Écossais avaient bien travaillé. Les Vikings qui avaient échappé au débarquement faisaient retraite vers le haut du campement, où les attendaient Drason et les compagnons de Gannon. Une redoutable mêlée s'ensuivit, à laquelle Gannon participa. Puis, soudain, il n'y eut plus personne à combattre.

Drason eut un sourire féroce.

— Maintenant, trouvons mon oncle, dit-il, brandissant son épée devant lui.

Margaret s'était vaillamment débattue – n'hésitant pas à mordre – quand un groupe de Vikings était venu la chercher pour la sortir du campement et l'entraîner sur le sentier qui grimpait à l'assaut des falaises. Mais ses tentatives avaient été vaines. Pour finir, l'un des Vikings l'avait juchée sur ses épaules, comme un vulgaire sac de farine. Elle avait encore essayé de résister, mais au bout de quelques minutes la brute l'avait déposée sur le sol, face à une grande pierre dressée sur un promontoire qui dominait la baie. Une pierre gravée de figures d'animaux fantastiques, semblable à celles où, autrefois, les femmes venaient offrir des sacrifices. Tandis que ses ravisseurs l'attachaient, au moyen d'une corde, à la pierre, Margaret se demanda si ce n'était pas elle qui serait bientôt sacrifiée.

Pour l'heure, les Vikings semblaient surtout préoccupés par ce qui se passait en bas. Deux navires de Nor avaient tenté de bloquer la passe, mais ils avaient été contrés dans leur manœuvre, et à présent ils étaient en train de couler. Sur la plage, la plupart des autres bateaux du chef viking étaient la proie des flammes, de même que le campement, pendant qu'en plusieurs endroits les combats faisaient rage.

Gannon.

Margaret n'aurait pas su dire s'il se trouvait parmi les combattants. Elle reconnaissait, à leurs vêtements, des Écossais et des Irlandais, mais tous portaient des casques et il était impossible de distinguer leurs traits – et encore moins depuis son perchoir.

Tout à coup, un groupe de géants blonds apparut sur le sentier, brandissant des haches avec des cris féroces. Margaret crut sa dernière heure arrivée. Mais les géants blonds passèrent à côté d'elle sans s'arrêter, poursuivant les ravisseurs de la jeune femme, qui tentaient de fuir. Ils furent rattrapés au bout de quelques mètres, et massacrés.

Puis les géants blonds revinrent vers Margaret. L'un d'eux tira un coutelas de sa ceinture. Elle tressaillit.

Il s'en servit pour trancher la corde qui l'attachait à la stèle.

— Leod vous adresse ses sentiments les plus respectueux, milady, dit-il, avec l'accent reconnaissable des habitants de Skye. Fuyez vers le nord. Vous trouverez refuge à Dunvegan.

Là-dessus, il fit signe à ses compagnons de redescendre vers la mêlée.

Margaret décida d'ignorer son conseil et de les suivre, courant après eux aussi vite qu'elle le pouvait. Plus ils se rapprochaient du campement, plus ils croisaient de fuyards, tentant d'échapper à l'incendie, et qui regardaient Margaret comme si elle était folle d'aller à contresens. Peut-être l'était-elle, du reste, mais elle s'en remettait à son instinct.

Quelques-unes des prisonnières d'Inverstrath essayèrent même de lui couper le chemin, pour l'obliger à les suivre vers l'intérieur des terres. Mais elle refusa tout net.

— Non, décréta-t-elle. Gannon est quelque part par là. Et Davey. Quelqu'un a-t-il vu Davey ?

Elles secouèrent la tête. Margaret courait déjà vers le campement en flammes.

Gannon n'aurait su dire combien d'hommes il avait tués. Les Vikings n'opposaient plus que quelques poches de résistance, çà et là, mais Nor demeurait introuvable. Et c'est lui que Gannon cherchait.

Ce n'est que lorsque les rangs des Vikings se furent encore plus clairsemés, la bataille promettant de s'achever bientôt, qu'il l'aperçut enfin. Le chef viking se tenait à la lisière du campement avec le dernier carré de ses troupes. Il ressemblait étonnamment à l'image que s'en était faite Gannon. La trentaine, grand, solide, blond, une hache à la main, féroce et impressionnant.

— C'est lui ? demanda Gannon à Drason, qui ne l'avait pas quitté d'une semelle depuis le début des hostilités.

— C'est lui, confirma Drason d'une voix altérée.

Gannon brandit bien haut son épée.

— Nor Thorkelson ! Enfin, nous nous rencontrons !

Nor eut un sourire carnassier.

— Moi aussi, je t'attendais, Gannon Magnusson. Et je vois que Drason t'accompagne. J'aurais dû m'en douter.

Gannon se tourna vers le jeune homme, dont les prunelles reflétaient un désir implacable de vengeance. Puis il reporta son attention sur le chef viking.

— Es-tu le même Nor Thorkelson qui rendit visite à Inverstrath ?

Le sourire de Nor s'estompa à peine.

— Tu veux dire, qui a réduit Inverstrath en cendres ?

— Et qui a tué des dizaines d'innocents à Somerstrath ?

— Et j'ai aussi tué ton frère. Sais-tu qu'il m'a imploré de l'épargner ? Sa lâcheté a jeté l'opprobre sur toute votre lignée.

C'était faux, Gannon en était convaincu. Et cependant, il lui fallut quelques instants pour dominer sa colère. Nor attendait sans doute qu'il se rue sur lui, aveuglé par la fureur. Il ne tomberait pas dans le piège.

Il y eut un long silence, pendant lequel les deux hommes se toisèrent.

Puis ils donnèrent le signal à leurs hommes au même moment. Et ce fut l'assaut final. Acier contre acier. Acier contre chair.

L'écho de la bataille se réverbérait entre les falaises. Gannon se retrouva face à Nor, au centre de la mêlée. Le chef viking fit décrire à sa hache un grand mouvement circulaire, mais Gannon se pencha à temps pour esquiver. Il riposta aussitôt, plongeant avec son épée, frappant Nor une première fois, puis une deuxième. Mais sa lame ne parvenait pas à percer l'épaisse carapace de cuir et de métal qui protégeait son adversaire. La troisième fois, il frappa plus bas, à la cuissc. Le sang de Nor coula cnfin.

— Ça, c'était pour Tiernan, dit Gannon. Mais ce n'est qu'un début.

Nor n'accorda même pas un regard à sa cuisse. Il n'était pas question qu'il montre à ce maudit Irlandais qu'il avait mal.

Les deux combattants, indifférents au tumulte qui les entourait, reculèrent d'un pas avant de repartir à l'assaut. Cette fois, la hache de Nor ripa sur l'épaule de Gannon, lui entaillant les chairs, mais Gannon réussit à nouveau à le frapper à la cuisse.

— Où est-elle ? demanda-t-il. Où est Margaret MacDonald ?

Nor sourit.

— Partie, répliqua-t-il, avant d'abattre sa hache.

Gannon esquiva de justesse le coup qui l'aurait sans doute décapité.

— Où est-elle ?

— Je m'en suis servie. Après, je l'ai donnée à mes hommes. Ils ont enterré les restes.

Gannon laissa parler sa colère. Il bondit sur Nor, assenant coup sur coup, acculant son adversaire à des mouvements défensifs. Soudain, depuis le haut du campement, le cri de guerre des hommes de Leod retentit. Des renforts, songea Nor, qui sentit aussitôt ses forces lui revenir. Sa joie fut de courte durée : il s'aperçut, médusé, que les soldats de Leod n'arrivaient pas pour épauler ses hommes, mais pour les tuer.

La bataille, ici, serait bientôt perdue. Il devait réagir rapidement.

Les troupes de Leod traversèrent la mêlée, obligeant Gannon et Nor à reculer pour les laisser passer. Bientôt, ils se retrouvèrent aux deux extrémités de la mêlée, et Gannon eut à se battre contre un autre Viking. Nor en profita pour contempler le spectacle qui s'offrait à lui. Ses navires brûlaient sur la plage. Son campement ne serait bientôt plus qu'un amas de cendres et, le pire de tout, ses hommes étaient presque tous décimés. Il ne reconnaissait plus les compagnons qui avaient emporté tant de victoires à ses côtés. Comment avaient-ils pu se laisser anéantir aussi rapidement ? Mais puisqu'ils avaient échoué à le défendre, il ne leur devait rien. Il tourna donc les talons, et partit en direction des falaises.

Il n'avait pas fait cent mètres que Gannon lui barra la route.

Nor explosa de rage. Voilà un moment que cet Irlandais s'ingéniait à le contrarier, et il était encore en travers de son chemin ! Il bondit en avant, mais sa blessure lui brûlait la cuisse et sa hache, une fois de plus, manqua sa cible. Il fut obligé d'appeler l'un de ses hommes à la rescousse. Par miracle, celui-ci s'exécuta, attaquant Gannon par l'arrière, et l'obligeant à se retourner. Nor saisit la chance que les dieux lui offraient, en détalant sur le sentier.

Il dépassa les tentes et les huttes en flammes. N'accorda même pas un regard au baraquement qui lui avait servi de logis. Il voulait rallier Dunvegan, où il abuserait une fois encore de l'hospitalité de Leod. Mais, se rappelant tout à coup que ce dernier était désormais son ennemi, il échafauda un autre plan : il déroberait l'un des navires de Leod et ferait voile pour la Norvège. Leod paierait chèrement sa perfidie : Haakon en personne se chargerait de lui régler son compte.

Margaret courait à travers ce qui restait du campement. Le baraquement où avaient été emprisonnées les femmes tenait encore debout, mais il était vide, sa porte béante, et le garde étendu mort par terre.

Elle n'apercevait nulle part Gannon. Ni Davey. Et une seule construction était intacte – celle où logeait Nor. Elle prit cette direction.

La porte était ouverte et battait au vent. L'endroit semblait désert. Sur le sentier plus haut, un homme courait, seul, en direction du nord, une hache à la main. Nor ? Non, il n'aurait pas abandonné ainsi ses troupes.

Margaret franchit le seuil du baraquement.

— Davey ?

Sa question ne recueillit qu'un silence pesant. Le fauteuil où Nor avait l'habitude de trôner était vide. Mais pas le lit.

Dagmar était morte en se débattant – cela se voyait à ses yeux révulsés. Margaret en eut la nausée. Certes, elle n'aimait pas cette femme, mais jamais elle ne lui aurait souhaité pareille fin. Puis elle se ressaisit.

Davey n'était pas dans cette baraque. Ni ailleurs dans le campement. Personne ne l'avait vu.

Elle comprit alors qu'il n'avait jamais été ici. Nor lui avait menti pour obtenir sa coopération. Et tout à coup, Margaret eut la conviction que c'était bien lui qu'elle avait aperçu s'enfuyant vers le nord.

Elle ressortit du baraquement.

Gannon retira son épée du cadavre de son adversaire, et chercha Nor des yeux. Mais entre-temps, le chef viking avait disparu.

— L'avez-vous vu ? demanda-t-il à ses hommes. Avez-vous aperçu Nor ?

— Là-haut ! s'exclama un Irlandais, pointant du doigt le sentier qui courait en haut des falaises. Il s'enfuit, le scélérat !

Gannon suivit le regard de son compagnon. Nor boitait, mais il avançait encore vite. Le gredin abandonnait ses propres hommes !

Il s'élança aussitôt à sa poursuite. Le sentier était bien tracé, mais tortueux. Si Nor boitait, lui-même souffrait de sa blessure à l'épaule. Et, au bout du chemin, Gannon était convaincu que l'un des deux adversaires rencontrerait la mort.

Il entendit des pas derrière lui, et jeta un regard par-dessus son épaule pour découvrir, sans réel étonnement, que Drason le suivait.

— Il est à moi ! s'écria Drason, qui brandissait bien haut son épée. Laissez-moi le tuer !

Gannon voulait d'abord attraper Nor. Éventuellement, il laisserait Drason donner un coup d'épée à son oncle, mais il entendait le tuer lui-même.

Sous leurs pieds, la mer, agitée par le vent, grossissait ses vagues, qui venaient se briser avec fracas contre les falaises.

Gannon s'était assez rapproché de Nor pour l'entendre respirer, à présent – il commençait à s'essouffler. Puis il fut presque derrière lui. Le chef viking se retourna brusquement, un sourire féroce aux lèvres, et abattit sa hache avec une rapidité surprenante. Gannon eut juste le temps de sauter de côté. Il tenta de donner un coup d'épée à son adversaire, mais l'angle était mauvais et la lame ne fit que glisser sur la cotte de mailles.

— Nor ! cria Drason en dépassant Gannon. Tu as tué mon père. Tu as tué Thorfinn. Maintenant, c'est ton tour de mourir.

Nor ricana.

— C'est toi qui me défies ? Alors que tu n'as jamais eu le courage de te battre ?

Dans un rugissement, Drason se jeta sur lui, mais sa lame fut déviée, elle aussi, par la cotte de mailles du chef viking. Gannon comprit que le jeune homme n'aurait pas assez de force pour percer la carapace qui protégeait son oncle. Nor brandit sa hache, et Gannon poussa de côté Drason pour s'interposer et dévier le coup. L'impact fut si violent qu'il fit tituber les deux hommes. Nor recula dangereusement vers le bord de la falaise, sa masse formidable se découpant devant la mer.

Margaret avait cherché partout – dans le campement, sur la plage – mais elle ne voyait Gannon nulle part. Il n'était ni parmi ceux qui se battaient encore, ni, Dieu merci, parmi ceux qui gisaient sur le sol. C'est en levant les yeux vers la falaise, là où elle avait vu s'enfuir Nor, qu'elle l'aperçut enfin. Nor n'était plus seul : il se tenait, dos à la mer, face à Gannon. Lequel était accompagné de Drason.

Gannon était vivant ! Margaret courut vers lui, gravissant aussi vite que possible le sentier escarpé qui menait au sommet de la falaise, tout en priant le Ciel d'épargner l'homme qu'elle aimait.

Enfin, elle déboucha sur le lieu du combat.

Les deux adversaires se faisaient toujours face, mais ils avaient bougé, et le bord de la falaise était maintenant sur leur côté. Gannon leva son épée, mais soudain il vit la jeune femme. Et suspendit son mouvement. Nor en profita.

— Gannon, attention ! cria Margaret.

La hache de Nor s'abattit sur le bouclier que Drason avait interposé entre les deux hommes, en même temps que Drason atteignait, avec son épée, le chef viking au bras.

Nor recula en titubant. Il brandit à nouveau sa hache, mais son geste lui demandait cette fois un effort visible. Gannon, écartant Drason, bondit, son épée tendue droit devant lui. Il atteignit son ennemi à l'aisselle, là où la cotte de mailles ne le couvrait pas. Nor laissa échapper un cri et regarda Gannon, vaguement incrédule, pendant que son bras retombait lentement et que toute couleur disparaissait de son visage.

— Puisses-tu rôtir en enfer pour tous tes crimes, Nor Thorkelson, lui lança Gannon.

— Ne rêve pas trop vite, l'Irlandais, répliqua Nor.

Mais sa voix avait faibli. Il lâcha sa hache et porta une main à sa blessure, qui saignait abondamment.

— Le diable t'emporte !

Drason s'avança, pour pousser Nor vers le rebord de la falaise.

— Adieu, Nor !

Nor tituba dangereusement. Margaret vit, dans ses yeux, qu'il avait compris qu'il allait tomber. Mais juste au moment de basculer, il s'agrippa à la manche de Gannon.

Les deux hommes tombèrent ensemble dans le vide.

La dernière chose qu'entendit Gannon, avant que la mer ne se referme sur lui, fut le cri de détresse de

Margaret. Puis ce fut le noir, le froid, et il se débattit. Pas contre Nor, qui l'avait lâché, mais contre la mer.

L'eau s'infiltrait dans ses vêtements, et l'obligeait à chercher dans ses poumons le peu de souffle qui lui restait. Sa lourde cotte de mailles l'entraînait vers le fond. La mort paraissait inévitable.

Il leva une dernière fois les yeux vers la lumière.

Margaret.

24

Margaret cria. Elle s'était approchée jusqu'au bord de la falaise et regardait, avec Drason, la mer agitée à leurs pieds, tandis que les goélands décrivaient des cercles dans le ciel.

— Gannon !

Pas de réponse. Sinon un gémissement de Nor. Le chef viking n'était toujours pas mort, mais cela ne saurait tarder, car personne ne pouvait survivre empalé sur un mât.

L'un des navires de Nor incendiés par la flotte avait dérivé sous la falaise, et une partie de sa coque affleurait encore à la surface de l'eau. Nor s'était écrasé dessus, et la pointe du mât l'avait transpercé de part en part. Il battait mollement des bras, tel un pantin désarticulé, le regard perdu vers le ciel.

Mais Gannon, lui, avait disparu dans la mer.

Drason lâcha son épée et, sans un mot, plongea dans les eaux glacées juste à côté de l'épave du bateau. Les vagues se refermèrent sur lui.

Tout à coup, Margaret se retrouva entourée d'hommes accourus au bord de la falaise. En bas, sur la plage, d'autres pointaient l'endroit où avait coulé Gannon. Et le navire de celui-ci faisait maintenant route vers le lieu du drame.

Margaret tomba à genoux pour prier. De grosses larmes roulaient sur ses joues.

Ton heure n'est pas encore venue, murmurait une voix. *Retourne à la vie. Ce n'est pas ton heure.*

Gannon tentait de remonter à la surface, mais sa cotte de mailles le tirait vers le bas. Le moindre effort lui coûtait. Il aurait été si simple de se laisser aller…

Margaret t'attend, murmura encore la voix. *Remonte.*

Il réagit contre la faiblesse qui le gagnait et réussit à passer sa cotte de mailles par-dessus sa tête, avec une énergie dont il ne se serait pas cru capable. Puis il lâcha sa cotte, qui disparut dans les profondeurs de la mer. Et, ignorant la brûlure de ses poumons et sa blessure à l'épaule qui le faisait souffrir, il se propulsa vers la surface.

Sa main émergea la première, juste avant sa tête. Il aspira une grande goulée d'air.

— Gannon ! Par ici !

C'était la voix de Drason. Le jeune homme s'agrippait à l'épave d'un des bateaux de Nor et tendait l'autre bras. Au-dessus de lui, empalé sur le mât, le cadavre de Nor se balançait au rythme du bateau.

— Il est mort, confirma Drason en attirant Gannon à lui.

— Gannon ! Gannon ! Oh, merci mon Dieu !

Il aperçut Margaret, penchée au bord de la falaise, un guerrier la tenant par la taille pour l'empêcher de tomber. Elle agitait frénétiquement les bras, et il leva le sien, avec ce qui lui restait de force, pour lui répondre.

— Margaret !

Elle courait à présent en direction du rivage. Gannon était trop faible pour l'appeler encore. Il se cramponnait à l'épave du bateau, qui menaçait à son tour de disparaître entièrement sous les flots. Mais Drason lui fit signe de se retourner, et il aperçut son propre navire qui arrivait à leur rescousse. Il soupira. Nor était mort. Et ils étaient sauvés.

Le bateau s'immobilisa à leur hauteur et des bras se tendirent pour les sortir de l'eau. Quelques minutes plus tard, Gannon accostait sur la plage où l'attendait Margaret. Ils s'étreignirent longuement, la jeune femme sanglotant de soulagement et lui-même remerciant le Ciel de l'avoir épargné. Maintenant qu'il avait triomphé de la mort, chaque inspiration lui semblait précieuse.

— Oh, mon amour, murmura Margaret, l'embrassant dans le cou.

Gannon avait le cœur trop serré pour parler. Il lui prit la main, la baisa avec révérence, puis la garda dans la sienne. Désormais, plus rien ne les séparerait. Ils passeraient le restant de leur vie ensemble.

Leur retour à Inverstrath fut un peu doux-amer. Nell les attendait au port, dansant sur place, et elle se jeta dans les bras de Margaret, avant de fondre en larmes en apprenant qu'ils ne ramenaient pas Davey. Le garçon, d'après les compagnons de Nor, avait disparu.

— Il est peut-être encore vivant, suggéra Margaret, mais cela ne réussit pas à rassurer sa sœur.

Toutes les femmes d'Inverstrath qui avaient survécu étaient heureuses de rentrer au pays. Et les hommes n'étaient pas peu fiers d'avoir participé à la défaite de Nor. Mais le village lui-même n'existait plus et, la joie des retrouvailles passée, il fallut se rendre à l'évidence : il leur faudrait longtemps avant de pouvoir retrouver le confort d'un bon lit et d'un repas décent.

MacDougall leur offrit de les héberger, mais ils refusèrent, préférant rester sur leurs terres. Ils lui dirent adieu, ainsi qu'aux hommes de Ross, puis se tournèrent vers Gannon, attendant de lui qu'il leur montre la voie à suivre. Il décréta que la reconstruction du village commencerait sur-le-champ. En attendant, tous s'abriteraient dans les ruines de la forteresse. Et l'on envoya quérir un prêtre pour célébrer au plus vite le mariage de Gannon et de Margaret.

Pendant quatre jours, tout fut tranquille. Le cinquième jour, un visiteur arriva – non pas le prêtre tant attendu, mais un envoyé du roi. Le message d'Alexandre était lapidaire : Gannon devait se rendre immédiatement auprès du souverain. Et amener avec lui Margaret et Nell.

Le voyage dura plus d'une semaine. Ils firent voile vers le sud à bord du navire de Gannon, pour accoster au village de Kintyre. De là, ils rallièrent le château du seigneur local, où le roi avait pris ses quartiers. C'était une froide et pluvieuse journée d'octobre. Les troupes envoyées par tous les chefs de clan d'Écosse s'étaient amassées autour du château, formant un immense campement.

Gannon avait voulu persuader Margaret de ne pas se rendre à la convocation du souverain, car il craignait que ce dernier n'ordonne à la jeune femme d'épouser Lachlan dans les règles. Or il n'avait aucune envie de perdre la femme qu'il aimait. Il se rassurait en se répétant que le roi d'Écosse n'avait aucune autorité sur lui, et qu'il pourrait toujours enlever Margaret pour l'emmener avec lui en Irlande.

Quoi qu'il en soit, la vie ne serait plus jamais la même. Tiernan lui manquait terriblement. Il avait confié à Nell la broche en or de son frère, lui expliquant qu'elle avait été façonnée par le dieu Thor en personne. Nell avait protesté, les larmes aux yeux, disant qu'il devait la garder, mais Gannon avait plaqué une main sur son cœur et répondu que son frère se trouverait toujours à cette place. Et puis, il savait que Nell avait beaucoup aimé Tiernan. La jeune fille avait alors accepté la broche et Gannon l'avait embrassée sur le front.

Le campement d'Alexandre ressemblait à une véritable petite ville. La reine Margaret était restée à Stirling, mais la plupart des courtisans avaient accompagné leur souverain.

Oncle William accueillit Margaret et Gannon, et il leur expliqua que Lachlan était là également. Gannon ne dit rien, mais Margaret devint morose. Elle commençait elle aussi à se demander s'il avait été prudent de venir – et de s'en remettre au roi pour décider de leur sort.

Le roi les fit prévenir qu'il les recevrait le lendemain. Ils passèrent la soirée avec William, se racontant dans le détail ce qui s'était passé depuis qu'ils s'étaient séparés. William leur annonça que Gannon avait été rebaptisé « le héros d'Inverstrath », pour avoir organisé la défense victorieuse du village, et Margaret reprit espoir. Le roi n'oserait quand même plus l'obliger à épouser Lachlan, alors que tout le monde parlait des prouesses de Gannon...

Puis ils évoquèrent les interminables négociations de paix entre Alexandre et Haakon.

— Je crois que tout cela est intentionnel de la part d'Alexandre, commenta William. Il aurait très bien pu mettre un terme aux négociations voilà longtemps. À mon avis, il attend le début de l'hiver.

— Ou qu'Haakon trépasse, ajouta Gannon. Il est vieux et malade.

— Ou qu'Haakon trépasse, acquiesça William.

Ils ne furent appelés auprès du roi qu'en milieu d'après-midi, et leurs nerfs étaient passablement éprouvés par l'attente. L'audience ne fut pas privée, comme Gannon l'avait espéré : plus d'une cinquantaine de personnes occupaient déjà la grande salle dans laquelle Margaret, Gannon et Nell furent introduits. Et bien sûr, Lachlan était du nombre.

Le roi Alexandre était plus jeune que Gannon ne l'avait imaginé – en fait, les deux hommes avaient sensiblement le même âge. Il les accueillit avec beaucoup de chaleur, ce qui rassura un peu Gannon.

— J'ai appris tout ce que vous avez souffert, dit-il à tous les trois. Et je compatis pour la perte de vos proches.

Margaret et Nell le remercièrent. Gannon se contenta de hocher la tête.

— Gannon MacMagnus, poursuivit le monarque, personne n'avait encore vaincu de Vikings agressant notre territoire. Mais vous, vous y êtes parvenu à deux reprises. Racontez-moi donc comment.

Gannon narra la bataille d'Inverstrath, puis décrivit dans les grandes lignes ce qui s'était passé à Skye. Mais le roi voulait connaître tous les détails, et il posa d'innombrables questions, réclamant même qu'on lui apporte des cartes, pour que Gannon lui montre la disposition des uns et des autres sur le terrain. Toutes ces explications durèrent plus de deux heures et ennuyèrent la plupart des courtisans. Enfin, Alexandre s'empara d'un rouleau de parchemin scellé.

— Nous vous sommes très reconnaissant de votre courage, et des services que vous avez rendus à l'Écosse, Gannon MacMagnus. Recevez ceci, en témoignage de notre gratitude.

Les courtisans se pressaient pour mieux voir. Lachlan avait froncé les sourcils, et Margaret et Nell échangèrent un regard intrigué. William Ross, en revanche, arborait un air satisfait, comme s'il savait déjà ce que contenait le parchemin.

— Vous savez lire ? demanda Alexandre, voyant que Gannon n'ouvrait pas le rouleau.

— Oui, Majesté, répondit Gannon. Et je vous remercie de votre générosité. Mais vous n'avez pas besoin de me donner quoi que ce soit. Je ne désire qu'une seule chose de votre part.

— Vous refusez mon cadeau ?

La voix d'Alexandre était parfaitement calme – au contraire du murmure qui parcourut l'assistance.

— Ce n'est qu'un petit geste, enchaîna le monarque. Quelques arpents dans l'Ayreshire. Et mes motivations ne sont pas innocentes. Je crois savoir que vous désiriez votre propre terre et j'espère, par ce présent, vous inciter à rester en Écosse. Je suis convaincu que Rory O'Neill ne m'en voudra pas – du moins, pas éternellement.

Gannon demeura silencieux, avant de finalement acquiescer.

— C'est vrai, Majesté. Je rêvais de posséder une terre. Mais je préférerais y renoncer et vous demander autre chose à la place.

Il y eut un grand silence dans la pièce. Margaret porta une main à sa bouche. William Ross paraissait inquiet. Lachlan souriait.

Le roi dévisagea Gannon.

— Et que désirez-vous donc de si particulier ?

— Je voudrais, Majesté, que vous délivriez Margaret MacDonald de ses fiançailles avec Lachlan Ross.

Il y eut un autre silence, qui s'étira en longueur. Margaret aurait juré que tous pouvaient entendre battre son cœur.

— Je l'aime, précisa Gannon. Et je souhaiterais l'épouser.

Il ignora le murmure général qui suivit, les sourires des femmes de l'assistance, les regards lancés vers Margaret.

Le roi finit par hocher la tête.

— J'avais entendu parler de cette histoire d'amour, admit-il. (Il se tourna vers Margaret.) Réalisez-vous que vous avez désormais autorité sur Somerstrath ? Votre père et votre frère aîné sont morts. Le titre et les terres vous reviennent de droit. Et je voudrais vous savoir mariée à un bon parti.

— Je n'épouserai personne d'autre que Gannon, Votre Majesté.

Le roi reporta son attention sur Gannon.

— Si vous l'épousez, resterez-vous en Écosse ?

— Oui, si elle le souhaite, Majesté.

— Alors, c'est entendu, conclut Alexandre. Et vous aurez les deux, MacMagnus : la femme et la terre. Je veux qu'on célèbre le mariage au plus vite. Et quand cette guerre sera finie, vous viendrez tous deux à la cour. Et vous aussi, ajouta-t-il en désignant Nell.

Gannon le remercia avec effusion.

— Ne me remerciez pas trop vite, MacMagnus. Je compte sur vous pour m'aider à me débarrasser de la flotte d'Haakon. Nous aurons une réunion dès ce soir, avec tous mes généraux. Quant à vous, Lachlan Ross, ne faites pas cette tête. Il y a d'autres femmes sur terre.

Là-dessus, le roi leva l'audience.

Aussitôt sorti de la salle, Gannon souleva Margaret dans ses bras et la fit tournoyer dans les airs.

— Veux-tu m'épouser tout de suite, Margaret MacDonald ?

Elle éclata de rire.

— Oui, un million de fois oui !

La jeune femme l'embrassa, tandis que les courtisans, autour d'eux, applaudissaient.

Gannon et Margaret furent mariés le lendemain matin, et par un vrai prêtre. La cérémonie, strictement intime, ne réunit que les mariés et leurs témoins – Nell et William Ross. Une troisième personne, cependant, assista au mariage sans y avoir été invitée. C'était une vieille femme, qui souriait.

L'office terminé, Margaret vint l'embrasser.

— Je me souviens que vous m'aviez dit, à Stirling, que tout ceci arriverait. Et que nous nous reverrions à la cour, sauf que ce ne serait pas vraiment la cour.

La vieille femme acquiesça.

— Que votre union soit bénie. Et que vos futurs enfants soient l'avenir de l'Écosse. Puissiez-vous ne jamais oublier ce moment, où l'amour est la récompense du courage. Et puisse votre lignage ne jamais oublier d'où il vient.

— Amen, fit William, et tout le monde éclata de rire.

La vieille femme s'éclipsa, après un clin d'œil à Nell.

Margaret contempla l'homme superbe qui était devenu son mari. Elle avait affronté les dragons. Mais elle avait récolté l'amour.

Épilogue

Après avoir été vaincu à la bataille de Largs, qui eut lieu les jours suivants, le roi Haakon de Norvège se retira avec sa flotte, pour ne jamais revenir. Il mourut en décembre de cette même année.

Trois ans plus tard, en 1266, le traité de Perth rattacha l'île de Skye et toutes les Hébrides à l'Écosse, dont elles font toujours partie aujourd'hui.

Leod vécut très vieux, et fonda ce qui deviendrait le clan MacLeod. Sa forteresse de l'île de Skye fut transformée, avec les siècles, en un château qui existe encore.

William Ross put voir grandir ses petits-enfants, et la lignée se perpétue de nos jours à travers sa lointaine descendance.

Ni Somerstrath ni Inverstrath ne furent reconstruits. Les survivants des deux villages, ravis que Margaret ait hérité du titre, accueillirent Gannon avec joie. La plupart des compagnons de celui-ci restèrent avec lui en Écosse, où ils fondèrent des foyers. Rory finit par pardonner à Gannon d'avoir abandonné l'Irlande.

Gannon et Margaret vécurent heureux dans leur nouvelle demeure. Leur amour ne fit que grandir avec les années. Ils bâtirent une forteresse qui tint debout près de cinq siècles, et une petite chapelle où fut baptisé leur premier enfant, un solide garçon prénommé Alexandre, en l'honneur de leur souverain. Ce prénom se perpétua dans la famille pendant des générations et des générations.

Quant à Davey et Nell…

Mais ceci est une autre histoire.

Note de l'auteur

J'ai librement mélangé, dans ce roman, des lieux, des personnages et des événements ayant réellement existé, avec des éléments de pure fiction. Mais je me suis tout du long efforcée d'être fidèle au passé, sinon à la lettre, du moins dans l'esprit. Quand un même événement faisait l'objet de récits différents, j'ai choisi la version qui s'accordait le mieux avec ma narration.

William Ross, troisième comte de Ross, a bel et bien existé. Et en 1263, il était même l'un des seigneurs les plus importants d'Écosse. Il était marié à Jean Comyn, et son autorité s'étendait sur toute la côte occidentale du pays. Il conduisit le flanc droit de l'armée d'Alexandre durant la bataille de Largs, et c'est à lui qu'on attribue l'invasion de l'île de Skye qui, dans mon récit, se situe quelques mois avant sa date historique. Le William Ross qui s'est dessiné au cours de mes recherches s'éloignait grandement de l'homme cruel et sans scrupule qu'on a souvent décrit. Il paraît tout à fait plausible que William ait eu une sœur, des nièces et des neveux, et qu'il ait envahi Skye pour un motif qui lui semblait louable. Celui que j'ai indiqué est de mon invention. Et si le reproche en fut fait à William, on sait que c'est Gannon qui prit l'initiative de cette invasion.

Le clan MacDonald contrôlait, à cette époque, la portion de l'Écosse où je fais vivre Margaret et sa famille. Somerstrath et Inverstrath n'ont jamais existé que dans mon imagination, mais ils sont la compilation de quelques-unes des bourgades qui peuplaient alors cette côte magnifique.

Leod aussi a existé. On le disait intelligent, rusé et imprévisible. Il était à moitié écossais et à moitié scandinave, ce dont il sut habilement se servir toute sa vie. En 1266, le traité de Perth plaça la totalité des îles Hébrides – dont faisait partie Skye – sous l'autorité du roi d'Écosse. Le fils de Leod épousa la petite-fille de William Ross, Dorothea.

Le O'Neill qui commandait l'Ulster en 1263 était réputé courageux, loyal, et allié des Écossais. Plusieurs prénoms lui ayant été attribués, j'ai choisi celui qui me plaisait le mieux : Rory.

Des bandits semblables à Nor écumaient les mers en ce temps-là. L'Écosse et l'Irlande essuyèrent une série de raids meurtriers en 1262 et 1263, qui se terminèrent avec la bataille de Largs où, comme je le rapporte dans l'épilogue, le souverain norvégien fut vaincu. Après sa défaite, Haakon se retira à Kirkwall, la capitale des Orcades, où il mourut peu après. Il ne revit jamais la Norvège.

Le roi Alexandre d'Écosse mourut en 1286. Sa disparition plongea le pays dans un grand désordre politique. Mais ceci aussi est une autre histoire.

Découvrez les prochaines nouveautés de nos différentes collections J'ai lu pour elle

AVENTURES & PASSIONS

Le 1er avril :

La forteresse des Highlands **Kathleen Givens (n° 8923)**

La vie de Margaret MacDonald paraît toute tracée. En tant que fille de lord, elle épousera celui à qui elle est promise depuis l'enfance, puis elle vivra à la cour du roi d'Angleterre. Cet avenir est bien différent de celui que lui a prédit une voyante : « Il te faudra affronter des dragons, ma fille ! » Élucubrations de sorcière, sans doute. Pourtant, quand Margaret surprend son fiancé au lit avec sa meilleure amie, elle se rebelle. Il a trahi sa confiance, elle ne l'épousera pas, quoi qu'en dise le roi ! Mais son destin va être bouleversé par une horde de Vikings sanguinaires et sa rencontre avec un guerrier celte à la chevelure d'or.

Le maître-chanteur **Julie Garwood (n° 5782)**

Lady Gillian n'a pas le choix. Si elle veut sauver son oncle, retenu prisonnier par le félon Alford, il lui faut retrouver le trésor que convoite ce dernier et se rendre en Écosse, alors qu'une guerre sans merci oppose l'Angleterre aux Highlanders. Brodick, chef du clan Buchanan, admire le courage de Gillian. Et, peu à peu, succombe à l'amour. Qu'importe, qu'elle soit Anglaise, elle sera sienne…

Les Carsington —1. Irrésistible Mirabel
Loretta Chase (n° 8922)

Alistair Carsington, troisième fils du comte de Hargate, est un jeune homme charmant, qui a pour seul défaut de tomber amoureux du premier jupon qui passe, ce qui ne lui attire que des ennuis. Deux ans après son retour de Waterloo où il a été grièvement blessé, il est devenu un parfait dandy qui ne s'intéresse qu'à sa toilette et dépense sans compter. En désespoir de cause, lord et lady Hargate le mettent en demeure de trouver une occupation sérieuse ou de se marier. Son ami, lord Douglas Gordmor, qui veut creuser un canal dans le Derbyshire, lui propose de l'aider à vaincre les réticences des habitants de Longledge Hill. C'est là qu'il rencontre Mirabel Oldridge, la fille du plus gros propriétaire terrien et la plus farouche opposante au projet de canal…

Nouveau ! 2 rendez-vous mensuels aux alentours du 1er et du 15 de chaque mois.

Le 15 avril :

Les sœurs Lockwood —1. La belle et l'espion ☙

Julie Anne Long (n° 8925)

1820. Susannah Makepeace a grandi dans le luxe et reçu la meilleure éducation. Elle a tout, sauf l'amour d'un père distant. Le jour où celui-ci meurt assassiné, Susannah apprend avec stupeur qu'il la laisse sans un sou ! Mise au ban de la société, la jeune fille quitte Londres pour s'installer au village de Barnstable. Elle y rencontre Christopher Kit Whitelaw, un drôle de personnage qui se dit naturaliste et prétend avoir besoin de ses talents de dessinatrice pour constituer un herbier. Comme il est aussi très séduisant, Susannah accepte. Bientôt d'étranges incidents se produisent et il devient vite évident que quelqu'un cherche à la tuer...

La Viking insoumise ☙ **Johanna Lindsey (n° 3115)**

Norvège, IXe siècle. Kristen Haardrad a été capturée par Royce de Windhurst, mais jamais elle ne s'avouera vaincue. Le Saxon n'en revient pas. Elle ose lui résister ! Une jeune Viking blonde, fière, qui éveille en lui un désir irrésistible. La prendre de force serait trop facile. Elle sera sienne, de son plein gré, par amour. Mais Kristen n'a qu'une idée : venger la mort de son frère. Le meurtrier ? Royce, bien sûr !

La mariée fugitive ☙ **Karyn Monk (n° 6841)**

Décidément assister à un mariage est une perte de temps ! Des affaires urgentes attendent Jack Kent en Écosse. En outre, il connaît à peine le duc de Whitcliffe, un vieillard arrogant. Quant à Amelia Belford, la richissime jeune Américaine sur laquelle le duc a jeté son dévolu, Jack ne l'a jamais rencontrée. Il s'esquive dans le jardin. Soudain, un léger cri lui fait lever les yeux vers la balustrade. La mariée vient de l'enjamber pour se laisser choir dans le vide. Et la voilà qui se relève pour s'enfuir à toutes jambes, dans un nuage de tulle et de dentelle !

Si vous aimez Aventures & Passions,
laissez-vous tenter par :

Passion intense

Quand l'amour vous plonge dans un monde de sensualité

Le 15 avril :
***Les charmes discrets de Beatrix* ∞ Emma Holly (n° 8926)**
Style et sensualité. Pouvoir et passion… Quelque chose d'indéfinissable incite à entrer dans la boutique parisienne Meilleurs Amis où la frontière entre travail et plaisir s'estompe inexorablement. Personne ne le sait aussi bien que Beatrix Clouet, la fille de la sulfureuse fondatrice qui, à sa mort, laisse la chaîne de boutiques de luxe entre les mains de Philip Carmichael, le beau-père de Bea. Le moment est enfin venu de vérifier si l'attirance qui couvait entre Philip et la jeune fille se concrétisera.
Quant à Lela Turner, la meilleure amie de Bea, elle doit diriger la boutique de New York. Ayant besoin de cours de gestion, Lela se tourne vers l'énigmatique Simon Graves. Ils signent alors un pacte : pour chaque leçon de Simon, Lea lui accorde une nuit de plaisirs. Mais Simon menace l'avenir de Meilleurs Amis et l'amitié la plus précieuse de Lela…
Ces deux meilleures amies devront mesurer le prix de l'amour et du sexe – tout en réalisant leurs fantasmes les plus fous…

Nouveau ! 1 rendez-vous mensuel
aux alentours du 15 de chaque mois.

Et toujours la reine du roman sentimental :

Barbara Cartland

Le 1er avril :
Les belles amazones (n° 727) Collect'or
Pour un premier baiser (n° 8921)

Le 15 avril :
Un terrible malentendu (n° 5074)

Nouveau ! 2 rendez-vous mensuels
aux alentours du 1er et du 15 de chaque mois.

8923

Composition
CHESTEROC LTD

Achevé d'imprimer en Italie
par GRAFICA VENETA
le 1er mars 2009.

Dépôt légal mars 2009.
EAN 9782290014073

ÉDITIONS J'AI LU
87, quai Panhard-et-Levassor, 75013 Paris
Diffusion France et étranger : Flammarion